AGATHA CHRISTIE COMPLETE COLLECTION

SHORT STORY COLLECTION: AGATHA CHRISTIE OMNIBUS 2

AGATHA CHRISTIE COMPLETE COLLECTION

SHORT STORY COLLECTION: AGATHA CHRISTIE OMNIBUS 2

검찰 측의 증인 애거서 크리스티 단편집 | 양현길 옮김

황금가지

SHORT STORY COLLECTION

Agatha Christie: Omnibus 2
Copyright © 2013 Agatha Christie Limited.
All rights reserved.

The Witness for the Prosecution © 1925 Agatha Christie Limited. All rights reserved.
The Hound of Death © 1933 Agatha Christie Limited. All rights reserved.
The Red Signal © 1924 Agatha Christie Limited. All rights reserved.
The Fourth Man © 1925 Agatha Christie Limited. All rights reserved.
The Gipsy © 1933 Agatha Christie Limited. All rights reserved.
The Lamp © 1933 Agatha Christie Limited. All rights reserved.
Wireless © 1926 Agatha Christie Limited. All rights reserved.
The Mystery of the Blue Jar © 1924 Agatha Christie Limited. All rights reserved.
The Call of Wings © 1933 Agatha Christie Limited. All rights reserved.
The Last Séance © 1926 Agatha Christie Limited. All rights reserved.
S.O.S. © 1926 Agatha Christie Limited. All rights reserved.
Problem at Pollensa Bay © 1935 Agatha Christie Limited. All rights reserved.
The Regatta Mystery © 1939 Agatha Christie Limited. All rights reserved.
The Harlequin Tea Set © 1971 Agatha Christie Limited. All rights reserved.
The Strange Case of Sir Arthur Carmichael © 1933 Agatha Christie Limited. All rights reserved.

AGATHA CHRISTIE and the Agatha Christie Signature
are registered trademarks of
Agatha Christie Limited in the UK and elsewhere.
All rights reserved.
www.agathachristie.com

Korean Translation Copyright © Minumin 2013, 2024

Korean translation edition is published by arrangement with
Agatha Christie Limited through Shinwon Agency.

이 책의 한국어판 저작권은 신원 에이전시를 통해
Agatha Christie Limited와 독점 계약한 ㈜민음인에 있습니다.

저작권법에 의해 한국 내에서 보호를 받는 저작물이므로
무단 전재와 무단 복제를 금합니다.

정식 한국어 판 출간에 부쳐

나는 한국에서 우리 할머니의 작품을 정식으로 출간한다는 소식을 듣고 무척 기뻤다. 할머니가 1920년부터 1970년 무렵까지 오랜 세월에 걸쳐 집필한 작품들은 21세기인 지금 읽어도 신선하고 재미있다. 등장 인물들이 워낙 자연스러워서 요즘 사람들과 다를 바 없고 이들이 등장하는 상황과 장소가 전 세계 사람들의 애정과 향수를 자극하기 때문이다. 한국 독자들은 이번에 새로 나온 정식 한국어 판을 통해 그동안 접하지 못했던 애거서 크리스티의 일부 작품들을 읽을 수 있을 것이다. 덕분에 한국에 새로운 세대의 애거서 크리스티 팬들이 탄생할지도 모르겠다는 생각을 하면 가슴이 벅차다.

애거서 크리스티는 대표적인 두 명의 주인공으로 기억되는 작가이다. 14권의 작품에 등장하는 마플 양은 영국의 작은 시골 마을에서 평온한 나날을 보내며 뜨개질과 수다로 소일하는 미혼의 할머니이지만, 놀라운 기억력과 날카로운 두뇌 회전으로 주변에서 벌어진 살인 사건을 해결한다.

그리고 마플 양과 상반되는 성격을 지닌 에르퀼 푸아로는 자신만만하고 콧수염을 포함한 자신의 외모와 벨기에라는 국적에 대한 자부심이 상당하다. 그는 이집트와 이라크를 비롯한 세계 각지에서 수수께끼를 해결하며 『오리엔트 특급 살인 Murder On The Orient Express』, 『나일 강의 죽음 Death On The Nile』, 『애크로이드 살인 사건 The Murder Of Roger Ackroyd』 등 애거서 크리스티의 여러 대표작에 모습을 드러낸다.

황금가지의 대담하고 참신한 표지와 전반적인 디자인 덕분에 작품의 성격이 잘 살아난 것 같아 기쁘다. 또한 한국 독자들이 할머니의 원작이 지닌 참된 묘미를 느낄 수 있도록 충실한 번역을 위해 애써 준 점도 높이 사고 싶다.

할머니의 작품이 20세기의 그 어떤 작가들보다 많이 팔리고 있는 이유는 나이와 국적에 상관없이 읽을 수 있는 재미와 감동을 갖추었기 때문이다. 모쪼록 한국 독자들도 황금가지에서 선보이는 애거서 크리스티 작품들을 즐겁게 감상하기를 바란다.

매튜 프리처드

애거서 크리스티의 손자

ACL 이사장

차례

- 정식 한국어 판 출간에 부쳐 — 5
- 죽음의 사냥개 — 9
- 붉은 신호 — 40
- 네 번째 남자 — 74
- 집시 — 105
- 등불 — 123
- 라디오 — 138
- 검찰 측의 증인 — 163
- 푸른색 항아리의 비밀 — 198
- 날개가 부르는 소리 — 230
- 마지막 강신술 — 255
- SOS — 279
- 폴렌사 만의 사건 — 308
- 레가타 미스터리 — 336
- 할리퀸 티세트 — 366
- 아서 카마이클 경의 기묘한 사건 — 416

죽음의 사냥개

I

내가 처음 그 사건에 대하여 들은 건 미국 신문사의 통신원인 윌리엄 P. 라이언에게서였다. 그가 뉴욕으로 돌아가기 전날 나는 그와 런던에서 함께 식사를 하던 중 무심코 다음 날 폴브리즈에 간다는 이야기를 했다.

그는 고개를 들고 날카로운 음성으로 물었다.

"콘월(영국 남서부의 주—옮긴이)의 폴브리즈 말인가?"

오늘날에는 폴브리즈가 콘월에 있다는 것을 아는 사람은 1000명 중 1명도 안 될 것이다. 사람들은 당연히 폴브리즈가 햄프셔(영국 남해안의 주—옮긴이)에 있다고 생각한다. 그래서 라이언이 폴브리즈가 콘월에 있는 것을 안다는 사실에 나는 호기심이 생겼다.

"그렇다네. 그곳을 아는가?"

 그는 그저 뜻밖이라고만 말하고 나서 혹시 그곳에 있는 '트레안 저택'을 아는지 물었다. 내 호기심도 점점 커져 갔다.

 "아주 잘 알지. 사실 내가 가는 곳이 트레안 저택이네. 우리 형수님 댁일세."

 "이것 참, 정말 믿을 수 없는 일이군."

 윌리엄 P. 라이언이 말했다. 나는 그에게 수수께끼 같은 말만 늘어놓지 말고 알아듣게 설명을 하라고 요구했다.

 "음, 그렇게 하려면 전쟁 초반에 내가 경험한 일을 말해야 하네."

 그가 대답했다. 나는 한숨을 쉬었다. 내가 지금 이야기하고 있는 것은 1921년에 일어난 일들이다. 당시에 전쟁의 기억은 누구에게나 가장 떠올리고 싶지 않은 일이었다. 다행히도 우리는 그 기억을 잊어 가고 있었다……. 그런데 내가 아는 한 윌리엄 P. 라이언은 자신의 전쟁 경험담을 지독히도 장황하게 늘어놓는 경향이 있었다. 하지만 이제 와서 그를 만류할 수는 없었다.

 "아마 자네도 알 테지만 전쟁 초에 나는 신문사 일로 벨기에의 이곳저곳을 돌아다니고 있었지. 그런데 작은 마을이 하나 있었어. 그냥 X라고 부르겠네. 정말 작은 마을이었는데, 그곳에 상당히 큰 수녀원이 있었네. 그거 왜 있잖나, 하얀색 옷을 입은 수녀들이 있는……. 교단의 이름은 모르겠군. 아무튼 그건 중요한 게 아니니까. 그런데 이 작은 마을이 독일군이 진군하는 바로 그 길목에 있었던 거야. 기병들이 도착해서……."

내가 불안한 듯 움찔거리자 윌리엄 P. 라이언이 안심하라는 듯 손을 들어올렸다.

"걱정할 것 없네. 독일군의 잔학상을 이야기하려는 게 아니니. 그런 일이 있었는지는 모르지만 지금은 그런 이야기가 아니야. 도무지 이치에 맞지 않는 일이 일어났다네. 독일군이 그 수녀원으로 갔어. 그런데 그들이 그곳에 도착하자마자 큰 폭발이 일어나 모든 게 날아가 버린 거야."

"정말인가?"

나는 좀 놀라서 물었다.

"이상한 사건 아닌가? 물론 독일군들이 축제 기분에 젖어 폭발물을 만지작대다 그랬을 거라고 편하게 생각할 수도 있어. 하지만 놈들은 그런 것을 갖고 있지 않았던 것 같거든. 고성능 폭약을 다루는 병과도 아니었고. 그렇다면 폭발을 일으킨 건 수녀들이었을까? 다른 사람도 아니고 수녀들이 말이야."

"이상한 일이군."

"나는 농부들이 그 사건에 대해 하는 이야기를 듣고 호기심을 갖게 됐다네. 죄다 틀에 박힌 뻔한 이야기이기는 했지만 말일세. 그들 말에 의하면 그것은 정말로 효과 만점의 현대판 기적이었다는 거야. 수녀들 중 하나가 현신한 성녀라는 소문이 있었나 본데, 가수면 상태에서 환각을 보곤 했었나 봐. 농부들 말로는 그 수녀가 일으킨 기적이라는군. 성녀가 믿음 없는 독일군을 날려 버리려고 번개를 불러서 놈들은 물론 사정거리 내에 있던 모든 것을 날려 버렸다는 얘기지. 정말 신기한 힘 아닌가.

사실 나는 그 사건의 진실을 밝혀내지 못했네. 그럴 시간이 없었어. 당시엔 갖가지 기적에 대한 소문이 아주 유행이었거든. 몽스(벨기에의 도시 — 옮긴이)에 천사가 나타났다느니 어쩌니 하는 얘기 같은……. 나는 감상적인 이야기를 좀 덧붙이고 종교적인 색채를 잘 드러낸 기사를 작성해 신문사에 보냈지. 미국에서는 그 기사 반응이 아주 좋았어. 그때 사람들은 그런 이야기들을 좋아했으니까.

그런데 기사를 작성하면서 점점 더 흥미가 생기는 거야. 자네가 이런 마음을 이해할지 모르겠군, 나는 정말로 무슨 일이 있었는지 알고 싶어졌다네. 그 장소 자체에는 볼 게 아무것도 없었어. 2개의 벽이 아직 서 있었고 그중 하나에 검은 화약 자국이 남아 있었는데 정확히 커다란 사냥개 형상을 하고 있었네.

근처의 농부들은 그 자국을 말할 수 없이 무서워했어. 죽음의 사냥개라고 부르며 해가 진 뒤에는 그 길로 다니지도 않더라고.

미신이란 언제나 흥미롭잖은가. 나는 기적을 일으켰다는 그 수녀를 만나 보고 싶어졌네. 그녀는 죽지 않았던 모양이야. 다른 피난민들과 함께 영국으로 건너갔다고 하더군. 나는 어렵게 그녀의 행방을 추적했네. 그래서 그녀가 콘월의 폴브리즈에 있는 트레안 저택으로 갔다는 것을 알게 됐지."

나는 고개를 끄덕였다.

"우리 형수님은 전쟁 초기에 벨기에 피난민들을 많이 거두었지. 한 20명쯤 될 걸세."

"음, 나는 시간이 나는 대로 그 수녀를 찾아갈 생각이었네. 그 일에 대해 그녀에게 직접 설명을 듣고 싶어서 말일세. 그런데 이런저런 일로 바쁘다 보니 잊어버리고 있었지 뭔가. 또 콘월이 좀 멀기도 하잖아. 사실 방금 자네가 폴브리즈 얘기를 꺼내기 전까진 까맣게 잊고 있었네."

"내가 형수님한테 꼭 물어보겠네. 형수님이 그 일에 대해서 뭔가 들었을지도 모르지. 물론 벨기에인들은 오래전에 모두 자기 나라로 돌아갔겠지만."

"그랬을 테지. 그래도 자네 형수님이 뭔가 아시는 게 있다면 내게 전해 주면 고맙겠네."

"그러지."

나는 진심으로 대답했다. 이야기는 그것으로 끝이었다.

II

그 이야기가 머리에 떠오른 건 트레안 저택에 도착한 이튿날이었다. 형수와 나는 테라스에 앉아서 차를 마시고 있었다.

"형수님, 벨기에 피난민들 중에 수녀가 한 사람 있지 않았어요?"

내가 질문을 던졌다.

"설마 마리 안젤리크 수녀를 말하는 건 아니겠지요?"

"어쩌면 그 사람일지도 모르겠는데요. 그녀에 대해서 얘기해 주세요."

나는 신중하게 말했다.

"아주 기묘한 여자였어요. 그런데 아직 이곳에 있답니다."

"뭐라고요? 형수님 집에 있다고요?"

"아니, 아니, 이 마을에 있다고요. 로즈 선생……. 도련님, 로즈 선생 기억하지요?"

나는 고개를 저었다.

"83세쯤 되는 노인이라면 생각나는데요."

"그분은 레어드 선생님이지요. 이미 돌아가셨어요. 로즈 선생은 의사인데, 여기 온 지 이삼 년밖에 안 됐어요. 아주 젊고 새로운 지식에 관심이 많은 분이에요. 마리 안젤리크 수녀에게도 아주 큰 관심을 가지고 있어요. 그녀의 환각 체험이 의학적 관점에서 대단히 흥미로운가 봐요. 다만 안젤리크 수녀는 가엾게도 아무데도 갈 곳이 없어서……. 내 생각으로는 진짜로 미쳤다고 생각하지만요. 그러니까 그런 인상을 받았다는 얘기에요. 내 말 무슨 뜻인지 알겠죠? 아무튼 갈 곳 없는 그녀에게 있을 곳을 마련해 준 건 로즈 선생이에요. 틀림없이 그녀에 관한 논문 같은 것을 쓰고 있을 거예요."

그녀는 잠시 멈추었다가 다시 말을 이었다.

"그런데 도련님은 안젤리크 수녀에 대해서 어떻게 아는 거예요?"

"좀 기묘한 이야기를 들었어요."

나는 라이언에게서 들은 이야기를 그대로 형수에게 전했다. 형수는 대단히 흥미 있어 하는 눈치였다.

"아시겠지만, 그녀가 도련님을 날려 버릴 수도 있어요."

"제가 꼭 그 젊은 수녀를 만나 봐야 할 것 같아요."

호기심이 커졌다.

"그렇게 하도록 해요. 나도 도련님이 그녀를 어떻게 생각하는지 알고 싶어요. 먼저 로즈 선생을 만나 봐요. 차 마시고 나서 마을에 가 보는 게 어때요?"

나는 그 제안을 받아들였다.

마침 로즈 선생은 집에 있었다. 나는 먼저 내 소개부터 했다. 상냥한 젊은이처럼 보였지만 그를 둘러싼 분위기에는 불쾌감을 주는 뭔가가 있었다. 상당히 개성이 강해서 전혀 호감이 가지 않았다.

내가 마리 안젤리크 수녀의 이야기를 꺼내자 그는 긴장하는 것 같았다. 아무래도 몹시 흥미가 동하는 모양이었다. 나는 라이언이 들려준 그 사건 이야기를 그에게 들려주었다.

"아, 아주 중요한 사실을 알게 됐네요."

그는 곰곰이 생각하는 눈치더니 나를 휙 쳐다보고는 말을 계속 이었다.

"그녀의 증상은 대단히 흥미롭답니다. 이곳에 왔을 땐 심한 정신적 충격을 받은 상태인 것 같았어요. 게다가 극도의 흥분 상태였고요. 아주 희한한 환각에 빠지는 것 같더군요. 정말 특이한 사람이에요. 저와 함께 만나러 가시겠습니까? 한 번쯤 만나 볼 만한 가치가 충분히 있는 사람입니다."

나는 쾌히 동의했다.

우리는 함께 집을 나섰다. 우리가 가는 곳은 마을 외곽에 있는 작은 주택이었다. 폴브리즈는 그림 같이 아름다운 곳이다. 마을은 주로 동쪽 해안의 강어귀에 펼쳐져 있다. 서쪽 해안은 집을 짓기에는 워낙 가파른 곳이지만, 작은 집 몇 채가 암벽에 매달리듯 서 있다. 의사 선생, 즉 로즈의 집도 서쪽 해안의 절벽 가장자리에 자리 잡고 있었다. 그곳에서는 검은 바위에 달려와 부딪치는 커다란 파도가 내려다보였다.

지금 우리가 찾아가는 집은 바다가 보이지 않는 곳에 있었다.

"여기에 이 지역의 간호사가 살고 있습니다. 마리 안젤리크 수녀가 이 집에 살 수 있도록 제가 조치했지요. 아무래도 노련한 간호사와 함께 있는 편이 나을 것 같아서요."

로즈 선생이 설명해 주었다.

"행동은 정상인가요?"

내가 호기심을 갖고 물었다.

"조금 뒤에 직접 판단해 보시죠."

그는 미소 지었다.

우리가 도착했을 때 땅딸막한 체구에 상냥한 태도를 지닌 지역 간호사는 자전거를 타고 막 외출하려던 참이었다.

"안녕하세요, 환자는 좀 어떻습니까?"

의사가 큰 소리로 물었다.

"평소와 똑같아요, 선생님. 두 손을 모아 쥐고 그냥 멍하니 앉아 있기만 하네요. 제가 말을 걸어도 대답을 하려고 하지 않아요. 아직도 영어를 잘 알아듣지 못한다고는 하지만요."

로즈는 고개를 끄덕였다. 간호사가 자전거를 타고 떠나자 그는 문으로 다가가서 힘껏 두드리고 안으로 들어갔다.

마리 안젤리크 수녀는 창문 옆에 기다란 의자에 누워 있었다. 우리가 들어가자 그녀가 고개를 돌렸다.

기묘한 얼굴이었다. 투명할 정도로 창백한 얼굴에 커다란 눈을 지니고 있었는데, 그 눈에는 한없는 슬픔이 담겨 있는 것처럼 보였다.

"안녕하세요, 수녀님?"

의사가 불어로 인사를 건넸다.

"안녕하세요, 무슈 르 독퇴르(의사 선생님)."

"제 친구 앤스트러더 씨를 소개할게요."

내가 인사를 하자 그녀가 희미한 미소를 띤 채 고개를 숙여 보였다.

"오늘은 좀 어떠신가요?"

의사가 그녀 옆에 앉으며 물었다.

"늘 똑같아요."

그녀는 잠시 멈췄다가 말을 이었다.

"모든 게 현실이 아닌 것 같아요. 흘러가는 게 날인가요, 달인가요, 아니면 해인가요? 도저히 모르겠어요. 오로지 꿈만이 실제처럼 생각돼요."

"그럼 여전히 꿈을 많이 꾸시는군요?"

"늘……. 언제나요. 이해하시려나요? 꿈이 현실보다 더 실제같이 느껴져요."

"고국 벨기에의 꿈을 꾸나요?"

그녀가 고개를 저었다.

"아니요. 현실엔 없는 나라의 꿈이에요. 이 세상엔 없는……. 하지만 무슈 르 독퇴르라면 아시겠지요? 제가 여러 번 말씀드렸잖아요."

그녀가 입을 다물었다가 불쑥 말을 꺼냈다.

"그런데 이 신사분도 의사 선생님이시겠지요……. 혹시 뇌 질병 전문의신가요?"

"아뇨, 아닙니다."

안심시키려는 듯 이렇게 말하고 씩 웃는 로즈의 웃음을 보고 나는 유난히 뾰족한 그의 송곳니에 주목했다. 그가 어딘지 늑대와 좀 닮은 데가 있다는 생각이 들었다. 그는 계속 말했다.

"수녀님이 앤스트러더 씨를 만나 보는 게 좋을 것 같아서 모셔 왔어요. 벨기에에서 일어난 일을 알고 계신 분이랍니다. 최근에 수녀님과 옛날 그 수도원에 대한 이야기를 들었다는군요."

그녀의 시선이 내게 향했다. 희미한 홍조가 그녀의 뺨에 번졌다.

"사실 별것 아닙니다. 며칠 전에 저녁 식사를 같이 한 친구가 제게 수녀원의 파괴된 벽에 대해 말해 준 것뿐입니다."

나는 급히 변명했다.

"그럼 역시 파괴됐군!"

그것은 우리에게보다는 자신에게 하는 낮은 중얼거림이었다. 그러고 나서 그녀는 나를 다시 쳐다보고 머뭇거리며 물었다.

"무슈, 말씀해 주세요. 친구분은 그것이 어떻게, 어떤 식으로 파괴됐다고 말하던가요?"

"전부 날아가 버렸다더군요."

나는 이렇게 대답하고서 덧붙여 말했다.

"농부들은 밤에 그 길을 지나다니는 것을 무서워한답니다."

"왜 무서워한다죠?"

"파괴된 벽에 남은 검은 자국 때문이라네요. 미신적인 공포가 느껴진다고 합니다."

그녀가 몸을 앞으로 내밀었다.

"말씀해 주세요, 무슈, 어서, 어서 말씀해 주세요! 그 자국이 어떤 모양이라고 하던가요?"

"거대한 사냥개의 형상을 하고 있답니다. 농부들은 그것을 죽음의 사냥개라고 부른다더군요."

그녀의 입에서 날카로운 비명이 터져 나왔다.

"아아! 그럼 그게 사실이네요, 사실이에요. 제가 기억하고 있는 모든 것이 사실이에요. 불길한 악몽이 아닌 거예요. 정말로 일어난 일이었어요! 정말로 있었던 일이에요!"

"무슨 일이 있었던 겁니까, 수녀님?"

의사가 낮은 목소리로 물었다.

그녀가 진지한 태도로 그를 향해 몸을 돌렸다.

"기억나요. 거기 계단에 있었던 게 기억나요. 저는 그 방법을 기억하고 있었어요. 그래서 우리가 예전에 하던 대로 그 힘을 사용했어요. 제단으로 올라가는 계단에 서서 저는 그들에게 더 이상 다가오지 말라고 했지요. 조용히 떠나라고요. 그런데 그들은 말을 듣지 않았어요. 경고를 했는데도 그들은 다가왔고, 그래서……."

수녀는 몸을 내밀며 기묘한 몸짓을 했다.

"그래서 전 그들을 향해 죽음의 사냥개를 풀어 놓은 거예요……."

그러더니 눈을 감고 의자에 쓰러져서 온몸을 부들부들 떨었다.

의사가 일어나서 찬장에서 유리컵을 꺼내 물을 반쯤 따라 가져왔다. 그러고는 주머니에서 작은 병을 꺼내어 물 컵에 병 속 액체를 한두 방울 떨어뜨린 후 그녀에게 건네며 명령조로 말했다.

"이걸 마시세요."

순순히 의사의 말에 따르는 수녀의 행동은 거의 무의식적인 움직임처럼 보였다. 자기 내면 속의 환영에 대해 곰곰이 생각하는 듯 그녀는 먼 곳을 응시하더니 말했다.

"그러면 그게 다 사실이군요. 모든 것이. 원형 도시, 수정궁의 사람들, 그 모든 것이 말이에요. 전부 사실이에요."

"그런 것 같습니다."

로즈가 말했다. 낮고 달래는 듯한 그의 목소리엔 상대 생각의 맥을 끊지 않으려는 격려의 의도가 보였다.

"그 도시에 대해 말해 보세요. 원형 도시라고 말씀하셨지요?"

그녀가 멍하니 기계적으로 대답했다.

"네. 세 개의 원이 있었어요. 첫 번째 원은 선택된 사람들을 위한 것이고, 두 번째 원은 여사제들, 그리고 제일 바깥쪽 원은 남사제를 위한 것이었어요."

"그럼 원의 한가운데는요?"

그녀가 거칠게 숨을 들이시더니 이루 말할 수 없는 경외심을 담아 낮은 목소리로 말했다.

"수정궁이 있어요……."

그 단어를 말하면서 그녀는 오른손을 이마로 가져가서 손가락으로 어떤 형태를 그렸다.

몸이 점점 굳는 것처럼 보였다. 눈이 감기고 몸이 조금 흔들리는 듯하더니 그녀는 별안간 잠에서 깬 것처럼 급히 몸을 곧추 세웠다.

"무슨 일이죠? 제가 무슨 말을 했나요?"

그녀가 당황한 얼굴로 물었다. 로즈가 대답했다.

"별것 아닙니다. 피곤해 보이시네요. 좀 쉬셔야겠어요. 우리는 그만 가 보겠습니다."

우리가 떠날 때 그녀는 혼란스런 얼굴을 하고 있었다.

밖으로 나오자 로즈가 물었다.

"음, 어떻게 생각하십니까?"

그는 곁눈질로 나를 날카롭게 쏘아보고 있었다.

"완전히 정신 착란 상태인 것 같군요."

나는 천천히 대답했다.

"그렇게 생각하십니까?"

"아닌가요? 실제로 그녀는 아주 확신에 차 있더군요. 말을 듣다 보면 그녀의 주장대로 그런 일을, 그러니까 일종의 엄청난 기적을 그녀가 실제로 행했다는 생각이 들 정도에요. 자신이 한 일이라는 믿음이 정말 진짜인 것 같더군요. 그래서…….”

"그래서 정신 착란 상태에 빠졌다고 말씀하시는 거군요. 맞는 말씀입니다. 하지만 이제 다른 각도에서 그 문제를 생각해 보도록 할까요. 그녀가 실제로 그 기적을 일으켰다고 가정하는 겁니다. 그녀 혼자서 건물을 파괴하고 수백 명의 독일군들을 몰살시켰다고 가정하는 거지요.”

"단지 의지의 힘만으로요?”

내가 웃으며 물었다.

"그렇다고는 말하지 않겠습니다. 하지만 광산의 기계 장치를 작동하는 스위치를 누르면 혼자서도 수많은 사람들을 죽일 수 있다는 건 인정하시겠지요.”

"그야 그렇지요, 하지만 그건 기계의 힘이잖습니까.”

"맞아요, 그건 기계의 힘이지요. 하지만 시작이 되는 본질을 따져 보면 결국 그것도 자연의 힘을 이용하여 통제하는 겁니다. 그러므로 뇌우와 발전소는 본질적으로 같은 이치이지요.”

"예, 하지만 뇌우를 통제하려면 기계 장치를 사용해야 합니다.”

로즈가 미소를 띠며 말했다.

"잠깐 이야기가 옆길로 새는 것 같지만, 윈터그린(철쭉과의 상록수 류 잎에서 채취한 향유 — 옮긴이)이라는 물질이 있습니다. 이건 자연 속의 식물의 잎에서 채취하는 겁니다. 그런데 연구실에서 화학적 합성을 통해서도 만들어 낼 수 있답니다.

"그래서요?"

"제 말은 같은 결과에 이르는 방법이 종종 2가지가 있다는 겁니다. 우리가 얘기한 방법은 분명히 인위적인 겁니다. 그러니 다른 방법이 있을지도 모르지요. 예를 들어 인도의 고행자들이 얻은 놀라운 깨달음은 어떤 간단한 방법으로도 설명될 수 없습니다. 하지만 우리가 초자연적 현상이라고 부르는 것도 단지 그 원리가 아직 이해되지 않은 자연적 현상일 뿐일 수 있습니다."

"그렇다면?"

나는 흥미를 가지고 물었다.

"한 인간이 엄청난 힘을 손에 넣고, 자신의 목적을 이루기 위해 그 힘을 사용할 가능성을 완전히 배제할 수 없다는 겁니다. 그렇다면 그 수단이 우리에게는 초자연적인 현상처럼 생각된다는 겁니다. 실제로는 그렇지 않음에도 불구하고."

나는 그를 뚫어지게 바라보았다.

"그저 추측일 뿐입니다."

그는 크게 웃으며 가볍게 받아 넘겼다.

"그런데 그녀가 수정궁이라는 말을 입에 올릴 때 했던 몸짓을 눈여겨보셨나요?"

"손을 이마에 댔었지요."

"그렇습니다. 그리고 이마에 원을 그렸지요. 가톨릭 신자가 성호를 긋는 것과 아주 비슷하더군요. 자, 앤스트러더 씨, 제가 흥미로운 얘기를 해 드리죠. 환자가 두서없이 이야기하는 중에 수정이라는 말이 빈번히 나오기에 제가 실험을 하나 해 봤습니다. 환자의 반응을 살펴볼 셈으로 어느 날 수정 구슬을 구해다가 그녀 앞에 불쑥 내밀어보았지요."

"그랬더니요?"

"음, 그 결과가 아주 흥미롭고 암시적이었죠. 그녀는 자신의 눈을 믿을 수 없다는 듯 그것을 바라보더군요. 그러더니 슬그머니 그 앞에 무릎을 꿇고서 두세 마디 중얼거리다가 정신을 잃고 말았어요."

"뭐라고 중얼댔나요?"

"아주 이상한 말을 했지요. '수정! 그렇다면 믿음이 아직 살아 있는 거야!'라고 하더군요."

"기묘한 말이네요!"

"뭔가 암시적이지 않습니까? 그런데 이상한 일이 더 있었습니다. 의식을 회복하고 난 뒤에 그녀는 아무것도 기억을 못하지 뭡니까. 다시 수정 구슬을 보여 주고 무엇인지 아냐고 물었습니다. 점쟁이들이 사용하는 수정 구슬인 것 같다고 대답하더군요. 그래서 제가 그걸 전에 본 적이 있는지 물었지요. 그랬더니 '본 적이 없는데요, 무슈 르 독퇴르.'라고 대답하는 거예요. 눈에 당혹스러워하는 빛이 역력했습니다. 그래서 물었지요. '왜 그러십니까, 수녀님?' 그랬더니 '너무 이상해서 그래요. 수정 구슬을 전에 본 적이 없는데도 왠지 잘 알고 있는 것 같은 생각이 들어서요. 그게 무엇인지 기억해 낼 수만 있다면……'이라고 하는 겁니다. 기억해 내려고 애쓰는 모습이 너무 고통스러워 보여서 더 이상 생각하지 말라고 했지요. 그게 2주 전의 일입니다. 그동안 그녀의 기억을 되살릴 기회를 엿보고 있었어요. 내일 다시 실험을 해 볼 생각입니다."

"수정 구슬로요?"

"예. 그녀에게 구슬을 응시하게 할 작정입니다. 그 결과가 자못 흥미로울 거라고 생각합니다."

"어떤 결과가 나올 거라고 예상하시나요?"

나는 호기심이 생겨 물었다.

별 뜻 없이 던진 질문이었는데 그것이 예기치 않은 결과를 가져왔다. 로즈의 태도가 딱딱해지고 얼굴이 붉어지더니 말투도 서서히 바뀌었다. 그는 좀 더 형식적이고 전문적으로 말했다.

"여태 불완전하게밖에 알려지지 않았던 특정한 정신 질환들의 원인을 밝혀낼 수 있을 거라 기대합니다. 마리 안젤리크 수녀는 아주 흥미로운 연구 대상이지요."

그렇다면 로즈의 관심은 순전히 직업적일 뿐인가? 나는 궁금증이 일었다.

"제가 함께 가도 괜찮겠습니까?"

기분 탓이었는지도 모르지만 그는 대답을 망설이는 듯 보였다. 불현듯 그가 나를 데려가고 싶어 하지 않는다는 느낌이 들었다.

"그럼요. 반대할 이유가 없습니다."

그는 덧붙여 말했다.

"여기 오래 머물 건 아니시지요?"

"내일 모레까지 있을 겁니다."

그는 내 대답에 만족한 것 같았다. 표정이 밝아지더니 최근에 기니피그를 가지고 행한 몇 가지 실험에 대해 이야기가 시작되었다.

III

다음 날 오후, 나는 약속대로 의사를 만나서 함께 마리 안젤리크 수녀에게 갔다. 그날의 의사는 유난히 친절했다. 전날 자신이 준 인상을 지우고 싶은 모양이었다.
"제가 한 말을 너무 진지하게 생각하지 마십시오. 신비학에나 빠져 있는 사람이라 생각하지 않으셨으면 합니다. 저의 가장 나쁜 점이 일단 한 가지 연구에 빠지면 헤어나지를 못한다는 겁니다."
그는 웃으면서 말했다.
"그렇습니까?"
"네, 증상이 특이할수록 더 마음이 끌리지요."
그는 자신의 이상한 취미를 비웃기라도 하는 것처럼 웃었다.
그 집에 도착하자 간호사가 로즈와 상의할 것이 있다고 해서 나는 마리 안젤리크 수녀와 단둘이 남겨졌다.
수녀가 내 얼굴을 찬찬히 살피더니 이윽고 입을 열었다.
"간호사가 친절하게 말해 주었어요. 선생님은 제가 벨기에를 떠나와서 신세를 졌던, 그 커다란 저택에 사시는 인정 많은 부인의 시동생이시라면서요?"

"네, 그렇습니다."

"부인이 제게 아주 잘해 주셨어요. 좋은 분이세요."

그녀는 긴 추억을 쫓는 듯 잠자코 있다가 다시 말을 꺼냈다.

"무슈 르 독퇴르도 좋은 분이시겠지요?"

나는 약간 당황했다.

"에, 그럼요. 그러니까……. 그렇게 생각합니다만."

"아아!"

그녀는 잠시 멈췄다가 말했다.

"의사 선생님이 제게 친절하게 대해 주셨다는 건 제가 보증해요."

"틀림없이 그랬을 겁니다."

그녀는 날카로운 눈길로 나를 쳐다보았다.

"무슈, 당신은……. 당신은 지금 이렇게 저와 얘기하면서 제가 미쳤다고 생각하시나요?"

"아니, 수녀님, 그런 생각은 결코……."

그녀는 천천히 고개를 흔들어 내 항변을 중단시켰다.

"제가 미친 걸까요? 저도 모르겠어요. 제가 기억하는 것도, 제가 잊어버린 것도……."

그녀는 한숨을 쉬었고, 그때 로즈가 방으로 들어왔다.

그는 기운차게 인사를 건넨 후 그녀가 해 주었으면 하는 일에 대해 설명했다.

"아시다시피 어떤 사람들은 수정 구슬을 통해 뭔가를 볼 수 있는 능력을 갖고 있어요. 수녀님도 그런 능력을 갖고 있을지 모른다는 생각이 드네요."

그녀는 난처한 얼굴이었다.

"아니요, 아니에요, 전 할 수 없어요. 미래를 읽다니……. 그건 나쁜 일이에요."

로즈는 깜짝 놀란 듯했다. 수녀가 그런 태도를 보일 거라고는 미처 예상치 못한 모양이었다. 그는 재빨리 논점을 바꿨다.

"미래를 들여다보아서는 안 되지요. 수녀님 말이 맞습니다. 하지만 과거를 들여다보는 건 다른 문제잖습니까."

"과거를요?"

"네, 수녀님의 과거에는 기묘한 일들이 많이 있습니다. 하지만 일순간 기억이 돌아온다고 해도 잠깐 동안 보였다가 사라져 버릴 뿐이죠. 수녀님에게 허락되지 않은 일인 겁니다. 수정 구슬에서 뭔가를 보겠다는 생각은 버리세요. 그냥 손에 들고만 계시는 겁니다. 맞아요, 그렇게. 그걸 들여다보세요, 깊이. 네, 더 깊이, 계속 더 깊이. 기억나지 않습니까? 기억이 납니다. 제 말이 들리지요. 제 질문에 대답할 수 있습니다. 제 말이 들리지 않습니까?"

마리 안젤리크 수녀는 의사가 시키는 대로 수정 구슬을 손에 들고 있었는데, 태도가 이상하리만치 공손했다. 구슬을 응시하던 그녀의 시야가 흐릿해지더니 고개가 푹 떨어졌다. 잠이 든 모양이었다.

의사는 그녀의 손에서 수정 구슬을 조심스럽게 빼내 탁자 위에 내려놓았다. 그러고는 그녀의 눈꺼풀 가장자리를 들어 올려 보고 나서 내 옆에 와 앉았다.

"그녀가 깨어날 때까지 기다려야 합니다. 오래 걸리지는 않을 겁니다."

그의 말이 맞았다. 5분쯤 지나자 마리 안젤리크 수녀가 몸을 움직이기 시작했다. 그녀가 멍하니 눈을 떴다.

"제가 어디 있는 거죠?"

"여기, 집에 있습니다. 수녀님은 잠깐 잠이 들었습니다. 꿈을 꾸지 않으셨나요?"

그녀는 고개를 끄덕였다.

"네, 꿈을 꿨어요."

"수정궁의 꿈을 꿨나요?"

"네."

"그것에 대해 말해 주세요."

"제가 미쳤다고 생각하시겠죠, 무슈 르 독퇴르. 하지만 제 꿈속에서 수정은 성스러움의 상징이에요. 저는 신념을 위해 순교한 제2의 그리스도이신 수정궁의 지도자분도 마음속에 그렸는걸요. 그분을 따르는 신도들은 쫓기고, 박해를 받았어요……. 하지만 믿음은 계속 이어졌지요. 그래요, 1만 5000번의 보름달이 뜨는 동안, 그러니까 1만 5000년 동안 말이에요."

"보름달은 얼마 만에 뜹니까?"

"태음월로 13개월이에요. 맞아요, 1만 5000번째 만월이었어요. 저는 제5수정궁의 여사제였지요. 그 일은 제6궁이 도래한 첫 번째 날에 일어났어요……."

미간을 찡그린 그녀의 얼굴에 공포의 빛이 스쳤다. 그러고는 이렇게 중얼거렸다.

"너무 빨라요. 너무 빨라. 뭔가 문제가……. 아아! 네, 기억이 나요! 제6궁이……."

수녀는 반쯤 일어섰다가 다시 주저앉아 얼굴을 어루만지며 중얼거렸다.

"그런데 제가 무슨 소리를 하고 있는 거죠? 헛소리나 지껄이고. 이런 일이 일어난 적도 없는데."

"자, 걱정할 것 없습니다."

하지만 그녀는 당혹스럽고 몹시 괴로운 얼굴로 그를 쳐다보았다.

"무슈 르 독퇴르, 전 이해할 수가 없어요. 제가 왜 이런 꿈을 꿀까요? 다 환상인데? 제가 신앙생활을 시작한 건 겨우 16살 때였어요. 전 여행을 해 본 적도 없어요. 그런데도 전 많은 도시와 낯선 사람들, 그리고 생소한 문화에 대한 꿈을 꿔요. 왜일까요?"

그녀는 양손으로 머리를 꽉 눌렀다.

"최면에 빠져 본 경험이 있습니까, 수녀님? 아니면 혼수상태에 빠진 적은요?"

"최면에 빠져 본 일은 한 번도 없어요, 무슈 르 독퇴르. 혼수상태라면 성당에서 기도를 드릴 때 종종 영혼이 몸에서 빠져 나가 한참을 가사 상태로 있던 적은 있어요. 원장 수녀님은 그게 바로 축복받은 상태라고 말씀하셨지요. 신의 은총을 받은 상태라고. 아, 그래요."

순간 그녀가 몸을 움찔했다.

"기억이 나요. 우린 그걸 신의 은총을 받은 상태라고 불렀어요."
로즈가 사무적인 어조로 말했다.

"실험을 하나 해 보고 싶습니다, 수녀님. 이렇게 하면 불완전해서 고통스러운 그 기억을 떨쳐 버릴 수 있을지도 모릅니다. 다시 한번 수정 구슬을 응시해 주세요. 제가 어떤 단어를 말하면 수녀님은 다른 단어로 대답해 주시면 됩니다. 수녀님이 피로해질 때까지 이런 식으로 계속 진행하겠습니다. 단어가 아니라 수정 구슬에 생각을 집중해야 합니다."

내가 수정 구슬을 싼 꾸러미를 풀어 마리 안젤리크 수녀의 손에 건네자 그녀가 공손한 손길로 그것을 다루는 모습이 눈에 들어왔다. 검은색 벨벳 위에 놓인 수정 구슬은 그녀의 마른 두 손바닥 사이에 있었다. 깊이를 알 수 없는 그녀의 두 눈이 수정 구슬을 응시했다. 잠시 침묵이 흐른 뒤에 의사가 입을 열었다.

"사냥개."

마리 안젤리크 수녀가 즉시 대답했다.

"죽음."

IV

나는 그 실험을 상세히 설명하지는 않을 생각이다. 의사는 일부러 중요치 않은 무의미한 단어들을 제시했다. 또 어떤 단어들의 경우에는 몇 번씩 반복해서 제시했는데 같은 대답이 나올 때도 있었고 다른 대답이 나올 때도 있었다.

그날 저녁 우리는 절벽 위에 있는 의사의 작은 집에서 실험의 결과에 대해 이야기를 나눴다.

그는 헛기침을 하고 노트를 끌어당겼다.

"이 결과가 아주 재미있군요, 상당히 흥미로워요. '제6궁'에 대한 대답으로 파괴, 자줏빛, 사냥개, 권력, 그리고 다시 파괴, 마지막에 권력이라는 다양한 말이 나왔습니다. 눈치채셨을지 모르겠지만, 나중에 저는 반대로 질문을 했어요. 그렇게 해서 파괴에 대한 답으로 사냥개를 얻었고, 자줏빛에는 권력, 사냥개에는 다시 죽음, 그리고 권력에는 사냥개를 얻었습니다. 이것들은 모두 관련이 있는 것들이죠. 그런데 두 번째로 파괴라는 단어를 반복했을 때에는 바다라는 답을 얻었는데, 이것은 전혀 연관이 없는 것 같거든요. '제5궁'이라는 말에는 청색, 사고, 새, 다시 청색, 그리고 마지막으로 다소 암시적인 '마음에 대해 마음을 연다'는 말이 나왔습니다. '제4궁'에서는 황색, 그리고 나중에 빛이라는 단어가 나왔고, '제1궁'에서는 피라는 대답이 나왔습니다. 이것에서 각각의 궁에는 특정한 색이 있으며, 아마도 특유의 상징이 있을 거라는 추론이 가능합니다. 제5궁은 새를, 제6궁은 사냥개를 상징하는 듯합니다. 그런데 제5궁에서 '마음에 대해 마음을 연다'는 것이 흔히 텔레파시라고 부르는 것을 상징하는 것이 아닌가 싶네요. 제6궁은 틀림없이 파괴력을 상징할 겁니다."

"바다는 뭘 의미하는 걸까요?"

"실은 그건 저도 설명할 방법이 없습니다. 나중에 그 단어를 제시해 보았지만 '배'라는 평범한 대답밖에 얻지 못했어요. 제7궁에서 처음에는 생명을, 두 번째는 사랑이라는 답을 얻었습니다. 제8궁에서는 아무 대답도 얻지 못했고요. 그러므로 모두 7개의 궁이 있는 모양입니다."

"하지만 일곱 번째는 있을 수 없어요. 여섯 번째 궁에서 파괴가 나타났으니까요!"

나는 갑자기 영감을 받은 것처럼 말했다.

"아아! 그렇게 생각하십니까? 하지만 두서없는 말들을 우리가 너무 진지하게 생각하고 있는지도 모릅니다. 이것들은 사실 의학적 관점에서나 흥미가 있는 겁니다."

"확실히 심령 연구자들의 관심을 끌기는 하겠네요."

의사의 눈이 가늘어졌다.

"앤스트러더 씨, 저는 이것을 공표할 생각이 조금도 없습니다."

"그럼 당신이 관심을 갖는 이유는?"

"순전히 개인적인 관심입니다. 물론 여기까지의 관찰은 기록해 둘 생각입니다."

"그렇군요."

하지만 그때 처음으로 난 내가 꼭 아무것도 보지 못했다는 느낌이 들었다. 나는 자리에서 일어났다.

"그럼 이만 가 봐야겠습니다, 박사님. 내일 다시 런던으로 떠나야 해서요."

"아아!"

의사의 탄성 뒤에 만족감과 안도감이 담겨 있는 것 같았다.

나는 가벼운 어조로 이어 말했다.

"그럼 연구가 성공하길 빕니다. 다음번에 만날 때 제게 죽음의 사냥개를 풀어놓지는 마십시오!"

나는 이 말을 할 때 의사의 손을 잡고 있었는데, 순간 그의 손이 움찔하는 것이 느껴졌다. 하지만 그는 곧 냉정을 되찾았다. 그러고는 길고 뾰족한 이를 드러내며 얼굴에 미소를 띠었다.

"권력을 사랑하는 사람에게 정말 대단한 힘이잖습니까. 모든 인간의 목숨을 자신의 손아귀에 쥘 수 있다니!"

이렇게 말하는 그의 얼굴 전체에 미소가 퍼졌다.

V

내가 직접 그 일에 관련된 것은 그것이 마지막이었다.

후에 나는 의사의 노트와 일기를 입수했다. 여기에 불충분하나마 몇 가지 사항을 옮겨 적으려 한다. 다만 이것이 내 손에 들어온 것은 한참 후였다는 사실을 알아주었으면 한다.

8월 5일. 마리 안젤리크 수녀가 말한 '선택받은 사람들'이란 종족을 일으킨 사람들이라는 것을 알게 됐다. 그들은 최고의 존경을 받았고 성직자보다 신분이 높았던 게 분명하다. 초기 기독교와 비교해 볼 것.

8월 7일. 마리 안젤리크 수녀를 설득해서 최면술을 시도하기로 했다. 최면 상태로 만드는 데는 성공했지만 의사소통이 이루어지지는 않았다.

8월 9일. 현대와도 비교할 수 없을 정도로 발달한 문명이 과거에 존재했을까? 만일 그랬다면, 그리고 그 수수께끼를 풀 열쇠를 가진 사람이 오로지 나뿐이라면 이건 엄청난 일이다…….

8월 12일. 마리 안젤리크 수녀가 최면 상태에서 전혀 지시에 따르지 않는다. 그런데도 혼수상태로는 쉽게 빠져든다. 이해가 되지 않는다.

8월 13일. 오늘 마리 안젤리크 수녀가 '신의 은총을 받은 상태'에서 "다른 사람이 육체를 지배할 수 없도록 통로를 차단해야 한다."는 말을 했다. 흥미롭기는 하지만 이해가 가지 않는다.

8월 18일. 그러면 제1궁은 다름 아닌……(여기에서 글자가 지워져 있음)…… 제6궁에 도달하기까지 몇 세기가 걸릴까? 그러나 만약 권력에 이르는 지름길이 있다면…….

8월 20일. 마리 안젤리크 수녀가 간호사와 함께 이곳에 오도록 조치했다. 참을성 있게 꾸준히 모르핀 치료를 받아야 한다고 수녀에게 말했다. 내가 미친 걸까? 아니면 죽음을 좌우하는 권력을 손에 쥔 초인인 걸까?

(기록 끝)

VI

내가 아래 편지를 받은 날짜는 8월 29일이었던 것으로 기억한다. 형수님 댁 주소로 내게 보낸 편지였는데, 비스듬히 기운 이국적인 글씨체로 쓰여 있었다. 나는 호기심을 갖고 편지를 열었다. 편지에는 다음과 같이 적혀 있었다.

친애하는 무슈, 선생님을 2번밖에 뵙지는 못했지만 선생님은 믿을 만한 분이라는 생각이 들었습니다. 제 꿈이 사실이든 아니든, 그것들은 최근에 점점 또렷해지고 있습니다⋯⋯. 하지만 무슈, 어쨌든 한 가지, 죽음의 사냥개만은 꿈이 아닙니다⋯⋯. 일전에 제가 (그것이 사실인지 어떤지는 모르겠습니다만) 수정궁의 수호자이신 그분이 제6궁을 사람들에게 너무 빨리 드러냈다고 말씀드렸지요⋯⋯. 그로 인해 악이 사람들의 마음에 들어가고 말았답니다. 그들은 마음 내키는 대로 사람을 죽일 수 있는 힘을 갖게 된 겁니다. 그런데 그들은 정당한 이유 없이 분노만으로 사람들을 죽이고 있습니다. 권력욕에 취해 버렸기 때문입니다. 그런 모습을 보았을 때 아직 순수한 우리들은 또 다른 원을 완성해서 영생의 궁에 이르러서는 안 된다는 것을 알게 됐습니다. 다음번 수정궁의 수호자가 되는 분은 '행동하라'는 명령을 받았습니다. 낡은 것이 사라지고 무한한 세월이 흐른 뒤에 새로운 것이 다시 나타나도록 수호자께서는 (원이 닫히지 않도록 주의하면서) 죽음의 사냥개를 바다에 풀어 놓았고, 그러자 바다가 사냥개의 형상으로 솟아올라서 육지를 완전히 삼켜 버렸습니다…….

전에도 이런 일이 있었던 것을 저는 기억합니다. 벨기에의 제단에 있는 계단 위에서였지요…….

로즈 선생님은 우리의 형제 중 한 사람이었습니다. 그는 제1궁을 알고 있고, 제2궁의 형태도 알고 있습니다. 비록 소수의 선택된 사람들을 제외한 모든 사람들에게는 그 의미가 비밀에 부쳐져 있지만요. 그는 제게서 제6궁의 비밀을 알아내려고 하고 있답니다. 지금까지는 잘 견뎠지만 전 점점 약해지고 있습니다. 무슈, 때가 되기 전에 인간이 권력을 잡는 것은 좋지 않습니다. 이 세상이 죽음을 좌우하는 힘을 가질 수 있는 준비를 갖추려면 여러 세기가 흘러야 합니다……. 선과 진실을 사랑하는 당신께 부탁드립니다. 무슈, 제발 절 도와주세요……. 너무 늦기 전에.

그리스도 안에서,
마리 안젤리크 수녀

나는 편지를 떨어뜨렸다. 발밑의 단단한 대지가 평소와 달리 불안하게 느껴졌다. 나는 다시 기운을 차렸다. 가련한 여인의 더할 나위 없이 순수한 믿음에 나는 감명을 받았다! 한 가지는 분명했다. 로즈 선생이 병상 연구에 열중한 나머지 야비하게도 자신의 직권을 남용하고 있다는 사실이었다. 나는 곧장 달려 내려갔다.

문득 다른 편지들 가운데 형수에게서 온 편지가 눈에 들어왔다.

나는 편지 겉봉을 찢어서 열었다.
그리고 읽어 내려갔다.

아주 끔찍한 일이 일어났어요. 도련님, 벼랑 위에 있는 로즈 선생의 작은 집을 기억하지요? 지난밤에 산사태가 나서 집이 쓸려 내려갔어요. 그 바람에 의사 선생과 가엾은 마리 안젤리크 수녀가 죽었어요. 해변에 떨어진 잔해가 정말로 끔찍하대요. 엄청나게 큰 덩어리로 쌓여 있는데 멀리서 보면 마치 커다란 사냥개처럼 보여요……

내 손에서 편지가 미끄러져 떨어졌다.
그 밖의 사실은 우연의 일치일지도 모른다. 내가 알아낸 바로는 의사의 친척 중 역시 로즈라는 성을 가진 부유한 친척이 있는데, 같은 날 밤 급사를 했다고 한다. 벼락을 맞았다는 소문이었다. 하지만 기록상 그 근처에는 천둥 번개가 친 적이 없었다. 그럼에도 한두 명의 주민들은 천둥소리를 한 차례 들었다고 단언하고 있었다. 시체에는 벼락에 맞은 화상 자국이 '기묘한 모양으로' 남아 있었다고 한다. 그는 조카인 로즈 선생에게 전 재산을 물려준다는 유언장을 남겼다.
그런데 만약 로즈 선생이 마리 안젤리크 수녀에게서 제6궁의 비밀을 얻는데 성공했다면 어땠을까? 나는 처음부터 그가 파렴치한 사람일 것으로 추측했다. 혐의를 피할 수 있다는 확신만 있었다면 그는 망설이지 않고 삼촌의 목숨을 빼앗았을 것이다. 하지만 마리 안젤리크 수녀의 편지 구절이 내 머릿속에서 계속 맴돌았다……. '원이 닫히지 않도록 주의하면서…….' 로즈 선생은 그런 식으로 신중하게 힘을 사용하지 않았을 것이다. 아마 그런 조치를 취하기는커녕 심지어 그런 조치가 필요하다는 것조차도 몰랐을 것이다. 그래서 그가 사용한 힘이 완전히 한 바퀴를 돌아서 되돌아왔던 걸까…….

물론 이건 터무니없는 생각이다! 모든 것은 아주 자연스러운 방식으로 설명될 수 있다. 의사가 마리 안젤리크 수녀의 환각을 믿은 것은 단지 그 자신의 정신도 좀 불안정하다는 것을 입증할 뿐이다.

그럼에도 나는 때때로 한때 인간이 살았으며 우리보다 훨씬 앞선 문명을 달성하고 바다 밑에 가라앉아 버린 대륙에 대한 꿈을 꿀 때가 있다…….

아니면 그런 가능성을 믿는(수녀가 실은 미래를 보았다는 가능성? 원형 도시 전설이 존재했다는 가능성?) 사람의 말처럼 마리 안젤리크 수녀는 과거를 기억하고 있지만, 이 원형의 도시라는 것이 과거가 아니라 미래에 존재하는 것은 아닐까?

바보 같으니! 당연히 그 모든 것은 그저 환각일 뿐이다!

붉은 신호

"아니요, 하지만 정말 소름끼치네요."

매력적인 에버슬레이 부인은 아름답긴 하지만 좀 멍해 보이는 파란 눈을 크게 뜨고 말했다.

"여자에겐 육감이 있다고들 하잖아요. 그게 사실이라고 생각하세요, 앨링턴 경?"

고명한 정신병 의사는 냉소적인 미소를 지었다. 그는 함께 자리한 그 부인처럼 예쁘기만 하고 멍청한 여자들을 한없이 경멸했다. 앨링턴 웨스트는 정신병 분야의 최고 권위자였는데, 자신의 높은 지위와 드높은 평판을 스스로 충분히 인식하고 있었다. 그는 당당한 풍채에 좀 거만해 보이는 사람이었다.

"그런 터무니없는 말들이 널리 퍼져 있다는 건 알고 있습니다, 에버슬레이 부인. 그런데 그 육감이라는 말은 무슨 뜻입니까?"

"당신네 과학자들은 늘 너무 깐깐하다니까요. 음, 신기하게도 어떤 일을 환히 알 것 같은 느낌을 말하는 거랍니다. 그냥 아는 거예요, 저절로 느껴지는 거죠. 상당히 신비한 경험이라 할 수 있겠죠. 클레어는 내 말뜻을 알 거예요. 안 그래요, 클레어?"

그녀는 안주인에게 어깨를 기울이고 조금 뾰로통한 얼굴로 호소했다.

클레어 트렌트는 즉시 대답하지 않았다. 조촐한 저녁 식사 모임이었다. 그녀와 그녀의 남편, 그리고 바이올렛 에버슬레이, 앨링턴 웨스트 경과 그의 조카인 더못 웨스트. 그리고 더못 웨스트는 잭의 오랜 친구였다. 기분 좋은 미소와 유쾌하고 편안한 웃음소리를 가진 덩치 크고 혈색 좋은 잭 트렌트가 이야기를 받았다.

"다 부질없는 얘기예요, 바이올렛! 절친한 친구가 열차 사고로 죽었다고 쳐요. 당신은 즉각 지난 화요일에 꾼 검은 고양이 꿈을 떠올릴 겁니다. 그리고 놀라운 일이라는 생각을 하겠지요. 마치 처음부터 무슨 일이 일어날 것 같은 예감을 느꼈다고 생각지 않겠어요!"

"맙소사, 잭, 당신은 지금 예감과 직관을 혼동하고 있는 거예요. 자, 자, 앨링턴 경, 당신은 예감이라는 것이 있다는 것을 인정하실 테죠?"

의사는 신중한 태도로 말했다.

"아마 어느 정도는 있다고 봐야겠지요. 하지만 많은 것이 우연의 일치로 설명될 수 있습니다. 그리고 세상에 떠도는 이야기의 대부분은 나중에 꾸며 낸 것이고요. 그 점을 항상 염두에 둬야 하지요."

클레어 트렌트가 다소 불쑥 말했다.

"저는 예감 같은 것이 있다고는 생각지 않아요. 직관이나 육감, 또 우리가 아주 그럴싸하게 말하는 것들 중 어떤 것도요. 인생은 알 수 없는 목적지를 향해 어둠 속을 달려가는 기차와 비슷한 것 같아요."

"그건 좋은 비유가 아닌데요, 트렌트 부인."

더못 웨스트가 처음으로 고개를 들고 토론에 끼어들며 말했다. 그의 검게 탄 얼굴과 다소 부조화스럽게 빛나는 맑은 회색 눈이 기묘하게 반짝였다.

"신호에 대한 것을 깜빡 하셨습니다, 아시겠어요?"

"신호요?"

"네, 아무 일도 없으면 푸른색입니다. 그리고 붉은색은 위험을 나타내지요!"

"위험의 붉은색, 으스스하네요!"

바이올렛 에버슬레이가 속삭이듯 말했다.

더못은 다소 신경질적으로 그녀에게서 고개를 돌렸다.

"물론 말로 설명하자면 그저 그렇다는 것뿐입니다. 앞쪽에 위험이 있다! 붉은 신호다! 주의해라!"

트렌트는 호기심 어린 눈길로 그를 빤히 쳐다봤다.

"자네는 마치 실제 경험한 일처럼 말하는군, 더못."

"그래, 그렇다네."

"우리에게 그 이야기를 들려주게나."

"한 가지 예를 들어 주지. 메소포타미아에서의 일이었네. 휴전 직후였는데 어느 날 저녁에 내 천막에 들어갔을 때 강렬한 예감이 들었어. 위험하다! 주의해라! 하지만 무엇이 원인인지 전혀 모르겠는 거야. 그래 괜히 야단법석을 떨며 캠프 주위를 둘러보거나 적성 아랍인들에 대한 방어 태세를 점검하거나 했지. 그러고 나서야 다시 내 천막으로 돌아갔는데, 천막 안으로 들어서자마자 불길한 예감이 처음보다 훨씬 더 강하게 들더군. 위험하다! 결국 나는 담요를 들고 나와서 밖에서 둘둘 말고 잠을 잤다네."

"그래서?"

"다음 날 아침에 텐트로 들어갔을 때, 처음 내 눈에 들어온 건 내가 평소에 잠을 자던 침대에 꽂혀 있는 칼이었네. 거의 50센티미터쯤이나 되더군. 나는 곧 범인을 찾아냈지. 아랍인 하인 중 하나가 범인이었어. 아들이 스파이 혐의로 총살된 사람이었지. 앨링턴 삼촌, 제가 붉은 신호의 예로 든 것을 어떻게 생각하세요?"

전문의는 애매한 미소를 지었다.

"아주 재미있는 이야기구나, 더못."

"하지만 전적으로 인정하실 수는 없다는 건가요?"

"아니, 아니다. 네 말대로 네가 위험을 예감했다는 것을 의심치는 않는다. 하지만 내가 이의를 제기하는 건 예감의 원인 쪽이다. 네 말에 따르면 어떤 외부의 원인이 네 정신에 강렬한 인상을 주었던 게 돼. 하지만 오늘날 우리는 거의 모든 것이 마음속, 그러니까 잠재적 자아에서 나온다는 것을 알고 있지."

"또 잠재의식인가요. 요즘은 뭐든지 그것으로 통하는군요."

잭 트렌트가 소리쳤다.

앨링턴 경은 잭 트렌트의 말을 무시하고 이어 말했다.

"그 아랍인은 눈짓이나 표정에서 무심코 속마음을 드러냈을 테지. 네 의식적 자아는 그것을 눈치채거나 기억하지 못했지만 잠재적 자아의 경우는 달랐던 거다. 잠재의식은 절대 잊는 법이 없으니까. 우리는 또한 잠재의식은 독자적으로 예민하게 활동하면서 타인의 의도를 판단하거나 추론할 수 있다고 보고 있단다. 당시에 네 잠재적 자아는 암살 시도가 있을지 모른다는 판단을 내린 후 의식적으로 깨달을 수 있도록 계속해서 두려움의 신호를 보낸 거다."

"아주 설득력 있는 말씀이신데요."

더못이 웃으며 말했다.

"하지만 결코 흥미롭지는 않네요."

에버슬레이 부인이 뿌루퉁한 얼굴로 말했다.

"그리고 또한 너는 그 아랍인이 네게 증오심을 품고 있다는 것을 무의식적으로 깨달았을 수도 있다. 과거에 텔레파시라고 부르던 것은 틀림없이 존재해. 그것이 어떻게 나타나는 건지는 이해할 수 없지만 말이다."

"다른 경험은 없었나요?"

클레어가 더못에게 물었다.

"아, 있었죠. 하지만 그다지 재미있는 얘기는 아닙니다. 아마 우연의 일치로 설명될 수 있을 거예요. 언젠가 시골 저택에 초대를 받은 적이 있었는데, 저는 거절했어요. 단지 '붉은 신호'가 느껴졌기 때문에요. 그런데 그 주에 그 저택이 화재로 전소되는 일이 일어났어요. 앨링턴 삼촌, 그런 경우에는 잠재의식이 어떻게 작용한 걸까요?"

"그것에서는 잠재의식이 나타나지 않은 것 같구나."

앨링턴은 웃으며 대답했다.

"그렇더라도 아까처럼 멋지게 설명하실 수 있으시겠죠. 자, 친척 사이니까 너무 신중히 고르실 것 없이 말씀해 보세요."

"그래, 그렇다면 얘기해 보마. 너는 그다지 가고 싶지 않다는 평범한 이유 때문에 그 초대를 거절했다고 했지. 그런데 그 후에 화재가 발생하자 너는 위험을 예감했다고 자기 암시를 걸었어. 그래서 지금은 그것을 전적으로 믿고 있는 거지."

"무슨 수를 써도 승산이 없네요. 동전 앞면이 나오면 삼촌 승이고 뒷면이 나오면 제가 패하는 거니."

더못이 큰 소리로 웃었다.

"신경 쓰지 마세요, 웨스트 씨. 전 당신이 말씀하신 붉은 신호 이야기를 100퍼센트 믿어요. 그런데 예감을 느꼈던 건 메소포타미아에서가 마지막이었나요?"

바이올렛 에버슬레이가 소리쳤다.

"네, 오늘······."

"뭐라고 하셨죠?"

"아무것도 아닙니다."

더못은 입을 다물었다. "네, 오늘 밤까지는 그랬습니다."라는 말이 거의 입에서 튀어나올 뻔 했기 때문이다. 그는 그 말이 자신의 입에서 나오리라고는 전혀 생각지 못했다. 의식적으로 깨닫기도 전에 생각이 말로 나와 버렸던 것이다. 하지만 그는 그게 착각이 아니라는 사실을 곧 깨달았다. 어둠 속에서 붉은 신호가 어렴풋이 나타났다. 위험하다! 위험이 다가오고 있다!

하지만 왜? 이곳에 어떤 위험이 있을 수 있을까? 여긴 친구네 집이 아닌가? 아니, 그런 위험이 있기는 했다. 그는 클레어 트렌트를 바라보았다. 하얀 피부와 가냘픈 몸매, 그리고 우아하게 수그린 금발 머리를. 하지만 그 위험은 꽤 오랫동안 안전하게 지켜져 왔다. 새삼 위험이 커졌을 리가 없다. 잭 트렌트로 말하자면 그의 절친한 친구였다. 아니 절친한 친구 그 이상이었다. 잭은 플랑드르(현재의 벨기에 서부 — 옮긴이)에서 그의 생명을 구해 주었고, 그 공로로 빅토리아 십자훈장까지 받았다. 잭은 최고의 친구였다. 그런 잭의 아내와 사랑에 빠진 건 지독한 불운이었다. 아마 언젠가는 잊어야 할 것이다. 이렇게 영원히 고통 속에서 지낼 수는 없었다. 극복해야 한다. 그래, 극복해야 돼. 이런 그의 생각을 그녀는 전혀 짐작도 못하는 것 같았다. 그리고 설사 짐작한다고 하더라도 그녀가 걱정해야 할 일은 없었다. 조각상, 황금과 상아와 연한 핑크색 산호로 만들어진 아름다운 조각상······. 그녀는 상상 속의 여인이지 현실의 여인이 아니었다.

클레어······. 그녀의 이름을 생각하고 살며시 입 밖에 내는 것만으로도 그는 고통스러웠다. 벗어나야 했다. 전에도 여자를 사랑한 적은 있었다.

'하지만 이렇지는 않았어!'

뭔가 그렇게 말하는 듯했다.

'이렇지는 않았어."

그래, 그랬다. 거기에 위험은 없었다. 물론 마음의 고통은 있었지만 위험은 없었다. 위험을 알리는 붉은 신호는 아니었다. 무언가 다른 것이 있었다.

그는 식탁을 둘러보고서 이 자리가 상당히 이례적인 모임이라는 생각이 처음으로 떠올랐다. 예를 들어 그의 삼촌은 이런 격의 없는 식사 자리에 좀처럼 참석하는 일이 없었다. 게다가 트렌트 가족과 특별히 친한 사이인 것 같지도 않았다. 더못은 오늘 저녁 전까지 삼촌이 트렌트 가족을 안다는 사실조차 몰랐다.

물론 삼촌에겐 여기 올 그럴싸한 구실이 있긴 했다. 저녁 식사 뒤에 꽤 이름난 영매가 강신술 모임을 가지러 오기로 돼 있었다. 삼촌은 강신술에 관심이 좀 있는 척해 오고 있었다. 그랬다. 그것은 구실임에 틀림없었다.

그는 그 말에만 정신이 쏠렸다. 구실이라. 강신술 모임은 삼촌이 저녁 식사 자리에 자연스럽게 참석하기 위한 구실에 불과한 걸까? 그렇다면 삼촌이 여기에 온 진짜 이유는 무엇일까? 전까진 알아채지 못한 사소한 일들이, 아니 삼촌의 말대로 의식적으로는 알아채지 못했던 수많은 사실들이 더못의 머릿속에 잇달아 떠올랐다.

저명한 의사는 클레어를 두세 번 쳐다보았다. 그녀를 관찰하고 있는 것 같았다. 앨링턴 웨스트의 찌르는 듯한 눈길에 그녀는 불안해했다. 손을 희미하게 떨며 안절부절못했다. 몹시 불안한 모양이었다. 두려워하는 건가? 두려워하는 것일지도 모른다. 하지만 왜 두려워하는 거지?

그는 급히 식탁에서 진행되는 대화로 주의를 돌렸다. 에버슬레이 부인이 정신의학의 대가에게 전문 분야에 대한 강연을 청해 듣고 있었다.

"부인, 광기란 무엇일까요? 장담하건대 그 문제를 연구하면 할수록 그걸 정의하기가 더욱 어렵다는 것을 알게 됩니다. 우리는 모두 어느 정도 자기기만에 빠지게 마련이에요. 하나 자신을 러시아 황제라고 믿는 지경에 이른다면 격리나 감금이 필요하겠지요. 하지만 그런 상태는 오랜 진행 끝에 찾아오는 것입니다. 그런데 그 긴 진행 과정 중 특정한 지점에 말뚝을 세우고서 '이쪽은 제정신, 저쪽은 정신 착란'이라고 말할 수 있겠습니까? 당연히 그럴 수는 없어요. 자, 들어 보십시오. 만약에 망상에 시달리는 사람이 잠자코 입을 다물고 있다면 우리는 십중팔구 평범한 사람과 그를 구별할 수 없을 겁니다. 정신이상자가 기막힐 정도로 온전한 사람처럼 보일 수 있다는 건 정말 흥미로운 일이지요."

앨링턴 경은 음미하듯 와인을 마시며 동석자들에게 밝게 미소 지었다.

"미치광이들은 아주 교활하다는 얘기를 자주 들었어요."

에버슬레이 양이 한마디 했다.

"몹시 교활하지요. 그런데 특정 망상을 억누르게 되면 종종 비참

한 결과를 초래하게 됩니다. 정신분석학에서 말하듯이 억압이란 모두 위험한 거예요. 특이하되 해롭지 않은 버릇을 가지고 있는 사람은 여간해서는 위험의 경계를 넘지 않습니다. 반면 겉으로는 더할 나위 없이 평범해 보이는 남자……."

그는 잠시 머뭇거렸다.

"혹은 여자가 정말로 사회에 엄청난 위험원이 되는 것도 가능하지요."

그의 시선이 천천히 탁자를 따라 클레어에게 옮겨 갔다가 다시 돌아왔다. 그러고는 다시 와인을 홀짝였다.

지독한 공포가 더못을 뒤흔들었다. 이것이 삼촌의 의도였단 말인가? 삼촌이 말하고 있는 게 그 뜻인가? 믿을 수가 없다, 하지만…….

"한마디로 모든 게 억압에서 비롯된다는 거군요. 언제든…… 자신의 성격을 표현할 때에는 신중해야 한다는 걸 알겠어요. 다른 사람을 위협할 수 있다니 무서워요."

에버슬레이 양은 한숨을 쉬었다.

"에버슬레이 양, 당신은 내 말을 완전히 잘못 이해했군요. 그 악영향의 원인은 뇌의 물리적 장애에서 비롯됩니다. 때로는 타격과 같은 외부 작용에 의해서 일어나기도 하고, 때로는 가엾게도 선천적으로 갖고 태어나기도 하지요."

의사는 훈계조로 말했다.

"유전병은 너무 슬픈 일이에요. 폐병이니 뭐니 하는 것들을 보면요."

여주인은 살며시 한숨지었다.

"결핵은 유전성 질환이 아닙니다."

앨링턴 경이 냉담하게 말했다.

"그래요? 저는 줄곧 그런 줄만 알고 있었는데. 하지만 광기는 유전이죠! 또 뭐가 있죠?"

앨링턴 경이 미소를 띠고 말했다.

"통풍이 있지요. 그리고 색맹도요. 색맹은 꽤 흥미롭답니다. 남성에게는 직접 유전되지만 여성에게는 잠재돼 있어요. 그래서 남자들에겐 색맹이 많은 겁니다. 하지만 여자가 색맹이라면 아버지가 색맹인 것은 물론이고 어머니도 잠재적 색맹이어야 하지요. 하지만 그런 경우는 상당히 드물어요. 이런 게 '반성 유전'이라는 겁니다."

"정말 흥미롭네요. 하지만 광기는 그렇지 않지요?"

"광기는 남자와 여자에게 똑같이 유전될 수 있습니다."

의사가 진지하게 대답했다.

클레어가 벌떡 일어나는 바람에 순간 의자가 뒤로 밀리면서 바닥에 나동그라졌다. 얼굴이 몹시 창백했고 신경질적으로 손가락을 움직이는 모습이 아주 또렷이 보였다.

"여, 여러분 자리를 옮기는 게 어떨까요? 톰슨 부인이 이제 곧 올 거예요."

그녀가 권하듯 말했다. 앨링턴 경이 대답했다.

"포트와인을 한 잔만 마시고 가겠습니다. 내가 여기 온 건 톰슨 부인의 멋진 솜씨를 보기 위해서 아닌가요? 하하하! 그러니 내게 그렇게 말할 필요 없어요."

그러고서 그는 고개를 숙여보였다.

클레어는 알았다는 듯 희미한 미소를 지어 보이고 에버슬레이 부인의 어깨에 손을 올리고 방에서 나갔다.

"너무 내 전공 관련 얘기만 한 것 같군요. 용서하십시오."

의사는 자리에 다시 앉으며 말했다.

"천만에요."

트렌트는 형식적으로 대답했다. 그는 불안하고 근심스러운 얼굴이었다. 처음으로 더못은 친구와 같이 있는 자리에서 이방인이 된 듯한 느낌을 받았다. 오랜 친구 사이에도 함께 나눌 수 없는 비밀은 존재한다. 둘 사이에 바로 그런 비밀이 있는 것이다. 하지만 그걸 감안한다 하더라도 지금 주위의 모든 것이 터무니없이 불길해 보였다. 그런 느낌의 근거가 무엇인지 알 수 없었다. 단지 두세 번의 의미심장한 눈길, 그리고 한 여자의 초조한 행동밖에는 없었는데.

그들은 잠깐 동안 와인을 음미했다. 그러고는 톰슨 부인이 막 도착했다는 전갈에 응접실로 자리를 옮겼다.

영매는 자홍색 벨벳 옷을 촌스럽게 차려 입은, 다소 목소리가 큰 통통한 중년 여성이었다.

"내가 늦은 건 아니겠죠, 트렌트 부인. 9시라고 했던 것 같은데요?"

그녀는 기운차게 말했다.

"딱 맞게 오셨어요, 톰슨 부인. 이분들이 함께 하실 거예요."

클레어는 약간 쉰 듯하면서도 상냥한 목소리로 대답했다.

관례대로 더 이상의 소개는 없었다. 영매는 꿰뚫는 듯한 날카로운 눈길로 주위 모두를 휙 둘러보고는 힘차게 말했다.

"좋은 결과가 나왔으면 좋겠군요. 모임에 나와서 좌중을 만족시키지 못하면 제 기분이 얼마나 언짢은지 모르실 거예요. 아주 화가 나서 미칠 것 같답니다. 하지만 오늘 밤에는 '시로마코(아시겠지만 날 지배하는 일본인 영혼이랍니다.)'가 잘 해낼 거란 생각이 드네요. 몸 컨디션도 아주 좋은데다 웰시 래빗(치즈를 녹여 향료, 맥주, 우유 등을 섞어 토스트에 바른 것 ― 옮긴이)도 먹지 않았거든요. 치즈 토스트를 좋아하지만 말이에요."

더못은 우습기도 하고 기가 차기도 한 심정으로 듣고 있었다. 이 모두 얼마나 상투적인 대사인가! 그가 잘못 생각하고 있을 가능성도 없진 않지만, 어쨌든 전부 맞는 소리긴 했다. 영매들이 갖고 있는 재능은 선천적인 것이다. 아직까지 우리는 그 능력에 대해 제대로 알고 있지 못하다. 훌륭한 외과의도 힘든 수술 전날 밤에는 소화 불량을 걱정할지 모른다. 톰슨 부인이라고 왜 안 그러겠는가?

의자가 둥글게 배열되고 등의 밝기도 편리하게 조절할 수 있도록 준비해 놓았다. 더못은 의문의 여지 없이 오늘 밤 모임이 뭔가를 가려내기 위한 것이며, 또한 삼촌이 강신술 모임의 진행에 만족하고 있다는 것을 눈치챘다. 그렇다. 톰슨 부인의 강신술은 단지 구실에 지나지 않는다. 삼촌은 완전히 다른 목적으로 여기에 온 것이다. 더못은 클레어의 어머니가 외국에서 사망했다는 것을 떠올렸다. 그녀에게 문제가 있었나? ……어쩌면 유전적인?

그는 다시 주위의 상황에 주의를 돌렸다. 모두가 자리를 잡고 앉자 건너편에 있는 탁자 위에 갓을 씌운 붉은색 등만 남기고 불을 모두 껐다.

잠시 동안 영매의 낮고 규칙적인 숨소리 외에는 아무것도 들리지 않았다. 차츰 그 소리가 숨이 가쁜 듯 점점 식식거리는 소리로 바뀌었다. 방의 건너편 끝에서 톡톡 두드리는 큰 소리가 들리자 더못은 움찔했다. 반대편에서도 같은 소리가 들렸다. 톡톡 두드리는 소리는 점점 강해졌다. 그러다가 소리가 점점 약해지더니 별안간 조롱하는 듯한 웃음소리가 온 방 안에 울려 퍼졌다. 다시 정적이 감돌다가 톰슨 부인의 목소리와는 전혀 다른 높고 이상한 억양의 목소리가 침묵을 깨뜨렸다.

"여러분, 내가 왔어요. 그래요, 내가 왔다고요. 나에게 묻고 싶은 게 있나요?"

"당신은 누구인가요? 시로마코인가요?"

"그래요. 시로마코예요. 오래전에 죽었죠. 하지만 난 움직일 수 있어요. 아주 행복해요."

시로마코의 일생에 대한 더 자세한 이야기가 이어졌다. 무척이나 따분하고 시시한 이야기였다. 더못은 전에도 종종 그런 이야기를 들은 적이 있었다. 모두가 아주 행복했다는 식의 그렇고 그런 이야기였다. 메시지들은 존재도 불확실한, 친척이라고 주장하는 존재의 입에서 나왔는데 설명이 너무 애매해서 어떤 경우에든 맞다고 우기는 게 가능했다. 참석자 중 누군가의 어머니라는 노부인이 한동안 발언권을 갖고서 진부한 격언을 알려 주었는데, 새로운 것이라도 가르쳐 주는 듯한 그녀의 태도와는 걸맞지 않는 주제였다.

"지금 누군가 다른 분이 얘기하고 싶어 하네요. 신사분들 중 한 분에게 해 줄 몹시 중요한 말이 있다고 하네요."

시로마코가 말했다.

잠시 사이를 둔 뒤 마귀 웃음소리처럼 불길한 웃음소리가 먼저 들리고 나서 새로운 목소리가 말했다.

"하하하! 하하하! 집에 가지 않는 게 좋아. 집에 가지 않는 게 좋아. 내 충고를 들어."

"누구에게 하는 말입니까?"

트렌트가 물었다.

"당신들 세 사람 가운데 한 사람. 나라면 집에 가지 않겠어. 위험해! 피가 보여! 피의 양이 많지는 않아. 하지만 그 정도면 충분하지. 안 돼, 집에 가지 마."

그 목소리는 점차 희미해졌다.

"집에 가지 마!"

그 목소리는 완전히 사라졌다. 더못은 소름이 끼쳤다. 그 경고가 자신을 가리키고 있다는 확신이 들었다. 어쩐지 오늘 밤에는 사방에 위험이 널려 있는 느낌이었다.

영매가 한숨을 내쉬고 나서 신음 소리를 냈다. 그녀는 의식을 회복하는 중이었다. 불이 켜지자 곧 그녀는 몸을 꼿꼿이 하고 눈을 잠시 깜빡였다.

"잘 됐나요? 그렇게 생각되는데."

"정말 아주 훌륭했어요. 고맙습니다, 톰슨 부인."

"시로마코였겠지요?"

"네, 그리고 다른 사람들도 있었고요."

톰슨 부인이 하품을 했다.

"난 아주 지쳤어요. 완전히 녹초가 된 기분이네요. 정말로 진 빠지는 일이에요. 그래도 잘 됐다니 다행이군요. 뭔가 불쾌한 일이 일어나는 건 아닌가 좀 걱정했었거든요. 오늘 밤 이 방에는 기묘한 분위기가 감돌고 있어요."

그녀는 넓은 어깨 너머로 차례로 주위를 흘긋 보고나서 불안한 표정으로 어깨를 으쓱했다.

"맘에 안 드네요. 당신들, 최근에 갑작스럽게 죽은 사람이 있나요?"

"무슨 뜻인가요? 우리들 중에서라는 건?"

"가까운 친척들이나 친한 친구 중에서요. 없나요? 글쎄, 좀 과장하자면 오늘 밤 이곳에 죽음의 분위기가 감돌고 있다고 해야 할까요. 지나친 생각일지도 모르지요. 그럼 안녕히 계세요, 트렌트 씨. 만족하셨다니 다행이에요."

자홍색 벨벳 가운을 입은 톰슨 부인은 돌아가 버렸다.

"재미있으셨나요, 앨링턴 경."

클레어가 중얼거리듯 말했다.

"무척 재미있는 밤이었습니다, 부인. 이런 기회를 주셔서 대단히 감사합니다. 즐거운 시간을 보내시기 바랍니다. 모두 춤추러 가신다죠?"

"함께 가지 않으실래요?"

"아니요, 아닙니다. 11시 30분까지는 잠자리에 드는 게 내 규칙이라서요. 안녕히 계십시오. 에버슬레이 부인도 안녕히 가세요. 아, 더못. 너와 얘기를 좀 했으면 하는데, 지금 나와 같이 가겠니? 넌 그래프턴 갤러리에서 다시 사람들과 만나면 될 거다."

"그렇게 할게요, 삼촌. 그럼 거기서 만나세, 트렌트."

할리가(街)로 이동하는 짧은 시간 동안 삼촌과 조카는 거의 대화를 나누지 않았다. 앨링턴 경은 더못의 시간을 뺏은 걸 좀 미안해하면서 잠깐이면 된다고 분명히 말했다.

"얘야, 차를 기다리게 할까?"

차에서 내리면서 그가 물었다.

"아니에요, 신경 쓰지 마세요. 택시를 타고 갈게요."

"그럼 그렇게 해라. 나도 가능하면 운전사를 늦게까지 붙들어 두고 싶지 않구나. 먼저 가게, 찰슨. 그런데 도대체 열쇠가 어디 있는 거야?"

앨링턴 경이 계단에서 헛되이 주머니를 뒤지고 있는 동안 자동차는 미끄러지듯 멀어져 갔다.

"다른 외투에 넣어 놓았나 보구나."

마침내 그가 말했다.

"벨을 좀 눌러 주겠니? 아마 존슨이 자지 않고 있을 거다."

태연한 표정의 존슨은 정말로 1분도 채 되지 않아서 문을 열었다.

"열쇠를 다른 곳에 두었나 보네, 존슨. 위스키소다 2잔을 서재로 가져다주겠나?"

앨링턴 경은 변명하듯 말했다.

"알겠습니다, 앨링턴 경."

의사는 서재로 성큼성큼 들어가서 불을 켰다. 그는 더못에게 들어와서 문을 닫으라고 손짓했다.

"오래 붙들지는 않을 거다, 더못. 너한테 얘기할 게 있다. 내 억측인지도 모르지만······. 네가 잭 트렌트 부인한테 어느 정도 탕드레스(연정)를 품고 있는 건지 어디 한번 얘기해 보겠니?"

더못은 얼굴이 확 달아올랐다.

"잭 트렌트는 제 절친한 친구예요."

"미안하지만 그건 내 질문에 대한 대답은 아니구나. 내가 이혼 같은 문제에 대단히 보수적인 견해를 가지고 있다는 건 알 테지. 네가 내 유일한 혈육이자 상속인이라는 점도 다시 상기시켜 주마."

"이혼 가능성은 없어요."

더못은 성난 어조로 말했다.

"물론 그렇겠지. 너보다 내가 더 잘 알고 있는 이유 때문에라도. 그 특별한 이유를 지금 알려 줄 수 없다만 네게 경고해야겠구나. 클레어 트렌트는 네 상대가 아니다."

청년은 흔들리지 않고 삼촌의 시선과 마주했다.

"알고 있어요. 삼촌이 짐작하시는 것보다도 더 잘 알고 있지요. 저는 오늘 밤 삼촌이 그 식사 자리에 참석하신 이유를 알고 있어요."

"뭐라고? 그걸 어떻게 알았니?"

의사는 깜짝 놀란 게 분명했다.

"추측이라고 해 두죠. 확실한지는 모르겠지만 삼촌은 그 자리에 정신과 전문의로서 참석하셨던 거예요."

앨링턴 경은 서재를 왔다 갔다 했다.

"네 말이 맞다, 더못. 그래서 네게 털어놓지 못한 거야. 그런데 다른 사람들도 곧 알게 될까 걱정이구나."

더못은 가슴이 바싹 죄어 오는 것을 느꼈다.

"그럼 삼촌은 판단을 내리셨다는 말씀인가요?"

"그래, 그 가족에는 정신병이 있다. 어머니 쪽으로. 슬픈 일이지, 아주 슬픈 일이야."

"믿을 수가 없어요, 삼촌."

"아마 그럴 게다. 비전문가의 눈으로는 분명한 징후가 있더라도 알아채지 못할 테니까."

"그럼 전문가에겐?"

"확실한 징후가 보이지. 그런 경우에는 가능한 빨리 환자를 감금해야 한다."

"맙소사! 하지만 아무 까닭 없이 누군가를 가둘 수는 없어요."

더못은 속삭이듯 말했다.

"더못! 그들은 사회에 위협이 되는 존재야. 감금하는 방법밖에는 도리가 없어. 대단히 위험해. 십중팔구 살인광이 되기 일보 직전의 병적인 상태일 거다. 그 어머니의 경우에도 그랬지."

더못은 신음하며 두 손에 얼굴을 묻었다. 클레어, 금발에 하얀 피부를 가진 그 클레어가!

"그런 상황에서라면 너에게 경고해 주는 게 내 의무라고 생각했다."

의사는 차분한 어조로 말을 이었다.

"클레어. 가엾은 클레어."

더못이 중얼거렸다.

"네 말이 맞다. 우리는 모두 그녀를 불쌍히 여겨야 해."

갑자기 더못이 고개를 쳐들었다.

"전 믿지 못하겠어요."

"뭐라고?"

"믿지 못하겠다고요. 의사들도 실수를 하잖습니까. 사람들도 다 알아요. 전문가들은 언제나 자기 전공밖에 모르니까요."

"더못."

앨링턴 경은 화가 나서 소리쳤다.

"저는 정말로 믿지 못하겠어요. 그리고 아무튼 그렇다고 하더라도 전 신경 쓰지 않아요. 전 클레어를 사랑합니다. 그녀가 저와 함께 가겠다고 하면 그녀를 멀리, 아주 멀리, 의사들의 쓸데없는 간섭이 닿지 않는 곳으로 데려갈 거고요. 제 사랑으로 그녀를 돌보고 지키고 보호하겠어요."

"절대로 그렇게 해서는 안 된다. 너까지 미친 게냐?"

더못은 냉소적인 웃음을 흘렸다.

"그렇게 말씀하신다면 아마 그럴 테지요."

앨링턴 경은 화를 억누르느라 얼굴이 붉어졌다.

"나를 이해해 다오, 더못. 만약에 네가 그런 수치스런 일을 저지른다면 그때는 끝장이다. 지금 네게 주고 있는 용돈을 끊는 건 물론, 유언장을 새로 써서 내 전 재산을 여러 병원에 나눠 기부하겠다."

"그 역겨운 돈은 삼촌 좋으실 대로 쓰세요. 저는 사랑하는 여자를 붙잡을 테니."

더못은 나지막한 소리로 말했다.

"그 여자는……."

"한 마디라도 그녀에 대한 악의적인 말씀을 하신다면, 하느님께 맹세코 삼촌을 죽여 버리겠어요!"

유리잔이 부딪치는 소리에 두 사람은 돌아보았다. 그들이 언쟁을 벌이느라 알아채지 못한 사이에 존슨이 유리잔을 쟁반에 받쳐 들고 서 있었다. 그는 충실한 하인답게 태연한 표정을 짓고 있었지만 더못은 그가 어디까지 들었을지 자못 궁금했다.

"이제 됐네, 존슨. 그만 가서 자게."

앨링턴 경은 퉁명스런 어조로 말했다.

"감사합니다, 주인님. 그럼 안녕히 주무십시오."

존슨이 서재에서 물러갔다.

두 남자는 서로를 바라보았다. 잠깐의 중단으로 격렬한 감정은 가라앉아 있었다.

더못이 입을 열었다.

"삼촌, 그런 말까지는 하지 말았어야 했는데. 삼촌의 관점에서는 삼촌 말씀이 옳다는 것을 알아요. 하지만 저는 클레어 트렌트를 오랫동안 마음에 품고 있었습니다. 지금까지는 잭 트렌트가 제 절친한 친구라는 사실이 클레어에게 사랑을 고백하는 데 걸림돌이 되었지요. 하지만 지금 와선 그 사실이 더 이상 중요하지 않아요. 금전적인 문제로 절 단념시킬 생각은 마세요. 그건 어리석은 생각이세요. 삼촌이나 저나 할 말은 모두 한 것 같군요. 그만 가 보겠습니다."

"더못……."

"아무리 설득하셔 봐야 소용없습니다. 안녕히 주무세요, 앨링턴 삼촌. 죄송하지만 어쩔 수가 없네요."

그는 서둘러 서재를 나가 문을 닫았다. 복도는 어둠에 싸여 있었다. 그곳을 지나 현관문을 열고 밖으로 나와서 쾅 소리가 나도록 문을 닫았다.

택시 1대가 저쪽 길가 집 앞에서 막 손님을 내려 주고 있었다. 더못은 택시를 불러 타고 그래프턴 갤러리로 향했다.

댄스홀 입구에서 현기증을 느낀 그는 잠시 멍하니 서 있었다. 귀에 거슬리는 재즈 음악과 여자들의 웃음소리, 마치 다른 세상에 발을 들여놓은 것 같은 느낌이었다.

모든 게 꿈이었을까? 삼촌과의 그 불쾌한 대화가 실제로 있었던 일이라는 게 믿기지 않았다. 클레어가 미끄러지듯 지나갔다. 하얀색과 은색이 조화된 드레스가 날씬한 몸에 착 달라붙은 모습이 마치 한 송이 백합 같았다. 그에게 미소를 보내는 그녀의 얼굴은 차분하고 평온했다. 확실히 모든 게 꿈이었다.

춤이 끝났다. 클레어가 곧 곁으로 다가와서 그를 올려다보며 웃었다. 꿈꾸는 듯한 기분으로 더못은 그녀에게 춤을 신청했다. 귀에 거슬리는 멜로디가 다시 시작됐고, 지금 그녀는 그의 품에 있었다.

그는 클레어가 기운이 좀 없다는 느낌을 받았다.

"피곤해요? 그만 출까요?"

"괜찮다면요. 어디 가서 얘기 좀 할래요?"

꿈이 아니다. 그는 덜컥 현실 세계로 돌아왔다. 어떻게 그녀의 얼굴이 차분하고 평온해 보인다고 생각할 수 있었을까. 이렇게 걱정과 두려움에 사로잡힌 얼굴인데. 그녀는 얼마나 알고 있는 걸까?

그는 조용한 구석진 장소를 찾아 그녀와 나란히 앉았다.

"그런데 내게 뭔가 할 말이 있다고 했지요?"

그는 속마음과는 달리 짐짓 쾌활하게 말을 꺼냈다.

"네."

그녀는 눈을 내리깔고는 신경질적으로 드레스의 장식 술을 만지작거렸다.

"좀 하기 어려운 말이라서."

"말해 봐요, 클레어."

"사실은 당신이 한동안 떠나…… 떠나 주었으면 좋겠어요."

그는 깜짝 놀랐다. 예상했던 말이 무엇이든 이건 아니었다.

"내가 떠나 주었으면 한다고요? 어째서요?"

"솔직한 게 좋겠지요. 난, 난 당신이 신사이고 내 친구라는 걸 잘 알고 있어요. 당신이 떠나주었으면 하는 건 내, 내가 당신을 좋아하게 됐기 때문이에요."

"클레어."

그녀의 말에 그는 말문이 막혀서 아무 말도 하지 못했다.

"당신이…… 당신이 나를 사랑한다고 믿을 정도로 내가 분수를 모른다고는 생각지 마세요. 단지 내가 그다지 행복하지 않은 것뿐이에요. 그래서 당신이 떠나는 편이 낫겠어요."

"클레어, 당신을 만난 이후로 줄곧 내가 당신을 좋아했다는 걸, 지독히도 좋아했다는 걸 몰랐나요?"

그녀는 깜짝 놀란 눈으로 그의 얼굴을 올려다보았다.

"날 좋아했다고요? 오랫동안 날 좋아했다고요?"

"처음 본 그 순간부터요."

"어머나! 왜 그때 내게 말하지 않았어요? 그때라면 당신에게 갈 수 있었을 텐데! 왜 이렇게 늦게 지금에야 말을 하는 거예요! 아, 아니에요. 내가 미쳤나 봐요. 내가 무슨 말을 하고 있는 거지? 난 어차피 당신한테 갈 수 없었을 거예요."

"클레어, 지금은 늦다는 말이 무슨 뜻인가요? 혹시, 혹시 우리 삼촌 때문인가요? 삼촌이 뭘 알고 있나요? 삼촌이 뭐라고 했어요?"

그녀는 말없이 고개를 끄덕였다. 그녀의 얼굴에 눈물이 주룩 흘러내렸다.

"잘 들어요, 클레어, 그런 말을 믿지 말아요. 신경 쓰지 마라고요. 대신 나와 같이 떠나는 거예요. 우리 남태평양으로, 초록빛 보석 같은 남태평양의 섬으로 떠납시다. 그곳에서 당신은 행복할 수 있어요. 내가 당신을 보살피고 영원히 안전하게 지켜 줄게요."

그는 팔을 두르고 그녀를 끌어당겼다. 그녀가 떨고 있는 것을 느낄 수 있었다. 그때 그녀가 갑자기 몸을 뒤틀어 뺐다.

"안 돼요. 모르시겠어요? 이젠 그럴 수 없어요. 그건 추잡한 짓이에요. 추잡하고 또 추잡한 짓이라고요. 난 늘 정숙한 아내가 되고 싶었어요. 그런데 이제 와서 그런 추잡한 짓을……."

그녀의 말에 그는 당황하여 머뭇거렸다. 그녀는 애원하는 눈길로 그를 쳐다보았다.

"제발요. 난 정숙한 아내가 되고 싶어요……."

더못은 아무 말 없이 일어나서 그녀 곁을 떠났다. 삼촌과의 논쟁 때보다도 더 큰 상처를 받아 몹시 큰 고통이 느껴졌다. 그는 모자와 외투를 가지러 갔다가 트렌트와 마주쳤다.

"어이, 더못, 일찍 돌아가는군."

"음, 오늘 밤은 춤출 기분이 들지 않아서 말이야."

"불쾌한 밤이지. 하지만 자네한텐 나 같은 걱정거리는 없을걸."

트렌트는 찌푸린 얼굴로 말했다.

더못은 트렌트가 비밀을 털어놓을지도 모른다는 생각에 돌연 공황 상태에 빠졌다. 안 돼, 그것만은 안 돼!

그는 서둘러 인사를 했다.

"그럼, 나중에 보세나. 난 그만 집에 가 보겠네."

"뭐? 집에? 혼령이 경고했잖나?"

"한번 부딪쳐 보려고. 잘 있게, 잭."

더못의 아파트는 그곳에서 얼마 멀지 않은 곳에 있었다. 그는 차가운 밤공기로 흥분한 머리를 식히려는 생각에 집까지 걸어갔다.

그는 열쇠를 열고 들어가서 침실의 전등 스위치를 켰다. 그 순간 그날 밤의 두 번째 붉은 신호라고 해야 할 그 느낌이 갑자기 밀어닥쳤다. 너무나 강렬해서 그 순간 클레어에 대한 생각마저도 머릿속에서 날아가 버렸다.

위험하다! 그는 위험을 느꼈다. 바로 이 순간, 바로 이 방에서 그는 위험 속에 있었다.

그는 그 느낌을 무시하려고 애썼지만 허사였다. 어쩌면 은연중에 무시해서는 안 된다는 자각이 들었는지도 모른다. 지금까지 붉은 신호는 그가 재난을 피할 수 있도록 적시에 경고해 주었으니 말이다. 그는 자신의 미신적 믿음에 피식 웃고서 아파트를 꼼꼼히 돌아보았다. 어떤 악당이 들어와서 구석에 숨어 있을 수도 있으니까. 그러나 그는 아무것도 찾지 못했다. 하인인 밀슨도 외출하고 없어서 아파트는 완전히 텅 비어 있었다.

그는 침실로 돌아와서 얼굴을 찌푸린 채 천천히 옷을 벗었다. 위험하다는 느낌이 갈수록 강해졌다. 그는 서랍장으로 가서 손수건을 꺼내다가 순간 그대로 얼어붙었다. 전과 달리 서랍 한가운데가 불쑥 솟아 있었다. 뭔가 단단한 물건이 아래에 있는 듯했다.

그는 떨리는 손가락으로 재빨리 손수건들을 치우고 그 아래 감춰져 있던 물건을 꺼냈다. 연발 권총이었다.

소스라치게 놀란 더못은 그것을 찬찬히 살펴보았다. 다소 생소한 종류인 그 총에는 최근에 1발 발사된 흔적이 있었다. 그 이상의 자세한 사항은 그도 알 수 없었지만, 누군가 그날 저녁에 서랍 속에 갖다 놓은 것만은 분명했다. 저녁 만찬에 가려고 옷을 입을 때에는 그곳에 없었던 것이 확실했다.

서랍 속에 그것을 막 도로 넣으려고 할 때 초인종이 울려 그는 깜짝 놀랐다. 초인종이 계속 울렸다. 고요한 텅 빈 아파트 안에서 그 소리는 평소와 달리 높게 울려 퍼졌다.

이 시간에 누가 찾아왔을까? 그 질문에 단지 한 가지 대답만이 떠올랐다. 본능적으로 계속되는 대답.

위험하다, 위험하다, 위험하다…….

설명할 수 없는 어떤 직감에 이끌려 더못은 전등 스위치를 끄고 의자에 걸쳐 있던 외투를 급히 걸치고서 문을 열었다.

밖에는 두 남자가 서 있었다. 그들 너머로 푸른색 제복을 입은 또 한 사람이 더못의 눈에 언뜻 들어왔다. 경찰이다!

"웨스트 씨이신가요?"

두 남자 중 앞에 있던 사람이 물었다.

대답을 하기까지의 시간이 몇 년이나 되는 것처럼 길게 느껴졌다. 그러나 그가 무감정한 하인의 목소리를 절묘하게 흉내 내어 대답하기까지는 불과 몇 초밖에 되지 않는 짧은 시간이었다.

"웨스트 씨는 아직 들어오시지 않았습니다. 이 시간에 주인님께 무슨 볼일이 있으신가요?"

"아직 들어오지 않았다고? 그럼 우리가 들어가서 기다리면 되겠군."

"아니, 그건 안 됩니다."

"이보게, 나는 런던 경시청의 베릴 경감인데 자네 주인의 체포 영장을 가지고 있네. 원한다면 보여 주지."

더못은 경감이 내민 서류를 살펴보며, 아니 살펴보는 체하면서 당황한 목소리로 물었다.

"어째서? 주인님이 무슨 죄를 저지르셨나요?"

"살인죄요. 할리가의 앨링턴 웨스트 경을 살해했소."

더못은 현기증을 느끼며 당당한 방문자들 앞에서 뒷걸음질 쳤다. 그는 거실로 들어가서 불을 켰다. 경감이 뒤따라 들어왔다.

"수색해 보게."

경감이 부하에게 명령한 뒤 더못에게 돌아섰다.

"당신은 여기 있으시오. 주인을 찾으러 몰래 빠져나갈 생각은 말고. 그런데 이름이 뭔가?"

"밀슨입니다."

"자네 주인이 몇 시쯤 돌아올 것 같나, 밀슨?"

"모르겠습니다. 주인님은 춤을 추러 가셨는데요. 그래프턴 갤러리로."

"그는 거의 1시간 전에 그곳에서 나왔네. 여기 오지 않은 게 확실한가?"

"오지 않으셨습니다. 들어오셨다면 제가 인기척을 들었을 겁니다."

그때 두 번째 남자가 옆방에서 나왔다. 손에 연발 권총을 들고 있었다. 그는 다소 흥분된 모습으로 경감에게 그것을 건넸다. 경감의 얼굴에 만족스러운 표정이 스쳤다. 그가 말했다.

"결말이 났군. 자네가 듣지 못한 사이에 살짝 들어왔다 나간 게 분명하네. 지금쯤 벌써 멀리 도망쳤을 테지. 나는 그만 가 봐야겠네. 콜리, 자네는 그자가 다시 돌아올 경우를 대비해서 여기 있도록 하게. 그리고 이 친구도 잘 감시하고. 주인에 대해 더 알아낼 수 있을지도 모르니까."

경감은 황급히 떠났다. 더못은 무슨 말이든 하고 싶어 안달인 것 같은 콜리에게서 사건의 자초지종을 확인하려고 했다.

그는 이야기를 시작했다.

"상당히 명백한 사건이지. 범행과 동시에 발각되었지. 존슨이라는 하인이 막 잠자리에 들려는 참에 총소리 같은 걸 듣고 다시 내려왔다더군. 그랬더니 심장에 총을 맞고 쓰러진 앨링턴 경의 시체를 발견한 거야. 그는 즉시 신고를 했고 우리가 현장에 출동해서 그의 이야기를 들었네."

"그래서 상당히 명백한 사건이라고 하신 건가요?"

더못은 용기를 내어 물었다.

"그렇다네. 조카 되는 이 웨스트라는 작자는 삼촌과 같이 있을 때 서로 다투고 있었다는군. 존슨은 마실 것을 가지고 들어갔을 때 그걸 목격했어. 노인이 유언장을 고치겠다고 협박하자, 자네 주인은 삼촌을 쏘아 죽이겠다고 말했다는군. 그리고 5분도 지나지 않아서 총소리가 들렸다네. 그러니 아주 명백하잖은가. 어리석은 젊은이 같으니라고."

정말로 아주 명백했다. 더못은 정황이 자신에게 압도적으로 불리하다는 것을 깨닫고서 가슴이 덜컥 내려앉았다. 위험은 정말로 존재했다! 그것도 끔찍한 위험이! 달아나는 길 외에는 다른 방법이 없었다. 그는 머리를 짜냈다. 이내 더못은 차를 한잔 끓여 오겠다는 말을 꺼냈다. 콜리는 선뜻 동의했다. 이미 아파트를 수색한 뒤라 뒷문이 없다는 것을 알고 있었던 것이다.

더못은 부엌에 가도 좋다는 허락을 받았다. 일단 그는 주전자를 올려놓고 컵과 받침 접시를 부지런히 짤랑거렸다. 그러고는 재빨리 창문으로 가서 내리닫이창을 올려 열었다. 그의 아파트는 3층이었는데, 창문 바깥쪽에는 상인들이 사용하는 용도의, 강철 케이블로 오르내리는 철망으로 만들어진 작은 승강기가 있었다.

더못은 눈 깜짝할 사이에 창밖으로 나와서 강철 밧줄에 매달려 내려갔다. 손이 베여 피가 흘렀지만 그는 아랑곳하지 않고 필사적으로 도망쳤다.

몇 분 뒤에 더못은 조심스레 주위를 살피면서 그 구역의 뒷골목을 빠져나왔다. 모퉁이를 돌자마자 그는 보도에 서 있던 어떤 형체와 세게 충돌했다. 정말 놀랍게도 그건 잭 트렌트였다. 트렌트는 위험 상황을 완전히 눈치채고 있었다.

"큰일 났네! 더못! 서두르게, 여기서 어슬렁거리면 안 되네."

그는 더못의 팔을 붙잡고서 옆길로 들어갔다가 다시 다른 길로 빠져나갔다. 빈 택시가 보여 둘은 큰 소리로 불러 세우고 올라탔다. 트렌트는 택시 기사에게 자신의 집 주소를 말했다.

"지금 당장은 우리 집이 가장 안전한 장소야. 거기서 그 멍청이들을 따돌릴 방안을 의논하세. 경찰이 오기 전에 자네한테 경고하려고 이곳에 왔는데 내가 한발 늦었어."

"이 일을 자네가 알고 있는 줄 몰랐네. 잭, 자네는 나를 믿어 주겠지?"

"물론이지. 나는 자네를 철석같이 믿네. 내가 자네를 모르겠나. 자네 입장에서는 괴로운 사건일 거야. 경찰들이 찾아와서 이것저것 꼬치꼬치 캐물었다네. 자네가 몇 시에 그래프턴 갤러리에 왔는지, 언제 떠났는지 등등. 그런데 더못, 누가 노인을 죽였을까?"

"짐작도 안 가. 누군지 몰라도 내 서랍장에 연발 권총을 넣어 두고 간 자일 거야. 틀림없이 아주 가까이서 우리를 지켜보고 있을 걸세."

"그 강신술이란 게 정말 신통하군. '집에 가지 마라.'고 한 그 말은 가엾은 그 노인에게 한 말이었던 거야. 그런데 그는 집에 갔고 총을 맞은 거지."

"그건 내게도 적용되네. 나는 집에 가서 숨겨 놓은 연발 권총을 발견하고 경찰을 만났으니."

"이런, 나한테는 해당되지 않으면 좋겠는데. 다 왔네."

트렌트는 요금을 계산하고 현관 열쇠로 문을 열고서 더못을 안내해 어두운 계단을 올라가 2층에 있는 작은 방으로 갔다.

그가 문을 열자 더못은 안으로 들어갔다. 그와 동시에 트렌트는 전등을 켜고 그에게 다가왔다.

"당분간은 이곳이 안전할 걸세. 자, 우리 머리를 맞대고 어떻게 하는 게 최선인지 결정해 보세나."

더못이 문득 말했다.

"생각해 보니 내가 바보 같은 짓을 했어. 정면으로 부딪혀 오해를 풀어야 했는데. 이제야 정리가 좀 되는군. 이건 모두 음모야. 도대체 자네는 왜 웃는 건가?"

트렌트는 의자에 앉아 고개를 젖히고 몸을 흔들며 야단스럽게 웃고 있었다. 그 웃음소리에는 뭔가 소름끼치는 울림이 있었다. 트렌트 본인 역시 어딘지 소름끼치긴 마찬가지였다. 그의 눈이 이상하게 번득였다.

"지독히도 교묘한 음모지. 더못, 이 친구야, 자넨 이제 끝장이야."

그는 헐떡이며 말하더니 전화기를 끌어당겼다.

"뭘 하려는 건가?"

더못이 물었다.

"런던 경시청에 전화를 하려고. 범인이 도망가지 못하도록 자물쇠를 채워 여기 가둬 놨다고 말할 걸세. 맞아, 난 방에 들어온 뒤 곧 문을 잠그고 열쇠를 주머니에 넣었어. 내 뒤에 있는 저 문을 봐 봤자 아무 소용없네. 그건 클레어의 방으로 통하는 문인데 그녀는 항상 자기 방 쪽에서 문을 잠가 두거든. 그녀는 날 무서워하잖나. 오래 전부터 날 무서워하고 있었지. 그녀는 내가 언제 칼을, 그 길고 날카로운 칼을 떠올리는지 잘 알고 있거든. 이크, 안 되지."

더못이 달려들려고 하자 트렌트는 갑자기 혐오스럽게 보이는 연발 권총을 꺼내들었다.

"이게 두 번째 총이라네."

트렌트는 낄낄댔다.

"첫 번째 총은 자네 서랍에 넣어 두었지. 웨스트 영감탱이를 쏜 뒤에 말일세. 내 머리 너머로 뭘 보고 있는 건가? 저 문? 설사 클레어가 문을 열어 준다고 해도 아무 소용없네. 자네라면 그녀가 문을 열어 줄지 모르지만 문에 닿기도 전에 내가 총을 쏠 테니까. 심장을 맞히진 않겠어. 자네가 도망가지 못하도록 그냥 팔이나 쏠 생각이지. 자네도 알다시피 난 알아 주는 명사수잖나. 예전에 자네 목숨도 구한 적이 있었는걸. 내가 어리석었지. 난 자네가 교수형 당하기를 바라네. 그럼, 그렇고말고. 교수형! 칼로 죽이고 싶은 건 자네가 아니야. 클레어지. 아주 하얗고 보들보들한 아름다운 클레어. 웨스트 영감은 알고 있었어. 그래서 내가 미쳤는지 어떤지 확인하려고 오늘 밤 여기 왔던 거지. 그는 나를 감금하길 원했어. 내가 칼로 클레어를 해치지 못하도록 말일세. 하지만 난 아주 영리하거든. 먼저 나는 노인과 자네의 현관 열쇠를 손에 넣었지. 댄스홀에 도착한 뒤 곧 그곳을 살짝 빠져나온 나는 자네가 영감 집에서 나오는 것을 보고 안으로 들어갔지. 그리고 그에게 총을 쏘고는 곧바로 나왔어. 다음에는 자네 집으로 가서 연발 권총을 놓아 둔 거야. 그러고는 자네와 거의 같은 시간에 그래프턴 갤러리에 다시 돌아갔고, 잘 가라는 인사를 하면서 자네의 외투 주머니에 열쇠를 도로 넣었네. 이렇게 이야기를 다 털어놔도 난 걱정 없어. 아무도 듣는 사람이 없으니까. 자네는 교수대 신세가 되겠지만, 그 전에 일을 벌인 게 나라는 걸 알아줬으면 하거든……. 아, 정말 재밌어 죽겠군! 무슨 생각을 하고 있는 건가? 도대체 뭘 보고 있는 거야?"

"자네가 아까 전에 혼령의 말을 인용했던 것을 생각하고 있네. 트렌트, 자넨 집에 오지 않는 게 더 좋았을 뻔했어."

"무슨 말이야?"

"뒤를 보게!"

트렌트는 고개를 휙 돌렸다. 연결된 방의 입구에 클레어와 베럴 경감이 서 있었다.

트렌트는 재빨랐다. 연발 권총은 단 한 번 발사되었지만 겨냥한 곳에 정확히 맞았다. 그는 탁자를 가로지르며 앞으로 고꾸라졌다. 경감이 그에게 달려가는 동안 더못은 꿈꾸는 듯한 시선으로 클레어를 응시했다. 뒤죽박죽 혼란스러운 생각들이 뇌리를 스쳤다. 삼촌, 말다툼, 엄청난 오해, 클레어를 정신이상자 남편에게서 절대 벗어날 수 없게 한 영국의 이혼법, '우리는 모두 그녀를 불쌍히 여겨야 한다', 교활한 트렌트가 간파해 버린 클레어와 앨링턴 삼촌 사이의 비밀 계획, 그녀가 울면서 그에게 한 말 '추잡한 짓이에요. 추잡하고 또 추잡한 짓이라고요!' 그래, 하지만 이제는…….

경감이 허리를 펴고 일어났다. 그는 분한 듯이 말했다.

"죽었소."

"그럴 테지요. 그는 언제나 명사수였으니까요."

더못은 자신이 이렇게 말하는 소리를 들었다.

네 번째 남자

대성당의 참사회원인 파피트는 숨을 약간 헐떡거렸다. 사실 기차에 올라타기 위해 달리는 것은 그 또래 남자에게는 그리 대단한 일은 아니었다. 문제는 그의 몸매가 예전같이 날렵하지 않아서 갈수록 숨이 찬다는 것이었다. 참사회원 자신은 이런 증상에 대해 "제 심장이 안 좋은 거 아시잖아요?"라고 점잖을 빼며 말하곤 했다.

그는 안도의 한숨을 내쉬며 1등차 객실의 구석 자리에 풀썩 주저앉았다. 난방이 된 열차의 따뜻한 온기가 기분 좋게 느껴졌다. 창밖에 눈이 내리고 있었다. 장거리 야간 여행에서 구석 좌석을 잡았으니 운이 좋았다. 그렇지 못했다면 고생스러운 여행길이 될 뻔했다. 이 기차에도 마땅히 침대칸이 있어야 한다.

다른 구석자리 3개도 이미 차 있었다. 이 사실에 주목하던 파피트 참사회원은 저쪽 구석에 앉아 있는 남자가 자신을 알아보고 정중하게 인사하며 웃고 있다는 것을 알아챘다. 냉소적인 얼굴에 말끔히 면도를 하고 있었고 관자놀이 쪽에 흰머리가 희끗희끗 눈에 띄는 사람이었다. 누가 보더라도 법률 계통에 종사하는 인물이라는 것이 분명히 드러나 보이는 사람이었다. 실제로 조지 두런드 경은 아주 이름난 변호사였다.

"저런, 파피트 씨. 기차를 타려고 달려왔나 보군요?"

그는 쾌활하게 말했다.

"심장이 나빠서 걱정이랍니다. 이렇게 만나다니 정말 우연입니다, 조지 경. 북쪽으로 가시는 건가요?"

참사회원이 말했다.

"뉴캐슬로 갑니다."

조지 경이 짧게 대답하고 덧붙였다.

"그런데 캠벨 클라크 박사를 아십니까?"

참사회원과 같은 쪽에 앉아 있던 남자가 기분 좋게 인사를 건넸다.

"박사와 나는 플랫폼에서 만났습니다. 또 다른 우연이지요."

변호사가 계속 말했다.

파피트 참사회원은 상당한 흥미를 가지고 캠벨 클라크 박사를 바라보았다. 종종 들어 본 적이 있는 이름이었다. 클라크 박사는 내과와 정신과 전문의로 주목을 받고 있으며 그의 최근의 저서 『무의식적 정신의 문제』는 그해에 가장 화제가 된 책이었다.

파피트 참사회원은 그의 네모진 턱과 흔들림 없는 푸른색 눈, 그리고 아직 흰머리가 생기지는 않았지만 빠르게 숱이 줄어들고 있는 붉은색 머리카락을 쳐다보았다. 그리고 그가 매우 강한 성격을 가진 사람이라는 인상을 받았다.

지극히 자연스런 연상에 의하여 참사회원은 그의 맞은편 좌석을 바라보았다. 그곳에서도 지인의 눈인사를 받을 거라고 반쯤 기대했지만 네 번째 승객은 전혀 낯선 사람이었다. 외국인인 것 같았다. 그는 피부가 좀 검고 체격이 다소 빈약해 보이는 남자로 큼지막한 외투를 입고 웅크린 채 곯아떨어져 있었다.

"브래드체스터의 파피트 참사회원이신가요?"

쾌활한 목소리로 캠벨 클라크 박사가 물었다.

참사회원은 우쭐한 것 같았다. 그의 '과학적인 설교'는, 특히 신문에 난 이후로 정말 큰 호평을 받았다. 그것은 교회가 필요로 하는 현대적이고 새로우며 유익한 내용이었다.

"당신의 책을 아주 흥미롭게 읽었습니다, 캠벨 클라크 박사님. 때때로 전문 용어들이 좀 나와서 이해하기가 어렵긴 했지만요."

참사회원의 말에 두런드가 끼어들며 물었다.

"당신은 이야기를 하고 싶습니까, 아니면 잠을 자고 싶습니까, 파피트 씨? 고백하자면 나는 불면증에 시달리고 있어서 이야기를 했으면 합니다만."

"오, 좋지요. 좋고말고요. 나도 이런 야간 여행 중에는 거의 잠을 자지 못한답니다. 게다가 갖고 있는 책도 아주 따분한 내용이라서."

"어쨌거나 우리는 대표자 모임이군요. 종교계, 법조계, 의학계."

의사가 미소 지으며 한마디 했다.

"이 정도라면 우리가 견해를 말할 수 없는 분야는 별로 없겠는데요. 안 그렇습니까? 신부님은 영적인 관점에서, 나 자신은 완전히 세속적인 법률상의 관점에서, 그리고 박사님은 순수 병리학에서 초심리학에 이르는 가장 넓은 분야를 대변하는 관점에서 말입니다! 우리 세 사람이면 어떤 분야라도 완벽하게 다룰 수 있을 것 같군요."

두런드는 소리 내어 웃었다.

"생각하듯이 그렇게 완벽하지는 않을 겁니다. 당신이 무시해 버린 또 하나의 관점이 있으니까요. 근데 그게 상당히 중요한 겁니다."

클라크가 반박했다.

"그게 뭔가요?"

변호사가 물었다.

"전문가가 아닌 일반인의 관점입니다."

"그게 그렇게 중요한가요? 일반인은 보통 그릇된 견해를 갖고 있지 않나요?"

"아, 대개는 그렇죠. 하지만 모든 전문가에게 결여된 것을 가지고 있지요. 바로 개인적인 관점입니다. 결국 우리는 대인 관계에서 벗어날 수는 없으니까요. 나는 직업을 통해 그것을 알게 됐지요. 내게 몸이 아파서 찾아오는 모든 환자를 고려해 볼 때, 적어도 5명 정도는 (증상은 각자 다르지만) 한집에 사는 사람들과 행복하게 지내지 못한다는 점을 제외하고는 아무 문제도 없이 오는 겁니다. 그런데도 그들은 자기 증상에 온갖 병명을 다 갖다 붙이죠. 점액낭 염증에서 손가락 경련까지. 하지만 사실 모두 같은 문제 때문입니다. 서로

간의 마찰 때문에 아픈 곳이 나타나게 된 거지요."

"신경과민 환자들이 많은가 보지요."

참사회원은 비웃는 투로 말했다. 그의 신경 상태는 건전했던 것이다.

"아! 그 말씀의 의도는 뭡니까?"

상대방은 그에게로 방향을 홱 바꾸며 말했다.

"신경과민이라! 사람들은 그 말을 하고 나서는 꼭 당신처럼 그렇게 웃지요. 그러고는 '아무 일도 아닌 걸 가지고. 그저 지나치게 예민한 것뿐이야.'라고 말합니다. 하지만 천만의 말씀이에요. 거기에 모든 문제의 핵심이 있습니다! 단순한 육체의 병은 치료하면 됩니다. 하지만 오늘날에도 우리는 많은 형태의 신경증의 원인을 확실히 알지 못하고 있어요. 뭐, 과장을 좀 한다면 엘리자베스 여왕 치세 때보다도 더 모르고 있는 실정이지요!"

파피트 참사회원은 이 맹공격에 좀 당황한 얼굴로 말했다.

"아, 그렇습니까?"

캠벨 클라크 박사는 계속 말을 이었다.

"그런데 그건 은총의 표시라고 할 수 있지요. 옛날에는 인간을 육체와 정신을 가진 단순한 동물로 간주했잖습니까. 전자를 더 강조하면서 말입니다."

"육체와 정신, 그리고 영혼이겠지요."

성직자가 조심스럽게 바로잡자 의사는 야릇한 미소를 지었다.

"영혼이라고요? 당신네 성직자들이 말하는 영혼이란 정확히 무슨 뜻입니까? 아시다시피 당신들은 그것을 한 번도 명확하게 설명한 적이 없잖습니까. 여러 시대를 거쳐 오면서 정확한 정의를 내리는 것을 계속 회피해 왔지요."

참사회원은 헛기침을 하고 일장연설을 늘어놓을 준비를 했지만 유감스럽게도 기회를 잡지 못했다. 의사가 계속 말을 이었기 때문이었다.

"그 단어를 영혼이라고 정말 확신할 수 있습니까? 혹시 '영혼들'이라고 해야 되는 건 아닐까요?"

"영혼'들'이라니요?"

조지 두런드 경은 묻는 듯이 눈썹을 치켜 올리며 말했다.

"그렇습니다."

캠벨 클라크의 시선이 그에게로 옮겨졌다. 그는 앞으로 몸을 기울이고 상대방의 가슴을 툭툭 치고서 진지한 어조로 물었다.

"당신은 이 몸 안에 단 한 사람밖에 살지 않는다고 정말 확신합니까? 모든 게 다 갖춰진 이 매력적인 집에 7년, 21년, 41년, 71년, 몇 년이 됐든, 그 기간 내내 말입니까? 결국 그 집의 임차인은 자신의 물건을 다른 곳으로 옮겨 가게 되지요. 조금씩, 조금씩 말입니다. 그러다가 그 집에서 완전히 나가 버리는 거예요. 그러면 그 집은 무너지고 황폐해지지요. 당신이 그 집의 주인이라는 건 인정합니다. 하지만 다른 사람들의 존재를 의식한 적이 없나요? 일을 하고 있을 때 말고는 거의 눈치채지 못하게 살금살금 걸어 다니는 하인들 말입니다. 게다가 당신은 그들이 일을 하고 있는지조차 의식하지 못한단 말이지요. 아니면 친구들은요? 당신을 조종해서, 한동안 이른바 '다른 사람'으로 만들어 버리는 변덕스러운 마음 말입니다. 당신이 그 성의 군주인 건 분명하지만 틀림없이 비열한 악한도 그곳에 있을 겁니다."

"이봐요, 클라크 박사. 당신은 날 몹시 불쾌하게 만드는군요. 내 마음이 모순되는 인격체들의 싸움터란 말입니까? 그것이 최신 과학입니까?"

변호사는 점잔을 빼며 느릿하게 말했다.

이번에는 의사가 어깨를 으쓱했다. 그는 냉담하게 말했다.

"당신의 육체가 그렇지요. 만약에 육체가 그렇다면 마음이라고 안 그럴 이유가 있겠습니까?"

"아주 흥미롭군요. 아! 놀라운 과학입니다. 놀라운 과학이에요."

파피트 참사회원은 이렇게 말하며 속으로 생각했다.

'저 의견에서 사람들의 관심을 불러일으킬 만한 설교 내용을 얻을 수 있겠어.'

그러나 캠벨 클라크 박사는 의자에 등을 기대고 순간적인 흥분을 가라앉히고 있었다. 그는 전문가다운 냉담한 태도로 말했다.

"사실 오늘 밤 뉴캐슬에 가는 건 이중인격 환자 때문입니다. 아주 흥미로운 증상이지요. 물론 신경증 환자이긴 합니다만, 진짜 환자입니다."

"이중인격이라면 그다지 드문 증상이 아닌 것 같은데요. 기억상실이라는 것도 있지 않습니까? 일전에 검인 재판소에서 열린 소송 사건에서 그 문제가 제기된 걸로 알고 있습니다만."

조지 두런드 경이 생각에 잠긴 채 말했다.

클라크 박사가 고개를 끄덕이곤 말했다.

"물론 그 분야의 고전적인 사례는 펠리시 볼트의 사건이지요. 그것을 들은 기억이 있으시겠지요?"

파피트 참사회원이 대답했다.

"그럼요. 신문에서 그에 관한 기사를 읽은 기억이 납니다. 꽤 오래전이지요. 적어도 7년은 된 듯한데."

클라크 박사가 고개를 끄덕였다.

"그 처녀는 프랑스에서 가장 유명한 인물 중 하나가 되었지요. 전 세계의 과학자들이 그녀를 만나러 갔으니까요. 그녀는 4개나 되는 전혀 다른 인격체를 가지고 있었어요. 그것들은 펠리시 1, 펠리시 2, 펠리시 3 등으로 불렸지요."

"계획적으로 속임수를 쓴 기미는 없었나요?"

조지 두런드 경이 재빨리 물었다.

"펠리시 3과 펠리시 4의 인격체는 좀 의심스러운 구석이 있었어요. 그래도 여전히 중요한 사건이지요. 펠리시 볼트는 브르타뉴(프랑스 북서부의 반도 — 옮긴이) 출신의 시골뜨기 처녀였어요. 주정뱅이 아버지와 정신 장애자 어머니 사이에서 다섯 형제 중 셋째로 태어났지요. 어느 날 술에 취한 아버지가 어머니를 목 졸라 죽였는데, 내 기억이 틀림없다면 그는 종신형을 받았을 겁니다. 그때 펠리시는 5살이었지요. 몇몇 동정심 많은 사람들이 남겨진 아이들에게 관심을 가졌고, 그렇게 해서 펠리시는 빈민 보호 시설을 운영하던 영국인 미혼 여성 밑에서 자라며 교육받게 됐지요. 그런데 그녀는 펠리시를 높이 평가하지 않았어요. 그녀의 설명에 따르면 펠리시는 비정상적으로 아둔하고 미련해서 간신히 읽고 쓰기만을 배웠고 손놀림도 서툴렀답니다. 슬레이터 양은 (그 여인의 이름입니다.) 그녀에게 집안일을 가르치고, 일을 할 수 있는 나이가 됐을 때 몇 군데 일자리를 찾아 주기도 했나 봅니다. 하지만 그녀의 우둔함과, 또 지독한 게으름 때문에 어느 집에서도 오래 붙어 있지를 못했다는군요."

의사가 잠시 이야기를 멈춘 틈을 타서 다리를 바꿔 꼬고 여행용 무릎 덮개를 단단히 여미던 참사회원은 문득 자신의 반대편에 앉은 남자가 몸을 살며시 움직이고 있는 것을 깨달았다. 좀 전까지 감고 있던 눈을 지금은 뜨고 있었는데, 그 눈에 담긴 뭔가 조롱하는 듯하면서도 형용하기 어려운 감정에 덕망 있는 참사회원은 흠칫 놀랐다. 그 남자는 지금까지 그들의 얘기를 귀기울여 듣고 있었으며, 또 그것을 듣고서 몰래 히죽 웃고 있는 것처럼 보였던 것이다.

의사가 말을 이었다.

"펠리시 볼트가 17살에 찍은 사진이 1장 있었죠. 사진 속의 그녀는 큰 덩치에 촌스러운 시골뜨기 처녀의 모습이었습니다. 그 사진에서는 그녀가 조만간 프랑스에서 가장 유명한 사람이 될 거라는 조짐을 전혀 찾아볼 수가 없었죠.

5년 뒤에 22살이 되었을 때 펠리시 볼트는 심한 신경증을 앓게 되는데, 회복 단계에서 그 이상한 현상이 나타나기 시작했습니다.

지금부터 내가 말하는 이야기는 많은 저명한 과학자들에 의해서 증명된 사실이에요. 펠리시 1이라고 부르는 인격체는 지난 22년 동안의 펠리시 볼트와 크게 다른 점이 없었습니다. 펠리시 1은 불어로 부정확하고 불완전하게 글을 쓰고 외국어를 말하지 못하고 피아노도 치지 못했지요. 이에 반하여 펠리시 2는 이태리어를 유창하게 말하고 독일어도 어느 정도 구사할 수 있었어요. 그녀의 필적은 펠리시 1과 전혀 달랐습니다. 그녀는 풍부한 표현력을 사용하여 불어로 매끈하게 글을 쓸 수 있었지요. 게다가 정치와 예술을 논하고 피아노 치는 것을 매우 좋아했어요. 펠리시 3의 경우에는 펠리시 2와 공통점이 많았죠. 그녀는 지적이고, 분명히 잘 교육받은 것처럼 보였어요. 하지만 품성에 있어서는 정반대였지요. 실제로 그녀는 완전히 타락한 여자로 보였습니다. 그런데 그 타락이라는 것도 시골풍이 아니라 파리식으로 말이지요. 그녀는 파리의 은어와 세련된 화류계 여자들이 쓰는 표현을 모두 알고 있었답니다. 그녀는 상스러운 언어를 사용했고 종교와 소위 '선량한 사람들'을 아주 불경스러운 말로 조롱했어요. 마지막으로 펠리시 4가 있었죠. 꿈꾸는 듯 거의 얼이 빠진 여자였는데 참으로 신앙심이 깊었고, 또 자칭 천리안을 갖고 있다고 주장했지요. 하지만 이 네 번째 인격체는 너무 불완전하고 파악하기가 어려웠습니다. 그래서 때로는 펠리시 3 쪽에서 계획적으로 속임수를 쓰는 것으로 생각되기도 했지요. 속기 쉬운 일반인들에게 펠리시 3이 치는 장난 같은 거지요. 펠리시 4를 제외하더라도 각각의 인격체는 전혀 다르고 독립된 객체로서 다른 상대에 대해서는 조금도 알지 못했습니다. 의심할 여지없이 펠리시 2가 가장 지배적이어서 2주 동안 계속 나타날 때도 있었고, 그다음에는 갑자기 펠리시 1이 하루나 이틀 나타나곤 했습니다. 그런 뒤에는 펠리시 3이나 4가 나타나는데 이 둘은 두세 시간 이상 지배력을 갖는 일이 없었어요. 이렇게 인격이 바뀔 때마다 심한 두통과 깊은 잠이 수반되었습니다. 그런데 각각의 경우에 다른 상태를 전혀 기억하지 못했고, 문제의 그 인격체는 시간의 흐름도 의식하지 못하고 자신이 두고 떠난 그 생활로 다시 돌아가는 겁니다."

"놀라운 일이군요. 정말 놀라운 일이에요. 아직까지 우리는 우주의 경이에 대해 거의 모르고 있는 것 같군요."

참사회원이 중얼거렸다.

"그 안에 대단히 교활한 사기꾼들이 있다는 건 알고 있지요."

변호사가 무미건조하게 말했다.

"펠리시 볼트의 사례에는 의사들과 과학자들뿐만 아니라 변호사들도 조사에 참여했어요. 기억하시겠지만 메트르 큄벨리에가 아주 철저히 조사를 해서 과학자들의 견해가 옳다는 걸 증명했지요. 그런데 우리가 왜 이렇게 놀라야 하는 걸까요? 노른자가 2개 있는 달걀을 발견할 때도 있지 않습니까? 그리고 쌍둥이 바나나도요? 그렇다면 하나의 육체에 2개의 영혼이 깃드는 건 왜 안 되는 겁니까?"

캠벨 클라크 박사가 재빨리 말했다.

"2개의 영혼이라고요?"

참사회원은 소리쳤다.

캠벨 클라크 박사는 꿰뚫는 듯한 푸른색 눈을 그에게로 돌렸다.

"그것을 달리 어떻게 부를 수 있을까요? 인격체를 영혼이라 칭한다면 말이죠?"

"그런 상태가 본질적으로 '정신 이상'과 같은 것이라서 다행입니다. 만약에 흔히 있는 증상이라면 상당한 혼란을 일으켰을 테니까요."

조지 두런드 경이 말했다. 의사는 인정했다.

"물론 그런 상태는 상당히 예외적인 경우이지요. 더 오랫동안 연구가 이어지지 못해서 정말 아쉽습니다. 모든 것이 펠리시의 갑작스런 죽음으로 종결이 돼 버렸지요."

"내 기억이 맞다면, 그녀의 죽음엔 뭔가 기묘한 데가 있었습니다."

변호사는 느릿한 말투로 말했다. 캠벨 클라크 박사는 고개를 끄덕거렸다.

"설명할 수 없는 일이었지요. 어느 날 아침 그 처녀가 침대에서 죽은 채로 발견됐습니다. 분명히 목이 졸려 죽어 있었지요. 그런데 놀랍게도 그녀가 스스로 목을 졸라 죽었다는 사실이 곧 입증된 겁니다. 그녀의 목 위에 난 자국은 분명 그녀 자신의 손가락 자국이었습니다. 신체적으로 불가능한 일은 아니었지만, 엄청난 완력과 거의 초인적인 의지력이 절대 필요한 자살 방법이었지요. 무엇이 그녀를 그런 극한의 상황까지 몰고 갔는지는 끝내 밝혀지지 않았습니다. 물론 그녀의 정신은 늘 불안정한 상태였지만요. 아직도 의문으로 남아 있답니다. 펠리시 볼트의 미스터리는 그렇게 영원히 막을 내리게 됐습니다."

바로 그때 저쪽 구석에 앉아 있던 남자가 웃음을 터트렸다.

다른 세 사람은 총이라도 맞은 것처럼 움찔했다. 그들은 자기들 사이에 있는 네 번째 남자의 존재를 까맣게 잊고 있었다. 그들이 외투를 입은 채 여전히 웅크리고 앉아 있는 그를 향해 시선을 돌리고 뚫어지게 쳐다보자 그는 다시 웃었다.

"용서해 주십시오, 여러분."

그는 완벽한 영어로 말했지만, 그럼에도 이국적인 분위기를 지니고 있었다. 남자가 똑바로 앉자 새카만 콧수염을 가진 창백한 얼굴이 드러났다. 그는 인사하는 시늉을 하며 말했다.

"예, 용서하십시오. 그런데 정말로 과학적인 결론이 나온 겁니까?"

"우리가 이야기하고 있는 사건에 대해 좀 알고 있으신가요?"

의사가 정중하게 물었다.

"그 사건에 대해서요? 아니요. 하지만 그녀는 알고 있죠."

"펠리시 볼트 말인가요?"

"네. 그리고 아네트 라벨도요. 아네트 라벨에 대해서는 듣지 못하신 것 같군요? 그런데 펠리시 볼트의 이야기는 아네트 라벨의 이야기입니다. 내 말을 믿어도 좋습니다. 당신들이 아네트 라벨의 이야기를 모른다면 펠리시 볼트에 대해서도 전혀 모르는 겁니다."

그는 시계를 꺼내서 보았다.

"다음 역까지 꼭 30분이 남았군요. 이 정도면 이야기를 들려 드릴 수 있겠네요. 뭐, 듣고 싶으시다면요."

"우리에게 얘기해 주시지요."

의사가 조용히 말했다.

"기꺼이 듣겠습니다. 기꺼이."

참사회원도 말했다.

조지 두런드 경은 그저 경청하는 태도로 마음을 가라앉히고 있었다.

함께 여행하게 된 낯선 사람이 이야기를 시작했다.

"여러분, 내 이름은 라울 르타르도입니다. 좀 전에 자선 사업에 관계하고 있던 영국인 여성 슬레이터 양에 대해 말씀하셨지요. 나는 브르타뉴의 작은 어촌 마을에서 태어났습니다. 부모님이 두 분 모두 철도 사고로 돌아가시자 영국의 구빈원 같은 곳에서 나를 보호해 주었는데, 그곳의 담당자가 바로 슬레이터 양이었습니다. 그녀는 남녀 합쳐 20여 명의 어린애들을 보살폈지요. 그 아이들 중에 펠리시 볼트와 아네트 라벨이 있었습니다. 내가 여러분께 아네트의 성격을 이해시킬 수 없다면, 당신들은 아무것도 이해할 수 없을 겁니다. 그녀는 연인에게 버림받고 폐결핵으로 죽은 소위 '매춘부'의 자식이었죠. 그녀 어머니의 원래 직업을 따라 아네트도 무용수가 되고 싶어 했습니다. 내가 아네트를 처음 만났을 때 그녀는 11살이었는데, 조롱하는 듯하면서도 희망에 찬 눈빛을 가진 작은 꼬마였었죠. 활기와 생기가 넘치는 그런 꼬마였어요. 곧바로, 정말 곧바로 그녀는 나를 노예로 만들어 버렸답니다. '라울, 이거 해 줘.', '라울, 저거 해 줘.' 이런 식이었지요. 그러면 나는 그녀의 말에 순순히 따랐습니다. 이미 나는 그녀를 숭배하고 있었고, 그녀는 그것을 알고 있었던 겁니다.

우리는 함께 바닷가에 가곤 했지요. 우리 셋이 함께요. 펠리시가 언제나 우리를 따라다녔거든요. 바닷가에서 아네트는 신발과 스타킹을 벗고 모래사장에서 춤을 췄습니다. 그러다가 숨이 차면 털썩 주저앉아서 우리에게 자기가 뭘 할 건지, 뭐가 될 건지 늘어놓았지요.

'있잖아, 난 유명해질 거야. 그래, 엄청나게 유명해질 거야. 실크 스타킹을 아주 많이 갖게 되겠지. 최고급 실크 스타킹으로. 그리고 아주 멋진 아파트에서 살 거야. 내 연인들은 모두 부자이고 젊고 잘생겼을 거야. 내가 춤을 추면 파리 사람들이 모두 나를 보러 오겠지. 그들은 소리를 지르고 내 이름을 외치며 환호할 거야. 내 춤에 미쳐 버릴 거야. 하지만 난 겨울에는 춤을 추지 않을 생각이야. 햇빛이 비치는 남쪽으로 가야지. 그곳에는 오렌지 나무들이 있는 별장들이 있어. 나는 그중 하나를 가질 거야. 실크 쿠션을 베고 햇빛 아래 누워서 오렌지를 먹는 거야. 라울, 난 아무리 부자가 되고 유명해진다고 하더라도 너를 절대 잊지 않을 거야. 너를 후원해서 출세하게 해줄게. 여기 펠리시는 내 하녀로 삼고. 아니지, 펠리시의 손은 너무 볼품이 없어. 저것 좀 봐. 얼마나 크고 거칠어?'

펠리시가 그 말에 성을 내면 아네트는 그녀를 더 놀려 댔지요.

'펠리시는 정말 여자다워. 아주 우아하고 아주 세련됐어. 펠리시는 변장한 공주일 거야. 하하하.'

그러면 펠리시는 이렇게 독살스럽게 소리치곤 했습니다.

'우리 아빠랑 엄마는 결혼했으니까 너희 부모님보다 더 나아.'

'그래, 그런데 너희 아빠는 엄마를 죽였잖아. 살인자의 딸인 주제에.'

'너네 아빠는 엄마가 죽도록 내버려 뒀잖아.'

펠리시도 지지 않았죠. 그러면 아네트는 생각에 잠겨 말했어요.

'아, 맞아. 포브르 마망(불쌍한 엄마). 사람은 건강하고 튼튼해야 돼.'

'나는 말처럼 튼튼해.'

펠리시는 자랑하며 말했죠. 그녀는 정말 그랬습니다. 수용 시설에 있는 다른 소녀들보다 힘이 2배는 셌어요. 아픈 법도 없었지요.

하지만 알다시피 그녀는 어리석었어요. 생각이 없는 짐승처럼 말입니다. 난 가끔 그녀가 왜 아네트를 따라다닐까 의아했습니다. 홀린 것 같았지요. 때때로 나는 그녀가 아네트를 정말로 미워한다고 생각했어요. 실제로 아네트는 그녀에게 친절하게 대하지 않았으니까요. 그녀는 펠리시의 미련하고 우둔한 면을 놀림거리로 삼았고, 다른 사람들 앞에서 그녀를 괴롭혔지요. 펠리시의 얼굴이 분노로 새파랗게 질린 것을 본 적이 있어요. 이따금 나는 그녀가 아네트의 목을 조를 날이 올지도 모른다고 생각했어요. 그녀는 아네트의 조롱을 받아넘길 만큼 영리하지는 못했지만, 절대 지지 않고 반격할 수 있는 법을 곧 알게 됐지요. 그건 그녀 자신의 강한 체력을 언급하는 것이었어요. 그녀는 내가 줄곧 알고 있었던 것을, 즉 아네트가 자신의 체력을 부러워한다는 것을 알고서는 본능적으로 적이 입은 갑옷의 약점을 찾아 겨누어 쳤던 겁니다.

어느 날 아네트가 아주 들떠서 내게 다가와 이렇게 말하더군요.

'라울, 우리 오늘 저 바보 같은 펠리시와 재미있게 놀아 볼까?'
'뭘 할 건데?'
'작은 헛간 뒤로 와. 내가 말해 줄 테니.'

아네트는 어떤 책을 손에 넣었던 모양이더군요. 그녀는 그 책의 일부밖에는 이해하지 못했죠. 더 정확히 말하면 그녀가 이해하기에는 너무 어려운 내용이었어요. 그건 최면술의 기본 원리에 관한 책이었습니다.

'반짝이는 물건이 있어야 한대. 내 침대에 놋쇠 장식이 있잖아. 빙글빙글 돌아가는 것 말이야. 어젯밤에 펠리시에게 그걸 쳐다보게 했어. 내가 "계속 저걸 쳐다봐. 눈을 떼지 마."라고 명령했지. 그러고는 그걸 빙빙 돌렸다? 그런데 라울, 나 까무러칠 뻔했어. 펠리시 눈이 정말 이상해 보이는 거야. 정말 이상했어. 내가 "펠리시, 너는 영원히 내가 말하는 대로 행동하게 될 거야."라고 말하니까, 펠리시가 "나는 영원히 아네트가 말하는 대로 행동할 거야."라고 대답하지 않겠어. 그다음에는 내가 이렇게 말했지. "너는 내일 정각 12시에 수지 양초를 운동장으로 가지고 나와서 그걸 먹기 시작해. 그리고 누구든지 네게 그게 뭐냐고 물으면 지금까지 먹어 본 것 중 가장 맛있는 과자라고 말하는 거야." 야, 라울, 그 모습을 상상해 봐!'

'하지만 펠리시가 그런 짓을 하겠어?'

나는 반대 의견을 말했지요.

'책에 나와 있는 대로 했어. 그렇다고 해서 곧이곧대로 믿는 건 아냐. 하지만, 라울, 그 책에 나온 얘기가 사실이라면 얼마나 재밌겠어!'

하지만 나 역시 매우 재미있을 거라는 생각이 들었지요. 우리는 친구들에게 그 얘길 모두 전하고서 정각 12시에 운동장으로 다 같이 나갔습니다. 1분도 어기지 않고 펠리시가 양초 한 도막을 손에 들고 나오지 뭡니까. 여러분, 그녀가 진지한 표정으로 그것을 조금씩 베어 먹기 시작했다면 믿으시겠습니까? 우리는 모두 흥분했습니다! 때때로 아이들 중 누군가 그녀에게 다가가서 진지하게 이렇게 말했어요.

'먹고 있는 거 맛있지, 펠리시?'

그러니까 그녀는 '정말 맛있어. 지금까지 먹어 본 것 중 가장 맛있는 과자야.'라고 대답하는 거 있죠. 그 통에 우리는 깔깔거리며 웃었지요. 우리가 너무 큰 소리로 웃어 대는 통에 펠리시는 자신이 무슨 짓을 하고 있는지 깨닫게 된 모양이더군요. 그녀는 당황하여 눈을 끔벅이며 양초와 우리를 번갈아 바라보았지요. 그러고는 이마를 쓰다듬더군요.

'그런데 내가 여기서 뭘 하는 거지?'

그녀가 이렇게 중얼거렸죠.

'넌 양초를 먹고 있었어.'

우리가 소리쳤어요.

'내가 널 그렇게 하게 했어. 내가 그렇게 하게 했다고.'

춤을 추며 아네트가 큰 소리로 이렇게 소리쳤습니다.

펠리시는 잠시 그녀를 노려보더군요. 그러고 나서 천천히 아네트에게 다가갔습니다.

'그래, 너였구나. 날 바보로 만든 게 바로 너였구나? 난 잊지 않을 거야. 이 일에 대한 보복으로 널 죽이고 말거야.'

그녀는 아주 담담한 어조로 말했습니다. 하지만 아네트는 얼른 내게 달려와서 등 뒤에 숨으며 이렇게 말하더군요.

'날 구해 줘, 라울! 펠리시가 무서워. 그냥 장난이었을 뿐이야, 펠리시. 그냥 장난일 뿐이라고.'

'난 이런 장난은 좋아하지 않아. 알겠어? 난 너를 증오해. 난 너희들 모두를 증오해.'

펠리시가 그렇게 소리치더니 갑자기 왈칵 울음을 터트리고 뛰어가 버렸지요.

아네트는 자신이 한 실험의 결과에 겁이 났던 모양입니다. 다시 그런 일은 하려고 하지 않았던 걸 보면요. 하지만 그날부터 펠리시를 지배하는 그녀의 힘이 더욱 강해졌던 것 같습니다.

이제 생각해 보면 펠리시는 줄곧 그녀를 증오하면서도 그녀를 멀리할 수 없었던 것 같아요. 그래서 개처럼 언제나 아네트 뒤를 졸졸 쫓아다녔던 겁니다.

여러분, 그 후 나는 곧 일자리를 얻게 돼서 이따금 휴가 기간에나 수용 시설에 들르게 됐습니다. 아네트는 더 이상 무용수가 되겠다는 꿈을 꾸지 않았지요. 반면 나이가 들면서 그녀는 노래를 아주 잘하게 되었습니다. 그래서 슬레이터 양은 그녀가 가수가 되는 교육을 받도록 승낙해 주었죠.

아네트는 게으름을 피우지 않았습니다. 쉬지 않고 열심히 연습했지요. 연습이 지나치지 않도록 슬레이터 양이 막아야 할 정도였어요. 한번은 슬레이터 양이 내게 그녀에 대한 얘기를 해 주더군요.

'넌 전부터 아네트를 좋아했지, 라울. 연습이 과도해지지 않게 아네트를 설득 좀 해 봐라. 요즘에 걔가 기침을 좀 한단다. 그게 영 마음에 걸리는구나.'

나는 일 때문에 곧 멀리 떠났습니다. 처음에는 아네트한테서 한두 번 편지가 오더니 그 뒤로는 통 연락이 없었지요. 그 후 5년 동안 나는 쭉 외국에 있었습니다.

파리에 돌아온 후 나는 아주 우연히 아네트 라벨의 사진이 실린 선전 포스터를 보게 됐지요. 나는 단번에 그녀를 알아보았습니다. 그날 밤 나는 문제의 그 극장에 갔습니다. 아네트는 불어와 이탈리아어로 노래를 부르더군요. 무대에 선 그녀는 정말 근사해 보였죠. 공연이 끝난 뒤에 분장실로 그녀를 찾아갔습니다. 그녀도 나를 단번에 알아보더군요.

'어머, 라울. 정말 믿을 수가 없다. 그동안 어디 있었니?'

그녀는 핏기 없는 두 손을 제게 내밀며 소리쳤습니다. 내가 이야기를 했지만 그녀는 정말로 답을 듣고 싶어 하는 눈치는 아니었어요.

'보다시피 난 거의 성공을 이뤘어!'

그녀는 꽃다발로 가득한 방을 향해 의기양양하게 손을 흔들어 보이더군요.

'자상하신 슬레이터 양도 틀림없이 널 자랑스러워하실 거야.'

'그 할머니가? 아냐. 그녀는 나를 콩세르바투아르(국립 음악 학교)에 보낼 생각이었어. 품위 있는 음악회에서 노래하라고 말이야. 하지만 난 가수야. 내 자신을 표현할 수 있는 곳은 바로 이곳, 쇼 무대야.'

바로 그때 잘생긴 중년 남자가 들어왔습니다. 상당히 기품 있는 사람이었지요. 그의 태도로 난 그가 아네트의 후견인이라는 것을 곧 눈치챘습니다. 그가 나를 곁눈질하자 아네트가 오해 없이 분명히 말하더군요.

'어린 시절 친구예요. 파리를 지나가다 에 부알라(짜잔)! 포스터에 있는 제 사진을 봤대요.'

그러자 그 남자는 아주 정중하고 친절해지더군요. 그러고는 내 눈앞에서 루비와 다이아몬드로 장식된 팔찌를 꺼내서 아네트의 손목에 채워 주었죠. 내가 일어나서 가려고 하자 그녀는 내게 의기양양한 눈짓을 보내며 이렇게 속삭였습니다.

'나 성공했지? 어때? 온 세상이 내 앞에 있어.'

그러나 난 방을 나온 뒤에 그녀의 날카로운 마른기침 소리를 들었습니다. 나는 그 기침 소리가 뭘 의미하는지 알았지요. 그건 폐병 환자였던 그녀의 어머니가 물려준 것이었습니다.

2년 후에 그녀를 다시 만났습니다. 그때 그녀는 슬레이트 양에게 다시 보호를 받고 있더군요. 가수로 성공하려던 계획도 무너져 버렸고요. 의사들도 더 이상 방법이 없다고 말할 정도로 폐병이 많이 진행된 상태였습니다.

아! 나는 그때 그녀의 모습을 절대 잊을 수 없을 겁니다! 그녀는 정원에 있는 오두막 같은 곳에 누워 있었죠. 밤이나 낮이나 그곳에 갇혀 지냈어요. 뺨은 움푹 꺼진 채 상기돼 있었고 눈은 열에 들떠 번쩍이고 있었지요. 연신 발작적으로 기침을 쏟아 내더군요.

그런데 나를 맞이하는 그녀의 모습이 어찌나 필사적이던지 겁이 날 정도였습니다.

'만나서 반가워, 라울. 사람들이 하는 말 너도 알지, 내가 회복하지 못할 거라는? 그들은 내가 없는 데서 그렇게 쑥덕거려. 앞에서는 나를 달래고 위로하면서. 하지만 그건 사실이 아니야, 라울. 사실이 아냐! 내가 죽도록 내버려 두지 않을 거야. 내가 죽는다고? 내 앞에 멋진 삶이 펼쳐져 있는데? 중요한 건 살고자 하는 의지야. 요즘에 훌륭한 의사들은 다 그렇게 말하잖아. 난 그렇게 쉽게 죽을 정도로 연약한 사람이 아니야. 난 이미 훨씬 좋아졌어. 훨씬 좋아졌다고. 알겠니?'

그녀는 자신의 말을 납득시키려고 팔꿈치를 짚고 일어나다가 그 여윈 몸을 괴롭히는 발작적인 기침이 시작되자 뒤로 쓰러지고 말았죠.

'기침은, 이건 아무것도 아니야. 그리고 객혈도 난 두렵지 않아. 난 의사들을 깜짝 놀라게 할 거야. 그건 의지의 문제야. 잊지 마, 라울. 난 살아남을 거야.'

그녀가 헐떡거리며 이렇게 말하더군요. 이해하실 테지만 가엾은 모습이었습니다. 정말 가엾었지요.

바로 그때 펠리시 볼트가 쟁반을 들고 들어왔습니다. 따뜻한 우유 1잔을 가지고요. 그녀는 아네트에게 잔을 건네고 알 수 없는 표정을 지으며 그녀가 마시는 것을 지켜보았죠. 뭐랄까, 자기 만족감 같은 것이 엿보였습니다.

아네트도 그런 표정을 읽었나 보더군요. 화를 내며 유리잔을 내팽겨 쳐서 산산조각을 내버렸습니다.

'쟤 표정 봤지? 저 애는 늘 나를 저렇게 쳐다봐. 내가 죽는다니까 기쁜 거야! 맞아, 쟤는 아주 고소해하고 있어. 건강하고 튼튼한 애잖아. 저 애를 봐. 하루도 아픈 적이 없어! 하지만 아무 짝에도 쓸모가 없어. 저렇게 건강한 몸을 가지고 있은들 무슨 소용이 있어? 제까짓게 뭘 할 수 있겠어?'

하지만 펠리시는 몸을 숙이고 묵묵히 깨진 유리 조각들을 주웠습니다. 그녀는 마치 노래하는 듯한 목소리로 이렇게 말하더군요.

'네가 뭐라고 하든 난 신경 쓰지 않아. 아무러면 어때? 이래 봬도 나는 예의바른 아가씨야. 아네트 너는 그리 머지않아 연옥의 불길을 경험하게 될 거야. 하지만 나는 기독교도지. 그러니 아무 말도 하지 않을 거야.'

'넌 나를 증오하잖아. 넌 항상 날 증오했어. 흥! 그렇지만 난 네게 최면을 걸 수 있어. 내가 원하는 대로 널 조종할 수 있다고. 이제 봐, 내가 명령하면, 너는 지금 당장 내 앞에서 잔디 위에 무릎을 꿇게 될 거야!'

아네트가 이렇게 소리를 쳤습니다.

'바보 같은 소릴 하는구나.'

하지만 펠리시는 불안한 얼굴이었죠.

'하지만 너는 그렇게 할 거야. 확실해. 자, 이제 날 기쁘게 해 줘. 무릎을 꿇어! 난 지금 네게 명령하는 거야. 나, 아네트가 말이야. 무릎을 꿇어, 펠리시!'

간절함이 담긴 목소리 때문인지 아니면 어떤 알 수 없는 이유 때문인지는 모르겠지만 펠리시는 그 말에 따랐습니다. 천천히 무릎을 꿇더니 양팔을 활짝 벌리고 바보같이 멍한 표정을 지었지요.

아네트는 고개를 뒤로 젖히고 큰 소리로 웃더군요. 방 안이 떠나갈 듯이 깔깔 웃어 댔지요.

'쟤 좀 봐, 저 멍한 얼굴 좀 봐! 정말 바보 같아 보이지. 이제 일어나도 돼, 펠리시. 고맙구나! 날 노려봐야 아무 소용없어. 난 너의 주인이야. 그러니 너는 내가 명령하는 대로 해야 돼.'

그러고는 지쳐서 다시 베개에 기댔지요. 펠리시는 쟁반을 집어 들고 느릿느릿 걸음을 옮겼습니다. 그렇게 나가다가 그녀가 뒤돌아보았는데 눈에 가득 서려 있는 분노에 저는 흠칫 놀랐습니다.

아네트가 죽었을 때 나는 그곳에 없었습니다. 하지만 정말 끔찍했던 모양이더군요. 그녀는 삶에 집착했어요. 미친 여자처럼 죽음과 싸웠던 겁니다. 헐떡거리면서도 이렇게 몇 번이고 되풀이해 말했다더군요.

'난 죽지 않을 거야. 듣고 있어? 난 죽지 않을 거야. 난 살아날 거야……. 살아날 거란 말이야…….'

6개월 뒤에 그녀를 보러 갔을 때 슬레이터 양에게서 이 모든 얘기를 들었습니다.

'가엾은 라울. 넌 그 애를 좋아했지?'

슬레이터 양이 이렇게 다정하게 말하더군요.

'언제나 좋아했죠, 언제나. 하지만 그래서 다 무슨 소용입니까? 그 얘기는 그만두도록 하죠. 그녀는 죽었어요. 그렇게 영리하고 그렇게 뜨거운 생명력이 넘치던 아이가…….'

슬레이터 양은 동정심이 많은 여인이었지요. 그때 그녀는 다른 얘기도 들려줬습니다. 몹시 걱정이 된다면서 펠리시의 이야기를 하더군요. 그 애가 기묘한 신경쇠약 같은 것을 앓았는데, 그 이후로 태도가 아주 이상해졌다는 겁니다.

슬레이터 양은 잠시 머뭇거리다 이렇게 묻더군요.

'그 애가 피아노를 배우고 있는 걸 아니?'

난 몰랐습니다. 그래서 그 얘기를 듣고 정말 깜짝 놀랐습니다. 펠리시가 피아노를 배운다니! 정말 악보도 보지 못할 아이였는데 말입니다.

슬레이터 양이 계속 말했습니다.

'다들 그 앨 보고 재능이 있다고들 하더라. 이해할 수가 없구나. 난 그 아이를 항상……. 음, 라울, 너도 알다시피 펠리시는 언제나 모자란 애였잖니.'

나는 고개를 끄덕였습니다.

'가끔은 그 애 태도가 하도 이상해서 정말 어떻게 이해해야 할지 알 수가 없어.'

몇 분 뒤에 나는 셀 드 레크튀르(열람실)에 들어갔습니다. 펠리시가 피아노를 치고 있었습니다. 그것도 파리에서 아네트가 부른 그 곡을 연주하는 게 아니겠습니까. 여러분도 예상하셨겠지만 나는 그 멜로디를 듣고 경악을 했습니다. 내가 들어오는 소리를 들었는지 그녀가 연주를 갑자기 중단하고 돌아보더군요. 냉소적이면서도 지적인 눈빛이었습니다. 잠시 동안 나는 생각했습니다. 하지만 내가 생각한 것을 여러분께 말씀드리지는 않겠습니다.

'트엥(어머나)! 그래 너로구나, 무슈 라울.'

그녀는 이렇게 말했지요.

그녀의 말투를 설명할 수가 없군요. 아네트는 나를 언제나 라울이라고 불렀습니다. 하지만 펠리시는 우리가 성인이 된 뒤로는 항상 저를 무슈 라울로 불렀지요. 한데 그 말투가 평소와 같지 않았습니다. 살짝 강세를 붙여 무슈라고 부르면서 재미있어 하는 것 같았죠.

'야, 펠리시, 너 오늘 완전히 달라 보인다.'

나는 더듬거리며 말했습니다.

'내가?'

그녀는 반사적으로 묻더군요.

'이상하지, 이상하고말고. 그렇다고 그렇게 심각한 표정은 짓지 마, 라울. 그리고 이제부터는 너를 라울이라고 부를 거야. 우리는 어린 시절부터 함께 놀지 않았니? 인생은 재미있는 거야. 가엾은 아네트 얘기나 해 보자. 지금은 죽어서 묻혀 있지. 연옥에 있을까, 아니면 어디 있을까?'

그러고는 노래를 한 소절 흥얼거리더군요. 가락이 맞지는 않았지만 노래 가사가 내 주의를 끌었습니다.
'펠리시, 너 이탈리아어를 하는 거야?'
내가 큰 소리로 물었습니다.
'그게 어때서, 라울? 내가 그런 척하고 다닌 거랑 다르게 진짜 나는 멍청하진 않거든.'
그녀는 내가 어리둥절해하는 모습을 보고 웃더군요.
'난 이해가······.'
그녀가 말허리를 자르며 이렇게 말했습니다.
'아니, 내가 말할게. 나는 연기력이 아주 좋거든. 그래서 아무도 짐작하지 못한 거야. 난 많은 역할을 연기할 수 있어. 그것도 아주 훌륭하게.'
그녀는 또다시 웃더니 내가 붙잡기 전에 재빨리 방을 나가 버렸죠.
그곳을 떠나기 전에 그녀를 다시 만났습니다. 안락의자에서 자고 있더군요. 심하게 코를 골면서요. 나는 잠자코 서서 넋을 잃고 바라보았습니다. 그런데 혐오감이 느껴지더군요. 갑자기 그녀가 깜짝 놀라서 깨어났습니다. 멍하니 생기 없는 그녀의 눈이 내 눈과 마주쳤지요.
'무슈 라울.'
그녀는 기계적으로 이렇게 중얼거리더군요.
'그래, 펠리시, 나 지금 갈 거야. 가기 전에 네 피아노 연주를 다시 들려 줄래?'
'내가? 피아노 연주를? 날 놀리는 거지? 무슈 라울.'

'오늘 아침에 피아노 쳤던 거 기억나지 않아?'

그녀는 고개를 설레설레 흔들더군요.

'내가 피아노를 쳤다고? 나처럼 보잘것없는 애가 어떻게 피아노를 칠 수 있어?'

그녀는 생각에 잠긴 듯 잠시 동안 말을 끊었다가 내게 더 가까이 오라고 손짓을 했습니다.

'무슈 라울, 이 집에서는 이상한 일이 일어나고 있어! 그들이 너를 속이는 거야. 시계까지 돌려놔. 그래, 그래, 내가 무슨 말을 하고 있는지 나도 알아. 그건 다 그 애 짓이야.'

'누구 짓이라고?

나는 깜짝 놀라서 물었지요.

'아네트 짓이지. 그 사악한 애 말이야. 살아 있을 때도 걘 언제나 나를 괴롭혔어. 그러더니 죽어서까지 나를 괴롭히려고 돌아온 거야.'

나는 펠리시를 뚫어지게 쳐다보았습니다. 그녀는 극도의 공포에 사로잡혀서 눈이 튀어나올 것처럼 보였지요.

'그 애는 사악해. 정말 사악한 애야. 그 애는 내 입에 든 빵, 몸에 입은 옷까지 빼앗았어. 그리고 이제는 내 육체의 영혼까지도 빼앗을 거야……'

그러더니 느닷없이 나를 꽉 붙잡고 말하더군요.

'정말 난 무서워. 무서워. 그 애 목소리가 들려. 귀에서 들리는 게 아냐. 아냐, 귀에서 들리는 소리가 아니야. 여기, 머리에서……'

그러면서 이마를 툭툭 두드렸습니다.

'그 애는 나를 몰아낼 거야. 완전히 몰아낼 거야. 그러면 나는 어떻게 해야 하지? 난 어떻게 될까?'

그녀의 목소리는 비명에 가까울 정도로 높았습니다. 그리고 눈에는 궁지에 몰린 짐승처럼 겁에 질린 표정이 가득 담겨 있었지요…….

그러더니 갑자기 그녀의 얼굴에 야비한 미소가 떠올랐습니다. 매우 교활한 웃음이었어요. 그런데 그것에는 간담을 서늘케 하는 뭔가가 있었습니다.

'무슈 라울, 그런 일이 일어난다고 하더라도 내 손아귀 힘은 아주 세거든. 내 손힘은 아주 세.'

전에는 특히 그녀의 손을 눈여겨본 적이 없었습니다. 그때 그녀의 손을 살펴보고 나서 나도 모르게 몸서리가 쳐졌죠. 뭉뚝하고 거친 손가락은 펠리시가 말했던 것처럼 굉장히 힘이 세 보였습니다……. 욕지기가 갑자기 치밀어 올랐는데 이유를 확실히 설명하지는 못 하겠네요. 틀림없이 그런 손가락으로 그녀의 아버지는 아내를 목 졸라 살해했을 겁니다…….

펠리시 볼트를 본 건 그때가 마지막이었어요. 그 직후에 나는 외국으로 떠났습니다. 남아메리카로요. 그녀가 죽고 나서 2년 뒤에 그곳에서 돌아왔지요. 신문에서 그녀의 삶과 갑작스러운 죽음에 대한 기사를 읽었습니다. 그리고 오늘 밤 당신들, 여기 신사분들한테서 좀 더 자세한 설명을 듣게 됐군요! 펠리시 3과 펠리시 4라고 하셨나요? 아시다시피 그녀는 훌륭한 배우였습니다!"

기차가 갑자기 속도를 늦췄다. 구석 자리에 앉아 있던 남자는 몸을 똑바로 하고 외투의 단추를 단단히 채웠다.

"어떻게 생각하십니까?"

변호사가 몸을 앞으로 숙이고 물었다.

"믿을 수가 없어……."

파피트 참사회원이 말을 하다가 멈췄다.

의사는 아무 말도 하지 않았다. 그는 라울 르타르도를 계속 응시하고 있었다.

"몸에서는 옷을, 육체에서는 영혼을."

프랑스인은 조용히 이 말을 인용하고는 자리에서 일어났다.

"여러분, 말씀드렸다시피 펠리시 볼트의 이야기는 아네트 라벨의 이야기입니다. 여러분은 그녀를 모르고 있었어요. 하지만 난 알고 있었죠. 그녀는 삶을 너무나 사랑했던 겁니다……."

기차에서 내리려고 문에 손을 댄 채 그는 갑자기 몸을 돌려 허리를 구부리고는 파피트 참사회원의 가슴을 톡톡 치며 말했다.

"저쪽에 계신 무슈 르 독퇴르(의사 선생님)가 이게……."

그의 손이 배를 세게 치는 바람에 참사회원은 주춤했다.

"단지 집이라고 했잖습니까. 말씀해 보세요. 당신 집에 강도가 든 것을 알게 된다면 어떻게 하시겠습니까? 총을 쏘지 않겠습니까?"

"아니요. 아니에요……. 그러니까…… 적어도 이 나라에서는 아니란 말입니다."

참사회원은 소리쳤다. 하지만 그는 마지막 말을 허공에다 하고 있었다. 객실 문이 쾅 하고 닫혔다.
 객실에는 성직자와 변호사, 의사만이 남았다. 네 번째 좌석은 텅 비어 있었다.

집시

I

맥팔레인은 친구 디키 카펜터가 이상하리만치 집시들에게 혐오감을 나타내는 것을 종종 눈치챘지만, 거기에 무슨 까닭이 있는 건지 알지 못했다. 그런데 디키와 에스터 로즈의 약혼이 깨졌을 때 두 사람 사이에 그 비밀이 벗겨지는 순간이 왔다.

맥팔레인이 에스터 로즈의 동생 레이철과 약혼한 지는 1년쯤 되었다. 그는 로즈가(家)의 자매들을 어린 시절부터 잘 알고 있었다. 만사에 서두르지 않는 신중한 성격 탓에 그는 처음엔 자신이 레이철의 어린애 같은 얼굴과 숨김없는 갈색 눈동자의 매력에 점점 끌려들고 있다는 것을 인정하려고 하지 않았다. 그녀는 에스터 같은 미인은 아니다. 분명히! 하지만 말할 수 없이 순수하고 마음씨가 고왔다. 그리고 디키가 언니 에스터와 약혼을 하게 되면서 두 사람의 관계는 더 가까워지는 듯했다.

그런데 몇 주일 만에 그 약혼이 깨져 버리자, 고지식한 디키는 심한 충격을 받았다. 지금까지 그의 청년 시절은 모든 것이 아주 순조로웠다. 해군에 들어간 것도 적절한 선택이었다. 그는 선천적으로 바다를 좋아했다. 그에게는 어딘지 좀 바이킹 같은 구석이 있었는데, 단순하고 직설적이며 치밀한 사고를 하지 못하는 성격이었다. 그는 어떤 감정 변화도 좋아하지 않았고 마음속 상태를 설명하는 데 서툰, 말주변 없는 잉글랜드 젊은이였다.

한편 고집 센 스코틀랜드인이며 켈트족의 풍부한 기지를 속에 품고 있는 맥팔레인은 친구가 떠듬떠듬 많은 이야기를 늘어놓는 동안 담배를 피우며 듣고 있었다. 그는 친구가 곧 심중을 털어놓을 거라고 확신했다. 하지만 그의 예상과는 전혀 다른 내용이었다. 아무튼 처음에는 에스터 로즈에 대한 이야기가 한 마디도 나오지 않았다. 오로지 어린아이의 공포와 관련된 이야기뿐이었다.

"모든 것이 내가 어린 시절에 꾼 꿈에서부터 시작됐네. 그걸 꼭 악몽이라 할 순 없어. 다만 그 여자, 그 집시가 어떤 꿈에서든 나타났지. 심지어 즐거운 꿈에서까지, 왜 폭죽이 터지는 파티처럼 아이들이 좋아할 내용의 꿈에서도 말일세. 마음껏 즐기다가 문득 내가 쳐다보면 언제나처럼 그녀가 거기 서 있을 거라는 느낌이, 아니 서 있다는 것을 알겠는 거야. 나를 바라보면서 말이지……. 내가 알지 못하는 것을 자긴 안다는 듯 슬픈 눈을 하고서. 그게 왜 그렇게 날 불안하게 하는지 설명할 수는 없지만, 아무튼 불안했네! 언제나! 나는 두려움 때문에 항상 소리를 지르며 잠에서 깨곤 했어. 그러면 늙은 유모가 '아이고! 우리 디키 도련님이 집시 꿈을 또 꾸었나 보군요!'라고 말했지."

"실제로 집시 때문에 놀란 적이 있었나?"

"집시를 만난 건 훨씬 뒤였네. 그런데 그것이 또 기묘했어. 그때 난 달아나 버린 강아지를 쫓고 있었어. 난 정원 문을 지나서 숲속의 오솔길 하나를 따라갔지. 그때 내가 살고 있는 곳은 뉴포레스트(잉글랜드 남부의 삼림 지구 — 옮긴이)였네. 그러다 마침내 개간지 같은 곳에 이르렀는데, 개울이 흐르는 곳에 나무다리가 걸려 있더군. 그런데 바로 그 다리 옆에 집시가 1명 서 있는 거야. 새빨간 스카프를 머리에 쓰고 내 꿈에서와 똑같이 말이네. 난 덜컥 겁이 났지! 그녀가 나를 쳐다보더군……. 꿈에서와 똑같은 표정으로. 내가 알지 못하는 것을 알고 있고, 그래서 참 딱하다는 듯이……. 그러고는 내게 고개를 끄덕이고 아주 차분하게 말했어. '나 같으면 그쪽 길로는 가지 않을 텐데.' 왜 그런지는 모르겠지만 난 죽을 만큼 무서움을 느꼈다네. 급히 그녀 옆을 지나서 다리로 올라갔지. 근데 썩은 다리였던 모양이야. 아무튼 다리가 무너졌고 난 개울에 빠져 버렸어. 물살이 상당히 빨라서 하마터면 익사할 뻔했지. 정말 거의 죽을 뻔했어. 그 일을 도저히 잊을 수가 없었네. 게다가 그 모든 일이 그 집시와 관련 있다는 생각이 들어서……."

"하지만 그녀는 자네에게 위험을 경고해 준 것이잖나?"

"자네라면 그렇게 말할 수 있겠지."

디키는 잠시 말을 멈췄다가 계속했다.

"자네에게 내 꿈 얘기를 한 건 그것이 그 후에 일어난 일과 관련이 있어서가 아니네. 적어도 난 그렇지 않다고 생각하거든. 말하자면 그것이 일의 발단이기 때문에 이야기한 것이네. 이제 '집시의 육감'이라는 내 말이 무슨 뜻인지 자네도 이해할 수 있을 거네. 그럼 로즈가에서의 첫날밤 얘기를 계속하도록 하지. 그때 난 태평양 연안에서 막 돌아온 참이었어. 다시 영국으로 돌아온다는 건 정말 근사한 일이었지. 로즈 집안사람들과 우리 가족은 오랜 친구 사이였네. 7살쯤 이후로 그 자매를 보진 못했지만 아서는 내 절친한 친구였지. 그가 죽은 뒤에는 에스터가 내게 편지도 쓰고 신문도 보내 주었다네. 그녀는 정말 편지를 재밌게 썼더랬지! 정말 큰 힘이 됐어. 늘 나도 답장을 좀 더 잘 쓸 수 있으면 좋겠다고 생각했었는데. 난 정말 그녀를 만나고 싶었네. 한 여자를 다른 방법 없이 편지를 통해서만 잘 알고 지낸다는 게 어쩐지 이상한 생각이 들었거든. 그래서 나는 영국에 돌아오자마자 제일 먼저 로즈 저택을 찾아갔다네. 마침 에스터는 외출하고 없었지만, 저녁 때 돌아온다고 하더군. 저녁 식탁에서 나는 레이철 옆에 앉았어. 기다란 식탁을 이리저리 둘러보고 있는데 이상한 느낌이 들면서 마음이 불안해지지 뭔가. 그때 그녀를 보았어······."

"누구를 봤는데······?"

"하워스 부인. 자네한테 그녀에 대해서 이야기하려고."

맥팔레인의 입에서는 자칫 "난 자네가 에스터 로즈에 대해서 얘기하는 줄 알았는데."라는 말이 튀어나올 뻔 했다. 하지만 그는 잠자코 있었고 디키가 계속 이야기했다.

"그녀는 어딘지 남들과 전혀 다른 데가 있었어. 로즈 노인 옆에 앉은 그녀는 고개를 숙이고서 아주 진지하게 그의 얘기에 귀를 기울이고 있었지. 목에 붉은색 튤(그물 모양의 얇은 명주 — 옮긴이)로 만든 것을 두르고 있었어. 찢어졌는지 어쨌는지, 아무튼 널름거리는 그것이 작은 불꽃의 혀처럼 그녀의 머리 뒤에 세워져 있었네……. 난 레이첼에게 물었지.

'저쪽에 저 부인이 누구신가요? 검은색 머리에 붉은색 스카프를 두른 저분?'

'앨리스터 하우스 말인가요? 붉은색 스카프를 두른 건 그녀인데. 그런데 그녀는 금발이에요. 순수한 금발.'

그녀는 정말 금발이었어. 엷게 빛나는 아름다운 황금빛이었지. 그런데도 난 그녀의 머리카락이 검은색이라고 믿었던 거야. 눈앞에서 보고 있으면서도 착각했다니 기묘한 일이지……. 저녁 식사 뒤에 레이첼이 우리를 서로 인사시켜 주었네. 우리는 정원을 이리저리 거닐며 환생에 대해 얘기를 나눴지……."

"자네와는 좀 어울리지 않는 주제잖나, 디키!"

"그렇긴 하지. 나는 어떤 사람을 만났을 때 왜 전에 만난 적이 있는 듯 아는 사람처럼 느껴지는 건지 그 이유를 아주 재치 있게 설명했지. 그녀가 그러더군.

'사랑하는 사람들 말인가요…….'

그녀의 말하는 방식에는 어딘가 기묘한 데가 있었어. 차분하면서도 강렬하다고 할까. 뭔가를 생각나게 하는데 그게 뭔지 도무지 기억이 나지 않았네. 우리는 잠시 더 얘기를 나눴어. 그때 로즈 노인이 테라스에서 우리를 불렀지. 에스터가 돌아왔는데 나를 만나고 싶어 한다는 거야. 그런데 하워스 부인이 내 팔에 손을 얹으며 이렇게 묻는 게 아닌가.

'들어갈 건가요?'

그래서 '예, 그래야겠지요.'라고 말했지. 그랬더니…….''

"그랬더니?"

"말도 안 되는 소리라고 생각할걸. 하워스 부인이 이러는 거야. '나라면 들어가지 않을 텐데요…….'"

그는 잠시 이야기를 멈췄다.

"난 겁이 났어. 몹시 겁이 났지. 내가 자네한테 꿈 얘기를 꺼냈던 건 그 때문이네……. 똑같은 분위기였어. 마치 내가 알지 못하는 뭔가를 알고 있다는 듯, 차분한 태도로 그 말을 한 걸세. 그저 아름다운 여성이 나를 정원에 붙들어 두고 싶어서 던지는 말이 아니었네. 다정한 음성이었지만 큰 안타까움이 담겨 있었지. 무슨 일이 닥칠지 알고 있다는 듯 말이야……. 무례한 행동이긴 했지만 나는 몸을 돌려 그 자리를 떠났다네. 거의 뛰다시피 해서 집 안으로 들어갔어. 이젠 안전하다는 생각이 들더군. 내가 처음부터 그녀를 두려워하고 있었다는 것을 그제야 깨달았지. 로즈 노인을 보자 안도감이 들더라고. 그리고 노인 곁에 에스터가 있었네……."

그는 잠시 머뭇거리다가 다소 모호하게 중얼거렸다.

"의문의 여지가 없었지. 그녀를 본 순간 나는 버림받을 거라는 걸 알았어."

에스터 로즈의 모습이 맥팔레인의 머릿속을 스쳤다. 이전에 그녀를 가리켜 '키 180센티미터의 완벽한 유대 미인'이라고 평하는 말을 들은 적이 있었다. 그녀의 유난히 큰 키와 날씬한 몸매, 희고 매끄러운 얼굴, 섬세하게 뻗은 콧날, 새까맣게 반짝이는 머리카락과 눈동자를 떠올리니 적절한 묘사라는 생각이 들었다. 아이같이 순진한 디키가 푹 빠져 버리는 건 당연한 일이었다. 비록 맥팔레인의 맥박을 빠르게 뛰게 만들지는 못했지만, 그녀가 눈부시게 아름답다는 건 인정해야 했다.

디키가 말을 이었다.

"그러고 나서 우리는 약혼을 했네."

"바로?"

"음, 일주일쯤 뒤에. 그리고 그녀가 결국 결혼할 마음이 없다는 것을 알게 되는데 2주쯤 걸렸고……."

그는 짧게 쓴웃음을 지었다.

"내가 배로 돌아가기 전날 저녁이었지. 나는 숲속을 지나서 마을로 향하고 있었네. 그런데 그 여자를 봤어. 하워스 부인 말이야. 그녀는 붉은색 두건을 쓰고 있었어. 잠시 동안이긴 했지만 오싹했네! 꿈 얘기를 들었으니 자네도 이해할 테지……. 우리는 잠시 함께 걸었어. 에스터가 들어서는 안 될 말은 한 마디도 하지 않았네……."

"하지 않았다고?"

맥팔레인은 호기심 어린 눈초리로 친구를 바라보았다. 사람들은 자신도 모르는 사이에 말을 내뱉는 법이다!

"그런데 내가 집으로 돌아가려하자 그녀가 나를 붙잡고 이러는 거야.

'잠깐이면 돼요. 나라면 급히 돌아가지 않겠어요…….'

뭔가 불쾌한 일이 나를 기다리고 있다는 걸 그때 깨달았네……. 그리고…… 집에 도착하자마자 기다리고 있던 에스터를 만났고, 나와의 결혼을 원치 않게 됐다는 그녀의 말을 듣게 됐지……."

맥팔레인은 동정의 말을 중얼거리고 물었다.

"그럼 하워스 부인은?"

"그 뒤로는 만나지 못했어, 오늘 밤까지는."

"오늘 밤이라고?"

"응. 조니 선생의 병원에서였지. 다리를 진찰받으러 갔었거든. 어뢰 때문에 다친 다리 말이야. 요즘 좀 좋지 않아서. 의사가 수술을 권하더군. 간단한 수술이라면서. 진찰을 받고 병원을 나올 때 간호사 유니폼 위에 붉은색 점퍼를 걸친 여자와 우연히 마주쳤는데 그녀가 이런 말을 하는 거야.

'나라면 그 수술을 받지 않을 거예요…….'

그래서 난 그 여자가 하워스 부인이라는 것을 알았지. 그녀가 너무 빨리 지나가 버리는 바람에 불러 세우지는 못했어. 다른 간호사를 만나서 그녀에 대해서 물어보았지. 하지만 그 병원에는 그런 이름을 가진 간호사는 없다는 거야……. 이상하지…….”

"틀림없이 그 여자였나?"

"틀림없어. 실은 그녀는 굉장한 미인이라네…….”

그는 이야기를 잠시 중단했다가 덧붙였다.

"물론 난 수술을 받을 생각이네. 그런데……. 그런데 만약에 내가 죽는 경우엔…….”

"바보 같은 소리!"

"물론 바보 같은 소리지. 하지만 그래도 자네에게 집시 얘기를 털어놓길 잘했어……. 기억할 수만 있다면 좀 더 들려줄 이야기가 있을 텐데…….”

II

맥팔레인은 가파른 황무지 길을 걸어 올라갔다. 그러고는 거의 언덕 꼭대기에 있는 집의 대문으로 들어갔다. 그는 단단히 결심을 하고 종 줄을 잡아당겼다.

"하워스 부인 계신가요?"

"네, 계십니다. 잠깐 기다리세요.”

하녀가 그를 창 너머로 거친 황무지가 보이는 천장이 낮고 길쭉한 방으로 안내하고 나갔다. 그는 얼굴을 살짝 찌푸렸다. 내가 터무니없는 바보짓을 하고 있는 건 아닐까?

그때 그는 움찔했다. 나지막이 부르는 노랫소리가 머리 위에서 들렸다.

"집시 여인이 황무지에 살고 있네……."

노랫소리가 뚝 끊어졌다. 맥팔레인은 가슴이 조금 두근거렸다. 그때 문이 열렸다.

거의 북유럽인이라고 생각되는 금빛 머리칼이 충격적이었다. 디키의 묘사에도 불구하고 그는 그녀가 집시처럼 검은 머리일 거라고 생각했던 것이다……. 문득 그는 디키의 말과 그 말을 할 때의 기묘한 분위기가 생각났다. '실은 그녀는 굉장한 미인이라네…….' 나무랄 데 없는 완벽한 아름다움이란 흔치 않은 법이다. 앨리스터 하워스는 완전무결한 아름다움의 소유자였다.

그는 마음을 가라앉히고 그녀에게 다가갔다.

"아마 저를 모르실 겁니다. 이곳 주소는 로즈가에서 얻었습니다. 저는 디키 카펜터의 친구입니다."

그녀는 잠시 동안 그를 가만히 쳐다보더니 입을 열었다.

"저는 나가려던 참이었어요. 황무지로요. 함께 가시겠어요?"

그녀는 창문을 밀어 열고서 언덕 중턱으로 나갔다. 그는 그녀를 뒤따랐다. 둔해 보이고 다소 얼빠진 얼굴을 한 남자가 버들가지로 엮은 팔걸이의자에 앉아서 담배를 피우고 있었다.

"제 남편이에요! 모리스, 나는 맥팔레인 씨와 함께 황무지에 갈 거예요. 돌아와서 맥팔레인 씨와 같이 점심 식사를 하죠. 그래도 되죠?"

"대단히 감사합니다."

맥팔레인은 느린 걸음으로 걸어가는 그녀의 뒤를 따라 언덕으로 올라가면서 조용히 생각했다.

'이유가 뭘까? 도대체 왜 저런 사람과 결혼을 한 거지?'

앨리스터는 바위들이 있는 쪽으로 걸어갔다.

"여기에 앉지요. 그럼 말씀해 보세요. 무슨 말씀을 하러 오셨나요."

"알고 계십니까?"

"나쁜 일이 일어날 때는 언제나 알게 되죠. 나쁜 일 아닌가요? 디키에 관한?"

"그는 간단한 수술을 받았습니다. 수술은 아주 성공적이었지요. 그런데 심장이 약했던 모양입니다. 마취에서 깨어나지 못했습니다."

그는 상대의 어떤 표정을 예상했던 걸까. 그녀에게서 끝없는 피로에 완전히 지친 듯한 얼굴을 보리라고는 거의, 아니 전혀 생각지 못했다……. 그는 그녀가 중얼거리는 소리를 들었다.

"다시 기다려야지, 오랫동안, 아주 오랫동안……."

그녀가 고개를 들고 물었다.

"그래서 무슨 말씀을 하시려는 건가요?"

"한 가지만 묻겠습니다. 누군가 그에게 수술을 받지 말라고 경고했답니다. 간호사였다더군요. 그게 당신이었다고 그는 생각했지요. 사실인가요?"

그녀는 고개를 저었다.

"아니요, 제가 아니었어요. 하지만 제게는 간호사로 일하는 사촌이 1명 있어요. 어둑한 불빛에서 보면 저와 좀 비슷해 보여요. 아마 그녀였을 거예요."

그녀는 다시 그를 쳐다보았다.

"그게 누구든 상관있나요?"

그러더니 갑자기 그녀의 눈이 휘둥그레졌다. 그녀는 숨을 삼켰다. 그녀가 말했다.

"아, 정말 이상해! 당신은 모르고 계셨나요······."

맥팔레인은 어리둥절했다. 그녀는 여전히 그를 응시하고 있었다.

"제 생각에는 당신도······. 틀림없어요. 당신도 그것을 갖고 있는 것 같아요······."

"뭘 말입니까?"

"재능, 저주, 당신 좋은 대로 부르세요. 아무튼 당신도 그것을 타고났어요. 바위들 사이에 움푹 팬 곳을 들여다보세요. 아무것도 생각하지 말고 그냥 보세요······. 아아!"

그녀는 맥팔레인이 흠칫 놀라는 것에 주목했다.

"자, 뭔가 보셨나요?"

"틀림없이 기분 탓일 테지만 잠깐 동안 저 틈에 피가 가득 찬 것을 보았습니다!"

그녀는 고개를 끄덕였다.

"재능을 갖고 계실 줄 알았어요. 저긴 옛날에 태양 숭배자들이 산 제물을 바치던 곳이에요. 그 얘기를 듣기 전부터 전 알 수 있었죠. 그들의 느낌을 정확히 알 때도 있어요. 그곳에 있었던 것처럼요……. 여기 황무지에는 고향에 돌아온 듯한 느낌을 주는 뭔가가 있어요……. 물론 제가 그런 재능을 가지고 있는 건 당연한 일이에요. 저는 퍼거슨 집안사람이니까요. 저희 집안은 대대로 예지력을 가지고 있어요. 어머니는 아버지와 결혼하시기 전에 영매셨지요. 성함이 크리스팅이신데 상당히 이름을 날리셨지요."

"그 '재능'이라는 것이 앞날을 볼 수 있는 능력이라는 말인가요?"

"네, 미래든 과거든 아무 상관이 없어요. 가령 당신이 제가 왜 모리스와 결혼했는지 의아해하신 것을 전 알고 있었어요. 맞죠? 그러셨죠? 그건 그저 그에게 뭔가 무서운 일이 다가오고 있다는 것을 항상 느끼고 있었기 때문이에요……. 그를 구해 주고 싶었답니다……. 여자들은 그래요. 제 능력으로 그런 일이 일어나는 걸 막을 수 있을 거예요……. 인간이 할 수 있는 일이라면. 하지만 디키를 구하지는 못했어요. 디키는 제 말을 믿지 않았죠……. 그는 두려워했어요. 너무 어렸던 거예요."

"22살이었습니다."

"전 30살이에요. 하지만 제 말은 그런 뜻이 아니에요. 사이를 갈라놓을 수 있는 것들은 실로 많죠. 길이, 높이, 넓이……. 하지만 시간에 의해서 갈라지는 것이 가장 지독한 방법이에요……."

그녀는 골똘히 생각에 잠긴 채 긴 침묵 속에 빠져들었다.

아래쪽 집에서 울리는 낮은 종소리가 그들의 침묵을 깨뜨렸다.

점심 식탁에서 맥팔레인은 모리스 하워스를 지켜보았다. 그는 아내를 몹시 사랑하는 게 틀림없었다. 그의 두 눈에는 행복에 가득 찬

무조건적인 사랑이 담겨 있었다. 맥팔레인은 다정하게 남편을 대하는 하워스 부인의 태도에 모성애가 담겨 있다는 것도 깨달았다. 식사를 마친 뒤 그는 작별 인사를 건넸다.

"저는 저 아래 여인숙에서 하루쯤 머무를 겁니다. 그런데 다시 뵈러 와도 될까요? 혹시 내일은 어떠신가요?"

"좋아요. 하지만……."

"하지만 뭡니까?"

그녀는 황급히 한쪽 손으로 눈을 비볐다.

"모르겠어요. 저……. 우리가 다시는 만나지 못할 것 같은 생각이 들어서요. 그뿐이에요……. 그럼 안녕히 가세요."

그는 천천히 길을 따라 내려왔다. 자기도 모르게 차가운 손이 자신의 심장을 옥죄는 듯한 느낌이 들었다. 당연히 그녀의 말에는 아무 의미도 없다. 하지만…….

자동차 1대가 모퉁이를 돌아 나와 스치듯 지나갔다. 그는 울타리에 착 달라붙어서…… 간신히 화를 면할 수 있었다. 그의 얼굴이 서서히 납빛으로 변해 갔다…….

III

"아, 아무래도 신경이 불안정한가 봐."

맥팔레인은 다음 날 아침 눈을 뜨자마자 이렇게 중얼거렸다. 그는 전날 오후의 사건들을 냉정하게 다시 생각해 보았다. 그 자동차, 여인숙으로 오는 지름길, 갑자기 몰려온 안개와 근처에 위험한 늪이 있다는 사실 때문에 길을 잃고 헤맨 일. 그다음에는 여인숙 굴뚝의 통풍관이 무너져 내린 것, 그리고 밤중에 뭔가 타는 냄새가 나서 찾아보니 난로 앞 깔개에 타다 남은 재가 있던 것까지. 아무런 의미도 없어! 아무 일도 아니야. 그렇다면 그녀의 말은? 또 진심으로 인정할 수는 없지만 그녀가 알고 있었다는 확신은……?

그는 갑자기 기운이 나서 이불을 박차고 일어났다. 즉시 가서 그녀를 만나 봐야 했다. 그러면 주문을 풀 수 있을 것이다. 다시 말해 무사히 그곳에 도착만 한다면……. 아! 난 얼마나 어리석은가!

그는 아침을 먹는 둥 마는 둥 했다. 그는 10시에 비탈길을 오르기 시작해서 10시 30분에 종 줄을 잡았다. 그때야 비로소 안도의 한숨을 내쉴 수 있었다.

"하워스 부인 계십니까?"

문을 연 것은 전날의 그 나이 든 하녀였다. 그런데 그녀의 얼굴은 어제와 달리 슬픔으로 수척해져 있었다.

"아이고, 손님! 아이고! 그럼 아직 듣지 못하셨나요?"

"뭘 말이죠?"

"앨리스터 마님 일요. 강장제 때문이에요. 마님은 매일 밤 그걸 드셨거든요. 가엾은 주인님은 정신을 놓고 거의 반실성 상태세요. 어둠 속에서 선반에 있는 다른 약병을 꺼내시는 바람에……. 의사 선생님을 모셔 왔지만 이미 때가 늦었어요……."

그 순간 맥팔레인의 머리에 그녀가 했던 말이 떠올랐다. '그저 뭔가 무서운 일이 그에게 다가오고 있다는 것을 언제나 알고 있기 때문이에요. 제 능력으로 그런 일이 일어나는 걸 막을 수 있을 거예요. 인간이 할 수 있는 일이라면…….'

아아! 그러나 인간은 운명을 피할 수 없었던 것이다……. 예지력을 지닌 기묘한 운명이 구해야 할 것을 오히려 파멸로 이끌고 만 것이다.

늙은 하녀가 말을 이었다.

"마님은 정말 마음씨 곱고 상냥한 분이셨어요. 곤경에 빠진 사람들을 보면 그냥 지나치지 못하셨지요. 상대가 누구든 고통 받는 걸 견디지 못하셨어요."

그러고는 망설이다가 덧붙였다.

"2층에 올라가서 마님을 뵙지 않으시겠어요, 손님? 마님 말씀으로는 손님께서 틀림없이 오래전부터 마님을 알고 계신 듯한데. 아주 오래 아신 사이라고 마님이 말씀하셨죠……."

맥팔레인은 늙은 하녀를 따라 2층으로 올라가서 그가 전날 노랫소리를 들었던 응접실 위에 위치한 방으로 들어갔다. 창문 꼭대기는 스테인드글라스로 장식되어 있었다. 그것이 침대 머리맡에 붉은 빛을 드리웠다. 머리에 새빨간 스카프를 두른 집시 여인……. 바보 같으니! 과민해진 신경이 또 착각을 일으키는 모양이었다. 그는 앨리스터 하워스를 마지막으로 오랫동안 바라보았다.

IV

"어떤 여자분이 찾아오셨는데요, 맥팔레인 씨."
"에?"
맥팔레인은 멍하니 주인을 쳐다보았다.
"이런! 뭐라고 말씀하셨지요, 로우즈 부인? 유령들에 관해 생각하고 있던 참이라서."
"설마? 땅거미가 지고 나면 황무지에 나타난다는 무시무시한 것들 말인가요? 흰 옷을 입은 여자나 악마의 대장장이, 선원과 집시……."
"뭐라고요? 선원과 집시요?"
"그렇대요. 제가 젊었을 땐 유명한 전설이었죠. 아주 먼 옛날 사랑을 이루지 못한 두 사람에 대한 이야기예요……. 그런데 이미 한참 전부터 그 둘의 유령은 나타나지 않고 있어요."
"나타나지 않는다고요? 혹시 다시 나타나지 않을까요……."
"아이고! 맥팔레인 씨도. 무슨 말씀을 하시는 거예요! 그런데 그 젊은 여자분은……."
"어떤 젊은 여자요?"
"당신을 만나려고 기다리는 사람이 있다고 했잖아요. 응접실에 계신데, 성함이 로즈 양이라고 그러셨어요."
"아!"
레이첼! 원근이 바뀌면서 그는 기묘한 수축감을 느꼈다. 이제까지 그는 다른 세계를 들여다보느라 레이철을 잊고 있었던 것이다. 레이철은 이 세상에만 속하는 여인이기 때문이다……. 그 기묘한 원근의 변화가 다시 3차원만의 세계로 그를 돌려놓은 것이다.

그는 응접실 문을 열었다. 레이철……. 정직한 갈색 눈을 가진 레이철이었다. 갑자기 꿈에서 깨어난 사람처럼 끓어오르는 기쁨에 찬 따뜻한 현실이 그를 어루만졌다. 그는 살아 있었다, 살아 있는 것이다! 그는 생각했다.

'인간이 확신할 수 있는 인생은 하나밖에 없어! 바로 이것!'

"레이철!"

그는 그녀의 턱을 들어 올리고 입을 맞췄다.

등불

I

정말 고풍스러운 저택이었다. 그 주변은 동네 전체가 예스러운 멋을 풍겼고, 대성당이 있는 마을에서 흔히 볼 수 있는 도도한 위엄과 고색창연한 연륜을 갖추고 있는 곳이었다. 그러나 19번지의 저택은 그중에서도 더 오래된 인상을 주었다. 그야말로 원숙하다고 할 위엄. 음울한 것 중에서도 가장 음울하고 도도한 것 중에서도 가장 도도하며, 냉엄한 것 중에서도 가장 냉엄하게 솟은 집이었다. 저택은 가까이 하기 어려운 위엄과 오랫동안 사람이 살지 않는 집들 특유의 황폐함을 드러내면서 다른 집들 위에 군림하고 있었다.

다른 마을에서라면 거리낌 없이 '흉가'라는 딱지를 붙였을 테지만 웨이민스터에서는 유령을 배척하는 분위기였기 때문에 한 지방

명문가의 영지를 제외하고는 유령의 존재를 인정하는 일도 없었다. 그래서 19번지는 한 번도 흉가로 불리지 않았다. 그럼에도 몇 년이 지나도록 '세놓음, 매매 가능'이라는 표지판과 함께 여전히 빈 채로 남아 있었다.

II

랭커스터 부인은 수다스러운 부동산 중개인과 함께 차에서 내려서는 만족스런 얼굴로 그 집을 바라보았다. 중개인은 장부에서 19번지를 지워 버릴 수 있다는 생각에 몹시 들떠 있었다. 그는 문에 열쇠를 꽂아 넣으면서도 집에 대한 찬사를 쉬지 않고 늘어놓았다.

"얼마 동안이나 집이 비어 있었죠?"

랭커스터 부인이 거침없이 쏟아내는 중개인의 말을 가로막으며 다소 퉁명스러운 어조로 물었다. (래디시 앤드 폽로우 부동산 중개소에서 온) 래디시 씨는 좀 당황했다.

"에에……. 좀 됐지요."

그는 덤덤하게 대답했다.

"그런 것 같네요."

랭커스터 부인이 냉담하게 말했다.

흐릿한 불빛 아래 비쳐진 현관은 불길한 냉기마저 감돌아 오싹한 느낌이 들었다. 상상력이 좀 있는 여성이라면 벌벌 떨었을 테지만

이 여성은 마침 대단히 현실적인 사람이었다. 큰 키에 이제 막 흰머리가 나기 시작한 숱 많은 진한 밤색 머리칼, 조금 차가워 보이는 푸른 눈을 갖고 있었다.

그녀는 때때로 적절한 질문을 던져 가며 그 집의 다락방에서 지하실까지 꼼꼼히 살펴보았다. 집을 다 둘러본 뒤에 그녀는 거리로 향해 있는 앞쪽의 방들 중 하나로 돌아와서 단호한 태도로 중개인과 마주 섰다.

"이 집은 무슨 문제가 있는 거죠?"

래디시 씨는 깜짝 놀랐다.

"가구가 비치되지 않은 집이라서 확실히 좀 음산해 보이지요."

그는 무기력하게 대답을 피했다.

"그런 얘기가 아니에요. 이런 집치고는 임대료가 터무니없이 낮잖아요. 순전히 명목뿐인 금액이에요. 틀림없이 무슨 이유가 있을 거예요. 유령이 나오는 집인가요?"

래디시 씨는 흠칫 놀랐지만 아무 말도 하지 않았다.

랭커스터 부인은 날카로운 눈으로 그를 응시했다. 잠시 뒤에 그녀가 다시 입을 열었다.

"그런 건 당연히 다 허튼소리죠. 난 유령이니 하는 건 믿지 않아요. 그래서 개인적으로는 이 집을 빌리는 데 아무 문제될 게 없어요. 하지만 유감스럽게도 하인들은 그런 소문을 곧이곧대로 받아들여서 분명히 겁을 집어 먹을 거예요. 정확하게 뭐가, 어떤 것이 나오는 건지 말씀해 주시면 감사하겠어요."

"저는, 저어……. 정말 모릅니다."

중개인은 더듬거리자 부인이 조용히 말했다.

"그럴 리가 없죠. 영문도 모르고 집을 빌릴 수는 없어요. 무슨 일이 있었죠? 살인 사건이 있었나요?"

래디시 씨는 이 지역의 품위에 전혀 걸맞지 않는 말을 듣고 깜짝 놀라 소리쳤다.

"당치도 않아요. 그건, 그건 그냥 어린아이였어요."

"어린아이요?"

그는 마지못해 말했다.

"네, 정확한 얘기는 저도 잘 모릅니다. 물론 여러 소문들이 있었지만 30년쯤 전에 윌리엄스라는 가명으로 통하는 남자가 19번지 집을 빌렸다는 건 확실해요. 그런데 그 사람에 대해선 알려진 게 아무것도 없답니다. 하인도 부리지 않았고 친구들도 없었고 좀처럼 낮에 밖으로 나오는 일도 없었죠. 그에게는 조그만 사내애가 하나 있었어요. 이곳에 두 달쯤 있다가 윌리엄스는 런던으로 갔고, 그곳에 도착하자마자 경찰에 '지명 수배된' 자라는 것이 드러났지요. 어떤 혐의인지는 정확히 모르겠습니다. 하지만 엄청난 죄를 지었던 모양이죠? 자수하지 않고 권총 자살을 택한 걸 보면요. 그러는 동안 아이는 여기 이 집에서 혼자 지냈습니다. 잠깐은 먹을 게 있어서 그걸로 연명하며 아버지가 돌아오기만을 매일 기다렸지요. 그런데 불행히도 애 아버지가 평소 아이에게 절대 집 밖으로 나가거나 다른 사람과 얘기를 해선 안 된다고 누차 강조했던 모양입니다. 연약하고 병든 그 꼬마 녀석에겐 아버지 말씀을 거스른다는 건 꿈에도 상상할 수 없는 일이었던 모양이죠. 아이 아버지가 떠나 버린 걸 모르고 있던 이웃들은 밤중에 그 애가 텅 빈 집에서 끔찍한 외로움과 쓸쓸함에 흐느껴 우는 소리를 이따금 들었다고 하더군요."

래디시 씨는 잠시 말을 멈췄다.

"그런데…… 저어…… 그 아이는 결국 굶어 죽었답니다."

그는 막 비가 내리기 시작했다는 말을 전하는 것과 같은 말투로 이야기를 끝맺었다.

"그럼 이 집에 나타나는 게 그 아이의 유령인가요?"

랭커스터 부인이 묻자 래디시 씨는 그녀를 안심시키려고 다급히 말했다.

"실제로 아무것도 밝혀진 건 없어요. 뭐가 보이지도 않고요. 아무것도 없어요. 단지 사람들이, 물론 터무니없는 소리지만 소리가 들린다고, 아이가 우는 소리가 들린다고 하더군요."

랭커스터 부인은 현관 쪽으로 가며 말했다.

"집이 아주 마음에 들어요. 그 임대료로 이보다 더 좋은 집을 얻을 수는 없을 거예요. 생각해 보고서 연락 드릴게요."

II

"정말 밝아 보이지 않아요, 아버지?"

랭커스터 부인은 만족스러운 얼굴로 새로 꾸민 집을 둘러보았다. 화려한 양탄자, 잘 닦여진 가구, 자질구레한 많은 장식품들이 19번지의 음울한 분위기를 싹 바꿔 놓았다.

그녀는 구부정한 어깨와 신비스런 묘한 분위기의 얼굴을 한, 허리가 구부러진 야윈 노인에게 말하고 있었다. 윈번 씨는 딸과 닮은 구석이 하나도 없었다. 사실 그녀의 확고한 현실성과 그의 비현실적인 추상성보다 더 큰 차이는 생각할 수 없을 것이다.

그가 빙긋 웃으며 대답했다.

"그렇구나. 이 집이 유령의 집이라고 생각할 사람은 없겠어."

"아버지, 쓸데없는 소리 마세요! 그래도 이사 온 첫날인데."

윈번 씨는 미소를 지었다.

"알았다, 얘야. 유령 같은 건 존재하지 않는다는 걸 인정하마."

"그리고 제발 제프 앞에서 아무 말 하지 마세요. 상상력이 풍부한 아이니까요."

제프는 랭커스터 부인의 아들이었다. 이들 가족은 윈번 씨와 과부가 된 딸, 그리고 손자 제프리, 이렇게 셋이었다.

빗방울이 창문을 두드리기 시작했다. 후두둑, 후두둑.

"들어 보렴. 작은 발소리 같지 않니?"

윈번 씨가 말했다.

"그보다는 빗소리 같은데요."

랭커스터 부인이 웃으며 말했다.

"하지만 저건, 저건 발소리야."

그녀의 아버지는 큰 소리로 말하고는 앞으로 몸을 숙이며 귀를 기울였다.

랭커스터 부인은 폭소를 터뜨렸다.

윈번 씨도 어쩔 수 없이 따라 웃었다. 그때 두 사람은 홀에서 차를 마시고 있었는데, 마침 윈번 씨는 계단을 등지고 앉아 있었다. 이제 그는 의자를 돌려 계단을 향했다.

어린 제프리가 계단을 내려오고 있었다. 아이들이 흔히 낯선 장소에서 느끼는 두려움 때문인지 느릿하고 차분한 태도였다. 계단은 광택 있는 오크나무로 카펫이 깔려 있지 않았다. 아이는 엄마에게 다가와 옆에 섰다. 윈번 씨는 몸을 살짝 움츠렸다. 손자가 방을 가로질러 올 때, 누군가 제프리를 따라오는 것처럼 계단에서 울리는 다른 발소리를 들었기 때문이다. 몹시 괴로운 듯 질질 발을 끄는 소리였다. 그는 별일 아니라는 듯 어깨를 으쓱하고는 생각했다.

'빗소리가 틀림없어.'

"스펀지케이크가 있네요."

제프리는 짐짓 무관심한 말투로 관심을 표시했다. 어머니는 그 힌트를 눈치채고 얼른 케이크를 주었다.

"얘, 새집이 어떠니?"

그녀의 물음에 제프리는 케이크를 입에 가득 넣은 채 대답했다.

"좋아요. 아주, 아주, 아주 많이."

이 마지막 말로 분명히 깊은 만족감을 표한 뒤에 아이는 다시 조용해졌다. 오로지 가능한 빨리 스펀지케이크를 눈앞에서 치우고 싶은 모양이었다.

마지막으로 한입 가득 삼키고 나서 제프리는 이야기를 쏟아 내기 시작했다.

"참! 엄마, 제인이 그러는데 이 집에 다락이 있대요. 당장 가서 탐험을 해 봐도 돼요? 비밀의 문이 있을지도 몰라요. 제인은 없다고 하지만 내 생각엔 틀림없이 있을 거 같아요. 못해도 파이프들은 있겠죠. 수도 파이프요. (기쁨에 가득 찬 얼굴이었다.) 거기 가서 놀아도 될까요? 아! 그리고 보일러 보러 가도 돼요오?"

아이는 완전히 신이 나서 끝말을 길게 끌었다. 할아버지는 아이가 맛볼 큰 즐거움 대신 온수 중단 및 배관공에게서 올 두툼한 청구서만을 떠올린 것을 생각하며 부끄러워졌다.

랭커스터 부인이 말했다.

"다락방은 내일 살펴보자. 블록을 가져와서 멋진 집이나 기관차를 만들어 보렴."

"짐 만들기 싫어."

"집이야."

"집도 기간차도 싫어."

"보일러를 만들어 보렴."

할아버지가 제안했다.

제프리의 얼굴이 환해졌다.

"파이프로?"

"그래, 파이프를 많이 가지고."

제프리는 블록을 가지러 기분 좋게 달려갔다.

비는 여전히 내리고 있었다. 원번 씨는 귀를 기울였다. 그래, 내가 들은 건 빗소리였을 거야. 아냐, 그건 정말 발소리처럼 들렸어.

그날 밤 그는 이상한 꿈을 꿨다. 꿈속에서 그는 어떤 마을을 걷고 있었다. 큰 도시처럼 보였다. 그런데 그곳은 아이들의 도시였다. 아이들만 북적일 뿐 어른들은 1명도 없었다. 꿈속에서 아이들은 낯선 자신에게 모두 달려와서 이구동성으로 소리쳤다.

"그 애를 데리고 왔어요?"

꿈속의 그는 질문을 이해하는 모양인지 슬픈 듯이 고개를 저었다. 아이들은 얼굴을 돌리고서 울기 시작했다. 몹시 구슬프게.

도시와 아이들이 사라지자 그는 자신이 꿈을 꾸고 있었음을 깨달았다. 하지만 여전히 흐느끼는 소리가 들렸다. 잠이 완전히 깨어 있는데도 또렷했다. 제프리가 아래층에서 자고 있다는 게 생각이 났다. 그런데 아이가 서럽게 우는 소리는 위층에서 들려오고 있었다. 그가 일어나 앉아 성냥을 켜자 그와 동시에 흐느껴 우는 소리가 뚝 그쳤다.

IV

원번 씨는 꿈의 내용과 잠에서 깬 뒤의 일을 딸에게 얘기하지 않았다. 그는 상상이 지나쳐 착각을 일으킨 게 아니었다. 확신할 수 있었다. 실제로 그 직후 낮 동안에 그 소리를 다시 듣기도 했다. 굴뚝에서 바람 소리가 윙윙대긴 했지만 명백히 전혀 연관 없는 다른 소리였다. 슬픔에 잠겨 흐느끼는, 연민의 정을 자아내는 소리였다.

그는 자기 혼자만 그 소리를 들은 것이 아니라는 사실도 알게 됐다. 가정부가 하녀에게 "유모가 제프리 도련님에게 못되게 구나 봐. 오늘 아침에도 도련님이 목 놓아 우는 소릴 들었어."라고 말하는 소리를 우연히 듣게 됐기 때문이다. 하지만 제프리는 아침 식사 때나 점심 식사 때나 건강이 넘치고 행복에 찬 얼굴이었다. 그래서 윈번 씨는 울고 있던 아이가 제프리가 아니라 그 질질 끄는 발소리로 여러 번 자신을 깜짝 놀라게 한 또 다른 아이였다는 것을 깨달았다.

랭커스터 부인만이 아무 소리도 듣지 못했다. 그녀의 귀는 아마 다른 세계에서 나는 소리가 들리지 않도록 맞춰진 모양이었다.

그런데도 어느 날, 그녀 역시 충격을 받은 일이 생겼다.

"엄마, 그 꼬마 애랑 놀게 해 줘요."

제프리가 하소연하듯이 말을 꺼냈다.

랭커스터 부인이 미소를 지으며 책상에서 얼굴을 들었다.

"어떤 아인데?"

"이름은 몰라요. 다락방 바닥에 앉아서 울고 있다가 날 보자 도망쳤어요. 부끄럼을 타나 봐요. (좀 무시하는 듯한 태도였다.) 아직 꼬맹인가 보죠. 그다음에 놀이방에서 블록을 만들고 있을 때도 문간에서 보고 있었어요. 너무 외로워 보이는 게 나랑 함께 놀고 싶은 모양이더라고요. 그래서 내가 '이리 와서 기간차 만들어.'라고 말했는데도 아무 말 없이 그냥 보기만 하는 거예요. 초콜릿 한 무더기를 앞에 두고도 엄마한테 손대면 안 된다는 말을 들은 아이처럼요."

제프리는 한숨을 쉬었다. 아마도 자신의 슬펐던 옛 기억을 떠올리는 모양이었다.

"제인한테 그 애가 누군지 물었어요. 그리고 함께 놀고 싶다고 말했어요. 그런데 제인이 이 집에는 꼬마 애가 없다면서 쓸데없는 말 하지 말라는 거예요. 난 제인이 정말 싫어요."

랭커스터 부인은 의자에서 일어났다.

"제인 말이 맞아. 꼬마 아이는 없어."

"하지만 내가 봤어요. 아아, 엄마, 그 애랑 같이 놀게 해 줘요. 정말 외롭고 불행해 보였어요. 난 '그 애가 기분이 좋아지게' 정말 뭔가 해 주고 싶어요."

랭커스터 부인이 다시 막 말을 꺼내려는 찰나에 그녀의 아버지가 고개를 저으며 아주 부드럽게 말했다.

"제프, 그 가엾은 아이는 외톨이란다. 어쩌면 네가 위로해 줄 수 있을지도 모르겠구나. 하지만 방법은 네가 혼자 힘으로 찾아야 된다. 수수께끼를 푸는 것처럼, 알겠니?"

"난 어른이 되는 중이니까 전부 혼자 해야 하는 거죠?"

"그래, 너는 어른이 되는 중이니까."

소년이 방에서 나가자 랭커스터 부인은 아버지를 향해 신경질적으로 고개를 돌렸다.

"아버지, 이건 바보 같은 짓이에요. 어린애를 부추겨서 하인들이

지껄이는 멍청한 이야기나 믿게 하시다니!"

노인이 조용히 말했다.

"하인들은 저 애한테 아무 말도 하지 않았다. 저 애는 눈으로 본 거다, 내가 들은 것을. 그 아이 나이라면 아마 나도 볼 수 있었을 것을 말이다."

"아니, 그게 말이나 돼요! 그럼 전 왜 그것을 보지도 듣지도 못하는 거죠?"

윈번 씨는 미소를 지었다. 몹시 지친 듯한 미소였다. 그는 딸의 물음에 대꾸하지 않았다.

딸이 되풀이해 물었다.

"왜요? 게다가 아버진 애한테 그, 그, 그걸 도울 수 있다고 말씀하셨어요. 그건…… 불가능한 일이잖아요."

노인은 생각에 잠긴 눈길로 그녀를 바라보았다.

"어째서 말이냐? 이 시(페르시아의 학자이자 시인인 오마르 카이얌의 4행 시집 루바이야트 중에서 ― 옮긴이)를 기억하니?

운명의 여신이 지닌 등불이 무엇이기에
어둠 속에서 비틀거리는 그녀의 어린 자식들을 이끄는 겁니까?
하늘이 대답했다.
'그 등불은 맹목적 이해다.'

제프리는 '맹목적 이해'라는 등불을 가지고 있는 거란다. 아이들이라면 다 가지고 있는 것이지. 단지 나이가 들수록 그것을 잃게 되고 던져 버리게 되는 거다. 나이를 많이 먹고 나면 이따금 어슴푸레한 빛이 돌아올 때도 있지만, 그래도 그 등불은 어린 시절에 가장 밝게 빛난단다. 제프리가 도울 수 있을지도 모른다고 생각한 건 그 때문이다."

"모르겠어요."

랭커스터 부인이 속삭이듯 말했다.

"나도 그렇단다. 그 아이는 곤경에 빠져 있고 자유로워지길 원한다. 그런데 어떻게? 나도 모르겠구나. 하지만 생각하면 애처로워. 가슴이 메도록 흐느껴 울고 있으니. 그렇게 어린아이가 말이다."

V

이런 대화가 있고 한 달 뒤 제프리는 중병에 걸렸다. 거센 동풍이 불어 대고 있었다. 제프리는 원래 건강한 아이가 아니었다. 의사는 고개를 절레절레 흔들며 증세가 심상치 않다고 말했다. 그는 윈번 씨에게는 좀 더 자세히 얘기해 주고 전혀 가망이 없다고 털어놓았다.

"이 아이는 어떤 식으로든 성인이 될 때까지 살지 못했을 겁니다. 오래전부터 심한 폐병을 앓고 있었어요."

랭커스터 부인이 그것, 아니 다른 아이의 존재를 느낀 건 제프리를 간호하고 있을 때였다. 처음에는 그 흐느끼는 소리는 바람 소리와 분간이 되지 않았지만 점차 뚜렷해지고 분명해졌다. 마침내 주위가 쥐 죽은 듯 고요해진 순간에 그녀는 그 소리를 들었다. 절망과 비탄에 잠긴 어린아이의 나직한 흐느낌 소리를……

제프리는 병세가 계속 악화되었고 정신 착란 상태에서 '꼬마 아이' 이야기를 몇 번이나 되풀이하며 소리쳤다.

"그 애가 떠나도록 도와주고 싶어요, 정말 도와주고 싶어요!"

정신 착란에 이어 혼수상태가 찾아왔다. 제프리는 숨도 거의 쉬지 않고 무의식 상태에 빠져 죽은 듯이 누워 있었다. 기다리면서 지켜보는 것 외에는 할 수 있는 일이 아무것도 없었다. 그러다가 고요한 밤이 찾아왔다. 바람 한 점 없이 맑고 고요한 밤이었다.

별안간 아이가 몸을 움직거렸다. 그는 눈을 뜨고 엄마를 지나 열린 문 쪽을 바라보았다. 그리고 뭔가 말하려고 입을 움직였다. 그녀는 거의 속삭이듯 말하는 소리를 들으려고 몸을 굽혔다.

"알았어, 곧 갈게."

아이는 속삭이듯 말하고 나서 축 늘어졌다.

그녀는 갑자기 무서워져서 방을 가로질러 아버지에게 갔다. 가까운 곳 어딘가에서 다른 아이가 소리 내어 웃고 있었다. 만족스러운 듯 의기양양하고 기쁨에 찬 해맑은 웃음소리가 방 안에 울려 퍼졌다.

"무서워요, 전 무서워요."

그녀가 신음하듯 말했다.

노인은 딸을 보호하려는 듯 팔로 감싸 안았다. 별안간 불어닥친 한 줄기 바람에 두 사람은 깜짝 놀라 몸을 움츠렸다. 그러나 바람은 이내 지나가고 다시 전처럼 쥐죽은 듯 고요해졌다.

웃음소리가 그치고 불분명한 소리가 그들에게 다가왔다. 너무 어렴풋해서 거의 들리지 않았지만 점점 커져서 마침내 소리를 분명히 들을 수 있었다. 발소리였다. 급히 떠나가는 가벼운 발소리.

타닥타닥, 타닥타닥 달려가는 소리였다. 전에도 들은 적이 있는 불편한 듯한 아이의 발소리였다. 그런데 분명히 지금은 그 소리에 갑자기 다른 발자국 소리가 어울려서 더 빠르고 가벼운 발걸음으로 떠나고 있었다.

약속이나 한 듯 그들은 급히 문 쪽으로 달려갔다.

보이지 않는 어린아이들의 발이 타닥타닥, 타닥타닥 계단을 하나하나 내려가서 문을 지나 함께 밖으로 나갔다.

랭커스터 부인은 고개를 들었다.

"발소리가 둘이었어요, 둘이었다고요!"

엄습하는 공포에 납빛이 된 얼굴로 그녀는 방구석에 있는 어린이용 침대로 고개를 돌렸다. 그러자 그녀의 아버지가 조용히 딸을 막아서며 다른 곳을 가리키며 간단히 말했다.

"저쪽이다."

타닥타닥, 타닥타닥. 소리가 점점 희미해졌다.

그러고 나서 더 이상 들리지 않았다.

라디오

I

"무엇보다도 걱정이나 흥분을 해서는 안 됩니다."

메넬 선생은 의사들 특유의 안심시키는 태도로 충고했다.

하터 부인은 위안은 되지만 의미 없는 이런 말을 듣는 환자들이 흔히 그렇듯 오히려 불안한 마음이 더 생겼다.

의사가 술술 말을 이었다.

"심장이 좀 약하세요. 하지만 걱정하실 정도는 아닙니다. 그건 제가 장담하지요."

그가 덧붙였다.

"그래도 역시 승강기를 설치하시는 게 좋을 것 같습니다. 에, 어떻게 생각하세요?"

하터 부인은 근심스런 표정을 짓고 있었다.

그와 달리 메넬 선생은 만족스러운 기색이었다. 그가 가난한 환자들보다 부유한 환자들을 좋아하는 이유는 자신의 풍부한 상상력을 발휘해 환자의 질환에 대해 처방을 내릴 수 있기 때문이다.

"네, 승강기 말입니다."

메넬 선생은 좀 더 멋진 것을 생각해 내려고 했지만 실패했다.

"그러면 과도한 육체적 피로를 예방하실 수 있을 겁니다. 날씨가 좋은 날에는 밖에 나가서 매일 운동을 하실 수도 있고요. 하지만 언덕을 오르는 일은 피해야 합니다."

그러고는 유쾌한 어조로 덧붙였다.

"그리고 무엇보다도 기분 전환 거리를 찾아보세요. 건강만 너무 신경 쓰지 마시고요."

의사는 노부인의 조카인 찰스 리지웨이에게 좀 더 명확하게 설명했다.

"제 말을 오해하지 말고 들으세요. 당신 외숙모님은 앞으로 몇 해 더 사실 수도 있습니다. 아마 사실 겁니다. 그래도 충격을 받거나 과로하게 되면 갑자기 목숨을 잃으실 수도 있습니다!"

그는 손가락을 퉁기며 말했다.

"부인은 아주 평온한 생활을 하셔야 합니다. 격렬한 활동은 안 돼요. 과로도 금해야 하고요. 물론 신경을 너무 쓰셔도 안 됩니다. 즐겁게 생활하고 마음을 편하게 가지셔야 합니다."

"마음을 편하게라."

찰스 리지웨이는 생각에 잠겨 말했다.

찰스는 생각이 깊고, 또 언제든 자신의 생각을 관철시킬 수 있다고 믿는 젊은이였다.

그날 저녁 그는 외숙모에게 라디오 수신기를 설치하자고 제안했다.

승강기에 대한 생각으로 이미 몹시 심란해져 있던 하터 부인은 썩 내켜 하지 않았다. 하지만 찰스는 거침없는 달변으로 설득했다.

"난 그런 최신식 기계를 좋아하지 않는단다. 파동인가 뭔가 하는 왜 그 전자파 있잖니. 그것들이 몸에 안 좋을 수도 있고."

하터 부인은 애처로운 어조로 말했다.

찰스는 우월감이 담긴 친절한 태도로 쓸데없는 생각이라고 지적했다.

하터 부인은 그 문제에 대한 어렴풋한 지식밖에 없었지만 자신의 의견을 굽히지 않는 성격이었기 때문에 쉽게 설득당하지 않았다.

그녀는 소심하게 중얼거렸다.

"너는 내키는 대로 말하고 있지만, 찰스. 전기라는 건 말이다, 특정 체질의 사람에게는 해로운 거야. 천둥이 치기 전에 늘 골치가 지독히 아프기 때문에 난 알 수 있다."

그녀는 의기양양한 얼굴로 고개를 끄덕였다.

찰스는 참을성이 많은 젊은이였다. 하지만 고집도 셌다.

"외숙모, 제가 명확히 설명해 드릴게요."

그는 전기에 대해 상당히 해박한 지식을 갖고 있었다. 그는 그것을 주제로 거의 강의를 늘어놓았다. 찰스는 완전히 열중한 상태로 순수한 텅스텐 진공관과 토륨을 함유한 텅스텐 진공관, 고주파와 저주파, 그리고 증폭기와 콘덴서 등에 대해 이야기했다.

하터 부인은 이해할 수 없는 말들의 홍수에 압도되어 두 손을 들고 말았다.

"알았다, 찰스. 네가 정말로 그렇게 생각한다면……."

그녀가 작은 소리로 말했다.

"외숙모, 외숙모가 청소 따위의 일들을 못 하도록 하는 데는 이게 안성맞춤일 거예요."

찰스는 신이 나서 말했다.

메넬 선생이 처방한 승강기 설치 작업이 곧 시작됐고, 그 바람에 하터 부인은 거의 숨이 넘어갈 지경이었다. 다른 많은 노부인들처럼 그녀도 낯선 사람들이 집에 드나드는 것에 뿌리 깊은 반감을 갖고 있었기 때문이다. 그녀는 그들이 누구건 자신의 재산을 가로채려는 음모를 꾸미고 있는 건 아닌지 의심했던 것이다.

승강기가 설치된 뒤에 라디오 수신기가 도착했다. 하터 부인은 그 불쾌한 물건을, 둥근 장식이 박혀 있는 볼품없는 모양을 한 커다란 상자를 노려보았다.

찰스는 그녀가 라디오와 친해질 수 있도록 최선을 다하며 스위치를 이리저리 돌리면서 물 만난 고기처럼 특유의 달변으로 설명을 늘어놓았다.

하터 부인은 예의 바르고 참을성 있는 태도로 높은 등받이 의자에 앉아는 있었지만, 그런 신식 도구는 지독히 귀찮은 존재 그 이상도 그 이하도 아니라는 확고한 신념을 마음속에 갖고 있었다.

"들어 보세요, 외숙모, 베를린에 연결됐어요. 근사하지 않아요? 이 사람 말이 들리세요?"

"웅웅거리고 딸깍대는 소리 말고는 아무것도 들리지 않는구나."

찰스는 계속 스위치를 빙빙 돌렸다. 그는 흥분하여 말했다.

"브뤼셀이에요."

"그래?"

하터 부인은 단지 약간의 흥미를 나타냈을 뿐이다.

찰스가 다시 스위치를 돌리자 소름끼치는 소리가 방 안에 울려 퍼졌다.

"지금은 개집에 연결된 모양이구나."

하터 부인은 성질이 좀 있는 노부인이었다.

"하하하! 농담도 하시네요, 외숙모? 아주 좋아요!"

찰스가 웃으며 말했다.

하터 부인은 그에게 미소를 지을 수밖에 없었다. 그녀는 찰스를 굉장히 좋아했다. 몇 년 동안 조카딸 미리엄 하터가 그녀와 함께 살았다. 원래는 조카딸을 상속인으로 삼을 생각이었지만 미리엄이 기대에 미치지 못했다. 참을성이 없는 데다 큰어머니가 속한 사회를 솔직히 지겨워했다. 하터 부인의 말대로 그녀는 늘 밖으로 '싸돌아' 다니더니 결국 큰어머니가 절대 인정할 수 없는 청년과 관계를 맺었다. 미리엄은 짧은 편지 1통과 함께 그녀의 어머니에게 돌려보내졌다. 마치 사용해 보고 마음에 들면 산다는 조건으로 들여놓은 물건처럼 말이다. 그녀는 문제의 그 청년과 결혼했고, 하터 부인은 크리스마스가 되면 으레 손수건이나 식탁 중앙에 놓는 장식물 같은 것을 그녀에게 선물로 보내는 데 그쳤다.

조카딸들이 기대에 부응하지 못한다는 것을 안 뒤에 하터 부인은 조카들 쪽으로 주의를 돌렸다. 처음부터 찰스는 무조건 합격이었다. 그는 언제나 외숙모에게 공손한 태도로 상냥하게 대했고 그녀의 젊은 시절의 추억담에도 대단한 흥미를 보이며 경청했다. 노골적으로 지루함을 드러내곤 했던 미리엄과 아주 딴판이었다. 찰스는 한 번도 지루해한 적이 없었으며 언제나 유쾌해하고 즐거워했다. 게다가 하루에도 몇 번씩 외숙모에게 정말 멋진 분이시라는 칭찬도 아끼지 않았다.

뜻밖에 얻은 귀한 보물에 몹시 만족한 터라 하터 부인은 변호사에게 새로운 유언장 작성에 관한 사항을 적어 보냈다. 그렇게 해서 새 유언장을 받은 그녀는 지체 없이 사인을 했다.

그리고 이제 라디오 문제에서도 찰스가 간단히 새로운 인정을 받았다는 것이 명백히 드러났다.

처음에는 반대하던 하터 부인은 점차 관대해지더니 마침내 라디오에 푹 빠져 버렸다. 찰스가 외출하고 없을 때면 그녀는 한층 더 라디오를 즐겼다. 찰스는 라디오를 그냥 내버려 두지 못하는 게 문제였다. 하터 부인은 의자에 편안히 앉아서 관현악 연주회와 루크레치아 보르자(이탈리아 르네상스 시대의 유명한 보르자 가문의 중심인

물 — 옮긴이)나 연못에 사는 생물 등에 대한 강의를 들으며 큰 행복과 마음의 평화를 얻었다. 하지만 찰스는 아니었다. 외국 방송을 불러내려고 이리저리 채널을 돌리는 바람에 귀에 거슬리는 잡음으로 소리의 어울림이 깨지곤 했다. 그래서 찰스기 친구들과 저녁 식사를 하러 외출한 밤이면 하터 부인은 정말로 실컷 라디오를 들었다. 그녀는 2개의 스위치를 켜고서 등받이가 높은 의자에 앉아 저녁 프로그램을 즐겼다.

라디오를 들여온 지 3개월쯤 지났을 때 그 섬뜩한 일이 처음 일어났다. 찰스는 브리지 모임에 가고 집에 없었다.

그날 밤의 프로그램은 발라드 음악회였다. 유명한 소프라노 가수가 스코틀랜드 민요인 「애니 로리」를 열창하고 있었는데 노래 중간에 기묘한 일이 일어났다. 돌연 노래가 중단되더니 잠시 음악 소리가 사라지고 웅웅대는 소리와 딸깍대는 소리가 계속 이어지다가 그 소리마저 점점 작아졌다. 죽음과도 같은 정적이 흐르고 난 뒤에 낮게 웅웅거리는 소리가 아주 희미하게 들려왔다.

하터 부인은 영문을 알 수는 없지만 라디오 채널이 어딘가 아주 먼 곳에 맞춰졌다는 느낌이 들었다. 그러고 나서 희미한 아일랜드 악센트가 담긴 남자의 목소리가 또렷하게 들렸다.

"메리, 내 말이 들리오, 메리? 나, 패트릭이오……. 곧 당신을 데리러 가겠소. 준비하고 기다리시오, 메리."

그러고는 거의 즉시 「애니 로리」의 선율이 다시 방 안을 채웠다. 하터 부인은 의자에 꼿꼿이 앉아서 두 손으로 양팔을 꽉 움켜쥐었다. 내가 꿈을 꾼 건가? 패트릭! 패트릭의 목소리였어! 바로 이 방에서 패트릭의 목소리가 내게 말을 걸었어. 아냐, 틀림없이 꿈일 거야. 아마 환청이겠지. 잠시 깜빡 졸았던 게 틀림없어. 그런데 죽은 남편이 라디오를 통해서 말을 걸어오는 꿈을 꾸다니 이상도 하지. 그녀는 좀 무서운 생각이 들었다. 남편이 뭐라고 말했더라?

'곧 당신을 데리러 가겠소, 메리. 준비하고 기다리시오.'

경고였을까? 아마 경고일 거야. 심장이 쇠약해진 탓이야. 심장이. 결국 나이는 어쩔 수 없군.

"경고야. 경고가 맞는 거야."

하터 부인은 천천히 힘겹게 자리에서 일어서며 그녀답게 한마디 덧붙였다.

"승강기를 설치하느라 괜한 돈을 썼군!"

그녀는 자신이 경험한 일을 아무에게도 말하지는 않았지만 하루이틀 동안 그 생각에 빠져 있었다.

그리고 그 이상한 일이 다시 일어났다. 이번에도 그녀 혼자 방 안에 있었다. 관현악 발췌곡이 흘러나오던 라디오가 전과 마찬가지로 갑자기 잠잠해졌다. 또다시 침묵이 흐르고 거리감이 느껴지더니, 마침내 생전의 패트릭의 목소리와는 다른 이 세상 것이라고는 생각되지 않는 기묘한 음색의 목소리가 멀리서 희미하게 들려왔다.

"나 패트릭이오, 메리. 이제 곧 당신을 데리러 가겠소……."

그리고 나서 딸깍거리는 소리와 웅웅거리는 소리가 들리다가 관현악 발췌곡이 다시 울려 퍼졌다.

하터 부인은 시계를 흘긋 보았다. 아니야, 이번에는 자지 않았어. 자지 않고 정신을 바짝 차리고 있는 상태에서 그녀는 패트릭이 말하는 소리를 들었다. 환청이 아니었던 건 분명했다. 혼란에 빠진 그녀는 찰스가 설명해 준 라디오파의 이론을 다시 생각해 보려고 애썼다.

내게 말을 한 사람이 정말로 패트릭일 수 있을까? 실제 그의 목소리가 공간을 타고 들려온 건가? 그녀는 보이지 않는 파장인가 하는 게 있다고 들은 적이 있다. 그녀는 찰스가 '전파의 음계 차이'에 대해 말한 것도 생각해 냈다. 혹시 흔히 말하는 심령 현상이라는 것도 이런 '보이지 않는 파장으로' 설명할 수 있는 게 아닐까? 그래, 그 방면에선 전적으로 불가능한 건 아무것도 없댔어. 패트릭이 내게 말을 걸어 왔다. 내게 곧 닥쳐올 일에 대한 마음의 준비를 시키려고 현대 과학을 이용해서 말이야.

하터 부인은 벨을 눌러 하녀 엘리자베스를 불렀다.

엘리자베스는 60살로 키가 크고 몹시 마른 여인이었다. 고집스러워 보이는 외모 뒤에 주인에 대한 많은 존경과 애정을 숨기고 있었다.

그녀의 충실한 하인이 모습을 나타내자 하터 부인이 말을 꺼냈다.

"엘리자베스, 내가 말한 것을 기억하고 있지? 내 책상의 왼쪽 꼭대기 서랍 말이야. 하얀색 꼬리표가 달린 기다란 열쇠로 잠가 둔 거. 모든 게 그곳에 준비돼 있다고 했지."

"준비라니요, 부인."

"내가 죽은 후의 일 말이야. 내 말이 무슨 뜻인지 잘 알잖아, 엘리자베스. 자네가 날 도와서 그것들을 거기에 넣었잖아."

하터 부인은 씩씩거리며 말했다.

엘리자베스는 얼굴을 기묘하게 실룩거리더니 소리 내어 울며 말했다.

"아이구, 마님. 그런 생각하지 마세요. 제 생각에는 마님 건강이 훨씬 좋아지신 것 같은데요."

"우리는 모두 언젠가는 죽게 되는 거야. 나는 일흔이 넘었다고, 엘리자베스. 자, 자, 바보 같은 짓은 하지 마. 꼭 울어야겠으면 딴 데 가서 울도록 해."

엘리자베스는 여전히 코를 훌쩍이면서 물러갔다.

하터 부인은 애정이 듬뿍 담긴 눈길로 나가는 그녀의 뒷모습을 지켜보았다.

"어리석은 늙은이 같으니라고. 하지만 충실한 사람이야, 정말 충실한 사람. 어디 보자, 내가 저 사람한테 주기로 한 게 100파운드였나, 아니 50파운드였나? 아무래도 100파운드는 줘야겠어. 나와 오랜 시간을 함께한 사람이니."

그녀는 중얼거렸다.

그 점이 마음에 걸려서 노부인은 다음 날 자신이 유언장을 훑어보도록 보내 줄 수 있는지 묻는 편지를 변호사에게 썼다. 그런데 그날 점심 식사 중에 찰스가 꺼낸 말은 그녀를 깜짝 놀라게 했다.

"그런데 외숙모, 저 예비 침실에 있는 그 멍청한 늙은이는 누군가요? 벽난로 선반 위에 걸려 있는 그림 말이에요. 실크해트를 쓰고 구레나룻을 기른 남자요."

하터 부인은 엄격한 표정으로 그를 쳐다보았다.

"젊은 시절의 패트릭 외삼촌이시다."

"앗, 저, 외숙모, 대단히 죄송해요. 무례하게 굴려는 건 아니었어요."

하터 부인은 위엄 있게 고개를 까닥하는 것으로 사과를 받아들였다.

찰스는 다소 자신 없는 태도로 말을 이었다.

"좀 이상해서요. 실은……."

그가 머뭇거리며 이야기를 중단하자 하터 부인이 날카로운 어조로 말했다.

"뭐? 무슨 말을 하려고 했니?"

"아무것도 아니에요. 그러니까 이치에 닿지 않는 일이라서요."

찰스가 허둥대며 대답했다.

그 자리에서 노부인은 더 이상 아무 말도 묻지 않았지만 나중에 두 사람만 남게 되었을 때 그 이야기를 다시 꺼냈다.

"내게 말을 해 주었으면 좋겠구나, 찰스. 무슨 이유로 네 외삼촌의 초상화에 대해 내게 물었던 거니?"

찰스는 난처한 것 같았다.

"말씀드렸잖아요, 외숙모. 그냥 제가 바보 같이 환각을 본 것뿐이에요. 말도 안 되는."

"찰스, 난 꼭 알아야겠구나."

하터 부인은 명령조로 말했다.

"음, 외숙모께서 정 그러시다면. 간밤에 차도를 올라올 때 제가 어쩐지 그 사람이, 그러니까 그림 속의 그 남자가 끄트머리 창문에서 밖을 내다보고 있는 모습을 본 것 같은 생각이 들어서요. 아마 자동차 전조등 때문일 거예요. 도대체 그 사람이 누구일까 생각했죠. 이해하실지 모르겠지만, 얼굴이 영락없이 빅토리아 왕조 초기의 사람 같은 느낌이 들었거든요. 그런데 엘리자베스가 그곳에 아무도 없다고 하는 거예요. 집 안에는 방문객이나 외부 사람은 없다고요. 그러다 밤늦게 예비 침실에 우연히 들어가 보게 됐어요. 그랬더니 벽난로 선반 위에 그 그림이 있는 거예요. 꼭 닮은 사람이! 사실 아주 간단하게 설명할 수 있어요. 잠재의식 말이죠. 틀림없이 의식하지 못하는 사이에 제가 그 그림을 본 적이 있을 거예요. 그래서 창문에서 그 얼굴을 봤다고 생각하는 거고요."

"끄트머리 창문이라고 했니?"

하터 부인이 날카로운 어조로 물었다.

"네, 왜요?"

"아무것도 아니다."

하지만 그녀는 여전히 놀란 얼굴을 하고 있었다. 그곳은 남편의 침실 옆에 딸린 방이었던 것이다.

　같은 날 저녁, 찰스가 외출한 뒤 하터 부인은 초조한 얼굴로 안절부절못하며 라디오에 귀를 기울이고 앉아 있었다. 그 이상한 목소리를 세 번째로 듣게 된다면, 의심할 여지없이 그녀가 정말로 사후 세계와 교신하고 있다는 것이 입증될 것이다.

음악이 중단되고 전처럼 죽음 같은 침묵이 이어지고 멀리서 들리는 듯 아일랜드 억양이 담긴 가냘픈 목소리가 또다시 말을 걸어왔을 때, 심장이 두방망이질 치긴 했지만 그녀는 놀라지는 않았다.

"메리, 이제 준비가 됐구려……. 금요일에 당신을 데리러 오겠소……. 금요일 9시 30분에……. 무서워하지 마시오, 고통은 없을 테니……. 준비하시오……."

마지막 말이 갑자기 뚝 끊어지고 귀에 거슬리는 시끄러운 오케스트라 연주가 다시 시작되었다.

하터 부인은 잠시 동안 미동도 없이 앉아 있었다. 이미 창백해진 얼굴에 어두운 표정을 하고서 입을 꽉 다물고 있었다.

이윽고 그녀는 의자에서 일어나서 책상 앞에 가서 앉았다. 그리고 다소 떨리는 손으로 다음과 같이 썼다.

오늘 밤 9시 15분에 나는 죽은 남편의 목소리를 분명히 들었다. 남편은 내게 금요일 밤 9시 30분에 데리러 오겠다고 말했다. 만약 그날 그 시간에 내가 죽는다면 이 사실이 알려져서 영계와의 교신이 가능하다는 것이 분명히 입증됐으면 한다.

메리 하터

하터 부인은 쓴 글을 다시 읽어 보고 봉투에 넣고 주소를 적었다. 그리고 나서 벨을 누르자 엘리자베스가 바로 나타났다. 하터 부인은 책상에서 일어나서 적은 메모를 나이 든 하녀에게 주며 말했다.

"엘리자베스, 만약에 내가 금요일 밤에 죽으면 그 메모를 메넬 선생에게 줘."

엘리자베스가 항의하려는 것처럼 보이자 그녀가 선수를 쳤다.

"안 돼. 날 설득할 생각은 하지 마. 예감을 믿는다고 자네가 내게 자주 말했지. 그런데 지금 난 그런 예감이 들어. 그리고 한 가지 더 있어. 유언장에서 자네 앞으로 50파운드를 남겼어. 그런데 자네에게 100파운드를 주고 싶군. 만약 내가 죽기 전에 은행에 갈 수 없다면 찰스가 조치를 취할 거야."

전처럼 하터 부인은 엘리자베스의 울음 섞인 항의를 뚝 끊어 버렸다. 결심한 대로 실행하기 위해서 노부인은 다음 날 아침 조카에게 그 문제에 대해 이야기했다.

"기억해 둘 게 있다, 찰스, 내게 뭔가 일이 생기면 엘리자베스에게 추가로 50파운드를 더 주도록 해야 한다."

찰스는 유쾌한 태도로 말했다.

"요즘 많이 우울하신가 봐요, 외숙모. 무슨 일이 있을 거라고 그러세요? 메넬 선생님 말씀에 따르면, 우리는 틀림없이 20년쯤 뒤에 외숙모의 100번째 생일을 축하하게 될 거예요!"

하터 부인은 그에게 애정 어린 미소를 지었지만 대꾸는 하지 않았다. 잠시 뒤에 그녀가 입을 열었다.

"금요일 밤에 뭘 할 거니, 찰스?"

찰스는 좀 놀란 것처럼 보였다.

"실은 유잉네 가족이 브리지 게임을 하러 오라고 초대했거든요.

하지만 제가 집에 있길 원하신다면……."

"아니다. 진심으로 하는 말이란다, 찰스. 그날 밤만은 혼자 있고 싶구나."

하터 부인이 단호히 말했다.

찰스는 이상한 듯이 그녀를 쳐다보았지만 하터 부인은 더 이상 정보를 주지 않았다. 그녀는 용기와 결단력이 있는 노부인이었다. 그러므로 이 기이한 경험을 끝까지 혼자서 해내야 한다고 생각했다.

금요일 밤에 집 안은 쥐죽은 듯 고요했다. 하터 부인은 평소대로 벽난로 앞에 끌어다 놓은 등받이 곧은 의자에 앉아 있었다. 모든 준비가 끝났다. 그날 아침에 그녀는 은행에 가서 지폐로 50파운드를 인출해서는 엘리자베스의 눈물 어린 항의를 무시하고 그녀에게 건넸다. 그리고 개인 소지품을 모두 분류하여 정리했고, 몇 개의 보석에 친구들이나 친척들의 이름을 쓴 꼬리표도 붙였다. 또 찰스 앞으로 지시 사항이 담긴 목록도 작성해 놓았다. 우스터산(産) 찻그릇은 사촌 엠마에게 주어야 한다. 세브르산(産) 항아리는 젊은 윌리엄에게…… 등등.

이제 그녀는 손에 들고 있는 기다란 봉투를 바라보다가 그 안에서 접은 서류를 꺼냈다. 이것은 지시대로 홉킨슨 변호사가 보내온 그녀의 유언장이었다. 이미 꼼꼼히 읽은 뒤였지만 그녀는 기억을 새롭게 하기 위해서 다시 한번 훑어보았다. 짤막하고 간결한 문서였다. 충실한 봉사의 답례로 하녀 엘리자베스 마셜에게 50파운드, 여동생과 친사촌에게 각각 500파운드, 그리고 나머지는 사랑하는 조카 찰스 리지웨이에게 유증한다는 내용이었다.

하터 부인은 고개를 몇 번 끄덕였다. 그녀가 죽고 나면 찰스는 큰 부자가 될 것이다. 그래, 그 애는 내게 정말 착한 아이였지. 언제나 친절하고 애정이 넘치고. 게다가 어김없이 나를 만족시키는 유쾌한 말주변까지 갖췄고.

그녀는 시계를 쳐다보았다. 30분까지 3분 남았다. 자, 난 준비가 됐어. 내 마음은 평온하다, 더할 나위 없이 평온하다. 이런 마지막 말들을 몇 번이나 되뇌었지만, 이상하게도 심장이 불규칙하게 고동쳤다. 자신은 전혀 깨닫지 못했지만 극도로 긴장하고 있었던 것이다.

9시 30분. 라디오를 켰다. 무슨 소리가 들릴까? 일기예보를 전하는 친숙한 목소리일까, 아니면 저 멀리서 들려오는 25년 전에 죽은 남편의 목소리일까?

하지만 그 어느 쪽도 아니었다. 그 대신에 낯익은 소리가 들려왔다. 그녀가 익히 알고 있는 소리인데도 오늘 밤의 그 소리는 마치 얼음장 같은 손이 심장을 만지는 듯한 느낌을 주었다. 문을 더듬는 소리…….

다시 소리가 들렸다. 그러고 나서 찬바람이 방 안으로 몰아치는 것 같은 느낌이 들었다. 하터 부인은 이제 자신의 감정을 확신할 수 있었다. 그녀는 두려웠다……. 아니, 두려움 그 이상이었다. 소름이 오싹 끼쳤다…….

문득 어떤 생각이 그녀의 마음에 떠올랐다. 20년은 긴 세월이야. 패트릭은 이제 내게 타인일 뿐이야.

공포! 그녀를 엄습해 온 감정은 바로 그것이었다.

문 밖에서 나는 조용한 발소리, 절뚝거리는 듯한 조용한 발자국 소리. 그러고는 소리 없이 문이 열렸다…….

하터 부인은 휘청거리며 일어섰다. 몸이 좌우로 흔들렸고 시선은 문간에 고정돼 있었다. 그때 그녀의 손에서 뭔가 벽난로 안으로 미끄러져 떨어졌다.

그녀의 목구멍에서 억눌린 비명 소리가 새어나왔다. 희미한 불빛 속에 밤색 수염과 구레나룻이 있고 고풍스런 빅토리아 시대풍의 코트를 입은 낯익은 모습이 서 있었다.

패트릭이 날 데리러 왔어!

그녀의 심장은 극심한 공포로 크게 한 번 뛰고 그대로 멈췄다. 그녀는 몸을 움츠린 상태로 바닥으로 서서히 무너졌다.

II

1시간 뒤에 엘리자베스가 그녀를 발견했다.

메넬 선생이 즉시 불려 왔고 찰스 리지웨이도 연락을 받고 브리지 모임에서 서둘러 돌아왔다. 그러나 할 수 있는 일이 아무것도 없었다. 하터 부인은 이미 손을 쓸 수 없는 상태였다.

이틀이 지나고 나서야 엘리자베스는 비로소 여주인이 준 메모를 생각해 냈다. 메넬 선생은 큰 관심을 가지고 그것을 읽고 나서 찰스

리지웨이에게 보여 주었다.

"아주 기묘한 우연의 일치로군요. 당신 외숙모님은 죽은 남편 목소리의 환청을 듣고 있었던 게 분명합니다. 틀림없이 부인은 극도의 긴장 상태에 있었을 거예요. 치명적인 흥분 상태의 절정에 이르자 충격으로 돌아가신 겁니다."

"자기 암시 말인가요?"

"대강 그렇지요. 가급적 빨리 부검 결과를 알려 드리지요. 나로서는 의문의 여지가 없지만 말입니다."

이런 상황에서는 순전히 형식상이긴 해도 부검을 하는 것이 필요했다.

찰스는 이해한다는 듯이 고개를 끄덕였다.

그 전날 밤에 그는 집안사람들이 모두 잠들었을 때 라디오 캐비닛 뒤에서부터 그 위층에 위치한 자신의 침실까지 이어지는 전선을 제거했다. 또 밤에 날씨가 쌀쌀해졌다며 엘리자베스에게 자신의 방에 불을 피우도록 부탁하였고, 그 불에다 밤색 수염과 구레나룻을 태워 버렸다. 빅토리아 시대 의상은 죽은 외삼촌의 것이었으므로 다락에 있는 장뇌 냄새 나는 상자에 도로 갖다 놓았다.

그는 스스로 더할 나위 없이 안전하다고 생각했다. 그 계획이 머릿속에서 처음 어렴풋한 윤곽을 잡게 된 것은 메넬 선생에게서 외숙모가 적당히 조심만 하면 몇 년은 더 살 거라는 얘기를 들었을 때였다. 그의 계획은 절묘하게 성공했다. 메넬 선생은 갑작스런 쇼크사라고 분명히 말하지 않았는가. 상냥한 젊은이이자 노부인에게 사랑받던 찰스는 혼자 빙그레 웃었다.

의사가 떠난 후 찰스는 자신이 해야 할 일들을 기계적으로 처리해 나갔다. 마지막으로 장례식 준비를 빈틈없이 하지 않으면 안 된다. 멀리서 온 친척들에게는 그들이 달 기차편을 마련해 주이야 한다. 경우에 따라서는 그들이 하룻밤을 묵어갈 수도 있을 것이다. 찰스는 속마음을 감춘 채 모든 일을 조직적이고 효과적으로 처리했다.

아주 완벽한 일처리였다! 그들에게는 귀찮은 일일 테니 말이다. 누구도, 특히나 죽은 하터 부인은 찰스가 최근 처한 곤경을 알지 못했다. 세상 사람들에게 용의주도하게 감추고는 있었지만, 나쁜 행실로 인해 그의 앞날에 감옥의 그림자가 드리우기 직전의 지경이었던 것이다.

만약에 그가 이삼 개월 안에 상당한 금액의 돈을 마련하지 못한다면 그의 나쁜 행실이 탄로 나고, 결국 파멸이 눈앞에 닥쳤을 것이다. 그런데 이제는 거리낄 것이 없었다. 찰스는 혼자 싱글거렸다. 범죄를 저지른 것도 아니고, 짓궂은 장난이라고 부를 수 있는 것 덕분에 그는 살아났다. 이제 그는 엄청난 부자가 되었다. 그 점에 대해서 그는 전혀 불안하지 않았다. 왜냐하면 하터 부인은 자신의 의중을 결코 비밀로 하지 않았기 때문이다.

이런 생각과 때맞춰 초인종 소리가 울렸고, 곧이어 엘리자베스가 문가에 나타나서 홉킨스 변호사가 찾아와 그를 만나고 싶어 한다고 알렸다.

시간을 딱 맞춰 왔군. 찰스는 생각했다. 휘파람이 나오려는 것을 억누르고서 그는 안색을 부드럽게 하고 서재로 갔다. 그곳에서 그는 고인이 된 하터 부인의 고문 변호사로 25년 이상 일한 꼼꼼한 노신사와 인사를 나눴다.

변호사는 찰스의 안내로 자리를 잡고 앉았다. 그러고는 마른기침을 하고서 바로 용건으로 들어갔다.

"보내신 편지 내용이 이해가 안 가더군요, 리지웨이 씨. 돌아가신 하터 부인의 유언장이 제 수중에 있다고 생각하시는 것 같던데?"

찰스는 그를 빤히 바라보았다.

"하지만 틀림없이 외숙모가 그렇게 말씀하시는 것을 들었는데요."

"아! 그랬지요, 그랬습니다. 제가 가지고 있었지요."

"가지고 있었다고요?"

"그렇습니다. 하터 부인이 편지로 요청하셔서 유언장을 보내 드린 게 아마 지난 화요일이었을 겁니다."

찰스의 마음속에는 일말의 불안감이 엄습했다. 막연히 좋지 않은 예감이 들었다.

"아마 부인이 남긴 서류 가운데 들어 있겠죠."

변호사는 차분한 어조로 이어 말했다.

찰스는 아무 말도 하지 않았다. 혹시 실언이라도 하게 될까 봐 걱정스러웠다. 이미 그는 외숙모의 서류들을 철저히 조사한 터라 유언장이 없다는 것을 아주 잘 알고 있었다. 잠시 뒤 그는 자제력을 회복하고 그 사실을 전했다. 자신의 말소리가 비현실적으로 들렸다. 차가운 물이 등줄기를 타고 흘러내리는 듯한 기분이 들었다.

"부인의 소지품을 누가 정리했습니까?"

변호사가 물었다.

찰스는 부인의 하녀인 엘리자베스가 정리했다고 대답했다. 홉킨스 변호사의 제안으로 엘리자베스가 불려 왔다. 그녀는 지체 없이 들어와서 엄숙한 얼굴로 똑바로 선 채 질문에 대답했다.

자신이 여주인의 옷가지와 개인 용품을 모두 정리했다. 하지만 그중에는 확실히 유언장 같은 법률 문서는 없었다. 자신은 유서가 어떤 것인지 알고 있다. 주인마님은 세상을 떠난 바로 그날 아침에도 손에 유언장을 들고 있었다는 내용이었다.

"그게 확실한가?"

변호사가 날카로운 어조로 물었다.

"네, 변호사님. 주인마님이 그렇게 말씀하셨어요. 그리고 제게 지폐로 50파운드를 주셨지요. 유언장은 기다란 푸른색 봉투에 들어 있었어요."

"맞네."

"이제 생각해 보니 그 이튿날 아침에 긴 푸른색 봉투가 이 탁자에 놓여 있었어요. 하지만 비어 있었더랬죠. 저는 책상 위에다 그것을 놓아두었어요."

"저도 책상 위에서 그걸 본 기억이 나네요."

찰스는 이렇게 말하며 일어나서 책상으로 갔다. 잠시 후 그는 봉투를 손에 들고 돌아와서 홉킨스 변호사에게 건넸다. 변호사는 그것을 살펴보고서 고개를 끄덕였다.

"이건 지난 화요일에 제가 유서를 넣어 보낸 봉투가 맞습니다."

두 남자는 엘리자베스를 뚫어지게 바라보았다.

"더 물어보실 게 있으신가요?"

그녀는 공손한 태도로 물었다.

"지금은 없네. 고맙네."

문 쪽으로 향하는 엘리자베스를 변호사가 불러 세웠다.

"잠깐 기다리게. 그날 저녁에 벽난로에 불을 피웠나?"

"네, 변호사님, 늘 불을 피웠어요."

"고맙네, 이제 됐네."

엘리자베스가 방을 떠나자 찰스는 떨리는 손을 탁자 위에 올려놓고 몸을 앞으로 숙이며 물었다.

"무슨 생각을 하시는 겁니까? 왜 그런 질문을 하신 건가요?"

홉킨슨 씨는 고개를 절레절레 흔들었다.

"유언장이 나타날 거라는 희망을 아직 단념해서는 안 됩니다. 하지만 만약에 나타나지 않는다면……."

"나타나지 않는다면?"

"그러면 가능한 결론은 하나뿐이라고 생각합니다. 당신 외숙모님은 유언장을 파기하기 위해 제게 돌려 달라는 말을 하신 겁니다. 그러나 그런 일로 엘리자베스가 상속분을 받지 못하는 것을 원치 않으셔서 그녀의 몫을 현금으로 주신 것이지요."

"하지만 왜요? 뭣 때문에요?"

찰스가 미친 듯이 소리쳤다.

홉킨슨 씨는 기침을 했다. 헛기침이었다.

"당신과 외숙모님 간에…… 에에……. 혹시 불화가 있었습니까, 리지웨이 씨?"

그는 낮은 소리로 물었다.

찰스는 숨이 턱 막혔다. 그는 흥분하여 소리쳤다.

"아뇨, 그렇지 않습니다. 외숙모와 저는 더할 나위 없이 다정하고 애정 깊은 관계였습니다. 마지막 순간까지요."

홉킨슨 씨는 그를 쳐다보지도 않고 말했다.

"아아!"

변호사가 자신을 믿지 않는다는 것이 찰스에게는 충격으로 다가왔다. 이 인정미 없는 꼬장꼬장한 늙은이가 그 소문을 듣지 않았다고 어떻게 장담하겠는가? 자신의 행실에 대한 소문이 돌고 돌아서 그의 귀에까지 들어갔을지도 모른다. 그러면 이 소문이 하터 부인에게 들어갔고, 외숙모와 조카가 그 문제로 언쟁을 벌였을 거라고 이 늙은이가 짐작하는 건 당연하지 않은가?

하지만 그런 일은 없었다! 찰스는 자기 인생이 지금 가장 가혹한 순간을 맞고 있다는 것을 깨달았다. 지금까지 그의 거짓말은 다 받아들여졌다. 이제 그가 진실을 말하니까 믿으려고 하지를 않는다. 참으로 아이러니한 일이 아닌가!

당연히 외숙모는 유언장을 태우지 않았다! 당연히…….

그의 생각이 갑자기 끊겼다. 눈앞에 떠오르는 이 영상은 무엇일까? 한 손으로 가슴을 움켜쥔 노부인……. 뭔가가 미끄러져 내리고……. 종이 1장이…… 새빨갛게 단 석탄 위로 떨어진다…….

찰스의 얼굴이 납빛이 되었다. 그는 쉰 목소리로 묻는 자신의 목소리를 들었다.

"만약에 유언장이 발견되지 않는다면……?"

"하터 부인이 앞서 작성하신 유언장이 남아 있습니다. 1920년 9월에요. 그것에 따르면 하터 부인은 현재 미리엄 로빈슨 부인이 된 질녀 미리엄 하터에게 전 재산을 남기셨습니다."

이 늙은 바보가 뭐라고 말하는 거야? 미리엄이라고? 근본도 모를 남편에 찡얼대는 애새끼들 넷이 딸린 미리엄? 솜씨 좋게 처리한 일들이 다 미리엄을 위한 것이었단 말인가!

그의 팔꿈치께에서 전화벨이 날카롭게 울렸다. 그는 수화기를 집어 들었다. 의사의 쾌활하면서도 다정한 목소리가 흘러나왔다.

"리지웨이 씨? 궁금해하실 것 같아서 전화 드렸습니다. 부검이 막 끝났어요. 사인은 제가 짐작했던 대로네요. 그런데 제가 생각한 것보다 생전에 부인의 심장이 훨씬 심각한 상태였더군요. 최대한 조심했어도 기껏해야 두 달 이상을 넘기시지 못했을 겁니다. 궁금해하실 것도 같고, 또 위로가 좀 되실 것 같아서 이렇게 전화 드렸어요."

"죄송합니다만 다시 한번 말씀해 주시겠어요?"

의사가 좀 더 큰 목소리로 말했다.

"어차피 부인은 두 달 이상 사시지 못했을 거라고요. 그것도 만사가 순조로울 경우에 말입니다, 리지웨이 씨……."

하지만 찰스는 수화기를 거칠게 내려놓았다. 그는 멀리서 들려오는 변호사의 목소리를 의식했다.

"이봐요, 리지웨이 씨, 어디 아픈가요?"

빌어먹을! 득의만만한 표정을 짓고 있는 변호사. 불쾌하기 짝이 없는 멍청이 메넬. 그의 앞에는 아무런 희망도 없었다. 오로지 교도소 담벼락의 그림자뿐…….

그는 누군가 자신에게 장난을 치고 있다고 생각했다. 고양이가 쥐를 가지고 노는 것처럼. 누군가 틀림없이 자신을 보고 웃고 있을 것이다…….

검찰 측의 증인

I

 메이헌 씨는 코안경을 바로하고 특유의 짧은 마른기침으로 목청을 가다듬었다. 그러고는 반대편에 앉아 있는 모살죄로 기소된 남자를 다시 쳐다보았다.
 메이헌 씨는 맵시 있다고는 할 수 없지만 말쑥하게 차려 입은 작은 몸집의 남자로 태도가 딱딱하고 꿰뚫는 듯한 날카로운 잿빛 눈을 갖고 있었다. 빈틈이라곤 한구석도 없는 사람이었다. 게다가 사무 변호사로서 메이헌 씨의 명성은 아주 드높았다. 의뢰인과 면담할 때 그의 목소리는 무미건조했지만 냉담하지는 않았다.
 "당신은 아주 중대한 위험에 처해 있으므로 최대한 솔직하게 말해야 한다는 것을 다시 한번 강조하겠습니다."

레너드 볼은 앞쪽의 빈 벽을 멍하니 응시하고 있다가 변호사에게로 시선을 옮겼다. 그는 절망적인 어조로 대답했다.

"알겠습니다. 계속 그 말씀을 하시는군요. 하지만 아직도 제가 살인죄로 기소됐다는 게 실감이 나지 않습니다. 살인죄라니, 그런 비열한 범죄로 말이죠."

메이헌 씨는 실제적인 사람이지 감정적인 사람은 아니었다. 그는 다시 헛기침을 하고 코안경을 벗어 꼼꼼히 닦아서는 코에 걸쳤다. 그러고 나서 이야기를 시작했다.

"예, 예, 예. 자, 볼 씨, 우리는 당신이 형벌을 면할 수 있도록 끝까지 노력할 겁니다. 그리고 반드시 성공할 겁니다. 반드시 말입니다. 그러기 위해서는 제가 모든 사실을 알아야 하지요. 이 사건이 당신에게 얼마나 불리한지를 제가 정확히 알아야 한단 말입니다. 그래야 최선의 변호 방향을 결정할 수 있으니까요."

여전히 그 젊은 남자는 절망적인 태도로 멍하니 그를 바라보고 있었다. 메이헌 씨에게 그 사건은 지금까지 아주 비관적으로 보였으며, 피고인의 유죄 또한 확실한 것으로 여겨졌다. 그런데 처음으로 그렇지 않을 수도 있다는 의혹이 생겼다.

레너드 볼이 나직한 소리로 말했다.

"제가 유죄라고 생각하시죠. 하지만 하느님께 맹세코 전 절대 죄를 짓지 않았어요! 상황이 제게 아주 불리한 것처럼 보일 거라는 건 저도 압니다. 그물에 걸린 것 같은 느낌이에요. 그물이 제 주위를 온통 둘러싸고 있어서 어느 쪽으로 몸을 돌려도 얽혀 들고 마는군요.

하지만 전 그런 짓을 하지 않았습니다, 메이헌 씨. 하지 않았어요!"

그런 입장에 있는 사람이라면 당연히 자신의 결백을 주장하기 마련이었다. 메이헌 씨는 그 점을 잘 알고 있었다. 하지만 자기도 모르게 그는 감명을 받았다. 레너드 볼은 죄가 없는 것이 아닐까?

그는 진지하게 말했다.

"바로 그렇습니다, 볼 씨. 이 사건은 당신에게 매우 불리한 것처럼 보입니다. 그럼에도 나는 당신의 주장을 수용할 생각입니다. 그럼 사건에 대한 얘기를 하도록 하죠. 에밀리 프렌치 양을 어떻게 알게 됐는지 정확히 말해 주시죠."

"어느 날 옥스퍼드가(街)에서였습니다. 나이 많은 부인이 길을 건너고 있었지요. 꾸러미를 잔뜩 들고서요. 그런데 길 한복판에서 꾸러미를 떨어뜨리는 바람에 그것들을 주우려고 허리를 굽힌 겁니다. 그때 사람들이 그녀에게 소리를 질렀는데, 노부인은 그 바람에 비로소 버스가 자기를 거의 덮칠 만큼 가까이 다가온 걸 알고서 간신히 길가로 피했지요. 저는 꾸러미들을 주워서 최대한 진흙을 털어내고 끈을 다시 묶어서 그녀에게 갖다 주었습니다."

"그녀의 생명을 구한 셈이네요?"

"아니, 아닙니다. 제가 한 일은 일반적인 친절을 베푼 것뿐이에요. 부인은 대단히 고마워했고 몇 번이나 고맙다는 말을 했지요. 그러면서 제 행동이 요즘 대부분의 젊은이들과는 다르다는 말을 하더군요. 구체적인 표현까진 기억이 나지 않아요. 그리고 나서 저는 모자를 살짝 들어 인사를 하고 그곳을 떠났습니다. 그녀를 다시 만날 거라고는 전혀 생각지 않은 건 물론이지요. 하지만 인생은 우연의 연속인 모양입니다. 바로 그날 저녁에 친구네 파티에 갔다가 그 부인을 다시 만났지 뭡니까. 그녀는 한눈에 저를 알아보고 자신을 소개하더군요. 그래서 그녀가 에밀리 프렌치 양이며 크리클우드(런던 북부의 지역명 — 옮긴이)에 살고 있다는 것을 알게 됐지요. 잠시 동안 저는 그녀와 이야기를 나눴습니다. 그녀는 퍽 빠르게도 상대방에게 호감을 갖는 그런 노부인이었던 모양입니다. 누구라도 그렇게 행동했을 것이 분명한 정말 하찮은 호의에 저를 그렇게 마음에 들어 했던 걸 보면 말이지요. 작별할 때 그녀는 제 손을 다정히 잡고서 나중에 자길 다시 만나러 와 달라고 청하더군요. 저는 물론 기꺼이 그러겠다고 대답했지요. 그러자 그녀가 날짜를 정하라고 재촉을 하는 거예요. 특별히 가고 싶은 마음은 없었지만 거절하는 것도 예의가 아닌 듯해서 다음 토요일로 날짜를 정했고요. 그녀가 떠난 뒤에 친구들한테 그녀에 대한 얘기를 들었습니다. 그녀가 부자라는 것, 그리고 하녀 1명과 더불어 8마리나 되는 고양이와 함께 살고 있는 괴짜 노인이라는 것을 말입니다."

"그렇군요. 그녀가 부자라는 얘기가 그렇게 일찍 나왔군요?"

"제가 뒷조사를 한 게 아니냐는 말씀이라면……."

레너드 볼이 흥분하여 이야기를 시작하려고 하자 메이헌 씨가 손짓으로 그의 입을 다물게 했다.

"저쪽 검찰 측의 입장에서 이 사건을 바라봐야 해서 그렇습니다. 보통 사람들은 프렌치 양이 재산가라고 생각하지 않았을 겁니다.

그녀는 가난한, 아니 거의 초라한 생활을 했으니까요. 당신도 그 말을 듣지 않았다면 십중팔구 그녀가 가난하다고 생각했을 겁니다. 적어도 처음에는 말이지요. 정확히 누가 당신에게 그녀가 부유한 노파라고 얘기했나요?"

"친구 조지 하비였습니다. 그의 집에서 파티가 열렸거든요."

"자신이 그런 말을 했다는 사실을 그 친구가 기억할 것 같습니까?"

"잘 모르겠습니다. 물론 꽤 오래전의 일이긴 하지만."

"알겠습니다, 볼 씨. 아시다시피 검찰 측의 첫 번째 목표는 당신이 재정 곤란 상태에 있었다는 것을 입증하는 일입니다. 그건 사실이지요?"

레너드 볼의 얼굴이 붉어졌다. 그는 작은 소리로 말했다.

"네, 당시엔 제게 지독한 불운이 계속 이어졌지요."

"알겠습니다. 제 말대로 당신은 재정 곤란 상태에서 이 부유한 노부인을 만나서 친분을 쌓았습니다. 그런데 우리가 당신은 그녀가 부자인지 몰랐고, 그저 순수한 호의로 그녀를 방문했다고 말할 수 있다면……."

"정말 그랬습니다."

"아마 그랬겠죠. 그 점을 의심하는 게 아니에요. 객관적인 관점에서 보려는 겁니다. 하비 씨의 기억력에 많은 것이 달려 있어요. 하비 씨가 그 대화를 기억할까요, 못 할까요? 변호사를 통해 그를 잘 다독여 보면 그 말이 나중에 나온 것으로 믿게 할 수 있지 않을까요?"

레너드 볼은 몇 분 동안 곰곰이 생각했다. 그리고 나서 아주 침착하게 대답했는데 얼굴이 다소 창백해져 있었다.

"그건 힘들 것 같습니다, 변호사님. 참석자들 중 몇 명이 그 친구의 말을 들었고, 또 한두 명은 제가 부유한 노부인의 애정을 얻었다고 놀리기까지 했거든요."

사무 변호사는 손을 흔들며 실망감을 감추려고 애썼다.

"운이 없네요. 하지만 솔직하게 말해 주셔서 기쁩니다, 볼 씨. 제게 방향을 가르쳐 줄 사람은 당신뿐입니다. 당신의 판단은 확실히 옳습니다. 섣불리 앞서의 계획을 밀고 나갔다면 비극적인 결과가 나왔을 겁니다. 그 문제는 제쳐 두도록 하죠. 당신은 프렌치 양과 알게 되고 그녀의 집을 방문하면서 교제를 이어 갔습니다. 우리는 이 모든 행동의 이유를 명백히 할 필요가 있어요. 운동을 좋아하고 친구들에게 인기 있는 33살의 젊은이인 당신이 무슨 이유로 아무런 공감대도 없는 나이 든 부인에게 그렇게 많은 시간을 바친 겁니까?"

레너드 볼은 신경질적으로 양팔을 내뻗었다.

"모르겠습니다, 정말 모르겠어요. 첫 번째 방문 후 그녀는 자기가 외롭고 불행하다고 하면서 제게 다시 와 달라고 간청하더군요. 거절하기가 어려웠지요. 더욱이 노골적으로 제게 애정과 호의를 나타내서 입장이 난처했습니다. 메이헌 씨, 저는 마음 약한 사람입니다. 그래서 사람들한테 끌려 다니기 일쑤죠. '싫다'라는 말을 하지 못하는 사람입니다. 또한 믿든 안 믿든 변호사님 마음이지만 서너 번 그녀를 방문한 뒤에는 저도 진심으로 노부인이 좋아졌습니다. 어렸을 때 어머니가 일찍 돌아가시고 아주머니 손에 자랐는데, 그 아주머니마저 15살이 되기 전에 돌아가셨지요. 보살핌을 받고 응석을 부리는 것을 정말로 즐겼다고 말씀드린다면 아마 변호사님은 웃으실 테지요."

메이헌 씨는 웃지 않았다. 대신에 그는 코안경을 다시 벗어서 닦았다. 그가 깊은 생각에 빠져 있다는 신호였다.

마침내 그가 입을 열었다.

"당신의 설명을 이해합니다, 볼 씨. 심리학적으로 충분히 가능한 일이라고 생각해요. 배심원들이 그런 생각을 받아들일지 아닐지는 또 다른 문제이지만요. 계속 얘기해 주시지요. 프렌치 양이 자신의 사업 상황을 살펴봐 달라고 처음으로 요청한 것이 언제였습니까?"

"서너 번째 방문 뒤였습니다. 그녀는 재정적 지식이 거의 없어서 몇 가지 투자 문제로 걱정을 하고 있었죠."

메이헌 씨는 날카로운 눈길로 쳐다보았다.

"신중히 말해야 합니다, 볼 씨. 부인의 하녀인 재닛 매켄지는 여주인이 사업 수완이 좋아서 모든 일을 스스로 처리했다고 단언했습니다. 그리고 이것은 프렌치 양이 거래하는 은행 직원들의 증언으로도 입증이 된 사실이고요."

"아무튼 저는 그렇게 말할 수밖에 없습니다. 그녀가 제게 그렇게 말했으니까요."

볼이 진지하게 말했다.

메이헌 씨는 잠시 동안 말없이 그를 바라보았다. 그렇게 말할 생각은 없었지만 레너드 볼이 무죄라는 확신이 그 순간 강해졌다. 그는 나이 든 부인들의 심리를 좀 알고 있었다. 잘생긴 젊은이에게 빠져서 그를 집으로 불러들일 구실을 찾는 프렌치 양의 모습이 떠올랐다. 투자에 무지하다는 핑계로 재정 문제를 도와 달라고 부탁하는 것보다 더 그럴싸한 이유가 무엇이겠는가? 그녀는 남자라면 누구든 자신의 우월성을 인정받으면 우쭐해진다는 것을 알만큼 세상 물정에 밝은 여자였다. 레너드 볼은 우쭐했을 것이다. 아마 그녀는 자신이 부유하다는 사실을 젊은이가 알게 되는 게 싫지 않았을 것이다. 에밀리 프렌치는 의지가 굳은 노파였고 자신이 원하는 것을 위해서라면 기꺼이 대가를 지불했을 것이다. 이 모든 생각이 메이헌 씨의 머릿속에서 빠르게 지나갔지만 그는 내색하지 않고 대신 다른 질문을 던졌다.

"그럼 그녀의 요청대로 사업 문제를 처리했나요?"

"네, 그랬습니다."

"볼 씨, 이제 아주 중요한 질문을 하나 할 겁니다. 극히 중요한 문제니까 정직하게 대답해 줘야 합니다. 당신의 재정 상태는 곤란했어요. 그리고 한 노부인의 사업을 관리했지요. 본인의 말에 의하면 사업에는 거의 문외한인 노파의 사업을 말입니다. 언제든, 어떤 식으로든 당신 관리하에 있는 유가 증권을 유용한 일이 있습니까? 자신의 금전적 이익을 위해 부정한 거래를 한 일이 있습니까?"

사무 변호사는 상대방의 대답을 막으며 이어 말했다.

"대답하기 전에 잠깐만요. 우리에게는 두 가지 길이 있습니다. 하나는 그녀의 투자를 관리한 당신의 정직성과 청렴성을 강조하고,

훨씬 더 쉽게 돈을 사취할 수 있는 방법이 있는데 살인을 저지르는 것이 얼마나 실현 가능성이 없는지를 지적하는 겁니다. 다른 하나는 당신이 실행한 거래 중에서 검찰 측이 어떤 꼬투리를 잡게 된다면, 극단적으로 말해서 어쨌든 당신이 노부인의 돈을 횡령한 것이 밝혀진다면, 황금 알을 낳는 거위인 그 노부인을 살해할 동기가 전혀 없다는 방향으로 끌고 가는 겁니다. 두 가지의 차이를 이해해야 합니다. 자, 아무쪼록 대답하기 전에 천천히 생각해 주세요."

하지만 레너드 볼은 지체 없이 대답했다.

"프렌치 양의 일을 돌보면서 모든 것을 공명정대하게 처리했습니다. 누구든 조사해 보면 알 테지만, 저는 힘자라는 데까지 그녀의 이익을 위해 일했습니다."

"감사합니다. 마음이 훨씬 가벼워졌어요. 당신은 현명한 사람이라 그런 중요한 문제에 대해 내게 거짓말을 하지 않는다는 걸 믿을 수 있게 해 줘서 고맙군요."

"그럼요, 제게 가장 유리한 점은 동기가 부족하다는 겁니다. 가령 제가 부유한 노부인한테 돈을 얻어 낼 속셈으로 친분을 쌓았다 칩시다. 이게 변호사님이 말씀하신 요지인 것 같은데, 그랬다면 확실히 그녀의 죽음으로 제 검은 의도는 좌절되지 않겠습니까?"

볼은 열성적으로 말했다.

사무 변호사는 가만히 그를 바라보았다. 그러고는 아주 느릿하게 코안경을 닦는 무의식적인 버릇을 되풀이했다. 그는 안경을 코에 도로 올려놓고 나서야 비로소 입을 열었다.

"볼 씨, 프렌치 양이 당신을 첫 번째 유산 수취인으로 하는 유언장을 남긴 것을 알지 못했습니까?"

"네?"

피고인은 벌떡 일어섰다. 그의 당황해하는 모습은 명백히 자연스러워 보였다.

"맙소사! 뭐라고 말씀하셨습니까? 그녀가 제게 유산을 남겼다고요?"

메이헌은 고개를 주억거렸다. 볼은 두 손으로 머리를 감싸고 다시 털썩 주저앉았다.

"그 유언장에 대해 아무것도 모른다고 시치미를 떼는 겁니까?"

"시치미를 뗀다고요? 그렇지 않습니다. 저는 유언장에 대해 전혀 아는 바가 없습니다."

"하녀 재닛 매켄지가 맹세코 당신이 알고 있었다고 내게 말했다는 사실에 대해선 뭐라 말할 겁니까? 주인이 그녀에게 당신과 그 문제를 상의했고, 자신의 의향을 당신에게 알려 주었다고 분명히 말했다면요?"

"말했다고요? 그 여자가 거짓말을 하는 겁니다! 아니, 제가 지나치게 말한 것 같군요. 재닛 역시 할머니 아닙니까. 주인에겐 충실한 하인이었지만 저를 좋아하지 않았죠. 그녀는 질투가 심하고 의심이 많았어요. 프렌치 양이 재닛에게 자신의 의향을 털어놓았는데, 재닛이 그녀의 말을 오해했거나, 그렇지 않으면 제가 그렇게 하도록 노부인을 부추겼다고 자기 마음대로 확신한 거겠지요. 그녀는 지금 프렌치 양이 정말로 그렇게 말했다고 스스로 믿고 있는 거예요."

"그녀가 그 문제에 대해서 고의로 거짓말을 할 만큼 당신을 싫어한다고는 생각지 않나요?"

레너드 볼은 깜짝 놀라서 펄쩍 뛰었다.

"말도 안 됩니다! 그녀가 왜 절 싫어하겠습니까?"

"저야 알 수 없지요. 하지만 그녀는 당신에게 극히 비판적이더군요." 메이헌 씨는 생각에 잠겨 말했다.

가엾은 젊은이는 다시 신음했다. 그러고는 중얼거리듯 말했다.

"이제 알겠어요. 소름이 끼치는군요. 사람들은 제가 그녀에게 접근해서 제게 유산을 남기는 유언장을 만들게 했다고 말하겠지요. 그날 밤 제가 그곳에 갔고 집에는 아무도 없었으니……. 그리고 다음 날 그녀의 시체가 발견되면……. 맙소사! 끔찍하군요."

"집에 아무도 없었다는 건 당신이 잘못 알고 있는 겁니다. 기억하겠지만 그날 저녁에 재닛은 외출을 했어요. 하지만 9시 30분에 친구에게 약속한 블라우스 소매 본을 가지러 다시 돌아온 사실이 있었습니다. 뒷문으로 들어가서 2층으로 올라가 옷본을 챙긴 뒤 다시 밖으로 나갔지요. 그때 거실에서 나는 얘기 소리를 들었다더군요. 무슨 얘긴지 확실히 들리지는 않았지만 그녀는 그중 한쪽이 프렌치 양의 말소리였고, 다른 쪽은 남자의 말소리였다고 주장하고 있습니다."

"9시 30분이라고요, 9시 30분이면……."

레너드 볼이 중얼거렸다. 그는 벌떡 일어섰다.

"그러면 전 살았습니다, 살았어……!"

"무슨 말입니까, 살았다니?"

메이헌이 깜짝 놀라 소리쳤다.

"9시 30분에 저는 집에 돌아가 있었어요! 아내가 증언해 줄 겁니다. 저는 8시 55분쯤에 프렌치 양 집을 나왔어요. 그리고 9시 20분쯤에 집에 도착했지요. 아내가 절 기다리고 있었어요. 아! 살았다, 살았어! 재닛 매켄지의 소매 본에 감사해야겠군요."

흥분한 나머지 그는 사무 변호사의 심각한 표정이 바뀌지 않았다는 것을 눈치채지 못했다. 하지만 변호사의 말이 단번에 그를 현실로 끌어내렸다.

"그럼 당신 생각에는 누가 프렌치 양을 살해했을 거 같습니까?"

"뭐, 당연히 처음 얘기 나온 대로 강도겠지요. 창문이 억지로 열려 있었다는 것 기억하시죠. 그녀는 쇠지레로 세게 맞아 살해됐어요. 흉기가 시체 옆 바닥에 놓여 있었잖습니까. 그리고 물건 몇 가지도 없어졌고요. 재닛의 터무니없는 의심과 저에 대한 반감만 아니었다면 경찰이 수사에 혼선을 빚는 일은 결코 없었을 겁니다."

"그건 그렇지 않습니다, 볼 씨. 없어진 물건은 값어치가 나가지 않는 것들뿐이었어요. 그리고 창문에 난 흔적도 결정적인 증거는 못 됩니다. 게다가 생각해 보세요. 당신은 9시 30분에 그 집에 있지 않았다고 말했지요. 그렇다면 재닛이 들었다는 프렌치 양과 거실에서 얘기한 남자는 누구였을까요? 그녀가 강도와 다정하게 대화를 나눴다고는 할 수 없지 않겠습니까?"

"그렇죠, 그렇겠지요······."

볼은 당혹스럽고 낙심한 얼굴이었다.

"하지만 아무튼 저는 풀려날 겁니다. 알리바이가 있으니까요. 로메인을, 제 아내를 꼭 만나 보세요. 당장에요."

그는 다시 기운을 차리고 덧붙였다. 변호사는 순순히 동의했다.

"그렇게 하죠. 부인과 벌써 만났어야 했는데 당신이 체포될 때 마침 집을 비우고 안 계시는 바람에. 곧바로 스코틀랜드에 전보를 쳤더니 오늘 밤 돌아오겠다고 하시더군요. 여기서 나가는 즉시 부인을 방문할 겁니다."

볼은 만면에 만족감을 나타내며 고개를 끄덕였다.

"예, 로메인이 다 말씀드릴 겁니다. 아, 천만다행이에요."

"실례지만, 볼 씨, 부인을 사랑하십니까?"

"그럼요."

"그리고 부인도?"

"물론 저를 무척 사랑하죠. 저를 위해서라면 아내는 무슨 일이든 할 겁니다."

열정적으로 말하는 그와 달리 사무 변호사의 가슴은 조금 내려앉았다. 헌신적인 아내의 증언이 받아들여질까?

"당신이 9시 20분에 집에 돌아온 것을 본 다른 사람은 없습니까? 가령 하녀라든가?"

"저희는 하녀가 없습니다."

"돌아가는 길에 거리에서 누구 만난 사람은 없나요?"

"아는 사람은 아무도 만나지 못했습니다. 버스를 타고 갔는데 혹시 차장이 기억할지도 모르지요."

메이헌 씨는 그럴 가망이 없다는 듯 고개를 가로저었다.

"그럼 부인의 증언을 입증할 수 있는 사람이 아무도 없는 거군요?"

"그렇지요. 하지만 그게 꼭 필요한 건 아니겠지요?"

"예, 아마 그럴 겁니다. 아마 그럴 거예요."

메이헌은 허둥지둥 대답했다.

"자, 한 가지만 더 물어보도록 하죠. 프렌치 양은 당신이 유부남이라는 것을 알고 있었나요?"

"그럼요."

"하지만 부인을 데려가서 그녀와 만나게 한 적은 없었지요? 왜 그랬습니까?"

처음으로 레너드 볼이 대답을 망설이다가 모호하게 말했다.

"글쎄요……. 모르겠습니다."

"재닛 매켄지가 주인이 당신을 독신으로 알고 있었고, 장차 당신과 결혼하려고 생각하고 있었다고 말한 것을 알고 있습니까?"

볼은 웃음을 터뜨렸다.

"말도 안 돼요! 나이 차가 무려 40년입니다."

사무 변호사는 냉담하게 대꾸했다.

"결혼한 사람들도 있습니다. 사실이에요. 아무튼 부인은 프렌치 양을 한 번도 만나지 않았지요?"

"네……."

다시 어색한 분위기가 이어졌다.

"미안한 말이지만 그 문제에 대해서만큼은 당신의 태도가 이해가 가지 않는군요."

변호사가 말했다. 볼은 얼굴을 붉히며 머뭇거리다가 입을 열었다.

"모든 것을 털어놓겠습니다. 아시다시피 저는 돈이 몹시 궁한 상태였어요. 그래서 프렌치 양이 제게 돈을 좀 빌려줄 수 있지 않을까 기대했지요. 하지만 그녀는 저를 좋아하기는 했지만 젊은 부부의 곤궁한 삶에는 전혀 관심이 없었습니다. 처음부터 저는 그녀가 저희 부부 사이가 좋지 않아 별거 중이라고 생각한다는 사실을 알았습니다. 메이헌 씨, 저는 로메인을 위해서 돈이 필요했어요. 그래서 노부인이 원하는 대로 생각하도록 아무 말도 하지 않았던 겁니다. 그녀는 절 양자로 삼겠다고 말했어요. 결혼에 대한 얘기는 절대 없었습니다. 틀림없이 재닛이 그저 상상을 한 걸 겁니다."

"그뿐입니까?"

"예……. 전부 다 말씀드린 겁니다."

말 속에 좀 주저하는 기색이 있는데? 변호사는 그런 생각이 들었다. 그는 일어나서 손을 내밀었다.

"다음에 봅시다, 볼 씨."

그는 젊은이의 초췌한 얼굴을 들여다보다가 평소와 달리 충동적으로 말했다.

"당신에게 불리한 사실들이 많이 드러나고 있지만 난 당신의 결백을 믿습니다. 그래서 그것을 입증해 당신의 혐의를 풀어 줄 생각입니다."

볼은 그의 말에 미소로 화답했다.

"제 알리바이가 확실하다는 것을 아시게 될 겁니다."

그는 기분 좋게 말했다. 이번에도 그는 상대가 반응하지 않는다는 것을 눈치채지 못했다.

"재닛 매켄지의 증언에 상당 부분이 달려 있습니다. 그런데 그녀는 당신을 미워하지요. 그것만큼은 확실합니다."

"그녀가 절 미워할 리가 없습니다."

사무 변호사는 고개를 설레설레 흔들며 나갔다.

"이제 볼 부인 차례군."

그는 혼잣말로 중얼거렸다. 돌아가는 일의 양상이 몹시 불안하게 느껴졌다.

볼 부부는 패딩턴 그린 부근의 작고 낡은 집에 살았다. 메이헌 씨는 그곳으로 갔다.

그의 벨소리에 답하여 파출부처럼 보이는 덩치 크고 옷차림이 단정치 못한 여인이 문을 열었다.

"볼 부인 댁이죠? 부인은 돌아오셨나요?"

"1시간 전에 돌아오셨어요. 하지만 손님을 만나실 수 있을지는 모르겠습니다."

"내 명함을 갖다 드리면 틀림없이 만나겠다고 하실 겁니다."

메이헌 씨가 조용히 말했다. 여인은 의심스런 눈길로 그를 쳐다보고는 앞치마에 손을 닦은 뒤 명함을 받았다. 그러고는 그를 바깥 계단에 세워 놓은 채 면전에서 문을 닫았다.

그러나 잠시 뒤에 돌아왔을 때에는 그녀의 태도가 좀 달라져 있었다.

"들어오세요."

그녀는 자그마한 응접실로 그를 안내했다. 벽에 걸린 그림을 음미하고 있던 메이헌 씨는 별안간 큰 키에 창백한 얼굴을 한 여인의 얼굴과 마주하게 되었다. 그녀가 너무나 조용히 들어와서 아무 소리도 듣지 못했던 것이다.

"메이헌 씨? 남편의 변호사시죠? 남편을 만나고 오시는 길인가요? 여기 앉으세요."

그녀가 말을 하고 나서야 비로소 그는 여자가 영국인이 아니라는 것을 눈치 챘다. 이제 찬찬히 관찰해 보니 높은 광대뼈와 숱 많은 짙은 남빛 머리카락, 그리고 이따금씩 살짝 움직이는 손놀림에 분명히 이국적인 데가 있었다. 묘한 분위기의 아주 조용한 여인이었다. 너무나 조용해서 거북할 정도였다. 처음부터 메이헌 씨는 자신이 이해할 수 없는 뭔가와 마주했다는 것을 의식했다.

그가 말문을 열었다.

"자, 볼 부인. 낙심해서는 안 됩니다……."

하지만 그는 다시 입을 다물었다. 로메인 볼이 조금도 낙심하고 있지 않다는 것이 아주 분명해 보였기 때문이다. 그녀는 더할 나위 없이 침착하고 차분했다.

"전부 얘기해 주세요. 모든 걸 알아야겠어요. 제 걱정은 하지 마세요. 최악의 경우를 알고 싶어요."

그녀는 머뭇거리다가 변호사가 이해할 수 없는 기묘한 어감이 담긴 낮은 목소리로 되풀이했다.

"최악의 경우를 알고 싶어요."

메이헌 씨는 레너드 볼을 면담한 내용을 그대로 말해 주었다. 그녀는 때때로 고개를 끄덕여 가며 경청했다. 이야기가 끝나자 그녀가 입을 열었다.

"그러니까 남편은 그날 밤 자기가 9시 20분이 지나서 돌아왔다고 증언해 주길 원하는 거죠?"

"남편이 그 시간에 돌아왔습니까?"

메이헌 씨가 날카로운 어조로 물었다.

"그건 중요하지 않아요. 제가 그렇게 말하면 남편이 무죄가 될까요? 사람들이 제 말을 믿어 줄까요?"

그녀는 냉정하게 말했다. 메이헌 씨는 깜짝 놀랐다. 바로 문제의 핵심을 찌르고 들어온 것이다.

"제가 알고 싶은 건 그거예요. 그거면 충분한가요? 제 증언을 뒷받침해 줄 사람이 있나요?"

그녀의 태도에 감춰진 열의에 메이헌 씨는 막연히 불안해졌다.

"아직 아무도 없습니다."

그는 마지못해 대답했다.

"알겠어요."

로메인 볼은 잠시 동안 잠자코 앉아 있었다. 희미한 미소가 그녀의 입가에 떠올랐다.

변호사의 불안감이 점점 더 깊어졌다.

그가 입을 열었다.

"볼 부인, 당신의 심정이 어떤지 압니다······."

"그래요? 놀랍군요."

"이런 상황이니······."

"이런 상황이니 저 혼자서 승부해 볼 생각이에요."

그는 망연자실 그녀를 바라보았다.

"아, 볼 부인, 괴로우실 테죠. 남편을 사랑하시는 만큼······."

"뭐라고 말씀하셨죠?"

그녀의 날카로운 말투에 그는 움찔했다. 그는 머뭇거리며 되풀이 말했다.

"남편을 사랑하시는 만큼······."

로메인 볼은 아까와 같은 기묘한 미소를 입가에 띠며 천천히 고개를 끄덕였다. 그녀가 조용히 물었다.

"남편이 내가 자기를 사랑한다고 말하던가요? 아, 그랬겠죠. 그 사람은 그렇게 말했을 거예요. 남자란 얼마나 어리석은지! 어리석어, 어리석어, 어리석다니까."

그녀는 벌떡 일어섰다. 변호사가 은연중 느끼고 있었던 격앙된 감정이 이제 그녀의 말투에 집중돼 있었다.

"저는 그 사람을 미워해요! 증오하죠. 증오하고, 또 증오해요! 그 사람이 교수형 당하는 꼴을 보고 싶어요."

변호사는 그녀의 눈에 어린 분노를 보고 뒷걸음질 쳤다. 그녀는 한 걸음 다가와서 격렬한 어조로 말을 이었다.

"아마 볼 수 있겠죠? 만약에 그 사람이 그날 밤 9시 20분에 집에 돌아온 것이 아니라 10시 20분에 돌아온 거라고 말한다면요. 유산이 자신에게 오는 것에 대해서 아무것도 몰랐다고 말한다고 하셨지요. 만약에 그 사람이 그것에 대해 모두 알고 있었고, 그 돈을 기대하고 살인을 저지른 거라고 말한다면 어떨까요? 만약에 그 사람이 그날 밤 집에 들어와서 자신이 무슨 일을 저질렀는지 제게 고백했다고 말한다면요? 그 사람 코트에 피가 묻어 있었다면요? 그렇다면 어떻게 되죠? 제가 법정에 서서 이런 사실들을 전부 증언한다면요?"

그녀의 눈은 대답을 요구하고 있었다. 그는 애써 불안한 마음을 내색하지 않고 이성적으로 말하려고 노력했다.

"당신은 남편에게 불리한 증언을 할 수 없습⋯⋯."

"그 사람은 제 남편이 아니에요!"

그 말이 너무 순식간에 나온 바람에 그는 자신이 잘못 들은 것은 아닌가 귀를 의심했다.

"뭐라고 하셨지요? 무슨⋯⋯?"

"그 사람은 제 남편이 아니라고요."

바늘 떨어지는 소리도 들릴 정도로 침묵이 깊어졌다.

"전 빈에서 배우 활동을 했어요. 남편은 살아 있지만 정신병원에 있지요. 그래서 결혼할 수가 없었죠. 지금은 다행이라고 생각하지만."

그녀는 힘차게 고개를 끄덕였다.

"한 가지 알고 싶은 게 있습니다."

메이헌 씨는 용케 여느 때와 같은 침착하고 냉정한 태도를 나타냈다.

"레너드 볼에게 왜 그토록 냉혹하게 구는 겁니까?"

그녀는 엷은 미소를 지으며 고개를 가로저었다.

"예, 궁금하시겠죠. 하지만 무슨 일이 있어도 말씀드리지 않을 거예요. 그냥 비밀로 묻어 두고 싶어요……."

메이헌 씨는 마른기침을 하고 자리에서 일어났다.

"더 이상 얘길 해 봐야 아무런 의미가 없을 것 같군요. 의뢰인과 의논하고 나서 다시 연락드리겠습니다."

그녀는 변호사에게 바싹 다가서서 아름다운 검은 눈으로 그의 눈을 들여다보며 말했다.

"말씀해 보세요. 그 사람이 정말 무죄라고 생각하면서 이곳에 오신 건가요?"

"그렇습니다."

그녀는 큰 소리로 웃었다.

"한심한 분이로군요."

"그 믿음은 변함이 없습니다."

변호사는 이렇게 이야기를 끝냈다.

"이만 실례하겠습니다, 부인."

그녀의 깜짝 놀란 얼굴을 기억에 새기고서 그는 응접실을 나갔다.

"어려운 사건이 되겠군."

메이헌 씨는 성큼성큼 걸어가면서 혼잣말을 했다. 모든 것이 이상해. 정말 이상한 여자잖아. 아주 위험한 여자야. 여자들이 한을 품으면 오뉴월에도 서리가 내린다더니.

어떻게 해야 하지? 그 가엾은 젊은이는 자신의 무죄를 입증할 수 없게 됐어. 물론 그가 범인일 수도 있겠지만…….

"아니야, 아니지, 그에겐 불리한 증거가 이상하게 너무 많아. 난 저 여자 말을 믿지 않아. 모두 꾸며 낸 이야기라고. 설마 법정에서야 그렇게 말하지 않겠지."

메이헌 씨는 혼잣말을 중얼거렸다. 그는 그 점에 대해서 좀 더 확신을 가질 수 있기를 바랐다.

II

검찰 측의 법정 진술은 간결하고 극적이었다. 검찰 측의 주요 증인은 죽은 여인의 하녀였던 재닛 매켄지와 오스트리아 국적을 가진 피고의 정부(情婦) 로메인 하이거였다.

메이헌 씨는 법정에 앉아서 로메인이 쏟아내는 불리한 진술을 듣고 있었다. 지난번 면담에서 그가 들은 내용과 동일한 것이었다.

피고인은 자신의 항변을 유보했고 그의 사건은 순회 형사 법원으로 넘겨졌다.

메이헌 씨는 어찌할 바를 몰랐다. 레너드 볼에 대한 진술 내용은 형언할 수 없을 만큼 절망적이었다. 변호를 맡은 저명한 왕실 변호사도 희망적으로 말하지 않았다.

"우리가 저 오스트리아 여자의 증언을 흔들 수만 있다면 뭔가 될 것도 같은데. 하지만 워낙 불리한 상황이라서."

그는 모호하게 말했다.

메이헌 씨는 단 한 가지 문제에만 집중했다. 레너드 볼이 진실을 말하고 있다고 가정 하에 죽은 여인의 집에서 9시에 나왔다면, 재닛이 9시 30분에 프렌치 양과 얘기하는 소리를 들었다던 그 남자는 누굴까?

한 가닥 희망은 지난날 고모를 속이고 협박해서 많은 돈을 뜯어낸 망나니 조카였다. 변호사가 알기로는 재닛 매켄지가 이 젊은이를 좋아해서 자기 주인에게 그의 요구를 들어주라고 끊임없이 부추겼다는 것이다. 특히 그때 평소 자주 다니던 장소에 없었던 것으로 미루어 레너드 볼이 떠난 뒤에 프렌치 양과 함께 있었던 것이 이 조카였을 가능성이 충분히 있었다.

변호사는 모든 각도에서 조사해 보았지만 결론은 다 부정적이었다. 레너드 볼이 자기 집에 들어가는 것이나 프렌치 양의 집을 나가는 것을 본 사람이 하나도 없었다. 크리클우드에 있는 그 집에 다른 남자가 들어가거나 나오는 것을 본 사람도 없었다. 모든 조사가 허사로 돌아갔다.

메이헌 씨가 자신의 생각을 완전히 새로운 방향으로 이끄는 편지를 받은 것은 바로 재판 전날이었다.

그것은 6시에 우편으로 배달됐다. 조악한 편지지에 대충 휘갈겨

써서 비뚜름하게 우표를 붙인 더러운 봉투에 넣어 보낸 것이었다.
메이헌 씨는 의미를 파악하기 전에 한두 번 읽어보았다.

친애하는 신사 양반

당신이 그 젊은 놈을 위해 일하는 변호사겠지. 그 소문난 바람둥이 외국 계집이 하는 말이 거짓말투성이라는 걸 폭로하고 싶으면 오늘 밤 스테프니에 있는 쇼 하숙집으로 와요. 200파운드요. 목슨 부인을 찾으쇼.

사무 변호사는 이 괴상한 편지를 읽고, 또 읽었다. 물론 짓궂은 장난일 수도 있지만 곰곰이 생각해 보니 그것이 진짜라는 확신이 점점 강해졌고, 또 그것이 피고인의 유일한 희망일 거라는 확신도 들었다. 로메인 하이거의 증언은 그를 완전히 나락으로 떨어뜨렸고, 게다가 피고 측이 내세우기로 한 방침, 즉 명백히 부도덕한 생활을 해 온 여자의 증언은 신뢰할 수 없다는 주장만으로는 아무래도 충분치 않았다.

메이헌 씨는 마음을 정했다. 어떤 방법을 동원해서라도 의뢰인을 구해야 하는 것이 그의 의무였다. 그러므로 그는 쇼 하숙집으로 가야 했다.

그 장소를 찾느라 무척 애를 먹었다. 고약한 악취가 풍기는 빈민굴에 위치한 건물을 간신히 찾아 물어보니 목슨 부인의 방은 4층이라고 했다. 방문을 두드려도 아무 대답이 없길래 그는 다시금 문을 두드렸다. 안에서 발을 질질 끌며 걷는 소리가 들렸다. 이윽고 문이 조심스럽게 빠끔히 열리더니 허리가 구부정한 사람이 내다보았다.

느닷없이 여자가, 틀림없이 여자일 그 사람이 낄낄 웃으며 문을 활짝 열었다.

"아, 당신이군. 아무도 같이 오지 않았겠지? 속임수 쓰는 건 아니고? 들어와, 들어오라고."

그녀는 씨근거리는 목소리로 말했다.

변호사는 마지못해서 문지방을 넘어 가스등이 깜박거리는 더러운 작은 방으로 들어갔다. 방 한구석에 정돈 안 된 너저분한 침대가 있었고, 평범한 전나무 탁자와 곧 부서질 것 같은 의자 2개가 있었다. 메이헌 씨는 이 불쾌한 셋방의 주인을 처음으로 정면으로 바라보았다. 그녀는 헝클어진 반백의 머리를 가진 허리가 굽은 중년의 여인이었는데 얼굴에 스카프를 단단히 두르고 있었다. 그가 스카프를 보고 있다는 것을 알아채고는 여자가 그 억양 없는 묘한 소리로 다시 킬킬거렸다.

"내가 미모를 감추고 있는 이유가 뭘까? 히히히. 당신이 반할까 걱정이 돼서? 하지만 보여 주지, 보여 주겠어."

그녀가 스카프를 젖히자 변호사는 문드러진 새빨간 흉터 자국을 보고 무의식적으로 뒷걸음질 쳤다. 그녀는 스카프로 다시 가렸다.

"내게 키스하고 싶은 생각이 정말 없는 거야? 히히, 놀랄 일도 아니지. 하지만 나도 한때는 예쁜 여자였어. 생각만큼 그리 오래전 일도 아니었다고. 황산이었어, 황산. 그게 이렇게 만들었어. 그렇지만 말이야, 난 놈들에게 앙갚음을 하고 말 거야."

그녀는 섬뜩한 독설을 마구 퍼부었다. 메이헌 씨는 그녀를 진정시키려고 했지만 소용이 없었다. 마침내 그녀는 입을 다물고 신경질적으로 손을 쥐었다 폈다 했다.

변호사가 단호히 말했다.

"그만하면 됐소. 내가 여기 온 건 당신이 내 의뢰인 레너드 볼의 결백을 입증할 정보를 줄 수 있다고 했기 때문이오. 그것이 사실이오?"

그녀는 교활한 눈길로 그를 곁눈질하더니 씨근거리며 말했다.

"돈은 어떻게 됐지? 200파운드, 기억하지?"

"증언을 하는 건 시민의 의무이므로 나는 당신에게 증언을 요구할 수 있소."

"그렇게는 못 할걸. 난 아는 게 아무것도 없는 늙은이에 불과하니까. 하지만 200파운드를 준다면 혹시 한두 가지 힌트를 줄 수 있을지도 모르지. 어때?"

"어떤 힌트?"

"편지라면 어떨까? 그 여자한테서 온 편지 말이야. 내가 그걸 어떻게 손에 넣었는지는 신경 쓸 것 없어. 내가 알아서 할 일이니까. 그거면 효과가 있을 거야. 하지만 난 200파운드를 받아야겠어."

메이헌 씨는 냉담한 눈길로 그녀를 바라보다가 결심한 듯 말했다.

"10파운드 주겠소. 더 이상은 안 되오. 그것도 편지가 당신이 말한 대로인 경우에만 주겠소."

"10파운드?"

그녀는 변호사를 보고 사납게 고함쳤다.

"20. 더 이상 말하지 않겠소."

메이헌은 마치 가려는 것처럼 자리에서 일어섰다. 그러고는 그녀를 주시하면서 지갑을 꺼내 21파운드를 세었다.

"보다시피 이게 내가 지금 가지고 있는 전부요. 받아들이든 말든 마음대로 하시오."

그러나 그는 돈을 눈앞에 본 이상 여자가 도저히 거부할 수 없으리라는 것을 이미 알고 있었다. 그녀는 무력하게 욕설을 퍼부으며 미친 듯이 날뛰었지만, 결국에는 굴복하고 말았다. 그녀는 침대로 가서 너덜너덜한 매트리스 밑에서 뭔가를 꺼내 왔다.

"여기 있다, 빌어먹을 놈아! 네게 필요한 건 꼭대기에 있는 거야."

그녀는 으르렁거리며 말했다.

그녀가 던져 준 건 편지 한 다발이었다. 메이헌 씨는 묶음을 끌러서 평소의 냉정하고 신중한 태도로 그것들을 꼼꼼히 살폈다. 여자는 그런 그를 열심히 살폈지만 그의 무표정한 얼굴에서는 아무런 암시도 얻지 못했다.

그는 편지를 하나하나 다 읽은 다음에 다시 맨 위에 있던 편지를 한 번 더 읽어 보았다. 그러고 나서 편지 다발을 정성 들여 다시 묶었다.

그것들은 로메인 하이거가 쓴 연애편지였는데, 수신인은 레너드 볼이 아니었다. 맨 위의 편지는 레너드 볼이 체포된 날짜에 쓰인 것이었다.

"내 말이 맞지, 안 그래? 그 편지만 있으면 그 계집은 끝장이야."

여자가 새된 소리로 말했다. 메이헌 씨는 주머니에 편지 묶음을 집어넣고서 물었다.

"이 편지들을 어떻게 손에 넣었소?"

"그건 비밀이야."

그녀는 눈을 흘기며 말했다.

"그런데 내가 아는 게 좀 더 있지. 그 바람둥이 계집이 법정에서 한 얘기를 들었어. 그 계집이 집에 있었다고 말한 10시 20분에 어디 있었는지 알아보지? 라이언 로드 극장에 가서 물어봐. 그렇게 예쁘고 늘씬한 계집이라면 사람들이 기억할 테니까. 빌어먹을!"

"그 남자는 누구요? 여기엔 세례명밖에 없는데."

목소리가 탁 갈라지더니 여자는 손을 쥐었다 폈다 했다. 그러다가 한 손을 들어 얼굴로 가져갔다.

"그는 나를 이렇게 만든 남자야. 여러 해 전에. 그년이 나한테서 그를 뺏어 갔어. 그때도 여전히 건방졌지. 내가 쫓아다니며 비난을 하니까 남자는 그 빌어먹을 것을 내게 던졌어! 그 계집은 그걸 보고 웃더군. 빌어먹을 것 같으니! 나는 수년간 그년에 대한 원한을 품고 살아왔어. 그년을 따라다니며 감시한 것도 그 때문이지. 그리고 이제 꼬리를 잡은 거야! 이거면 그 계집이 벌을 받지 않겠어, 변호사 양반? 벌을 받겠지?"

"아마 위증죄로 금고형을 받을 거요."

메이헌 씨는 조용히 대답했다.

"가둔다는 말이지……. 내가 바라는 게 그거야. 왜, 가려고? 내 돈은? 내 돈은 어디 있어?"

메이헌 씨는 잠자코 탁자 위에 지폐를 내려놓았다. 그러고는 숨을 크게 들이쉬고 그 구지레한 방을 나왔다. 나오다 돌아보니 노파는 돈 위로 몸을 굽히고 노래를 웅얼거리고 있었다.

그는 우물쭈물하지 않았다. 라이언 로드에서 어렵지 않게 극장을 찾아내서 로메인 하이거의 사진을 보여 주자 안내인은 그녀를 단번에 알아보았다. 안내인은 문제의 그날 저녁 10시가 넘은 시간에 그녀가 어떤 남자와 함께 극장에 왔다고 했다. 그녀가 동반한 남성을 특별히 눈여겨보지는 않았지만 그 부인이 자신에게 상영 중인 영화에 대해 물었던 사실을 기억하고 있었다. 그들은 약 1시간 뒤 영화가 끝나는 시간까지 그곳에 있었다는 말이었다.

메이헌 씨는 만족했다. 로메인 하이거의 증언은 처음부터 끝까지 거짓말투성이였다. 그녀는 격렬한 증오심에서 거짓말을 했던 것이다. 그 증오심의 이유가 무엇인지 알 수 있을까? 레너드 볼이 그녀에게 무슨 짓을 했을까? 사무 변호사가 그녀의 태도를 말해 주었을 때, 레너드 볼은 기가 막혀 어쩔 줄 몰라 했다. 그는 정색을 하며 믿을 수 없다고 잘라 말했다. 하지만 메이헌 씨는 놀라움을 표현하는 그의 주장에 진실성이 결여된 느낌을 받았다. 그는 분명 알고 있었으리라. 메이헌 씨는 확신했다. 그는 아내의 진심을 알고 있었지만 그 사실을 밝힐 생각이 없었던 것이다. 그 두 사람 사이에 비밀은 여전히 비밀로 남아 있었다. 메이헌 씨는 언젠가 그것이 무엇인지 알게 될까 궁금해졌다.

사무 변호사는 손목시계를 흘긋 보았다. 좀 늦은 시간이었지만 꾸물거릴 시간이 없었다. 그는 택시를 불러 세우고 행선지를 말했다.

"찰스 경에게 지금 당장 이 사실을 알려야 돼."

그는 택시에 타면서 중얼거렸다. 에밀리 프렌치 살인 사건에 대한 레너드 볼의 공판은 세간의 관심을 불러 일으켰다. 우선 피고인이 젊고 잘생긴 데다 선정적이고 파렴치한 범죄로 기소되었고, 게다가 검찰 측의 주요 증인인 로메인 하이거에 대한 호기심이 뒤따랐기 때문이다. 신문마다 그녀의 사진들로 도배되다시피 했고 그녀의 태생과 과거에 대한 추측 기사가 난무했다.

재판은 더할 나위 없이 조용히 진행되었다. 먼저 여러 전문적 증거들이 제출되었다. 그다음에 재닛 매켄지가 불려 나왔다. 그녀는 대체로 먼젓번과 똑같은 진술을 늘어놓았다. 반대 심문에서 피고 측 변호인은 볼과 프렌치 양의 관계에 대한 그녀의 답변에서 한두 번 모순된 진술을 이끌어내는데 성공했다. 변호인은 그녀가 그날 밤 거실에서 나는 남자의 목소리를 들었다고는 하지만 거기 있던 사람이 볼이라는 것을 증명하는 건 아무것도 없다고 강조하고서 그녀의 모든 증언 뒤에는 피고인에 대한 질투와 반감이 담겨 있다는 것을 그럭저럭 납득시켰다.

그러고 나서 다음 증인이 불려 나왔다.

"당신의 이름은 로메인 하이거입니까?"

"네."

"국적이 오스트리아입니까?"

"네."

"지난 3년 동안 피고와 동거하면서 그의 아내로 행세했습니까?"

잠깐 동안 로메인 하이거의 시선이 피고석에 앉아 있는 남자의 시선과 마주쳤다. 그녀의 시선에는 뭔가 설명할 수 없는 묘한 감정이 담겨 있었다.

"네."

심문은 계속됐다. 한마디 한마디마다 아주 불리한 정황들이 드러났다. 문제의 그날 밤 피고인은 쇠지레를 들고 나갔다. 그는 10시 20분에 돌아와서 노부인을 살해했다고 털어놨다. 소맷부리가 피로 물들어 있었는데, 그는 부엌 난로에서 그것을 태워 버렸다. 그러고는 잠자코 있으라고 으름장을 놓으며 협박했다.

진술이 계속될수록 처음엔 피고인에게 다소 호의적이던 법정 분위기가 이제 그에게 아주 불리한 쪽으로 바뀌었다. 그는 자신의 운명이 결정 났다는 듯 고개를 푹 숙이고 침울한 모습으로 앉아 있었다.

그러나 검찰 측 변호사가 로메인의 악의에 찬 진술을 억누르려고 애쓰는 모습은 주목할 만한 것이었다. 그는 증인이 좀 더 공정한 태도를 취하기를 바랐다.

피고 측 변호인이 위엄 있게 무게를 잡고 자리에서 일어났다.

그는 로메인의 이야기가 처음부터 끝까지 악의적으로 꾸며 낸 것이며, 문제의 그 시간에 집에 있지도 않았고, 다른 남자와 정을 통하고 있었기 때문에 일부러 볼에게 짓지도 않은 죄를 뒤집어씌워 죽음으로 몰고 있는 것이라고 반박했다.

로메인은 당당하고 오만한 태도로 이런 주장을 모두 일축했다. 그때 놀랄 만한 반전이 나타났다. 편지가 제출된 것이다. 법정의 숨 막힐 듯한 정적 속에서 그것이 큰 소리로 낭독되었다.

사랑하는 맥스, 운명의 여신이 우리의 손에 그를 넘겨줬어요! 그는 살인죄로, 네, 노부인을 살해한 죄로 체포됐어요! 파리 하나 죽이지 못하는 레너드가요! 드디어 나는 복수할 기회를 갖게 됐어요. 한심스러운 인간! 나는 그날 밤 그가 피를 묻히고 돌아왔다고 말하겠어요. 내게 다 털어놨다고. 나는 그를 교수형 당하게 만들 거예요, 맥스. 그가 처형될 때 자신을 죽음으로 내몬 장본인이 이 로메인이라는 걸 알게 되겠죠. 그러고 나면 행복이 시작되는 거예요, 내 사랑! 드디어 행복이 시작되는 거예요!

편지의 필적이 로메인 하이거의 것임을 증언하기 위해 전문가들이 대기하고 있었지만 그들은 증언할 필요도 없었다. 편지를 들이대자 로메인은 그대로 무너져서 모든 사실을 자백했다. 레너드 볼은 그가 말한 대로 9시 20분에 집에 돌아왔다. 그녀는 볼을 파멸시킬 목적으로 모든 진술을 날조했던 것이다.

로메인 하이거가 맥없이 무너지자 검사의 논거 역시 무너졌다. 찰스 경은 증인을 몇 사람 더 불렀다. 피고인도 증인석에서 남자다운 솔직한 태도로 진술을 하였고 반대 심문에도 동요하지 않았다.

검찰 측은 대세를 만회하려고 했지만 성공하지 못했다. 판사의 사건 요약은 피고인에게 전적으로 호의적이지는 않았지만, 이미 형세가 뒤집힌지라 배심원들이 평결을 내리는 데는 그리 시간이 걸리지 않았다.

"우리는 피고인을 무죄로 평결합니다."

레너드 볼은 자유의 몸이 되었다!

자그마한 몸집의 메이헌 씨는 서둘러 자리를 떠났다. 그는 의뢰인에게 축하 인사를 해야 했다.

그는 어느새 코안경을 열심히 닦고 있는 자신을 깨닫고는 얼른 멈췄다. 바로 어젯밤에 아내는 그게 그의 버릇이 되었다는 얘기를 했다. 버릇이란 기묘한 것이다. 사람들은 자신이 무슨 버릇을 갖고 있는지조차 알지 못한다.

흥미 있는 사건이었다, 대단히 흥미 있는 사건. 그리고 저 여자 로메인 하이거도.

그는 그 이국적인 외모의 로메인 하이거 때문에 여전히 그 사건에 얽매여 있었다. 패딩턴의 집에서는 가냘프고 조용한 여인으로만 보였는데, 법정에 선 그녀의 모습은 수수한 배경과 대조적으로 불꽃처럼 환히 빛났다. 그녀는 열대의 꽃처럼 자신을 과시했던 것이다.

눈을 감아도 이제 그는 그녀의 모습을 떠올릴 수 있었다. 큰 키에 열정적인 태도, 그리고 우아하게 몸을 앞으로 조금 구부리고 무의식적으로 계속 오른손을 쥐었다 폈다 하는 모습을. 버릇이란 기묘한 것이다. 손을 그렇게 움직이는 것은 그녀의 습관이겠지. 그런데 그는 아주 최근에 누군가 그렇게 행동하는 것을 본 적이 있었다. 그런데 그게 누구였지? 아주 최근이었는데…….

생각이 떠올랐을 때, 그는 헉 하고 숨을 삼켰다. 쇼 하숙집의 그 여자……. 그는 현기증을 느끼며 가만히 서 있었다. 불가능하다. 불가능한 일이었다. 하지만 로메인 하이거는 배우가 아닌가.

왕실 변호사가 뒤에 다가와서 어깨를 치며 말했다.

"우리 의뢰인한테 벌써 축하 인사를 했나? 구사일생으로 살아났어. 자, 함께 가서 만나 보세."

하지만 변호사는 상대의 손을 뿌리쳤다.

그는 단 한 가지, 로메인 하이거와의 맞대면만을 원했다.

얼마간 시간이 지난 뒤에야 그는 로메인을 만날 수 있었다. 그들이 만난 장소는 중요하지 않다.

변호사가 자신의 생각을 모두 얘기하자 그녀는 이렇게 말했다.

"역시 알아내셨군요. 얼굴요? 아, 그건 아주 간단해요. 가스등의 불빛이 밝지 않아서 분장이라는 걸 알아볼 수도 없었고요."

"하지만 왜, 왜……?"

"왜 저 혼자 승부했냐고요?"

그녀는 그 말을 했던 때를 떠올리며 살짝 미소 지었다.

"아주 완벽한 희극이었습니다!"

"변호사님, 저는 남편을 구해야 했어요. 하지만 남편을 사랑하는 아내의 증언만으로는 충분치 않았을 거예요. 직접 그렇게 말씀하셨잖아요. 그런데 전 군중 심리에 대해 좀 알거든요. 제가 한 증언이 위증이라는 걸 인정해서 법률상으로 아주 불리한 위치에 서게 되면 당장 피고인에게 유리한 쪽으로 대세가 굳어지게 되는 거죠."

"그럼 그 편지 다발은?"

"단 1장만, 결정적인 편지 1장만 있으면, 그걸 뭐라고 하죠, 혹시 조작극처럼 보일 수도 있을 것 같아서 그렇게 했답니다."

"그럼 그 맥스라는 남자는?"

"존재하지 않는 사람이에요, 변호사님."

"저는 우리가…… 에에……. 정상적인 항소 절차를 통해서도 남편분을 구할 수 있었을 거라고 여전히 생각하고 있습니다만."

메이헌 씨는 기분이 상한 듯한 태도로 말했다.

"저는 위험을 감수할 용기가 없었어요. 잘 아시다시피, 선생님은 남편이 무죄라고 생각하셨잖아요."

"그럼 당신은 알고 있었군요? 그렇군요."

"메이헌 씨, 전혀 이해를 못 하시는군요. 저는 알고 있었어요……. 남편이 유죄라는 것을!"

푸른색 항아리의 비밀

I

 잭 하팅턴은 골프공의 위쪽을 쳐서 날려 보낸 드라이브 샷을 불만스런 눈길로 바라보았다. 공 옆에 서서 그는 티(공을 올려놓는 자리 — 옮긴이)를 돌아보고 거리를 가늠해 보았다. 그의 얼굴에는 자조의 빛이 역력히 드러났다. 그는 한숨을 쉬며 아이언 채를 꺼내서, 가차 없이 두어 번 휘둘러 민들레 한 포기와 잔디 한 덩이를 뿌리째 뽑아내고는 본격적으로 공을 칠 준비를 했다.
 스물넷의 나이에 골프의 핸디를 줄이는 것이 인생의 포부인 사람이 어쩔 수 없이 생계비를 버는 문제에 시간과 관심을 쏟아야 한다는 것은 분명 괴로운 일일 것이다. 잭은 일주일 중 닷새하고 반나절은 마호가니 관 같은 도심의 사무실에 갇혀 지냈다. 그러나 토요일 오후와 일요일에는 인생의 진정한 관심사에 경건히 전념했다. 게다가 그는 스토턴 히스 골프장 근처의 작은 호텔에 묵으면서 매일 아침 6시에 일어났고, 도심으로 들어가는 8시 46분발 기차를 타기 전에 1시간씩 연습을 할 정도로 열심이었다.

이런 방식에 유일한 결점이 있다면, 그는 그렇게 이른 시간에는 공이 영 제대로 날아가지 않는 체질이었다는 것이었다. 드라이브 샷은 매번 실수 연발이었고, 아이언 샷 또한 제대로 치지 못했다. 그가 5번 아이언으로 친 공이 지면을 따라 비스듬하게 굴러갔다. 그린에 올라가서도 퍼팅을 최소한 4번씩은 해야 할 판이었다.

잭은 한숨을 내뱉은 후 아이언을 단단히 잡고서 다음과 같은 주문을 되뇌었다. '왼팔을 똑바로 편다. 고개를 들지 않는다.'

그는 백스윙을 했다. 그런데 그 순간 여름 아침의 고요를 깨트리며 울려 퍼진 날카로운 비명 소리에 그는 돌이 된 것처럼 그대로 얼어붙고 말았다.

"사람 살려, 도와주세요! 사람 살려!"

그 목소리는 이렇게 소리치고 있었다.

여자 목소리였는데 끝에 가서는 숨넘어가는 것 같은 소리가 나면서 사라졌다.

잭은 골프채를 내던지고 소리가 나는 방향으로 달려갔다. 어딘가 상당히 가까운 곳에서 나는 소리였다. 전체 코스 중에서도 이 부근은 인적이 드문 외진 곳으로, 주위에 집도 몇 채 없었다. 아니, 정확히는 고풍스러운 우아한 분위기 때문에 종종 잭이 시선을 멈추곤 했던 그림 같이 아름다운 작은 집 한 채뿐이었다. 그는 그 집을 향해 달려갔다. 그가 있는 곳에서는 관목으로 뒤덮인 비탈에 집이 가려져 있었다. 곧 그는 달리기를 시작한 지 1분도 되지 않아 작은 빗장이 달린 그 집 대문에 손을 짚고 서 있었다.

정원에 한 아가씨가 서 있는 모습을 보고서 순간 잭은 도와 달라고 소리친 게 그녀일 거라고 추측했다. 하지만 그는 곧 생각을 바꿨다.

손에 잡초가 반쯤 담긴 작은 바구니를 들고 있는 것으로 보아 그녀는 팬지 꽃밭의 잡초를 뽑다가 막 일어선 것이 분명했기 때문이다. 눈은 벨벳같이 부드럽고 짙었으며 파랑기보다는 보랏빛으로, 꼭 팬지꽃을 연상시켰다. 선명한 보라색 린넨 드레스를 입고 있어서 더더욱 팬지꽃처럼 보였다.

아가씨는 성가심과 놀라움이 섞인 표정으로 잭을 바라보았다.

"실례지만 당신이 방금 전에 비명을 질렀나요?"

"내가요? 아니요."

그녀의 놀라는 표정이 너무나 꾸밈없어서 잭은 당혹스러웠다. 약간 이국적인 억양이 담긴 목소리는 아주 부드럽고 듣기 좋았다.

"하지만 소리를 듣기는 했겠지요. 바로 이 근처 어딘가에서 소리가 났으니까요."

그는 큰 소리로 말했다. 그녀는 그를 빤히 쳐다봤다.

"난 아무 소리도 못 들었어요."

이번에는 잭이 그녀를 빤히 쳐다봤다. 도와 달라고 외치던 그 필사적인 소리를 듣지 못했다니 믿기지 않는 일이었다. 하지만 태도가 너무나 태연해서 거짓말을 하고 있다고는 생각할 수 없었다.

"그 소리는 이 근처에서 났어요."

그의 주장에 그녀는 이제 의혹의 눈으로 그를 쳐다보았다.

"뭐라고 소리쳤는데요?"

"사람 살려, 도와주세요! 사람 살려!"

아가씨가 되풀이해서 말했다.

"사람 살려, 도와주세요! 사람 살려! 누군가 당신에게 장난을 쳤나 보네요, 무슈. 이런 데서 누가 살해당하겠어요?"

잭은 당혹스러워하며 정원 길에 시체라도 숨겨져 있는지 찾으려는 듯 주변을 둘러보았다. 그는 자신이 들은 소리는 진짜이며 기분 탓이 아니라고 여전히 굳게 믿고 있었다. 그는 그 집의 창문들을 쳐다보았다. 모든 것이 더할 나위 없이 평온해 보였다.

"우리 집을 수색하고 싶으세요?"

아가씨가 비꼬듯이 물었다. 그녀가 너무 의심스럽다는 태도를 보여서 잭의 당혹감은 더욱 커져 갔다. 그는 얼굴을 다른 쪽으로 돌리며 말했다.

"미안합니다. 틀림없이 숲 위쪽에서 난 소리였을 겁니다."

그는 모자를 들어 올려 보이고 돌아섰다. 어깨 너머로 힐긋 돌아보니 그 아가씨는 다시 조용히 잡초를 뽑고 있었다.

한동안 그는 숲속을 뒤져 보았지만 수상한 일이 일어난 흔적은 없었다. 하지만 비명 소리를 들었다는 믿음에는 변함이 없었다. 결국 그는 수색을 포기하고 허둥지둥 호텔로 돌아와서 급히 식사를 하고는 평소처럼 가까스로 8시 46분 기차에 올랐다. 자리에 앉고 나서야 그는 양심의 가책을 좀 느꼈다. 비명 소리를 들었을 때 바로 경찰에 알려야 하지 않았을까? 그렇게 하지 않은 건 오로지 팬지꽃 아가씨의 불신 때문이었다. 그녀가 색이 허풍을 떤다고 믿었던 것처럼, 어쩌면 경찰도 그렇게 생각할지 모른다. 그는 정말로 확실히 비명 소리를 들었던 것일까?

이제 그도 처음만큼 확신이 들지 않았다. 지나간 과거의 사건을 떠올릴 때 흔히 있는 일이었다. 멀리서 들린 새 소리를 여자 목소리라고 잘못 생각한 걸까?

하지만 그렇게 생각하는 건 마음에 차지 않아서 인정할 수 없었다. 그것은 여자의 목소리였고, 그는 분명 그 소리를 들었다. 그는 비명 소리가 나기 직전에 시계를 보았던 생각이 났다. 그가 비명 소리를 들은 건 7시 25분경이 틀림없었다. 만약에, 만약에 뭔가 발견된다면 그것은 경찰에게 유용한 정보가 될 것이다.

그날 저녁 집으로 돌아가서 그는 범죄가 일어났다는 기사가 실려 있지 않는지 마음을 졸이며 저녁 신문을 꼼꼼히 살펴보았다. 그러나 그런 기사는 없었다. 그는 안심해야 할지 실망해야 할지 판단이 서지 않았다.

다음 날 아침에는 비가 내렸는데 아주 열성적인 골퍼조차도 열의가 꺾일 정도로 억수같이 쏟아졌다. 잭은 최대한 꾸물거리다 일어나서 아침을 부리나케 먹은 뒤 기차로 달려가 올라타고는 다시 신문을 열심히 살폈다. 여전히 어떤 끔찍한 사건이 발견됐다는 기사는 없었다. 그날 저녁 신문도 마찬가지였다.

"기묘한 일이긴 하지만 어쩔 수 없지. 십중팔구 개구쟁이 녀석들이 숲속에서 함께 장난을 친 걸 거야."

잭은 혼잣말로 중얼댔다.

다음 날 아침에 그는 일찍 골프장에 나갔다. 그 집을 지날 때 잭은 그 아가씨가 정원에서 또 잡초를 뽑고 있는 모습을 곁눈질해 보았다. 아마 습관인 모양이었다. 그는 자신이 대단히 멋진 어프로치 샷을 날렸을 때, 그녀가 그 모습을 보았길 바랐다. 다음 티 위에 공을 올려놓으면서 그는 시계를 흘긋 보고는 중얼거렸다.

"정각 7시 25분이군. 혹시……."

그 말이 그의 입에서 얼어붙고 말았다. 전날 그를 몹시 놀라게 했던 그 비명 소리가 뒤쪽에서 났던 것이다. 끔찍한 상황에서 다급하게 외치는 여자의 비명 소리였다.

"사람 살려, 도와주세요! 사람 살려!"

잭은 쏜살같이 달려갔다. 팬지꽃 아가씨는 대문 옆에 서 있었다. 그녀가 깜짝 놀란 얼굴이라 잭은 달려가서 의기양양하게 소리쳤다.

"이번에는 당신도 들었지요."

동그랗게 뜬 그녀의 눈에는 짐작할 수 없는 어떤 감정이 드러나 있었다. 그는 자신이 다가가자 여차하면 달아나려는 것처럼 그녀가 집 쪽을 흘긋거리며 뒷걸음질 치는 것을 알아챘다.

그녀는 고개를 가로젓고 나서 그를 빤히 바라보았다.

"난 아무 소리도 듣지 못했어요."

그녀는 의아한 듯 말했다. 그녀의 말은 마치 양미간에 일격을 가하는 것 같은 충격을 주었다. 태도가 너무나 정직해 보여서 의심할 수도 없었다. 하지만 내가 상상을 했을 리는 없어. 그럴 수는 없어, 그럴 수는 없지…….

잭은 그녀가 다정하고, 거의 동정심까지 느껴지는 목소리로 이야기하는 소리를 들었다.

"당신은 셀 쇼크(군인들이 겪는 PTSD를 이르던 옛말 — 옮긴이)를 앓고 있군요, 그렇죠?"

문득 그녀가 두려운 표정으로 집 쪽을 흘긋거리던 행동이 이해가 됐다. 그녀는 그가 망상에 빠져 있다고 생각한 것이다…….

그리고 찬물 벼락을 맞은 것처럼 소름 끼치는 생각이 떠올랐다. 그녀가 옳은 걸까? 내가 망상에 시달리고 있는 걸까? 그런 끔찍한 생각에 사로잡힌 채 그는 한마디도 하지 않고 그대로 돌아서 비틀거리며 걸어갔다. 아가씨는 그런 그의 뒷모습을 지켜보다가 한숨을 쉬며 고개를 절레절레 흔들고는 다시 허리를 굽히고 풀을 뽑기 시작했다.

잭은 스스로 그 문제의 이유를 밝혀 보려고 했다. 그는 혼잣말을 중얼댔다.

"7시 25분에 그 이상한 비명 소리를 다시 듣는다면 내가 환각 같은 것에 빠져 있는 게 분명해. 하지만 다시는 듣지 못할 거야."

그는 그날 하루를 불안하게 보내고 나서 다음 날 아침 그것을 시험해 보리라 결심하고 일찍 잠자리에 들었다.

이런 경우에는 흔히 그렇듯이 그는 밤새 잠을 이루지 못하다가 결국 늦잠을 자고 말았다. 그가 호텔을 나와서 골프장으로 달려간 것이 7시 20분이었다. 7시 25분까지 그 운명의 장소에 닿을 수 없다는 건 알지만, 만약에 그 비명 소리가 단순히 환각일 뿐이라면 틀림없이 그는 어디서든 그 소리를 들을 수 있을 것이다. 그는 시계에 눈을 고정한 채 계속 달렸다.

25분이 됐다. 멀리서 여자의 비명 소리가 울려 퍼졌다. 무슨 말인지 알아들을 수는 없었지만 그가 전에 들었던 것과 같은 비명 소리라고 확신했다. 그 소리는 그 작은 집 근처의 같은 지점에서 나고 있었다.

이상하게도 그 사실에 안심이 됐다. 결국 짓궂은 장난이었을지도 모른다. 보이는 것과 달리 그 아가씨가 장난을 친 것일 수도 있다. 그는 어깨에 힘을 주고 골프 가방에서 골프채를 하나 꺼냈다. 두세 홀을 돌다보니 그 집에 이르렀다.

그 아가씨는 평소대로 정원에 있었다. 오늘 아침따라 그녀가 고개를 들고 쳐다보았고, 그가 모자를 들어 올려 보이자 그녀는 좀 수줍어하며 아침 인사까지 건넸다……. 평소보다 그녀가 더 아름다워 보이는 것 같았다.

"좋은 날씨 아닙니까?"

잭은 진부한 말밖에 하지 못하는 자신을 원망하면서 쾌활하게 소리쳤다.

"네, 그러네요. 아주 좋은 날이에요."

"정원의 화초에게도 좋은 날이겠지요."

그녀가 살짝 미소를 짓자 매력적인 보조개가 쏙 들어갔다.

"아, 아니에요! 제 꽃들에게는 비가 필요한걸요. 보세요, 모두 바싹 말랐잖아요."

잭은 그녀의 손짓에 응하여 골프장과 정원을 나누는 낮은 울타리로 다가가서 그 너머로 뜰 안을 보았다.

"괜찮은 것처럼 보이는데요."

그녀의 동정 어린 눈길이 자신을 훑어보는 것을 의식하며 그는 어색하게 말했다.

"햇빛은 좋은 거잖아요? 꽃한테야 언제라도 물을 주면 그만이죠. 하지만 태양은 힘을 주고 건강을 회복시켜 주지요. 무슈도 오늘은 훨씬 기분이 좋아 보이네요."

그녀의 격려하는 듯한 말투가 잭은 몹시 불쾌하게 느껴졌다.

"제기랄! 암시로 날 치료하려는 것 같군."

그는 혼잣말을 한 후 말했다.

"예, 아주 좋습니다."

"그렇다면 다행이고요."

그녀는 위로하는 듯한 목소리로 재빨리 말했다.

잭은 그녀가 자신을 믿지 않는 것에 화가 났다.

그는 몇 홀을 더 돌고서 아침 식사를 하러 호텔로 부리나케 돌아갔다. 식사를 하다가 그는 비로소 옆 탁자에 앉은 남자가 자신을 유심히 보고 있다는 것을 깨달았다. 매우 강한 인상의 중년 남자였다.

작고 검은 턱수염과 꿰뚫는 듯한 회색 눈동자, 여유 있고 자신감 넘치는 태도는 그가 전문가 중에서도 상위에 속한다는 것을 나타냈다. 잭은 그의 이름이 라빙턴인 것을 알고 있었고, 유명한 전문의라는 소문을 얼핏 들은 적도 있었다. 하지만 잭은 할리가에 자주 드나드는 사람이 아니었기 때문에 이름 이상의 의미를 갖지는 못했다.

그러나 오늘 아침에는 자신이 조용히 관찰당하고 있다는 것을 의식하고서 좀 무서운 생각이 들었다. 누구나 눈치챌 정도로 자신의 비밀이 얼굴에 다 드러난 걸까? 이 남자는 직업의식 때문에 자신의 감춰진 회백질에 뭔가 문제가 있다는 것을 아는 걸까?

그런 생각을 하고 있으려니 잭은 몸이 벌벌 떨렸다. 그것이 사실일까? 내가 정말 정신이 이상해진 건가? 모든 것이 환각일까, 아니면 터무니없는 장난일까?

불현듯 아주 간단한 해결 방법이 머리에 떠올랐다. 지금까지는 그가 혼자서 라운딩을 했다. 만약에 누군가 다른 사람이 그와 함께 있다면? 그럼 세 가지 중 한 가지 일이 일어날 것이다. 비명 소리가 들리지 않는다, 그들 둘 다 소리를 듣는다, 아니면 그 혼자만 소리를 듣는다.

그날 저녁 그는 자신의 계획을 실행하는 일에 착수했다. 그가 점찍은 대상은 라빙턴이었다. 그들은 아주 쉽게 대화를 시작했다. 나이가 지긋한 남자는 그런 기회를 기다리고 있었을지도 모른다. 그 어떤 이유로 그가 잭에게 관심을 갖고 있는 것은 분명했다. 남자는 아침 식사 전에 함께 몇 홀을 돌자는 제안을 선선히 받아들였다. 약속은 다음 날 아침으로 정해졌다.

그들은 7시 조금 전에 출발했다. 바람도 잔잔하고 구름 하나 없는 데다 너무 덥지도 않아서 라운딩하기에 더할 나위 없이 좋은 날이었다. 의사는 플레이가 잘 풀렸지만 잭은 형편없었다. 온통 디가올 중대한 운명의 기로에만 집중하고 있는 탓이었다. 그는 시계를 몰래 흘끔거렸다. 그들은 7시 20분경에 7번 홀 티 박스에 도착했는데, 그것과 홀 사이에 그 작은 집이 위치해 있었다.

그 아가씨는 평소처럼 정원에 있었지만 그들이 지나갈 때 고개도 들지 않았다.

2개의 공이 그린에 놓여 있었다. 잭의 것은 홀 가까이에 있었고, 의사의 것은 조금 멀리 떨어져 있었다.

"이건 넣을 수 있습니다. 틀림없이 성공할 거예요."

라빙턴이 말했다. 그는 거리를 가늠하고서 상체를 숙였다. 경직된 채 서 있는 잭은 시계에서 시선을 떼지 못했다. 정각 7시 25분이었다.

공이 그린을 빠르게 굴러가서 홀 가장자리에 잠시 멈춰 섰다가 홀로 빨려 들어갔다.

"훌륭한 퍼팅입니다."

잭이 말했다. 자신의 목소리 같지 않게 갈라진 소리가 났다······. 그는 크게 안도의 한숨을 내쉬며 손목시계를 팔목 위로 끌어올렸다. 아무 일도 일어나지 않았다. 주문이 풀린 것이다.

"괜찮다면 좀 기다려 주시겠습니까? 파이프를 좀 피웠으면 해서요."

그가 말했다. 그들은 8번 홀 티에 잠시 멈췄다. 잭은 자신도 모르게 좀 떨리는 손가락으로 파이프를 채우고 불을 붙였다. 마음을 짓누르던 무거운 짐을 내려놓은 듯한 느낌이었다. 그는 아주 만족스런 얼굴로 앞에 펼쳐진 경치를 응시하면서 말했다.

"오, 날씨 한번 끝내주는군요! 계속하시죠, 라빙턴 씨. 힘껏 휘둘러 보세요."

그때 그 소리가 났다. 의사가 막 공을 치려는 순간이었다. 몹시 괴로워하며 날카롭게 소리치는 여자의 비명 소리였다.

"사람 살려, 도와주세요! 사람 살려!"

힘이 빠진 잭의 손에서 파이프가 스르르 떨어지면서 그는 소리 나는 방향으로 몸을 홱 돌렸다. 그러다가 문득 생각난 듯 마음을 죄며 동행을 쳐다보았다.

라빙턴은 눈 위에 손그늘을 만들고 코스를 내려다보고 있었다.

"좀 짧은데. 하지만 벙커는 잘 피했어."

그는 아무 소리도 듣지 못했던 것이다.

온 세상이 빙글빙글 돌아가는 것 같았다. 잭은 심하게 비틀거리며 한두 걸음을 옮겼다. 정신이 들었을 때에는 그는 짧은 잔디 위에 누워 있었고 라빙턴이 그를 내려다보고 있었다.

"이봐요, 이제 안심해요. 안심해도 됩니다."

"제가 어떻게 된 겁니까?"

"기절을 했어요. 그렇지 않으면 아주 멋지게 샷을 날렸을 텐데."

"맙소사!"

잭은 신음했다.

"무슨 문제가 있나요? 뭐 마음에 걸리는 거라도 있는 겁니까?"

"곧 얘기해 드리지요. 그런데 그 전에 묻고 싶은 게 있습니다."

의사는 파이프에 불을 붙이고 비탈에 앉더니 기분 좋게 말했다.

"뭐든 물어봐요."

"선생님은 지난 이틀 동안 쭈욱 절 지켜보고 있으셨지요. 왜 그러셨습니까?"

라빙턴의 눈이 잠시 번득였다.

"좀 당혹스런 질문이군요. 보는 것은 자유 아닌가요."

"회피하지 마세요. 전 진지합니다. 왜 그러셨나요? 이렇게 묻는 건 지극히 중대한 이유가 있어서입니다."

라빙턴의 표정이 심각해졌다.

"솔직하게 말하지요. 나는 격심한 긴장감으로 고통을 겪는 사람의 모든 징후를 당신한테서 보았습니다. 그래서 그런 긴장감이 어떤 것일까 흥미를 갖게 된 겁니다."

"아주 간단해요. 전 미쳐 가고 있어요."

잭은 씁쓸한 얼굴로 말했다. 그는 연극적으로 말을 끊었지만, 그의 말은 기대했던 관심과 걱정을 불러일으키지 못했다. 그래서 그는 다시 말했다.

"정말로 미쳐 가고 있어요."

"아주 흥미롭군요. 정말 아주 흥미로워요."

라빙턴은 나직하게 말했다.

잭은 화가 났다.

"당신한테야 그렇게 생각되겠죠. 의사들이란 지독히도 냉담한 인간들이라니까."

"이보시오, 젊은이, 말을 너무 막 하는군요. 우선 내가 학위를 가지고는 있지만, 나는 의사가 직업이 아닙니다. 엄격히 말하자면 나는 의사가 아니에요. 그러니까 육체를 치료하는 의사가 아니란 말이지요."

잭은 날카로운 눈길로 그를 쳐다보았다.

"그럼 정신 쪽입니까?"

"어떤 의미에서는 그렇지만, 더 정확하게 말하자면 나는 자칭 영혼을 치료하는 의사랍니다."

"아아!"

"당신 말투에서 경멸이 느껴지는군요. 하지만 육체에서 분리될 수 있고, 또 독자적으로 존재할 수 있는 활동적인 원동력을 나타내는 것에 어떤 단어를 사용하지 않으면 안 되잖습니까. 그래서 알다시피 영혼이라는 말로 타협을 하게 된 겁니다. 그건 단지 성직자들이 만들어 낸 종교적 용어가 아니에요. 하지만 정신이나 잠재의식적 자아, 아니면 당신이 원하는 어떤 용어로 바꿔 불러도 상관없습니다. 좀 전에 당신이 내 말투에 화를 냈지만, 나는 당신처럼 그렇게 상식 있고 지극히 정상적인 청년이 자신이 미쳐 가고 있다는 망상을 겪고 있어서 정말로 몹시 흥미를 느낀 겁니다."

"저는 정말 제정신이 아닙니다. 완전히 돌았어요."

"이렇게 말하면 실례겠지만, 나는 믿을 수가 없군요."

"저는 망상에 시달리고 있습니다."

"저녁 식사 후에요?"

"아니, 아침에요."

"그럴 리가 없는데."

의사는 이렇게 말하고서 꺼져 가는 파이프에 다시 불을 붙였다.

"아무에게도 들리지 않는 소리가 제게는 들린단 말입니다."

"1000명에 1명은 목성의 위성을 볼 수 있어요. 다른 999명이 그것을 볼 수 없다고 해서 목성에 위성이 있다는 사실을 의심할 이유가 없고, 또 위성을 볼 수 있는 1명을 미치광이라고 부를 이유도 없는 건 분명하잖습니까."

"목성에 위성이 있다는 건 과학적으로 증명된 사실입니다."

"오늘의 망상이 내일의 과학적 사실로 증명될 수 있는 겁니다."

라빙턴의 사무적인 태도는 부지중에 잭에게 영향을 미쳤다. 그는 이루 말할 수 없이 위안을 받고 기운을 얻었다. 의사는 잠시 동안 그를 주의 깊게 쳐다보다가 고개를 끄덕이며 말했다.

"좀 나아진 것 같군요. 당신 같은 젊은이들의 문제는 자신들의 철학 외에는 아무것도 존재하지 않는다는 절대적인 확신을 갖고 있어서 그 견해를 흔드는 일이 일어나게 되면 겁을 집어 먹게 된다는 겁니다. 일단 당신이 미쳐 가고 있다고 생각하는 근거를 들어 보고 나서 당신을 감금해야 할지 말아야 할지를 결정하도록 하죠."

잭은 일련의 일들을 가능한 정확하게 이야기했다.

"하지만 제가 이해할 수 없는 건 어째서 오늘 아침에는 5분 늦은 7시 30분에 비명 소리가 났는가 하는 겁니다."

그는 이렇게 이야기를 끝맺었다.

라빙턴은 잠시 생각에 잠겼다. 그러더니 이렇게 물었다.

"당신 시계는 지금 몇 시인가요?"

"7시 45분입니다만."

잭은 시계를 보면서 대답했다.

"그럼 대답은 간단하군요. 내 시계는 지금 7시 40분이에요. 당신 시계가 5분 빠른 겁니다. 그 사실은 내겐 상당히 흥미롭고 중대한 점입니다. 사실 매우 귀중한 것이지요."

"어떤 점에서요?"

잭은 흥미를 갖기 시작했다.

"자, 알기 쉽게 설명하자면 첫날 아침에 당신은 비명 소리를 들었어요. 그건 장난이었을 수도 있고 아니었을 수도 있지요. 그다음 아침마다 당신은 정확히 같은 시간에 그 소리를 들을 거라고 자신에게 암시를 한 겁니다."

"전 틀림없이 그렇게 하지 않았습니다."

"물론 의식적으로는 아니지요. 하지만 알다시피 잠재의식은 재미있는 장난을 치기도 하는 법입니다. 하지만 어쨌든 그 설명을 신뢰할 수는 없겠죠. 만약 그것이 암시의 경우라면 당신 시계가 7시 25분을 가리켰을 때 그 비명 소리를 들었어야 했고, 그리고 시간이 지났다고 생각했을 때에는 절대 듣지 못했어야 했습니다."

"그러면?"

"그러면 분명하지 않나요? 이 도움을 요청하는 비명 소리는 정확히 같은 장소와 같은 시간에 나타납니다. 장소는 그 작은 집 부근이고 시간은 7시 25분에 말입니다."

"예, 하지만 왜 제가 그 소리를 듣는 거죠? 전 유령 따윈 믿지 않는데요. 영이 영매를 톡톡 두드려 교신을 한다느니 어쩌니 하는 것도요. 그런 제가 왜 전혀 관계없는 비명 소리를 들어야 하는 걸까요?"

"아! 지금으로서는 알 수 없어요. 기묘한 일이지만 최고의 영매 대다수가 지독한 회의론자에서 나온답니다. 초자연적인 현상에 흥미를 갖는 사람들이 꼭 그것을 경험하는 건 아니에요. 어떤 사람들은 다른 사람들이 보지도 듣지도 못하는 것을 보고 들을 수 있습니다. 이유가 무엇인지는 알 수 없지만요. 십중팔구 그들은 그것을 보거나 듣고 싶어 하지 않고, 바로 당신처럼 자신들이 망상에 시달리고 있다고 굳게 믿지요. 그것은 마치 전류와 같아요. 어떤 물질은 양도체이고, 또 어떤 물질은 부도체예요. 하지만 우리는 오랫동안 그 이유를 알지 못한 채 그저 그 사실을 받아들이는 것으로 만족해야 했지요. 하지만 오늘날에는 우리는 그 이유를 확실히 알고 있습니다. 필시 언젠가 나나 그 아가씨가 듣지 못하는 것을 당신이 듣는 이유를 알게 될 겁니다. 알다시피 만물은 자연의 법칙에 지배를 받지 않습니까. 실제로 초자연적 현상 같은 건 존재하지 않아요. 이른바 심령 현상을 지배하는 법칙을 밝히는 건 만만치 않은 일일 겁니다. 그러므로 사소한 현상도 다 가치가 있을 거예요."

"그러면 전 어떻게 해야 합니까?"

라빙턴은 껄껄 웃었다.

"실제적인 사람이로군요. 당신은 아침 식사를 맛있게 한 뒤, 이해할 수 없는 문제에 대해 더 이상 걱정하지 말고 일하러 가면 됩니다. 나는 어슬렁거리면서 그 작은 집에 관한 것을 조사해 볼 테니. 내 장담하건대 그곳이 이 수수께끼의 중심일 겁니다."

잭이 일어섰다.

"알겠습니다, 그렇게 하도록 하죠. 하지만 저……."

"예?"

잭은 어색한 듯 얼굴을 붉히고는 웅얼거리듯 말했다.

"그 아가씨는 틀림없이 아무 상관없을 겁니다."

라빙턴은 재미있다는 표정을 짓고 대꾸했다.

"설마 그 아가씨가 미인이라는 말은 아니겠지요! 자, 기운을 내요. 내 생각에는 그 아가씨가 그곳에 살기 이전부터 그 미스터리가 시작된 것 같으니."

그날 저녁 잭은 맹렬한 호기심을 안고 호텔에 도착했다. 이제 그는 맹목적으로 라빙턴을 신뢰하고 있었다. 의사가 그 문제를 자연스럽게 받아들이는 데다 실제적으로 침착하게 대처하는 모습에 잭은 감명을 받았던 것이다.

저녁 식사를 하러 내려갔을 때 그는 홀에서 자신을 기다리고 있는 의사를 발견했다. 그는 식탁에서 함께 식사를 하자고 제안했다.

"뭐 새로운 사실이라도 있나요?"

잭은 마음을 졸이며 물었다.

"헤더 코티지의 내력에 대해 만족스런 정보를 얻었답니다. 맨 처음에는 정원사 노부부가 세 들어 살았다더군요. 노인이 죽자 부인은 딸에게로 갔어요. 그리고 나서 건축업자가 집을 사들여 현대식으로 멋지게 수리해서 어느 도시 신사에게 팔았고, 그 신사는 주말에만 그곳을 사용했다는군요. 1년 전쯤에 그는 다시 터너라는 부부에게 팔았답니다. 내가 알아낸 바로는 그들은 좀 기묘한 부부였던 모양이에요. 남편은 영국인이고 부인은 러시아인의 피가 일부 흐른다고 알려졌는데 이국적인 아름다운 외모를 가진 여성이었나 봐요. 그들은 아주 조용히 살면서 아무와도 만나지 않았고 별장의 정원 밖으로도 거의 나오지 않았다는군요. 떠도는 소문에 따르면 그들 부부는 뭔가를 두려워했다지만 믿을 만한 얘기는 아닌 것 같아요.

그런데 어느 날 갑자기 그들은 아침 일찍 집을 비우고 떠나 버렸답니다. 그리고 다시는 돌아오지 않았다는군요. 이곳에 부동산 중개인이 터너 씨가 런던에서 보낸 편지를 받았다는데, 가능한 빨리 집을 팔아 달라는 내용이었답니다. 그렇게 해서 가구도 모두 헐값에 팔아 치우고 집도 몰레버러 씨에게 팔린 겁니다. 그는 단 2주 동안 그곳에 살고 나서 가구 딸린 셋집이 있다는 광고를 냈다고 하네요. 지금 살고 있는 사람들은 폐병을 앓고 있는 프랑스인 교수와 그의 딸입니다. 그곳에 이사 온 지 열흘밖에 되지 않았답니다."

잭은 말없이 그가 한 얘기를 곰곰이 생각했다. 이윽고 그가 입을 열었다.

"조금도 진전이 없는 것 같군요. 안 그런가요?"

"터너 부부에 대해서 좀 더 알아봐야겠어요. 말했듯이 그들은 이른 아침에 떠났습니다. 내가 알아본 바로는 그들이 떠나는 것을 실제로 본 사람은 아무도 없었죠. 그 이후로 터너 씨를 본 사람들은 있었지만, 터너 부인을 본 사람은 하나도 없었어요."

라빙턴은 차분하게 말했다.

잭의 얼굴은 잿빛이 되었다.

"그럴 리가……. 설마……."

"흥분하지 말아요, 젊은이. 누구든지 죽어 가는 순간에, 특히 변사의 경우 주변에 매우 강한 영향을 미칠 수 있는 법입니다. 생각건대 변사자의 주변 환경이 그런 영향을 흡수해서 적당한 수신자, 이 경우에는 당신이 나타나자 그것을 전달한 건지도 모릅니다."

"하지만 왜 그게 납니까? 뭔가 도움을 줄 수 있는 누군가가 아니고?"

잭은 반항조로 투덜거렸다.

"당신은 그 힘을 맹목적이고 기계적인 것으로 생각하지 않고 이성적이고 의도적인 것으로 간주하고 있군요. 나는 죽은 자의 영혼이 어떤 특정한 목적 때문에 한곳에 머무르면서 나타난다는 것을 믿지 않습니다. 하지만 어떤 일을 몇 번이고 경험해서 순전히 우연의 일치로만 생각할 수 없다면, 맹목적으로 정의를 찾는 것이라 할 수 있겠지요. 즉 맹목적인 힘이 은밀히 움직이면서 목적을 위해 끊임없이 영향을 미치고 있단 말입니다……."

그는 몸을 떨었다. 마치 자신을 사로잡고 있는 어떤 망상을 털어 버리려는 것 같았다. 그러고는 얼른 미소를 지으며 잭에게 시선을 돌렸다. 그가 제안했다.

"우리 이 문제는 잊어버립시다. 좌우간 오늘 밤만이라도 말이오."

잭은 즉시 동의했지만 머리에서 쉽사리 그 문제를 떨쳐 버릴 수 없었다.

주말 동안 그는 나름대로 적극적으로 조사에 매달렸으나 의사가 이미 알아낸 것을 확인하는 정도에 그쳤다. 그는 한정적으로 아침 식사 전에 치던 골프도 그만두었다.

그 이야기의 다음 연결고리는 예기치 않은 곳에서 나왔다. 어느 날 호텔로 돌아온 잭은 젊은 숙녀가 자신을 기다리고 있다는 전갈을 받았다. 놀랍게도 그가 마음속으로 늘 팬지꽃 아가씨라고 부른 정원의 그 아가씨였다. 그녀는 몹시 불안하고 혼란스런 기색이었다.

"이렇게 불쑥 찾아온 걸 용서해 주세요, 무슈? 하지만 말씀드릴 게 있어서요. 저……."

그러고는 망설이는 듯한 얼굴로 주위를 둘러보았다.

"이리로 오세요."

잭은 선뜻 이렇게 말하고는 온통 붉은색 플러시천으로 꾸며져 음울한 분위기를 내는, 호텔의 지금은 사용하지 않는 '여성 전용 응접실'로 그녀를 안내했다.

"자, 여기 앉으세요, 에, 에……."

"마르쇼에요, 무슈, 펠리스 마르쇼."

"마드모아젤 마르쇼, 앉아서 말씀해 보세요."

펠리스는 다소곳이 자리에 앉았다. 오늘 그녀는 암녹색 옷을 입고 있었는데, 여느 때보다 작은 얼굴의 도도한 아름다움과 매력이 더욱 돋보였다. 그녀 옆에 앉자 잭의 가슴은 마구 두방망이질을 쳤다.

펠리스는 방문 이유를 설명했다.

"사실 저희는 이곳에 이사 온 지 얼마 되지 않았지만 처음부터 그 집에, 저희의 아름다운 작은 집에 유령이 나온다는 얘기를 들어서 알고 있었어요. 그래서 하인들이 아무도 붙어 있지 않을 거라는 것도요. 하지만 그건 제게 그다지 문제가 되지 않아요. 집안일이나 요리 정도는 간단히 할 수 있으니까요."

'천사야. 멋진 여자라니까.'

얼이 빠진 채 그는 이렇게 생각했다.

하지만 겉으로는 사무적인 관심인 체만 했다.

"저는 이런 유령 얘기가 전부 어리석은 소리라고 생각했어요. 나흘 전까지만 해도요. 무슈, 저는 연속적으로 나흘 동안 똑같은 꿈을 꿨어요. 꿈에 어떤 부인이 나타나요. 키가 큰 금발의 미인인데 손에 푸른색 도자기 항아리를 들고 있어요. 그런데 괴로운, 몹시 괴로운 표정을 짓고서 계속 그 항아리를 내미는 거예요. 마치 제게 그것으로 뭔가를 해 달라고 간청하는 것처럼요. 하지만 아, 그녀는 말을 하지 않아서 그녀가 뭘 부탁하는 건지 전, 전 모르겠어요. 그게 처음 이틀 밤 동안 꾼 꿈이었는데, 그저께 밤의 꿈은 더 이상했어요. 그녀와 푸른 항아리가 사라지더니 갑자기 비명 소리가 들리는 게 아니겠어요. 그녀의 목소리라는 걸 알 수 있어요. 그런데 아, 무슈, 그녀가 한 말은 그날 아침에 당신이 제게 해 준 바로 그 말이었어요. '사람 살려, 도와주세요! 사람 살려!' 저는 깜짝 놀라서 눈을 떴어요. 그러고는 이건 악몽이라고, 내가 들은 말은 그저 우연일 뿐이라고 혼잣말을 중얼거렸죠. 하지만 어젯밤에 또 그 꿈을 꾼 거예요. 무슈, 이게 무슨 일일까요? 당신도 들었잖아요. 우리는 어떻게 해야 하죠?"

펠리스의 얼굴은 겁에 질려 있었다. 그녀는 작은 손을 맞잡고 애원하는 눈길로 잭을 응시했다. 그는 애써 태연을 가장했다.

"괜찮아요, 마드모아젤 마르쇼. 걱정하지 말아요. 괜찮다면 지금 내게 들려준 이야기를 여기 머물고 있는 라빙턴 박사라는 내 친구에게 다시 한번 말해 주었으면 좋겠군요."

펠리스가 쾌히 그러겠다고 말하자 잭은 라빙턴을 찾으러 나갔다. 잠시 뒤에 그는 라빙턴과 함께 돌아왔다.

라빙턴은 잭의 간단한 소개에 고개를 끄덕이면서 날카로운 눈길로 그녀를 유심히 살폈다. 그러고는 용기를 돋우는 몇 마디 말로 그녀를 안심시키더니 이번에는 자신이 그녀의 말에 귀를 기울였다.

"아주 흥미롭군요. 당신 아버지에게 이 얘기를 했나요?"

그녀가 이야기를 마치자 그는 이렇게 물었다.

펠리스는 고개를 설레설레 흔들었다. 그녀의 눈에 눈물이 가득 고였다.

"아버지를 걱정시켜 드리고 싶지 않았어요. 아버지는 아직 몸이 많이 안 좋으세요. 아버지가 흥분하시거나 동요하실 만한 일은 뭐든 알리지 않고 있어요."

라빙턴은 다정하게 말했다.

"이해합니다. 아무튼 저희를 찾아와 주셔서 기쁘군요, 마드모아젤 마르쇼. 아시다시피 여기 있는 잭도 당신과 비슷한 것을 경험했어요. 이제 우리가 단서를 충분히 얻었다고 말해도 될 것 같군요. 그밖에 생각나는 건 뭐 없습니까?"

펠리스는 재빠르게 반응했다.

"아 참! 어리석기도 하지. 그게 이 이야기의 핵심인데. 보세요, 무슈, 선반 뒤로 떨어져서 식기장 뒤쪽에 있던 걸 제가 발견한 거예요."

그녀는 수채화 물감으로 여인을 대충 스케치한 지저분한 도화지 한 장을 내밀었다. 서투른 그림이었지만 초상화로는 무난한 듯 보였다. 키가 큰 금발 여인이 그려져 있었는데, 그녀의 얼굴에는 어딘지 좀 영국인답지 않은 면이 있었다. 그녀는 푸른색 도자기 항아리가 놓여 있는 탁자 옆에 서 있었다.

"바로 오늘 아침에 찾았어요. 박사님, 제가 꿈에서 본 바로 그 여인의 얼굴이고, 또 푸른색 항아리도 똑같아요."

"놀랍군요. 저 푸른색 항아리가 수수께끼를 풀 열쇠가 분명합니다. 내가 보기에는 중국 항아리인 것 같은데, 필시 오래된 물건일 겁니다. 기묘한 양각 문양이 있는 것 같네요."

라빙턴이 의견을 말했다.

"중국 것이 맞습니다. 삼촌의 수집품 중에서 꼭 같은 것을 본 적이 있어요. 삼촌은 중국 도자기를 많이 수집하시는데, 바로 얼마 전에 이것과 똑같은 항아리를 본 기억이 있네요."

잭이 단언했다.

"중국 항아리라."

라빙턴은 생각에 잠기며 말했다. 잠시 동안 그렇게 생각에 빠져 있다가 갑자기 고개를 쳐들었을 때 그의 눈에서 기묘한 광채가 번득였다.

"잭, 당신 삼촌이 그 항아리를 갖고 계신 지 얼마나 됐지요?"

"얼마나 됐냐고요? 잘 모르겠는데요."

"생각해 봐요. 최근에 구입하신 건가요?"

"모르겠어요. 아, 예, 이제 생각해 보니 그런 것 같네요. 저는 도자기에 별로 관심은 없지만 삼촌이 '새로 구입한 것들'이라며 보여 주신 것 가운데 이게 들어 있었던 게 기억나요."

"두 달이 채 되기 전입니까? 터너 씨 부부가 헤더 코티지를 떠난 게 바로 두 달 전인데."

"네, 맞아요."

"그럼 당신 삼촌은 이따금 시골 경매에도 참석하시나요?"

"늘 자동차로 여기저기 경매를 돌아다니시죠."

"그러면 당신 삼촌이 터너 부부의 물품 경매에서 이 특별한 도자기를 구입하셨다고 생각해도 될 듯하군요. 잭, 이 항아리를 어디서 구입하셨는지 당신 삼촌한테 즉시 알아봐 주십시오."

잭의 표정이 어두워졌다.

"그럴 수가 없네요. 조지 삼촌은 지금 대륙에 가 계세요. 어디로 연락을 드려야 하는지도 모르고요."

"거기 얼마나 계실 거지요?"

"적어도 3주에서 한 달 정도요."

침묵이 흘렀다. 펠리스는 걱정스런 눈길로 두 남자를 번갈아 쳐다보았다. 그녀가 주저하며 물었다.

"그럼 우리가 할 수 있는 게 아무것도 없나요?"

"아니, 한 가지 있어요. 아마 터무니없어 보일 테지만 나는 성공할 거라고 믿습니다. 잭, 그 항아리를 손에 넣어야 합니다. 그리고 이리로 가져와서 마드모아젤이 허락만 한다면 그 푸른색 항아리를 가지고 헤더 코티지에서 하룻밤을 보내는 겁니다."

라빙턴은 흥분을 억누른 어조로 말했다.

잭은 불안한 마음에 소름이 쫙 끼쳤다. 그는 불안한 듯 물었다.

"어떤 일이 일어날 거라고 생각하시나요?"

"나도 전혀 모르겠어요. 하지만 솔직히 말하면 이 수수께끼가 풀리고 유령이 영계로 되돌아가게 될 거라고 생각합니다. 어쩌면 그 항아리 밑바닥이 이중이어서 그 안에 뭔가 숨겨져 있을지도 모르지요. 아무 일도 일어나지 않는다면 다른 방법을 생각해야겠지만."

펠리스는 손뼉을 쳤다. 그녀는 소리쳤다.

"멋진 생각이에요."

그녀의 눈이 흥분으로 빛났다. 잭은 그다지 마음이 내키지 않았다. 사실 속으로는 몹시 겁이 났지만, 어떤 일이 있어도 펠리스 앞에서 그것을 인정하고 싶지 않았다. 의사는 마치 자신의 제안이 세상에서 가장 옳은 것인 양 행동했다.

"언제 그 항아리를 가져오실 수 있어요?"

펠리스가 잭에게 시선을 돌리고 물었다.

"내일요."

그는 마지못해 대답했다. 이제 물러설 수 없었다. 매일 아침 자신을 따라다니며 필사적으로 도움을 청하는 비명 소리에 대한 기억은 전혀 도움이 되지 않는 것이므로 가차 없이 눌러 버려야 했다.

다음 날 저녁 그는 삼촌 댁으로 가서 문제의 항아리를 가져왔다. 그것을 다시 보니 수채화 스케치에 그려진 것과 똑같다는 확신이 한층 더 들었다. 그러나 아무리 꼼꼼히 살펴봐도 어떤 비밀이 들어 있을 만한 공간 같은 건 발견하지 못했다.

그와 라빙턴이 헤더 코티지에 도착한 건 정각 11시였다. 펠리스는 그들이 오는 것을 지켜보고 있었는지 문을 두드리기도 전에 살며시 열어 주었다. 그녀는 소곤소곤 이야기했다.

"들어오세요. 아버지가 2층에서 주무시니까 깨시지 않도록 해야 돼요. 이쪽에다 커피를 준비해 놨어요."

그러고는 작고 아늑한 거실로 그들을 안내했다. 벽난로에는 알코올램프가 놓여 있었다. 그녀는 몸을 구부리고 그들에게 향기로운 커피를 만들어 주었다.

잭은 중국 항아리를 겹겹이 싼 포장지를 풀어 헤쳤다. 펠리스는 항아리에 시선을 꽂은 채 숨을 헐떡였다. 그녀는 흥분하여 소리쳤다.

"아, 이거에요, 이거. 바로 이 항아리예요. 어디에 있든 전 알아볼 수 있어요."

그러는 동안 라빙턴은 나름대로 준비를 하고 있었다. 작은 탁자 위에 있는 장식품들을 모두 치운 뒤에 방 한가운데 가져다 놓고 그 주위에 의자 3개를 둘러놓았다. 그러고는 잭한테서 푸른 항아리를 받아 탁자 중앙에 올려놓았다. 그가 말했다.

"자, 이제 준비가 됐어요. 불을 끄고 어둠 속에서 탁자 주위에 앉아 있읍시다."

두 사람은 그의 말을 따랐다. 라빙턴의 목소리가 어둠 속에서 다시 흘러나왔다.

"아무것도 생각하지 말아요, 그렇지 않으면 정신이 산란할 테니. 억지로 정신을 몰아대지 말아요. 우리 중 1명이 영매의 능력을 가지고 있을 수도 있어요. 만일 그렇다면 그 사람은 혼수상태에 빠지게 될 거예요. 잊지 말아요, 아무것도 겁낼 것 없어요. 마음에서 두려움을 몰아내고, 그대로 몸을 맡겨요, 그대로……."

그의 목소리가 사라지자 정적이 감돌았다. 시간이 갈수록 정적 속에서 가능성이 더욱 충만해지는 것 같았다. 라빙턴이 "두려움을 몰아내라"고 말한 건 썩 잘한 일이었다. 하지만 잭이 느낀 건 두려움이 아니었다. 그건 돌연한 공포였다. 그리고 그는 펠리스도 자신과 똑같이 느끼고 있다고 확신했다. 갑자기 펠리스의 겁에 질린 낮은 목소리가 들렸다.

"뭔가 무서운 일이 일어날 것만 같아요. 느껴져요."

"두려움을 몰아내요. 감응력과 싸우지 말아요."

라빙턴이 말했다.

어둠은 더욱 짙어지고 정적감은 더욱 깊어지는 것 같았다. 그리고 막언한 위협감이 점점 다가오고 있었다.

잭은 숨이 막혔다, 답답했다, 사악한 것이 아주 가까이 있었다…….

그러고 나서 갈등의 순간이 지나갔다. 그는 떠내려간다, 시내를 떠내려가고 있다. 눈꺼풀이 내려앉았다, 평화, 그리고 어둠…….

II

잭이 살짝 몸을 움직였다. 머리가 무거웠다. 납덩이처럼 아주 무거웠다. 내가 어디 있는 거지?

햇살……. 새들……. 그는 하늘을 바라보며 누워 있었다.

그리고 기억이 모두 떠올랐다. 의자에 앉아 있었어. 작은 방에. 펠리스와 의사랑. 근데 무슨 일이 일어난 거지?

그는 기분 나쁘게 욱신거리는 머리를 쳐들고 주위를 둘러보았다. 집에서 그리 멀지 않은 작은 관목 숲이었다. 가까이에는 아무도 없었다. 그는 시계를 꺼냈다. 놀랍게도 12시 30분을 가리키고 있었다.

잭은 가까스로 일어나서 별장 쪽으로 가능한 빨리 달렸다. 자신이 혼수상태에서 깨어나지 못하자 겁을 집어먹고서 야외에 데려다

놓은 게 분명했다.

별장에 도착하자마자 그는 문을 세차게 두드렸다. 하지만 대답도 없고 인기척도 없었다. 도움을 청하러 나간 게 틀림없어. 그렇지 않으면……. 잭은 형용하기 어려운 불안감이 엄습해 오는 것을 느꼈다. 지난밤에 무슨 일이 일어났던 거지?

그는 되도록 빨리 호텔로 돌아갔다. 사무실에 몇 가지 문의하러 가는 길에 그는 거의 휘청거릴 정도로 강력한 펀치를 옆구리에 맞았다. 화가 나서 돌아보니 백발의 노신사가 숨을 씩씩거리며 웃는 낯으로 바라보고 있었다. 그 남자가 말했다.

"난 줄 몰랐지, 얘야. 난 줄 몰랐지, 응?"

"아, 조지 삼촌, 전 외국에, 이탈리아 어딘가 계신 줄 알았는데요."

"아니, 그렇지 않단다. 어젯밤에 도버(영국 동남부의 항구 도시―옮긴이)에 도착했지. 자동차로 시내로 가는 길에 너를 만나려고 들렸어. 그런데 내가 뭘 알아냈게. 어이, 외박을 했다고? 밤새 좋은 일이라도……."

잭은 단호히 삼촌의 말을 가로막았다.

"조지 삼촌, 아주 괴상한 일이 있었어요. 아마 믿지 못하실 거예요."

"물론 그렇겠지. 하지만 얘기해 보거라."

노인은 껄껄 웃었다.

"우선 뭘 좀 먹어야겠어요. 배고파 죽을 지경이거든요."

잭이 계속 말했다. 그는 앞장서 식당으로 가서는 푸짐하게 식사를 하며 사건의 전말을 이야기했다.

"그들이 어떻게 되었는지는 하느님만이 아실 거예요."

그는 이렇게 이야기를 끝마쳤다.

그의 삼촌은 발작을 일으키기 일보 직전이었다. 그는 간신히 소리쳤다.

"그 항아리. 그 푸른색 항아리! 그게 어떻게 됐다고?"

잭은 이해하지 못하겠다는 표정으로 삼촌을 바라보다가 그 뒤 삼촌의 입에서 홍수처럼 퍼부어진 말들이 마음에 새겨지자 사태가 파악되기 시작했다.

삼촌은 다음과 같은 말을 단숨에 쏟아냈다.

"명나라 자기로, 하나밖에 없는 진기한 물건이고, 내 수집품 중 최고이며, 최소 1만 파운드의 가치가 있는 데다, 미국의 백만장자 호겐하이머가 팔라고 제안까지 한, 세상에 다시없는 일품인데, 망할놈, 내 청자를 어떻게 한 거냐?"

잭은 식당에서 달려 나갔다. 그는 라빙턴을 꼭 찾아야 했다. 사무실의 젊은 아가씨는 냉담한 눈길로 그를 바라보았다.

"라빙턴 박사님은 어젯밤 늦게 떠나셨어요. 자동차로요. 손님께 편지를 남기셨죠."

잭은 편지 겉봉을 찢어서 열었다. 간결하게 요점만이 적혀 있었다.

친애하는 젊은이

초자연적인 현상의 시대가 끝났을까? 아직은 아니겠지. 특히 새로운 과학 용어로 속임수를 썼을 때는 말일세. 펠리스와 병자 아버지, 그리고 내가 안부를 전하네. 충분한 시간을 확보해야 해서 우리는 12시간 먼저 떠나네.

언제나 자네의 친구인

영혼의 의사, 앰브로즈 라빙턴

날개가 부르는 소리

I

사일러스 해머는 2월의 겨울밤에 처음 그 이야기를 들었다. 그와 딕 바로우는 신경병 전문가 버나드 셀던이 연 만찬에 참석했다가 걸어서 돌아가는 길이었다. 바로우가 평소와 달리 말이 없자 사일러스 해머는 호기심이 생겨서 그에게 무슨 생각을 하고 있는지 물었다. 바로우의 대답은 의외였다.

"나는 오늘 밤 모인 모든 사람들 중에서 단 두 사람만이 행복에 대한 권리를 주장할 수 있다는 생각을 하고 있었네. 그런데 이상한 일이지만 그 두 사람이 자네와 나일세!"

그 '이상한'이라는 말은 꼭 알맞은 표현이었다. 이스트엔드(런던 동부에 있는 비교적 하층의 근로자들이 많이 사는 상업 지구 — 옮긴이)

의 근면한 교구 목사 리처드 바로우와 수백만 파운드를 예사로 만지며 아무런 불만도 없는 통통한 체격의 사일러스 해머, 이 둘보다 어울리지 않을 사람은 없을 것이기 때문이었다.

"이상하지, 내가 만난 큰 부자들 중에서 만족하는 건 자네밖에 없다고 생각되니."

바로우는 생각에 잠기며 말했다.

해머는 잠시 말이 없었다. 그가 다시 입을 열었을 때는 어조가 바뀌어 있었다.

"예전에 나는 추위에 떠는 불쌍한 신문팔이였네. 그때 내가 원한 건, 지금은 손에 넣은 것이네만, 돈의 위력이 아니라 돈이 가져다주는 안락과 호사였네. 내가 돈을 원한 건 영향력을 휘두르고 싶어서가 아니라 아낌없이 쓰고 싶어서였어. 내 자신을 위해서 말일세! 내 솔직하게 얘기하는 거네. 돈으로는 무엇이든 살 수 없다고들 하잖나. 정말이더군. 그런데 내가 원하는 건 뭐든지 살 수 있지. 그래서 내가 만족하는 거라네. 난 물질주의자야, 바로우, 철저한 물질주의자!"

환하게 불을 밝힌 거리가 그의 신조를 확인해 주는 듯했다. 사일러스 해머의 통통한 몸매는 두꺼운 모피코트로 인해 더 부풀어 보였고, 눈부신 불빛에 겹쳐진 턱살이 더 두드러져 보였다. 함께 걷고 있는 딕 바로우는 그와는 대조적으로 금욕적으로 보이는 야윈 얼굴에 몽상적인 정열이 담긴 눈을 갖고 있었다.

"그런데 내가 이해할 수 없는 건 자네야."

해머가 힘주어 말하자 바로우가 미소 지었다.

"나는 고통과 가난, 굶주림, 그리고 모든 육체적 질병의 한복판에 살고 있네! 멋진 환상만이 나를 지탱해 주지. 자네가 환상을 믿지 않는다면 이해하기가 쉽지 않을 텐데, 자네는 믿지 않을 것 같군."

"나는 보고, 듣고, 만질 수 없는 건 아무것도 믿지 않네."

사일러스 해머는 냉담하게 말했다.

"그럴 테지. 그게 우리 사이의 다른 점이네. 자, 그만 헤어져야겠군. 이제 난 땅속으로 사라져야 하니!"

그들은 불이 밝혀진 지하철역 입구에 도착해 있었다. 바로우는 그곳으로 해서 집으로 돌아가야 했다.

해머는 계속 혼자 걸었다. 오늘 밤 차를 돌려보내고 걸어서 집에 가기로 결정한 건 정말 잘한 일이었다. 밤공기는 살을 에는 듯 차가웠지만, 따뜻한 모피코트로 감싸고 있어서 딱 알맞게 느껴졌다.

길을 건너기 전에 그는 잠시 연석에 멈췄다. 대형 버스가 육중한 몸짓으로 그를 향해 달려오고 있었다. 느긋한 기분을 만끽하고 있던 해머는 버스가 지나가기를 기다렸다. 그전에 길을 건너려면 서둘러야 하는데, 그는 서두르는 건 질색이었다.

그때 그의 곁에 있던 초라한 부랑자가 술에 취해 비틀거리다가 보도에서 굴러 떨어지고 말았다. 해머는 사람들의 고함 소리와 버스 기사가 무력하게 핸들을 꺾는 것을 인식했다. 그러고 나서 점차 공포가 느껴졌다. 그는 길 한가운데 축 늘어져 있는 넝마 더미를 멍하니 바라보았다.

사람들이 마술에라도 걸린 것처럼 그것을 둘러싼 2명의 경찰과 버스 기사 주위로 모여들었다. 하지만 해머는 공포에 질린 눈으로 한때는 사람이었던, 그 자신과 같은 사람이었던 그 생명이 없는 덩어리를 넋을 잃고 바라보고만 있었다. 그는 섬뜩한 느낌에 몸서리를 쳤다.

"댁 탓이 아니야, 선생. 댁도 어쩔 수 없었어. 어차피 죽을 거였다고."

그의 곁에 서 있던 상스러워 보이는 남자가 한마디 했다.

해머는 그를 응시했다. 어떤 식으로든 그 남자를 구할 수 있다는 생각 같은 건 솔직히 한 번도 떠오르지 않았었다. 그는 터무니없다는 듯 그 생각을 단번에 물리쳤다. 자신이 그렇게 바보 같은 행동을 했다면, 어쩌면 지금 그는……. 그런 생각을 재빨리 중단하고 그는 사람들 틈에서 빠져나왔다. 자신이 억제할 수 없는 지독한 공포로 벌벌 떨고 있음을 알았다. 자신이 두려워하고 있다는 것을 인정하지 않을 수 없었다. 죽음을 몹시 두려워하고 있다는 것을……. 죽음은 부자에게든 가난뱅이에게든 필연적으로 똑같이 무서울 정도로 빠르고 무자비하게 찾아왔다.

그는 더 빠르게 걸어 보았지만, 새로운 공포는 아직 그를 차갑고 냉기가 스미는 손아귀로 감싸고 있었다.

자신이 본래 겁쟁이가 아니라는 것을 알고 있었기 때문에 그는 그런 자신의 모습이 놀랍기만 했다. 5년 전이라면 이런 공포를 느끼지 않았을 거라는 생각이 들었다. 그때에는 삶이 그다지 즐겁지 않았었다……. 그래, 바로 그거야. 삶에 대한 애착이 비밀의 열쇠였어. 그에게 생의 즐거움은 지금 절정에 이르러 있었다. 단 하나의 위협거리는 파괴자인 죽음이었던 것이다!

그는 불이 켜진 도로에서 벗어났다. 높은 건물 사이에 낀 좁다란 길은 귀중한 미술품으로 유명한, 그의 집이 위치한 광장으로 나가는 지름길이었다.

거리의 소음이 등 뒤로 멀어지다가 완전히 사라지고, 이제 뚜벅뚜벅 걷는 자신의 가벼운 발소리만이 들렸다.

그런데 그때 앞쪽의 어둑한 곳에서 다른 소리가 났다. 벽에 기대 앉아서 한 남자가 플루트를 불고 있었다. 말할 것도 없이 수많은 거리의 악사 중 하나일 것이다. 하지만 왜 그처럼 이상한 장소를 선택했을까? 틀림없이 이런 밤 시간에는 경찰이……. 해머의 생각은 그 남자가 두 다리가 없다는 충격적인 사실을 깨달았을 때 갑자기 중단됐다. 한 쌍의 목발이 그의 옆 벽에 세워져 있었다. 해머는 이제 그가 불고 있는 것이 플루트가 아니라 그보다 훨씬 더 높고 맑은 소리를 내는 낯선 악기라는 것도 알게 됐다.

그 남자는 계속 연주했다. 해머가 다가가는데 처다보지도 않았다. 그는 자신의 음악에 도취된 듯 고개를 한껏 뒤로 젖히고 있었다. 그가 쏟아내는 맑고 황홀한 음색은 높이 더 높이 올라갔다…….

그것은 생소한 가락이었다. 엄격히 말하자면 전혀 가락이 아니고 한 개의 악구로 이루어져 있었다.「리엔치(리하르트 바그너의 5막 오페라 — 옮긴이)」에서 바이올린들이 내는 느릿한 장식음과 달리 곡조에서 곡조로, 화성에서 화성으로 나아가면서 몇 번이고 반복되고 있었다. 그런데 그럴 때마다 보다 크고 무한한 자유의 경지에 도달하게 되는 것이었다.

 그것은 지금까지 해머가 들어 본 어떤 곡과도 같지 않았다. 어딘지 기묘한 점이 있었다. 뭔가 가슴을 설레게 하고 들어 올리는 듯한……. 그는 미친 듯이 옆쪽 벽에 튀어나온 부분을 두 손으로 붙잡았다. 지금 그가 의식하는 단 한 가지는 오로지 억눌러야 한다는 것이었다. 무슨 수를 써서라도 억눌러야 한다…….

 문득 그는 음악이 멈췄다는 것을 깨달았다. 다리가 없는 남자가 목발에 손을 뻗고 있었다. 그리고 자신은 정신이상자처럼 돌벽을 붙잡고 서 있었다. 전혀 터무니없는 이유 때문에 말이다. 언뜻 보기에도 어처구니없는 생각! 자신이 땅에서 떠오른다는, 그 음악이 자신을 위로 끌어 올린다는…….

 그는 웃었다. 얼마나 정신 나간 생각인가! 당연히 그의 두 발은 한순간도 땅에서 떨어져 본 적이 없으니, 이 얼마나 기묘한 환각인가! 보도에서 빠르게 똑똑 소리를 내며 멀어져 가는 목발 소리에 그는 불구자가 떠나고 있다는 것을 깨달았다. 해머는 그 남자가 어둠 속으로 사라질 때까지 그의 뒷모습을 지켜보았다. 이상한 친구군!

 그는 아까보다 더 천천히 가던 길을 계속 갔다. 발밑에 대지가 무력하게 느껴졌던 그 기묘하고 터무니없는 기억이 머릿속에서 떠나지 않았다…….

 그는 충동적으로 몸을 돌려 그 남자가 사라진 길 쪽으로 황급히 따라갔다. 멀리 가지 못했을 것이다. 곧 따라잡을 수 있을 것이다.

 몸을 흔들면서 천천히 가고 있는 불구자의 모습이 눈에 띄자마자 그는 소리쳤다.

"이봐요! 잠깐만요."

그 소리를 듣고 남자가 우뚝 멈춰서더니 해머가 옆에 올 때까지 꼼짝 않고 서 있었다. 그의 머리 바로 위로 전등이 밝게 빛나고 있어서 얼굴 구석구석이 환히 드러났다. 사일러스 해머는 깜짝 놀라서 무의식적으로 숨을 꿀꺽 삼켰다. 남자는 그가 일찍이 본 적이 없는 뛰어나게 아름다운 용모의 소유자였다. 나이는 도통 짐작이 가지 않았다. 확실히 소년은 아니었지만 젊음은 그의 주된 특징이었다. 열정적인 젊음과 활기가!

해머는 그에게 말을 거는 것이 이상하게도 어렵게 느껴졌다.

그는 어색하게 말을 꺼냈다.

"이봐요, 궁금해서 그러는데 방금 전에 당신이 연주한 게 어떤 곡이었는지 좀 알려 주시겠소?"

남자는 미소를 지었다……. 그의 미소에 세상이 갑자기 기쁨으로 넘치는 것 같았다…….

"오래된 가락이에요. 아주 오래된 가락……. 수십 년, 수 세기가 된……."

그는 맑고 또렷한 똑똑한 말투로 각각의 음절에 똑같이 중점을 주면서 말했다. 영국인이 아닌 것은 틀림없었지만 그의 국적에 관해서는 판단이 서지 않았다.

"영국 사람이 아닌 것 같은데 어디서 오셨소?"

다시 환희에 찬 미소가 온 얼굴에 번졌다.

"바다 저편에서 왔지요. 오래전에, 아주 오래전에 왔습니다."

"큰 사고를 당한 게로군요. 최근에 그랬소?"

"꽤 오래됐습니다."

"두 다리를 다 잃다니 상당히 운이 나빴군요."

"저는 만족하고 있습니다."

남자는 몹시 태연하게 말했다. 그는 상대에게 기묘하리만치 엄숙한 시선을 던지며 말했다.

"그것들은 추한 것이었죠."

해머는 그의 손에 1실링을 쥐어 주고 발길을 돌렸다. 당혹감과 막연한 불안감이 느껴졌다. '그것들은 추한 것이었죠!' 정말 기묘한 말이군! 아마 병 때문에 그런 거겠지. 하지만 그렇더라도 기묘하게 생각되었다.

해머는 생각에 잠겨 집으로 갔다. 머릿속에서 그 사건을 깨끗이 잊어버리려고 했지만 소용이 없었다. 침대에 눕자 우선 졸음이 살며시 쏟아졌다. 그는 옆에 있는 시계가 1시를 치는 소리를 들었다. 그렇게 딱 한 번 친 뒤에 정적이 찾아왔다.

그런데 그 정적은 희미하게 들리는 익숙한 어떤 소리로 인해 깨졌다······. 불현듯 생각이 떠올랐다. 해머는 심장이 빠르게 뛰는 것을 느꼈다. 그 좁은 길에 있던 남자가 그리 멀지 않은 어딘가에서 연주하고 있는 소리였다······.

기분 좋은 음색이었다. 기쁨이 충만한 느릿한 장식음과 잊혀 지지 않는 그 짧은 악구······.

"신비로워. 신비로워. 저 음악에는 날개가 있어……."

해머는 중얼거렸다.

점점 더 맑고 점점 더 높아지면서 각각의 소릿결이 최고조에 달하자 그것이 그를 들어올렸다. 해머는 이번에는 저항하지 않고 몸을 내맡겼다……. 위로, 또 위로……. 소릿결은 그를 높이, 더 높이 데려갔다……. 승리감과 자유감이 온몸을 휩쓸었다.

높이 더 높이……. 이제 소릿결은 사람의 목소리가 낼 수 있는 한계를 넘어섰지만, 아직도 계속 올라가고 있었다. 아직도 계속……. 소릿결은 최종 목적지, 완전한 극한의 높이까지 도달하게 될까?

올라간다…….

뭔가 끌어당긴다. 아래로 끌어당긴다. 뭔가 크고 무겁고 집요한 것이. 가차 없이 잡아끈다. 잡아당긴다. 아래로…… 아래로…….

그는 맞은편 창문을 응시하며 침대에 누워 있었다. 고통스럽게 숨을 몰아쉬면서 침대 밖으로 팔을 뻗었다. 그 움직임이 이상할 정도로 성가시게 느껴졌다. 침대의 푹신함도 답답하게 느껴졌고 빛과 하늘을 가리는 창문에 드리워진 무거운 커튼도 숨이 막힐 것 같이 느껴졌다. 천장이 몸을 찍어 누르는 것만 같았다. 숨이 막혀서 질식할 것 같았다. 그는 이불 속에서 살짝 몸을 움직였다. 자신의 몸의 무게가 무엇보다도 가장 갑갑하게 느껴졌다…….

II

"자네의 조언이 필요하네, 셀던."

셀던은 탁자에서 의자를 뒤로 약간 밀었다. 그는 두 사람만의 이 저녁 식사의 목적이 무엇일까 내심 궁금해하던 참이었다. 겨울 이후로 해머를 거의 만나지 못했는데, 오늘 밤 친구에게서는 무어라 형언하기 어려운 변화가 느껴졌다.

"실은 나 때문에 걱정이라네."

백만장자의 말에 셀던은 탁자 너머로 바라보면서 미소를 지었다.

"아주 건강해 보이는걸."

"그런 걱정이 아니네."

해머는 잠시 말을 끊었다가 조용히 덧붙였다.

"내가 미쳐 가고 있는 것 같네."

신경병 전문가는 갑자기 강한 흥미를 가지고 그를 흘긋 쳐다보았다. 다소 느린 동작으로 포트와인 한 잔을 따른 뒤에 눈으로는 상대를 빈틈없이 살피면서 조용히 말을 꺼냈다.

"왜 그렇게 생각하나?"

"내 몸에 일어난 일 때문이네. 불가사의하고 믿을 수 없는 어떤 일 때문에. 그게 사실일 리가 없으니 내가 미쳐 가고 있는 게 틀림없네."

"천천히 내게 그 일에 대해 말해 보게."

해머가 이야기를 시작했다.

"나는 초자연적 현상 같은 건 믿지 않네. 믿은 적이 없어. 하지만 이 일은……. 그래, 자네한테 일의 자초지종을 이야기하는 편이 낫겠지. 이건 지난겨울 자네와 저녁 식사를 한 그날 밤부터 시작됐네."

그러고는 짧고 간결하게 집으로 걸어 돌아가다 겪은 일들과 그 후에 일어난 기묘한 일들에 대해 이야기했다.

"그것이 모든 것의 시작이었어. 자네에게 그 느낌을 정확하게 설명할 수가 없군. 그 느낌은……. 그러니까 환상적이네! 지금까지 느꼈거나 상상했던 어떤 느낌과도 전혀 다르지. 그런데 그것이 그때 이후로 계속 되고 있어. 그 음악, 떠오르는 듯한 느낌, 높이 치솟아 날아다니다……. 그다음에는 무섭게 끌어당겨져 땅으로 떨어지고, 그 뒤에 느껴지는 고통, 잠에서 깨어날 때 느껴지는 실제적인 육체적 고통……. 그건 높은 산에서 내려왔을 때와 같네. 귀가 멍해지는 건 자네도 알지? 음, 이것도 그런 느낌인데 다만 정도가 더 심하다네. 게다가 무겁게 짓눌리는 끔찍한 느낌이, 사방이 막힌 듯 숨 막히는 느낌이 이어진다네……."

그는 잠시 이야기를 중지하고 한숨 돌렸다.

"하인들은 이미 내가 미쳤다고 생각하고 있어. 나는 지붕이나 벽을 견딜 수가 없네. 그래서 집 꼭대기에 지붕이 없는 장소를 마련했다네. 그리고 가구도 카펫도 답답하게 느껴지는 어떤 것도 놓지 않았지……. 그런데 주변에 집들이 있어도 안 돼. 내가 원하는 건 숨을 쉴 수 있는 어딘가 탁 트인 땅이네……."

그는 셀던을 바라보았다.

"그래, 어떻게 생각하나? 원인을 말할 수 있겠나?"

"흠, 여러 가지 설명이 가능하네. 자네가 최면에 걸렸거나, 또는 자기 암시에 빠졌을 수도 있네. 아니면 신경에 이상이 생긴 것일 수도 있고. 아니면 단지 꿈일 수도 있고 말이야."

해머는 고개를 절레절레 흔들었다.

"어떤 설명도 충분하지 않네."

"다른 설명이 있기는 하네. 하지만 일반적으로 받아들여지는 건 아닐 걸세."

셀던이 천천히 말을 꺼냈다.

"자네는 받아들일 준비가 돼 있고?"

"대체적으로는 그렇다네! 세상에는 우리가 이해할 수 없고, 순리적으로는 도저히 설명할 수 없는 것들이 상당히 많이 있지. 아직도 밝혀내야 할 것들이 많이 있다는 말이네. 그래서 나는 개인적으로 편견을 갖지 않는다네."

"그럼 내가 어떻게 해야 한다는 건가?"

잠자코 있다가 해머가 물었다.

셀던은 앞으로 다가앉으며 거침없이 대답했다.

"몇 가지가 있는데, 우선 런던을 떠나서 '탁 트인 땅'을 찾게. 그 꿈이 중단되도록."

해머가 급히 말했다.

"그렇게 할 수 없어. 그 꿈 없이는 지낼 수 없게 돼 버렸네. 그 꿈 없이 지내고 싶지 않아."

"아, 예상한 대로군. 그럼 다른 방법으로 그 친구, 그 불구의 남자를 찾아보게. 자네는 지금 그에게 온갖 종류의 초자연적인 속성을 부여하고 있어. 그러니 그와 얘기해 보게. 그리고 주문을 깨는 거네."

헤머는 다시 고개를 가로저었다.

"왜 마음에 안 드는가?"

"난 두렵네."

헤머가 간단히 말했다.

셸던은 참을 수 없다는 듯 몸짓을 섞어 가며 말했다.

"맹목적으로 모든 것을 믿어서는 안 되네! 그런데 이번 일을 일으킨 매개가 된 그 곡조는 어떤 것인가?"

헤머가 허밍으로 부르자 셸던은 이리저리 생각하는 듯 미간을 찌푸린 채 귀를 기울였다.

"「리엔치」의 서곡 부분과 좀 비슷한 것 같은데. 뭔가 끌어 올리는 듯한 느낌도 있고. 날개가 있는 것처럼. 하지만 난 땅에서 떠오르지 않는구먼! 한데 자네의 그 비행 말일세, 그게 언제나 꼭 같은가?"

헤머는 간절한 표정으로 몸을 앞으로 숙이며 말했다.

"아니, 아닐세. 계속 발전하고 있네. 매번 조금씩 더 보인다네. 설명하기가 어렵군. 아무튼 내가 항상 일정한 지점에 도달한다는 걸 알 수 있네. 음악이 그곳까지 나를 데려가네. 연속되는 소릿결로 말일세. 각각의 소릿결이 더 올라갈 수 없는 가장 높은 지점까지 도달하게 되는 거네. 다시 끌려 내려올 때까지 나는 그곳에 머무르지. 그곳은 장소가 아니고 그보다는 상태라고 할 수 있네. 음, 처음부터는 아니고 얼마쯤 지난 뒤에 내 주위에 여러 다른 것들이 있고, 내가 그것들을 인식할 때까지 기다리고 있다는 것을 알게 되었다네. 새끼고양이를 생각해 보게. 눈이 있어도 처음에는 볼 수 없지 않나. 장님이나 마찬가지라서 보는 방법을 배워야 하지. 나도 바로 그렇다네. 인간의 눈과 귀는 아무 쓸모가 없고, 아직 개발되지는 않았지만 그것들에 상응하는 뭔가가 있는 것 같네. 육체적인 것은 전혀 아니야. 조금씩 발전해서…… 빛을 느끼고…… 다음에는 소리를…… 그 다음에는 색채를……. 모든 것이 희미하고 형태가 없어. 보고 듣고 하기보다는 사물을 인식하는 것이라네. 처음에는 빛이었지. 빛이 점점 강해지고 선명해지다가…… 모래가, 광대하게 펼쳐진 붉은 모래가…… 그리고 여기저기에 운하처럼 곧게 뻗은 수로가…….”

셀던은 헉 하고 숨을 들이쉬었다.

“운하라고! 흥미롭군. 계속하게.”

“하지만 이런 건 아무래도 상관없네. 더 이상 중요하지 않아. 난 아직 진짜를 보지 못했어. 소리만 들었지……. 그건 세차게 몰려오는 것 같은 날갯짓 소리라네……. 아무튼 이유를 설명할 수는 없지만 아주 장엄하지! 지상에는 그와 비슷한 것이 없어. 그다음에는 또 다른 장엄한 광경이 펼쳐지네. 나는 보았네. 날개를! 오, 셀던, 날개를 보았다고!”

“그런데 그것들이 뭐였나? 인간, 천사, 새?”

“모르겠네. 아직은 보이지 않아서 말일세. 하지만 그 색깔! 날개의 색깔은 이 세상에서는 볼 수 없는 환상적인 것이라네.”

셀던이 되풀이해 말했다.

"날개의 색깔? 그게 무슨 색인가?"

해머는 답답하다는 듯 손사래를 쳤다.

"어떻게 가르쳐 줄 수 있겠나? 장님에게 푸른색을 설명하는 것과 같은 이치인걸! 그건 자네가 한 번도 본 적이 없는 색깔이네. 그건 날개의 색이야!"

"그래서?"

"그래서? 그게 전부네. 내가 경험한 건 거기까지네. 하지만 매번 돌아오기가 점점 힘들어지는군. 고통이 더 심해지고 있어. 하지만 이해가 안 된다네. 내 몸은 분명히 침대를 떠난 적이 없거든. 그곳에서는 내가 육체적 존재가 아니었던 건 확실하지. 그런데 어째서 그렇게 지독한 고통을 겪어야 하는 걸까?"

셀던은 말없이 고개만 가로저었다.

"정말 두려워……. 돌아오는 것이. 끌어당겨질 때면 고통이 느껴진다네. 사지와 온 신경에 통증이 느껴지고 귀가 마치 파열하는 듯한 느낌이 들어. 그다음에는 모든 것이 찍어 누르는 것 같은 중압감과 지독한 폐쇄감이 찾아오네. 나는 빛과 공기와 공간을 원하네. 특히 숨을 쉴 수 있는 공간을 말일세! 또 자유도 원하네."

"그럼 전에 자네에게 소중한 의미가 있었던 다른 모든 것들은 어찌 되었나?"

"그게 가장 곤란한 점이라네. 전보다 더는 아니더라도 난 여전히 그것들을 좋아하네. 그런데 이런 안락이나 사치, 쾌감 같은 것이 날개와 반대 방향으로 날 끌어당기는 것 같단 말이지. 이것들이 끊임없이 충돌을 한다네. 어떻게 끝이 날지는 나도 모르겠어."

셀던은 잠자코 있었다. 지금까지 들은 이 이상한 이야기는 확실히 공상적이었다. 모든 것이 망상이며 터무니없는 환각일까, 아니면 혹시 사실일 가능성이 있을까? 만일 그렇다면 왜 그 많은 사람 중에서 하필 해머일까……? 물질주의자인 데다 육체를 사랑하고 영혼을 부정하는 이 남자는 다른 세계를 볼 수 있는 사람이 분명 아니었다.

탁자 너머로 해머는 걱정스러운 얼굴로 그를 쳐다보았다.

"단지 기다리는 수밖에는 없을 것 같군. 무슨 일이 일어날지 기다려 보게."

셀던은 느릿느릿 말했다.

"그럴 수 없네! 그럴 수 없다고 말하지 않았나! 그렇게 말하는 것을 보니 자네는 이해하지 못하는군. 이 지독한 싸움 사이에서 내가 둘로 갈라지는 것 같단 말이네. 길게 이어지는 이 치명적인 싸움, 이, 이……."

그는 머뭇거렸다.

"육체와 영혼의 싸움 말인가?"

셀던이 넌지시 말하자 해머는 힘에 겨운 듯 앞쪽을 응시했다.

"그렇게 말할 수도 있겠군. 아무튼 난 견딜 수가 없어……. 벗어날 수가 없단 말이네……."

다시 버나드 셀던은 고개를 가로저었다. 자신이 설명할 수 없는 어떤 것에 사로잡혀 있는 것 같았다.

"나라면 그 불구의 남자를 만나 보겠네."

셀던이 충고했다. 그러나 집으로 돌아가면서 그는 중얼거렸다.

"운하라니……. 놀랍군."

III

사일러스 해머는 이튿날 아침 결의에 찬 걸음으로 집을 나섰다. 셀던의 충고대로 다리가 없는 남자를 찾아보기로 결정한 것이다. 하지만 속마음으로는 수색해 봐야 소용없으며 그 남자는 땅으로 꺼진 듯 완전히 모습을 감췄을 거라고 확신하고 있었다.

양쪽에 거무스름한 건물들이 햇빛을 차단하고 있어서 그 좁은 길은 어둡고 으슥해 보였다. 단지 거리 중간쯤 되는 곳에서 벽이 부서진 곳이 있었고, 거기서 들어온 한 줄기 황금빛 광선이 바닥에 앉아 있는 어떤 형체에 광채를 드리우고 있었다. 어떤 형체, 그랬다, 그건 그 남자였다!

피리를 목발 옆 벽에 세워 두고 그는 색분필로 포석에 그림을 그리고 있었다. 두 개는 이미 완성돼 있었는데, 더할 나위 없이 아름다운 숲속의 풍경과 정취를 그린 것으로 흔들리는 나무와 샘솟는 시냇물이 마치 살아 움직이는 것 같았다.

또다시 해머는 의혹에 휩싸였다. 이 남자는 단순한 거리의 악사나 아니면 거리의 화가에 불과한 걸까? 그것도 아니면 뭔가 다른 것이 있는 걸까…….

갑자기 백만장자가 자제력을 잃고 몹시 성난 어조로 소리쳤다.

"자넨 누군가? 제발 말해 주게, 자네는 누군가?"

남자의 눈이 그와 마주치자 미소를 띠었다.

"왜 대답하지 않는 건가? 말해 보게, 말해 보라고!"

그때 그는 남자가 믿을 수 없이 빠른 속도로 아무것도 그려져 있지 않은 바닥에 그림을 그리는 것에 주목했다. 해머는 눈으로 그 움직임을 쫓았다……. 몇 번의 대담한 손놀림에 엄청나게 큰 나무 몇 그루의 형태가 드러났다. 그다음에는 큰 알돌 위에 앉은…… 한 남자가…… 피리를 불고 있는 모습이 나타났다. 눈부실 정도로 아름다운 얼굴에 염소 다리를 한 남자가…….

불구자의 손이 눈 깜짝할 사이에 움직였다. 그 남자는 여전히 바위 위에 앉아 있었지만, 이제 염소 다리가 사라지고 없었다. 다시 그의 눈이 해머와 마주쳤다.

"그것들은 추한 것이었죠."

해머는 홀린 듯이 바라보았다. 자기 앞에 있는 얼굴은 바로 그림 속의 그 얼굴이었고, 놀라울 만큼 몹시 아름다웠다……. 격렬하고도 열정적인 삶의 기쁨 외에는 모두 정화된 얼굴이었다.

해머는 돌아서서 거의 도망치다시피 좁은 길을 벗어나 밝은 햇빛 속으로 나와서는 끊임없이 같은 말을 되풀이했다.

"불가능해. 불가능해……. 내가 미친 거야. 꿈을 꾸고 있는 거야!"

하지만 그 얼굴이 머리에서 떠나지 않았다. 그 판(그리스 신화에 나오는 목동과 산야의 신으로 염소 뿔과 염소 다리를 가졌으며 피리를 붐—옮긴이)의 얼굴이…….

그는 공원으로 가서 의자에 앉았다. 사람의 왕래가 많지 않은 시간이었다. 두세 명의 아이 보는 여자와 아이들이 나무 그늘에 앉아 있었고, 쭉 펼쳐진 잔디밭에 마치 바닷가에 떠 있는 섬처럼 여기저기 드문드문 누워 있는 사람들의 형체가 보였다…….

'한심한 부랑자'라는 말은 해머에게는 절망을 대표하는 것이었다. 하지만 오늘은 별안간 그들이 부러워졌다…….

그들이 모든 피조물 중에서 유일하게 자유로운 존재로 보였던 것이다. 밑에는 대지, 위에는 하늘, 그리고 정처 없이 돌아다닐 수 있는 세상……. 갇혀 있지도 않았고 속박되어 있지도 않았다.

문득 자신을 잔인하게 속박하고 있는 건 자신이 다른 어느 것보다 숭배하고 애지중지해 온 것이라는 생각이 떠올랐다. 바로 부(富)다! 부가 세상에서 가장 강력한 것이라고 생각했는데, 황금의 힘에 둘러싸여 있는 지금에서야 비로소 그 말의 참뜻을 알 수 있었다. 그를 속박하고 있는 것은 바로 그의 돈이었던 것이다…….

하지만 그럴까? 정말 그럴까? 자신이 보지 못한 더 심오하고 더 적절한 진실이 있는 건 아닐까? 돈 때문일까, 아니면 돈에 대한 자신의 애착 때문일까? 그는 스스로 만든 족쇄에 묶여 있었다. 부 그 자체가 아니라 부에 대한 애착에 얽매여 있었던 것이다.

이제 그는 자신을 갈라놓으려는 두 힘에 대해 분명히 알게 됐다. 그를 가두고 둘러싼 여러 요소가 혼합된 물질주의의 광적인 힘과,

그것과 대립되는 맑고 위엄 있는 소리였다. 그는 그것에다 날개가 부르는 소리라는 이름을 붙였다.

그런데 한쪽이 싸우려고 달려드는 데 반해, 다른 한쪽은 싸움을 거절하고서 자신을 낮추고 부딪치려고 하지 않았다. 그것은 그저 부르고만 있었다. 끊임없이 부르고만 있었다······. 그것이 하는 말을 똑똑히 들을 수 있었다.

"너는 나와 타협할 수 없다. 나는 다른 어떤 것보다도 우월하기 때문이다. 내 부름에 따른다면 그 밖의 모든 것을 포기해야 하고, 네가 갖고 있는 너를 억누르고 있는 힘도 버려야 한다. 오로지 자유로운 자만이 내가 인도하는 곳으로 따라갈 수 있기 때문이다······."

"난 못해. 그렇게는 못해······."

해머가 소리쳤다. 두서너 사람이 혼잣말을 중얼거리며 앉아 있는 덩치 큰 남자를 돌아보았다.

그렇게 그에게는 희생이 요구됐다. 그것도 그가 가장 소중히 여기는 것, 자신의 일부와 같은 것에 대한 희생이었다.

자신의 일부······. 그는 다리가 없는 남자를 떠올렸다······.

IV

"대체 무슨 바람이 불어서 이곳까지 온 건가?"

바로우가 물었다. 사실 이스트엔드 교구 교회는 해머와는 맞지 않는 곳이었다.

"나는 훌륭한 설교를 많이 들어 봤네. 자네 같은 목사들은 항상 기부금이 있으면 어떤 일을 할 수 있다는 식으로 말하더군. 그래서 자네에게 이 말을 하러 왔네. 내가 기부를 하겠네."

"정말 고마우이. 큰돈을 기부하는 건가, 어?"

약간 놀란 얼굴로 바로우가 말하자 해머는 냉담한 미소를 지었다.

"아마 그렇겠지. 한 푼도 안 남기고 기부하는 거니."

"뭐라고?"

해머는 무뚝뚝한 사무적인 태도로 상세한 내용을 내뱉듯이 말했다. 바로우는 현기증이 났다.

"그러니까 자네, 자네 말은 이스트엔드의 가난 구제를 위해 전 재산을 기증하고 나를 재정 관리인으로 지정하겠다는 건가?"

"바로 그거네."

"하지만 왜, 왜 그러는 건가?"

"설명할 수는 없네. 지난 2월에 환상에 대해 얘기했던 거 기억하나? 그런데 내가 어떤 환상에 빠졌네."

해머가 천천히 말했다.

"그거 멋진데!"

바로우는 눈을 반짝이며 몸을 앞으로 내밀었다.

"특별히 멋지다고 할 것까지는 없네. 나는 이스트엔드의 가난 따윈 조금도 개의치 않네. 그들에게 필요한 건 투지뿐일세! 나도 엄청 가난했었지만 그것을 벗어나지 않았나. 하지만 난 재산을 정리할 수밖에 없네. 그렇다고 어리석은 자선 단체 손에 쥐어 줄 수는 없지. 자네라면 내가 믿을 수 있어. 그것으로 육체와 영혼을 살찌우게. 되도록이면 육체 쪽이면 좋겠지만, 내가 배를 곯아 봐서 하는 말일세. 하지만 자네 좋을 대로 하게나."

해머는 딱 잘라 말했다.

"이런 일은 들어 본 적이 없는데."

바로우는 더듬거리며 말했다.

"모든 절차가 다 끝나고 마무리가 됐네. 변호사들이 일을 매듭지었고 나는 모든 서류에 사인을 했어. 지난 2주간 눈코 뜰 새 없이 바빴지. 재산은 만드는 것 못지않게 정리하는 일도 어렵더구먼."

"그래도 자네, 자네 자신을 위해 얼마간은 남겨 뒀겠지?"

"한 푼도 남기지 않았네. 적어도 그건 딱 맞는 말은 아니군. 주머니에 2펜스를 갖고 있으니."

해머는 기운차게 말한 뒤 웃었다. 그는 어리둥절해하는 친구에게 작별 인사를 건네고 교회를 떠나서 고약한 냄새가 진동하는 좁은 거리로 나왔다. 방금 전에 유쾌하게 내뱉은 말이 쓰라린 상실감과 함께 다시 떠올랐다. '한 푼도 남기지 않았네!' 그 많던 재산에서 그는 무엇 하나 남기지 않았던 것이다. 그는 지금 두려워하고 있었다. 가난과 굶주림과 추위가 두려웠다. 그에게 희생은 그리 유쾌한 것이 아니었다.

하지만 그런 기분과 달리 그는 중압감과 불쾌감이 사라진 것을 깨닫고 있었다. 이제 더 이상 짓눌리는 느낌도 속박된 느낌도 들지 않을 것이다. 가혹한 족쇄는 그에게 고통을 주고 괴롭혔지만 자유의 환상이 힘을 주었다. 물질에 대한 욕구가 그 부르는 소리를 희미하게 할 수 있을지는 모르지만 사라지게 할 수는 없을 것이다. 그것은 절대로 사라지지 않는 불멸의 것이기 때문이다.

공기에서 가을의 기운이 느껴졌고 바람도 차가워졌다. 그는 추위를 느끼며 몸을 떨었다. 게다가 배도 고팠다. 점심 먹는 것을 잊었던 것이다. 그 때문에 가까운 장래의 일이 떠올랐다. 자신이 모든 것을 포기해 버렸다는 게 믿기지 않았다. 여유와 안락과 따뜻함을 말이다! 그의 육체가 힘없이 호소하고 있었다……. 그러고 나서 다시 한번 감정이 고조되면서 기분 좋은 해방감이 찾아왔다.

해머는 멈춰 섰다. 지하철 역 근처에 와 있었다. 주머니에는 2펜스가 있었다.

지하철을 타고 2주 전에 잔디밭에 누워 있는 게으름뱅이들을 보았던 공원에 가 보자는 생각이 떠올랐다. 충동적인 생각이긴 했지만 딱히 다른 계획도 없었다. 정직하게 말해서 그는 지금 자신이 미쳤다고 생각했다. 제정신인 사람이라면 그런 일을 하지는 않았을 테니 말이다. 하지만 그렇다고 해도 광기는 근사하고 놀라웠다.

그랬다. 지금 그는 공원의 탁 트인 곳으로 갈 것이다. 더욱이 지하철을 타고서 그곳에 간다는 것이 각별한 의미가 있었다. 왜냐하면 지하철은 갇히고 폐쇄된 삶을 상징하는 것이기 때문이었다……. 그는 자유를 빼앗긴 상태에서 해방되어 내리누를 듯 위협하는 집들이 가려진 넓은 잔디밭과 나무들이 있는 곳으로 올라가는 것이다.

엘리베이터는 눈 깜짝할 사이에 그를 아래로 데려갔다. 공기가 무겁고 답답했다. 그는 사람들에게 멀리 떨어져서 플랫폼의 맨 끝에 가서 섰다. 왼쪽에 입을 벌리고 있는 터널에서 이내 전동차가 뱀처럼 긴 모습을 드러낼 것이다. 그 장소 전체에서 묘하게 불길한 기운이 느껴졌다. 그의 곁에는 아무도 없었지만 몸을 웅크리고 의자에 주저앉아 있는 청년이 1명 있었는데 인사불성으로 술에 취한 듯 보였다.

멀리서 위협하는 듯한 전동차의 굉음이 희미하게 들렸다. 청년이 자리에서 일어서더니 발을 질질 끌면서 플랫폼 가장자리에서 터널을 들여다보고 서 있는 해머의 곁으로 비틀비틀 다가왔다.

그때 믿을 수 없을 만큼 눈 깜짝할 사이에 일이 벌어졌다. 청년이 균형을 잃고 선로에 떨어진 것이다…….

수많은 생각이 해머의 머리에 동시에 떠올랐다. 버스에 치여서 축 늘어진 살덩이를 보았던 일과 "댁 탓이 아니야, 선생. 댁도 어쩔 수 없었어."라는 쉰 목소리가 하던 말. 그리고 이 생명은 구할 수 있으며, 만약 구한다면 그건 자신이 해야 할 일이라는 생각도 들었다. 가까이에는 아무도 없고 전동차는 점점 다가오고 있었다……. 이 모든 것이 전광석화처럼 뇌리를 스치고 지나갔다. 기묘하게도 그는 침착하고 평온한 상태에서 생각을 할 수 있었다.

결정을 내리는 데는 단 1초도 걸리지 않았다. 그리고 그 순간 그는 죽음의 공포가 사라지지 않는다는 것을 깨달았다. 그는 몹시 두려웠다. 하지만 터널 모퉁이를 돌아서 달려오는 전동차가 알맞게 멈출 수도 없는 상황이었다.

　해머는 재빨리 청년을 양팔로 들어 올렸다. 자연스런 의협심이 그를 지배하고 있는 것이 아니었다. 그의 떨고 있는 육체는 희생을 요구하는 다른 세상의 초자연적 존재의 명령에 따르고 있었다. 죽을 힘을 다해서 그는 자신이 뛰어내린 플랫폼 위로 청년을 던졌다……

　그때 갑자기 두려움이 사라졌다. 물질세계는 더 이상 그의 자유를 억누르지 못했다. 그는 속박에서 해방된 것이다. 잠시 동안 목양신의 기쁨에 찬 피리 소리가 들린 것 같았다. 그러고 나서 점점 더 가까이 더 크게 다른 모든 것을 집어삼키고 세차게 몰려오는 반가운 무수한 날갯짓 소리가 다가와서…… 그를 에워쌌다…….

마지막 강신술

라울 도브뢰이는 짧은 곡조를 흥얼거리면서 센 강을 건넜다. 그는 화색이 도는 얼굴에 검은 콧수염을 짧게 기른 32살쯤 된 잘생긴 프랑스 청년이었다. 직업은 엔지니어였다. 이윽고 카르도네에 도착한 그는 17번지의 문으로 들어갔다. 관리인 여자가 사무실에서 빼꼼이 내다보며 마지못해 건네는 아침 인사에도 그는 기분 좋게 화답했다. 그는 계단을 올라가서 아파트 3층으로 갔다. 벨을 누르고 기다리는 동안에도 라울은 다시 그 짧은 곡조를 흥얼댔다. 라울 도브뢰이는 오늘 아침 유난히 기분이 좋았다. 나이 든 프랑스 여자가 문을 열어 방문객을 확인하자 곧 주름진 얼굴이 웃음으로 환해졌다.

"안녕하세요, 무슈."

"안녕, 엘리스."

라울은 현관으로 들어서면서 늘 하던 대로 장갑을 벗었다.

"시몬느가 날 기다리고 있지?"

그는 어깨 너머로 물었다. 엘리스는 현관문을 닫고 그를 향해 돌아섰다.

"아, 그럼요, 무슈. 작은 응접실에 가 계시면 아씨가 곧 나오실 거예요. 지금 쉬고 계시거든요."

라울은 날카로운 눈길로 쳐다보았다.

"몸이 좋지 않은 건가?"

"좋지 않으세요!"

엘리스는 씩씩거리며 말하더니 라울보다 앞서 가서 작은 응접실의 문을 열었다. 그가 안으로 들어가자 그녀도 뒤따라 오며 이어 말했다.

"당연한 일이죠! 어떻게 괜찮으실 수가 있겠어요? 강신술, 강신술, 날마다 강신술을 하시니! 그건 옳은 일이 아니에요, 자연스런 일이 아니란 말이죠. 하느님이 우리에게 의도하신 일이 아니에요. 까놓고 말해서 그건 악마와 거래를 하는 거예요."

라울은 안심하라는 듯이 그녀의 어깨를 가볍게 두드리고 달래는 듯한 목소리로 말했다.

"자, 자, 엘리스. 흥분하지 말고. 당신이 이해하지 못한다고 해서 툭하면 무슨 일에나 악마를 끌어들여선 안 되지."

엘리스는 믿을 수 없다는 듯 고개를 설레설레 흔들었다. 그녀는 작은 소리로 툴툴댔다.

"뭐 그러시다면 할 수 없죠. 무슈 생각대로 뭐든 말씀하실 수는 있는 거니까요. 아무튼 저는 마음에 들지 않아요. 아씨를 보세요. 날마다 더 창백해지고 여위어 가시잖아요. 그리고 또 두통은 어떻고요!"

그녀는 두 손을 들어 보였다.

"아니, 아니에요, 이런 혼령 장사는 좋지 않아요. 정말이에요! 착한 영혼들은 모두 천국에 있고 다른 영혼들은 연옥에 있는 거예요."

"사후 세계에 대한 생각이 참 단순하군, 엘리스."

라울이 의자에 털썩 앉으면서 말하자 노파가 허리를 꼿꼿이 세웠다.

"저는 선량한 가톨릭교도예요, 무슈."

그녀는 성호를 긋고 문 쪽으로 가서는 문고리를 잡은 채 잠시 멈춰 섰다.

"무슈, 결혼하신 뒤에는 이런 걸 계속하지 않으실 거죠?"

그녀는 애원하듯이 묻자 라울은 다정하게 미소 지으며 대답했다.

"당신은 정말 성실한 사람이야, 엘리스. 거기다 주인에게 헌신적이기까지 하고. 걱정하지 마. 일단 그녀가 내 아내가 되면 당신 말마따나 '혼령 장사'는 그만둘 테니. 시몬느가 도브뢰이 부인이 되면 더 이상의 강신술은 없을 거야."

엘리스의 얼굴이 미소로 환해졌다. 그녀는 간절한 어조로 물었다.

"틀림없으신 거죠?"

도브뢰이는 진지한 얼굴로 고개를 끄덕였다.

"그럼."

그녀한테라기보다 거의 자신에게 하는 다짐이었다.

"암, 이런 일은 끝내야지. 시몬느는 놀라운 재능을 타고났고, 지금까지 그 재능을 아낌없이 발휘해 왔어. 이제 그녀가 해야 할 일은 다 한 거야. 당신이 정확히 본 거야, 엘리스. 그녀는 날마다 더 창백해지고 여위어 가고 있어. 영매의 생활은 심신을 지치게 하고 끔찍한 정신적 긴장이 따르는 일이지. 그렇지만 엘리스, 당신 주인은 파리에서, 아니 프랑스에서 가장 솜씨 있는 영매야. 전 세계에서 사람들이 그녀를 찾아오고 있잖아. 그녀가 술수와 속임수를 쓰지 않는다는 걸 알기 때문이지."

엘리스는 코웃음을 쳤다.

"속임수라고요! 천만에요. 아씨는 갓 태어난 애기도 속이지 못하실 분이라고요."

"그녀는 천사야. 난, 난 그녀를 행복하게 할 수 있는 일이면 뭐든 할 거야. 내 말 믿지?"

프랑스 젊은이는 열렬히 말했다. 엘리스는 몸을 꼿꼿이 하고서 다소 서툰 위엄을 부리며 말했다.

"저는 오랜 세월 아씨를 모셔 왔어요, 무슈. 외람된 말씀이지만 저는 아씨를 사랑해요. 아씨가 받아야 할 만큼의 숭배를 나리가 바친다는 것을 믿지 못했다면, 에 비앵(그랬다면), 무슈, 전 기꺼이 나리를 갈기갈기 찢어 놓았을 거예요!"

라울은 웃음을 터뜨렸다.

"브라보, 엘리스! 당신은 충직한 하인이야. 아씨가 혼령들과 손을 끊을 거라고 말했으니 이제 당신은 나를 인정해야 돼."

그는 노파가 자신이 던진 농담에 웃음을 터뜨릴 거라고 예상했지만, 놀랍게도 그녀는 여전히 위엄을 부렸다. 그녀는 머뭇거리며 물었다.

"무슈, 만약 혼령들이 아씨를 놓아주지 않으면요?"

라울은 그녀를 응시했다.

"에! 그게 무슨 말이야?"

"만약에 혼령들이 아씨를 놓아주지 않으면요?"

엘리스는 되풀이해 물었다.

"난 당신이 혼령 따위는 믿지 않는 줄 알았는데, 엘리스?"

"믿지 않아요. 그것들을 믿는 건 어리석은 짓이에요. 그렇지만……."

엘리스는 단호히 대답했다.

"그렇지만?"

"설명하기가 어려워요, 무슈. 아시다시피 저는 이런 영매들이, 이를테면 소중한 이들을 잃은 가엾은 사람들을 이용해서 교묘하게 잔꾀나 부리는 사기꾼들이라고 줄곧 생각했어요. 하지만 아씨는 그렇지 않아요. 아씨는 착한 분이세요. 아씨는 정직하게……."

그녀는 목소리를 낮추고 경외심이 담긴 말투로 말했다.

"그런 일을 일어나게 하시잖아요. 눈속임이 아니고 정말로요. 그래서 전 두려워요. 왜냐하면 무슈, 틀림없이 그건 옳은 일이 아니니까요. 자연과 르 봉 드예(하느님)를 거스르는 행동이에요. 그러니 누군가 대가를 치러야 할 거예요."

라울은 의자에서 일어나서 그녀에게 다가가 어깨를 다독였다. 그는 미소를 띠고 말했다.

"이봐, 엘리스, 진정해. 자, 내가 기쁜 소식을 하나 알려 주지. 오늘이 마지막이야. 오늘 이후로는 더 이상 강신술은 없을 거야."

"그럼 오늘은 하신다는 거잖아요?"

노파는 미심쩍은 표정으로 물었다.

"마지막이야, 엘리스. 마지막."

엘리스는 절망적으로 고개를 저었다.

"아씨는 건강이 좋지……."

그러나 그녀의 말은 거기서 중단됐다. 문이 열리고 키가 큰 금발의 여인이 들어왔다. 그녀는 보티첼리가 그린 성모 마리아의 얼굴에 호리호리한 체형의 우아한 여성이었다. 라울의 얼굴이 환히 밝아졌다. 엘리스는 눈치 빠르게 사라졌다.

"시몬느!"

그는 그녀의 길고 하얀 손을 붙들고 차례로 입을 맞췄다. 시몬느는 아주 작은 소리로 그의 이름을 속삭였다.

"라울, 내 사랑."

그는 다시 그녀의 손에 입을 맞추고 그녀의 얼굴을 응시했다.

"시몬느, 정말로 창백하군요! 엘리스가 당신이 쉬고 있다고 말하더니. 아픈 건 아니죠, 내 사랑?"

"네, 아픈 건 아니지만……."

그녀는 망설이는 듯했다.

라울은 소파로 그녀를 데려가서 옆에 나란히 앉았다.

"그럼 얘기해 봐요."

영매는 희미하게 웃으며 나직이 말했다.

"당신은 내가 바보 같다고 생각하겠죠?"

"내가? 당신을 바보 같다고 생각한다고? 말도 안 돼."

시몬느는 그가 꽉 붙잡고 있는 손을 빼냈다. 잠시 동안 그녀는 카펫을 뚫어져라 보면서 묵묵히 앉아 있었다. 그러다가 낮은 목소리로 다급히 말을 꺼냈다.

"난 두려워요, 라울."

잠시 그녀의 다음 말을 기다렸지만 아무 말이 없었다. 그는 격려하듯이 말했다.

"그래, 뭐가 두려운 거예요?"

"그냥 두려워요, 그뿐이에요."

"하지만……."

라울은 당황스런 눈길로 그녀를 바라보았다. 그녀가 그 눈길에 곧 응답했다.

"예, 얼빠진 것 같죠. 하지만 그렇게 느껴져요. 그냥 두려워요. 뭐가 두려운지 이유가 뭔지 모르겠어요. 그런데도 나는 언제나 내게 뭔가 끔찍한, 끔찍한 일이 일어날 거라는 생각에 빠져 있어요……."

그녀는 앞쪽을 노려보았다. 라울의 팔이 조용히 그녀를 감쌌다.

"내 사랑, 자, 약해지면 안 돼요. 뭣 때문인지 나는 알아요. 정신적 긴장 탓이에요, 시몬느. 영매의 생활에서 오는 긴장감 때문이죠. 당신한테 필요한 건 휴식이에요. 휴식과 안정."

그녀는 고마워하는 눈빛으로 그를 쳐다보았다.

"네, 라울, 당신 말이 맞아요. 내게 필요한 건 휴식과 안정이에요."

그녀는 눈을 꼭 감고 그의 팔에 기댔다.

"그리고 행복도."

라울이 속삭이며 그녀를 더 끌어안았다. 시몬느는 여전히 눈을 감은 채 깊이 숨을 쉬었다. 그녀가 나직이 말했다.

"네, 맞아요. 당신 팔에 안겨 있으면 마음이 놓여요. 내 생활, 끔찍한 영매의 생활도 다 잊을 수 있어요. 당신도 알고 있긴 하지만 라울, 그래도 그 의미를 다 알지는 못할 거예요."

그는 품속에서 그녀의 몸이 굳는 것을 느꼈다. 그녀가 다시 눈을 뜨고 앞을 응시했다.

"어둠 속에서 작은 방에 앉아 기다리고 있을 때면 그 어둠이 무시무시하게 느껴져요, 라울. 그건 죽음과도 같은 공허한 어둠이기 때문이에요. 의식적으로 그 어둠 속에 자신을 몰입시키는 거예요. 그 뒤로는 아무것도 알지 못하고, 아무것도 느끼지 못하죠. 하지만 마침내 서서히 고통이 돌아오면서 수면 상태에서 깨어나게 돼요. 그러고 나면 너무 지쳐서 완전히 기진맥진하게 되죠."

"알아, 알고 있어요."

라울이 속삭이듯 말했다.

"너무 지쳐요."

시몬느가 다시 중얼거렸다. 그 말을 되풀이할 때 그녀의 몸이 축 늘어지는 것처럼 보였다.

"하지만 당신은 최고예요, 시몬느."

라울은 자신의 열정을 나누어 용기를 북돋을 요량으로 그녀의 손을 꽉 잡았다.

"당신은 유일무이한 존재라고요. 세상에서 가장 위대한 영매죠."

그 말에 그녀는 살며시 미소를 지으며 고개를 저었다.

"암, 그렇고말고."

라울이 힘주어 말했다. 그러고는 주머니에서 편지 2통을 꺼냈다.

"이것 좀 봐요. 이건 살페트리에르 병원의 로슈 교수에게서, 그리고 이건 낭시의 제니르 박사한테서 온 편지인데, 두 사람 다 당신이 가끔 자신들을 위해 강신술을 해 줬으면 한다네요."

시몬느는 벌떡 일어섰다.

"안 돼요! 싫어요, 싫단 말이에요. 모두 끝난 거예요, 완전히 끝났어요. 약속했잖아요, 라울."

그는 깜짝 놀란 눈으로 그녀를 응시했다. 그녀는 궁지에 몰린 짐승처럼 비틀거리며 그와 마주 서 있었다. 라울은 일어나서 그녀의 손을 잡았다.

"알았어, 알았다니까요. 틀림없이 끝났어요. 그건 알고 있어요. 하지만 난 당신이 정말 자랑스러워요, 시몬느. 이 편지들을 언급한 건 그 때문이에요."

그녀는 의심스러운 듯 재빨리 그를 곁눈질했다.

"다시는 내게 강신술을 하라고 하지 않을 거죠?"

"음, 그런다니까요. 혹시 당신이 그저 이따금 이 오랜 친구들을 위해서 스스로 하고 싶은 마음이 들지 않는 한……."

그러나 시몬느는 흥분해 그의 말을 끊으면서 소리쳤다.

"아니, 아니요, 다시는 하지 않을 거예요. 위험해요. 정말이지 큰 위험이 느껴진단 말이에요."

그녀는 잠시 이마께에서 두 손을 움켜쥐고 있다가 창가로 걸어갔다.

"다시는 시키지 않겠다고 약속해요."

시몬느는 어깨 너머로 조용히 말했다. 라울은 그녀에게 다가가서 어깨를 감싸 안고 부드럽게 말했다.

"내 사랑, 오늘 이후로는 다시는 시키지 않겠다고 약속할게요."

그녀가 갑자기 몸을 움찔했다.

"오늘, 아, 그렇지. 마담 엑스를 잊고 있었어요."

라울은 손목시계를 들여다보았다.

"부인이 이제 곧 도착할 거예요. 하지만 시몬느, 혹시 몸이 좋지 않으면……."

시몬느는 그의 말을 거의 듣고 있지 않는 것 같았다. 꼬리를 물고 이어지는 자신만의 생각에 빠져 있었다.

"그녀는 묘한 사람이에요, 라울, 정말 묘해요. 내가, 내가 그녀를 질색한다는 거 알고 있죠."

"시몬느!"

그의 목소리에는 비난이 담겨 있었다. 그녀는 그것을 느낄 수 있었다.

"네, 알아요. 당신도 다른 프랑스 남자들과 같다는 걸요, 라울. 당신에게 어머니란 신성한 존재이고, 그래서 자식을 잃고 슬픔에 빠져 있는 그녀를 그렇게 생각하는 내가 몰인정하게 생각될 거예요. 하지만 이유는 모르겠어요. 아무튼 그녀는 체격도 너무 크고 검은 옷만 입고, 게다가 그녀의 손은, 그녀의 손을 본 적 있어요, 라울? 굉장히 큰 손이에요. 남자 손처럼 우악스럽고. 아아!"

시몬느는 희미하게 몸을 떨며 눈을 감았다. 라울은 그녀를 감싸고 있던 팔을 내리고 차갑게 말했다.

"정말 알 수가 없군요, 시몬느. 당신도 분명 여자이면서 다른 여자한테, 그것도 하나밖에 없는 자식을 잃은 어머니한테 눈곱만큼의 동정심도 갖고 있지 않다니."

시몬느는 신경질적인 몸짓을 했다.

"하, 알 수 없는 건 당신이에요! 누구도 이건 어쩔 수 없을 거예요. 그녀를 처음 본 순간 난 느꼈어요……."

그녀는 양팔을 뻗으며 말했다.

"공포를요! 그녀를 위해 강신술을 하는 것에 내가 오랫동안 동의하지 않았던 거 기억하죠? 그녀가 내게 어떤 식으로든 불운을 가져올 거란 확신이 들어서였어요."

라울은 어깨를 으쓱하며 냉담하게 말했다.

"그러나 실제로는 정반대의 결과를 가져왔죠. 강신술은 매번 멋진 성공을 거뒀어요. 아멜리의 영혼은 곧 당신의 몸에 들어왔고, 게다가 그 체현된 영혼은 정말 인상적이었죠. 그때 로슈 교수가 참석했어야 했는데."

시몬느가 나직한 소리로 말했다.

"체현된 영혼. 말해 줘요, 라울, 내가 몽환 상태에 있는 동안에는 무슨 일이 일어나는지 전혀 모른다는 거 알죠. 그 체현된 영혼이 그렇게 놀라웠나요?"

그는 신이 나서 고개를 끄덕였다.

"처음 두세 번에서는 아이의 형체가 안개처럼 흐릿하게 보였어. 하지만 마지막 강신술에서는……."

"어땠어요?"

그는 아주 침착하게 말했다.

"시몬느, 거기 서 있던 아이는 실제로 피와 살이 있는 살아 있는 아이였어요. 난 그 아이를 만져 보기까지 했죠. 하지만 접촉을 하면 당신이 격심한 고통을 느끼는 것 같더군요. 그래서 마담 엑스에게는 그렇게 하도록 허락하지 않았어요. 그녀가 자제심을 잃게 되면, 그 결과 당신에 해가 되는 일이 일어날까 봐 두려워서 말이에요."

시몬느는 다시 창문 쪽으로 눈길을 돌리고는 나직하게 말했다.

"깨어났을 때 난 완전히 녹초가 됐어요. 라울, 당신은, 당신은 이런 일이 옳다고 확신해요? 당신도 알죠? 엘리스는 내가 악마와 거래하고 있다고 생각해요."

그녀는 다소 모호한 미소를 지었다.

"내가 뭘 믿는지 알잖아요. 미지의 세계를 다루는 일에는 언제나 위험이 존재하는 법이죠. 하지만 그건 과학을 위한 것이니 숭고

한 목적을 지닌 거예요. 세계 곳곳에 과학을 위해 순교한 사람들이 있어요. 다른 사람들이 자신들의 발자취를 안전하게 뒤따를 수 있도록 대가를 치른 개척자들. 지난 10년 동안 당신은 무시무시한 정신적 긴장에 시달리면서 과학의 발전을 위해 일해 왔어요. 이제 당신의 임무는 끝나요. 오늘 이후로 당신은 자유로이 행복을 누릴 수 있죠."

라울은 진지하게 말했다. 그녀는 다정한 미소를 지어 보였다. 마음의 평정을 되찾은 듯 보였다. 그러고는 재빨리 시계를 흘긋 쳐다보았다.

"마담 엑스가 늦네요. 어쩌면 오지 않을지도 몰라요."

"난 올 거라고 생각하는데요. 당신 시계가 좀 빠른 것 같네요, 시몬느."

시몬느는 방 안을 돌아다니며 장식품들을 이리저리 옮겨 놓았다.

"이 마담 엑스라는 여자는 어떤 사람일까요? 그녀는 어디에서 왔고, 가족들은 어떤 사람들일까요? 그녀에 대해서 아무것도 알지 못한다는 게 이상하잖아요?"

라울은 어깨를 으쓱했다. 그가 대답했다.

"영매를 만나러 오는 사람들 대부분이 가급적이면 신분을 숨기고 싶어 하잖아요. 단지 조심하자는 거겠죠."

"아마 그렇겠죠."

시몬느는 맥없이 인정했다.

그때 그녀가 들고 있던 작은 도자기 꽃병이 손에서 미끄러져 떨어지는 바람에 벽난로의 타일에 부딪쳐 산산조각이 났다. 그녀가 재빨리 라울을 향해 몸을 돌렸다. 그녀가 작은 소리로 말했다.

"당신도 알듯이 난 몸이 좀 이상해요. 라울, 내가 오늘은 할 수 없다고 마담 엑스에게 말한다면 당신은 내가 대단히, 대단히 비겁하다고 생각할 테죠?"

감정이 상한 듯 깜짝 놀라는 라울의 표정을 보고 그녀의 얼굴이 달아올랐다.

"약속했잖아요, 시몬느……."

그는 조용히 말을 시작했다. 그녀는 벽 쪽으로 뒷걸음질 쳤다.

"하지 않겠어요, 라울. 하지 않을 거예요."

하지만 또다시 부드럽게 책망하는 듯한 그의 시선에 그녀는 주춤했다.

"내가 생각하고 있는 건 돈 문제가 아니에요, 시몬느. 하지만 이 부인은 지난번 강신술에 참석하고서 큰돈을, 정말 아주 큰돈을 내놓았다는 걸 알아야 해요."

그녀는 도전적으로 그의 말을 가로막았다.

"돈보다 더 중요한 것들이 있어요."

그는 열심히 맞장구쳤다.

"물론이죠. 내가 말하는 게 바로 그거예요. 생각해 봐요. 이 여인은 어머니예요. 외자식을 잃은 어머니. 당신이 정말 아픈 게 아니고, 단지 당신의 일시적인 기분 때문이라고 하더라도 부유한 여인의 충동을 거절할 수는 있어요. 하지만 자식을 마지막으로 한 번 보고 싶어 하는 어머니의 청까지 거절할 수 있는 건가요?"

영매는 절망적으로 양팔을 앞으로 뻗으며 중얼거렸다.

"아, 당신은 날 괴롭게 만드는군요. 그렇지만 당신 말이 맞아요. 당신이 바라는 대로 할 게요. 하지만 이제 내가 두려워하는 게 뭔지 알겠어요. 그건 바로 '어머니'라는 말이었어요."

"시몬느!"

"세상에는 원초적인 힘이 있어요, 라울. 그것들 대부분은 문명에 의해 사라졌지만, 모성애는 처음 그대로 남아 있어요. 동물이나 인간이나 모성애는 다 똑같아요. 이 세상에서 자식에 대한 어머니의 사랑과 견줄 수 있는 건 아무것도 없어요. 그건 원칙도 동정심도 없고 모든 위험을 무릅쓰고 앞길에 있는 것을 가차 없이 전부 짓밟아 버리죠."

그녀는 말을 멈추고, 잠시 숨을 헐떡이다가 그를 향해 돌아서서 애교 섞인 미소를 지어 보였다.

"오늘 내가 바보 같죠, 라울. 나도 알아요."

라울이 그녀의 손을 잡았으며 권유했다.

"잠시 누워서 쉬도록 해요, 마담이 올 때까지."

"알았어요."

그녀는 라울에게 미소를 보내고 방에서 나갔다.

라울은 생각에 몰두한 채 잠시 그대로 있다가 성큼성큼 문을 열고 나가서는 작은 홀을 가로질러 갔다. 그러고는 맞은편에 있는 거실로 들어갔다. 먼젓번 방과 매우 비슷한 방이었는데, 한쪽 끝에 커다란 안락의자가 놓여 있는 벽감이 있었다. 그곳에는 무거운 검은색 벨벳 커튼이 드리워져 있었다. 엘리스가 분주히 방을 준비하고 있었다. 그녀는 벽감 가까이에 의자 2개와 작은 원형 탁자를 갖다놓았다. 탁자 위에는 탬버린과 뿔 나팔, 종이와 연필이 놓여 있었다.

"마지막이에요. 아, 무슈, 끝난 거라면, 다 끝난 거라면 좋을 텐데요."

엘리스는 근심스러우면서도 만족스런 얼굴로 중얼거렸다.

그때 초인종 소리가 날카롭게 울렸다.

노파가 계속 말을 이었다.

"그 여자가 왔네요. 덩치 큰 헌병 같은 여자가. 왜 성당에 가서 죽은 아이의 영혼을 위해 성모 마리아님 앞에 촛불을 켜고 점잖게 기도를 올리지 않는 거죠? 하느님은 우리에게 무엇이 가장 좋은지 알고 계시지 않나요?"

"문이나 열어, 엘리스."

라울이 단호하게 말했다. 그녀는 라울을 힐끔 보고서 그의 말에 따랐다. 잠시 뒤에 그녀는 방문자를 안내해서 돌아왔다.

"오셨다고 주인께 말씀드리겠습니다, 마담."

라울은 앞으로 나서서 마담 엑스와 악수를 나눴다. 시몬느의 말이 떠올랐다. '체격도 너무 크고 검은 옷만 입고.' 몸집이 크기도 했지만, 묵직한 검은색 프랑스 상복 때문에 더 비대해 보이는 것 같았다. 그리고 말할 때에는 목소리가 아주 낮고 굵었다.

"내가 좀 늦었지요, 무슈."

"조금밖에 늦지 않으셨는데요. 마담 시몬느는 누워 있습니다. 유감스럽게도 몸이 좀 좋지 않아서요. 신경이 날카롭고 많이 지친 상태지요."

 라울이 미소를 지으며 말했다. 악수한 손을 놓으려던 그녀의 손이 바이스처럼 라울의 손을 꽉 쥐었다.

 "하지만 하실 거죠?"

 그녀가 다그쳐 물었다.

 "그럼요, 마담."

 마담 엑스는 안도의 한숨을 쉬고 의자에 털썩 주저앉았다. 그러고는 무거운 검은 베일 중 하나를 풀며 중얼거렸다.

 "아, 무슈! 당신은 짐작도 못 할 거예요. 이 강신술이 내게 놀라움과 기쁨을 준다는 건 상상도 못 할 거예요. 내 애기! 나의 아멜리! 딸애를 보고 그 아이의 목소리를 듣고, 어쩌면, 예, 어쩌면 손을 뻗어서 그 애를 만질 수도 있겠죠."

 라울은 다급하고 단호한 목소리로 말했다.

 "마담 엑스, 어떻게 설명드려야 할지……. 무슨 일이 있어도 제가 지시하는 일 외에는 아무것도 해서는 안 됩니다. 그렇지 않으면 아주 중대한 위험이 발생할 테니까요."

 "내게 위험한가요?"

 "아닙니다, 마담, 영매에게 위험합니다. 그 현상이 일어나는 건 어떤 의미에서 과학적으로 설명될 수 있다는 걸 이해해야 합니다. 전문적인 용어를 사용하지 않고 아주 간단하게 그 문제를 설명해 드릴 게요. 혼령이 나타나기 위해서는 영매의 실재하는 육체를 사용해야 합니다. 영매의 입에서 기체가 흘러나오는 걸 보셨죠. 궁극적으로 이것이 응축해서 혼령의 죽은 육체와 유사한 것을 형성하는 겁니다. 그러나 우리는 이 가상의 심령체가 사실상 영매의 육체라고 믿고 있어요. 언젠가 정확한 무게를 재고 분석해서 그것을 입증할 날을 기대하고 있습니다만, 그 현상체를 만지게 되면 영매에게 위험과 고통이 뒤따른다는 게 큰 문제이지요. 누구든 체현된 영혼을 함부로 붙잡는다면 영매가 죽음에 이를지도 모릅니다."

마담 엑스는 귀 기울여 듣고 있었다.

"아주 흥미로운 이야기네요, 무슈. 영혼의 체현이 진행되다가 모체, 그러니까 영매의 몸에서 분리되는 날이 올 수도 있겠네요?"

"그건 터무니없는 억측입니다, 마담."

그녀는 자신의 의견을 고집했다.

"하지만 그 사실이 불가능한 건 아니죠?"

"현재로서는 완전히 불가능한 일이죠."

"하지만 어쩌면 미래에는?"

마침 그때 시몬느가 들어오는 바람에 그는 대답을 피할 수 있었다. 시몬느는 맥이 없고 창백했지만 자제심을 완전히 회복한 듯했다. 그러나 앞으로 나서서 마담 엑스와 악수를 나누는 순간 시몬느의 온몸에 전율이 퍼지는 것을 라울은 눈치챘다.

"마담, 몸이 좋지 않다니 유감이에요."

마담 엑스가 말했다. 시몬느는 다소 퉁명스럽게 대꾸했다.

"별일 아니에요. 그럼 시작할까요?"

그녀는 벽감으로 가서 안락의자에 앉았다. 그런데 이번에는 라울이 갑자기 온몸에 공포가 밀려오는 것을 느꼈다. 그가 소리쳤다.

"당신은 아직 충분히 회복되지 않았어요. 강신술을 취소하는 게 낫겠어요. 마담 엑스는 이해해 주실 거예요."

"무슈!"

마담 엑스가 성난 얼굴로 일어섰다.

"네, 그래요, 하지 않는 게 좋겠어요. 꼭 그래야 돼요."

"마담 시몬느는 마지막으로 한 번 더 해 주겠다고 내게 약속했어요."

시몬느는 차분하게 인정했다.

"그래요. 내 약속을 지킬 준비가 돼 있어요."

"꼭 그러기를 바라요, 마담."

"난 약속을 어기지 않아요."

시몬느는 냉정하게 말했다. 그리고 상냥하게 덧붙였다.

"걱정하지 말아요, 라울. 어쨌든 마지막이잖아요. 감사하게도 마지막이에요."

그녀가 신호를 보내자 라울은 벽감에 무거운 검은 커튼을 쳤다. 그리고 창문에도 커튼을 쳐서 방을 좀 어둡하게 했다. 그는 마담 엑스에게 의자 하나를 가리키고 다른 의자에 앉으려고 했다. 그러나 마담 엑스는 머뭇거리며 서 있었다.

"용서하세요, 무슈. 하지만 내가 당신과 마담 시몬느의 정직성을 무조건 믿는다는 건 아셔야 돼요. 그렇지만 내 증언을 더 가치 있는 것으로 만들기 위해 이것을 가져왔어요."

그녀는 핸드백에서 가느다란 긴 밧줄을 꺼냈다.

"마담! 무례하시군요."

라울이 소리쳤다.

"일종의 예방 조치예요."

"다시 말씀드리죠. 그건 무례한 행동입니다."

"반대하는 이유를 모르겠네요, 무슈. 속임수를 쓰지 않는다면 두려워할 이유가 없지 않나요."

마담 엑스는 쌀쌀맞게 말했다.

라울은 경멸에 차서 웃었다.

"전 결코 아무것도 두려워하지 않습니다, 마담. 원한다면 제 손과 발을 묶으시죠."

그의 말은 기대했던 효과를 불러일으키지 못했다. 마담 엑스는 다만 냉정하게 이렇게 말했을 뿐이다.

"감사합니다, 무슈."

그러고는 밧줄 묶음을 들고 그에게 다가왔다.

갑자기 커튼 뒤에서 시몬느가 소리쳤다.

"안 돼요, 안 돼요, 라울. 그렇게 하게 해선 안 돼요."

마담 엑스는 조롱하는 듯 깔깔거리며 웃었다.

"마담은 걱정이 되나 보네요."

그녀는 빈정거리는 투로 말했다.

"그래요, 난 걱정이 돼요."

"말조심해, 시몬느. 마담 엑스는 우리를 협잡꾼이라고 생각하고 있단 말이야."

라울이 소리쳤다.

"난 확실히 하려는 것뿐이에요."

마담 엑스는 굴하지 않고 꼼꼼하게 작업을 해서 라울을 의자에 단단히 묶어 버렸다.

"축하드려야겠군요, 마담. 이제 만족하셨습니까?"

그녀가 다 묶고 나자 라울이 빈정댔다. 마담 엑스는 대꾸하지 않았다. 그녀는 방을 돌아다니며 판벽널을 세심히 살폈다. 그러고 나서 홀로 통하는 문을 잠근 뒤 열쇠를 치워 버리고 자리로 돌아왔다.

"자, 준비됐어요."

그녀는 뭐라고 형언하기 힘든 목소리로 말했다.

몇 분이 흘렀다. 커튼 뒤에서 시몬느의 숨소리가 점점 거칠어지는가 싶더니 식식거리는 소리가 들렸다. 그러고는 소리가 완전히 사라졌다가 신음 소리가 이어졌다. 또다시 잠시 동안 침묵이 흐르다 갑자기 소란스런 탬버린 소리가 정적을 깨뜨렸다. 뿔 나팔이 탁자 위에서 떠올랐다 바닥에 내동댕이쳐졌다. 조롱하는 듯한 웃음소리가 들려왔다. 벽감에 드리워진 커튼이 조금 열리고, 그 틈으로 영매의 모습이 보였다. 그녀는 고개를 가슴까지 떨구고 있었다. 갑자기 마담 엑스가 숨을 삼켰다. 영매의 입에서 리본처럼 가늘고 긴 연기가 흘러나왔다. 그것이 응축되면서 점차 형체가, 어린아이처럼 보이는 형체가 나타났다.

"아멜리! 내 귀여운 아멜리!"

마담 엑스의 입에서 목쉰 속삭임이 흘러나왔다. 흐릿한 형체는 계속 응축되고 있었다. 라울은 거의 믿을 수 없다는 듯이 바라보았다. 이보다 더 성공적으로 영혼이 체현된 적은 없었다. 지금 진짜 아이가, 피와 살이 있는 진짜 아이가 실제로 그곳에 서 있었다.

"마망(엄마)!"

가냘픈 어린아이의 목소리가 말했다.

"내 아기! 내 아기!"

마담 엑스는 반쯤 자리에서 일어섰다.

"신중하세요, 마담."

라울은 큰 소리로 경고했다. 체현된 영혼이 머뭇거리며 커튼 뒤에서 나타났다. 어린아이였다. 여자아이가 두 팔을 뻗은 채 그곳에 서 있었다.

"마망!"

"아아!"

마담 엑스는 다시 반쯤 자리에서 일어섰다.

"마담, 영매가……."

라울이 깜짝 놀라 소리쳤다.

"딸애를 만져 봐야겠어요."

마담 엑스가 쉰 목소리로 소리쳤다. 그녀는 한 발 앞으로 나갔다.

"제발, 마담, 진정해요."

라울은 애원하다시피 소리쳤다. 이제 그는 정말로 겁을 먹고 있었다.

"당장 앉아요."

"내 아기, 딸애를 만져 봐야 돼요."

"마담, 이건 명령입니다, 앉아요!"

그는 결박을 풀려고 필사적으로 몸부림쳤지만 마담 엑스가 워낙 단단히 묶어 놓은 상태였다. 그는 속수무책으로 앉아 있을 수밖에 없었다. 끔찍한 재난이 일어날 것 같은 예감이 그를 엄습했다.

"마담, 제발 앉아요! 영매를 생각해요."

마담 엑스가 그를 향해 얼굴을 돌리고 귀에 거슬리는 소리로 웃었다.

"내가 왜 영매를 걱정해야 되지? 난 내 아이를 원해."

그녀가 부르짖었다.

"당신은 미쳤어!"

"내 아기란 말이야. 내 아기! 내 친딸이야! 내 피와 살을 나눈 내 아기야! 내 아기가 죽음에서 돌아와서 살아 숨 쉬고 있어."

라울은 입을 열었지만, 아무 말도 나오지 않았다. 무서운 여자! 자신의 열망에 사로잡힌 무자비한 야만인. 아이가 입을 조금 벌리자, 이 말이 세 번째로 되풀이됐다.

"마망!"

"이리 오렴, 내 딸."

마담 엑스가 큰 소리로 불렀다. 그녀는 재빠르게 아이를 팔에 안았다. 커튼 뒤에서 몹시 괴로워하는 비명 소리가 길게 이어졌다.

"시몬느! 시몬느!"

라울이 부르짖었다.

그는 마담 엑스가 그의 옆을 쏜살같이 지나서 자물쇠를 열고 계단을 달려 내려가는 것을 어렴풋이 인식했다.

커튼 뒤에서는 아직도 소름끼치는 날카로운 비명 소리가 길게 들려왔다. 라울은 그런 비명 소리를 들어본 적이 없었다. 비명 소리는 꼴록거리는 섬뜩한 소리로 이어지다가 완전히 사라졌다. 그러고는 몸이 쿵 하고 쓰러지는 소리가 났다……

라울은 포박에서 벗어나려고 미친 듯이 발버둥 쳤다. 광란 상태에서 그는 믿기 어려운 괴력을 발휘해 밧줄을 뚝 끊는 데 성공했다. 그가 간신히 일어났을 때, 엘리스가 달려 들어오며 "아씨!"를 소리쳐 불렀다.

"시몬느!"

라울도 소리쳐 불렀다. 그들은 함께 달려가서 커튼을 열어젖혔다. 라울은 비틀거리며 뒷걸음질 쳤다.

"이런! 피, 온통 피로 물들었어……."

그가 중얼거렸다. 옆에서 엘리스가 떨리는 쉰 목소리로 말했다.

"정말로 아씨가 돌아가셨어요. 돌아가셨단 말이에요. 그런데 무슈, 무슨 일이 있었던 거예요? 왜 아씨 몸이 오그라든 거죠? 어째서 아씨 키가 절반으로 줄어든 거예요? 여기서 무슨 일이 일어난 건가요?"

"모르겠어."

라울이 말했다. 그의 음성은 절규로 바뀌었다.

"모르겠어. 나도 모르겠어. 하지만 난, 난 미쳐 버릴 것 같아……. 시몬느! 시몬느!"

SOS

I

"아!"

딘스미드 씨는 감탄사를 내뱉고는 뒤로 물러나서 만족스런 눈길로 둥근 탁자를 바라보았다. 난로의 불빛이 결이 거친 하얀 식탁보와 나이프, 포크, 다른 식탁 장식품들을 어슴푸레 비추고 있었다.

"준, 준비가 다 됐어요?"

딘스미드 부인이 더듬거리며 물었다. 그녀는 젊음이 사그라든 작은 체구의 여인으로 핏기 없는 얼굴에 숱이 적은 머리를 이마에서 뒤로 빗어 넘기고 있었다. 그녀는 끊임없이 불안해하고 있었다.

"만반의 준비가 됐어."

그녀의 남편은 지나치게 상냥한 태도로 말했다. 그는 구부정한 어깨를 한 몸집이 큰 남자로 얼굴이 넓적하고 불그스름했다. 작은 눈이 텁수룩한 눈썹 밑에서 번득이고 있었고 커다란 턱에는 수염이 전혀 없었다.

"레모네이드로 할까요?"

거의 속삭이는 듯한 목소리로 딘스미드 부인이 물었다.

그녀의 남편은 고개를 설레설레 흔들었다.

"차로 해. 어느 모로 보아도 차가 더 좋아. 날씨를 보라구. 비가 계속 쏟아지고 바람이 불어 대고 있잖아. 이런 날씨에는 저녁 식사에 맛있고 따끈한 차 한 잔을 곁들이는 게 제격이야."

그는 익살스럽게 윙크를 하고 나서 다시 시선을 돌려 탁자를 내려다보았다.

"맛있는 달걀 요리와 차가운 콘비프, 그리고 빵과 치즈면 돼. 그게 내가 주문하는 저녁 식사야. 가서 준비하도록 해. 샤를로트가 당신을 도우려고 부엌에서 기다리고 있을 거야."

딘스미드 부인은 뜨개질하던 실 뭉치를 조심스럽게 감으며 자리에서 일어섰다. 그녀는 중얼거렸다.

"그 애는 아주 예쁜 아가씨로 자랐어요. 정말 예쁘게요."

"아, 제 엄마를 쏙 빼닮았잖아! 어서 가 보라구. 더 이상 시간 낭비하지 말고."

딘스미드 씨는 잠시 콧노래를 흥얼거리며 방 안을 어슬렁거렸다. 그러다가 창가로 가서 밖을 내다보았다. 그는 입속말로 중얼거렸다.

"날씨가 사납군. 오늘 밤에 찾아올 사람은 없겠어."

그러고 나서 그도 방을 나갔다.

10분쯤 뒤에 딘스미드 부인이 계란프라이 접시를 들고 들어왔다. 그녀의 두 딸도 나머지 음식을 들고 뒤따라 들어왔다. 딘스미드 씨와 아들 조니가 끝으로 들어왔다. 딘스미드 씨는 탁자의 상석에 가서 앉아 익살스럽게 말했다.

"우리가 여러 가지 음식들로 성찬을 받을 수 있는 것에 감사하며, 처음으로 통조림을 생각해 낸 사람에게 축복이 있기를. 고깃간 주인이 매주 정기적으로 찾아오는 것을 깜빡할 때에 말이다. 우리에게 통조림이 없다면 이렇게 마을에서 멀리 떨어진 곳에서 우리가 어떻게 될지 알 수 없지 않니?"

그러고는 능숙하게 콘비프를 자르기 시작했다.

"마을에서 멀리 떨어진 곳에다 이렇게 집을 지을 생각을 한 게 누굴까? 사람이라곤 그림자도 보이지 않잖아요."

그의 딸 맥달란이 뿌루퉁하니 말했다.

"그래, 그림자도 보이지 않지."

"전 아버지가 왜 이런 집을 사셨는지 모르겠어요."

샤를로트가 말했다.

"그러냐? 뭐, 그럴 만한 이유가 있었다, 그럴 만한 이유가."

그는 아내의 눈치를 슬쩍 살폈다. 아내는 눈살을 찌푸리고 있었다.

샤를로트가 이어 말했다.

"게다가 귀신도 나올 것 같고. 천만금을 준대도 여기선 혼자 못자겠어요."

"바보 같은 소리. 아무것도 본 적이 없잖니? 말도 안 된다."

"아무것도 보지는 못했죠, 하지만……."

"하지만 뭐냐?"

샤를로트는 대답을 하지 않고 몸을 살짝 떨었다. 세찬 빗줄기가 창유리를 때렸다. 딘스미드 부인이 쨍그랑하고 수저를 접시에 떨어뜨렸다.

딘스미드 씨가 물었다.

"겁이 나는 건 아니지, 여보? 날씨가 거친 밤일 뿐이야. 걱정하지 말라고. 우린 여기 난로 옆에서 안전하잖아. 그리고 밖에서 우리를 방해할 사람도 없어. 뭐 누군가 있다면 그건 기적일 거야. 하지만 기적은 일어나지 않아. 암."

그는 기묘한 만족감 같은 것을 느끼며 자신에게 말하듯이 덧붙였다.

"기적은 일어나지 않아."

그 말이 그의 입에서 떨어지기 무섭게 갑자기 문을 두드리는 소리가 들렸다. 딘스미드 씨는 돌이 된 것처럼 굳어졌다.

"대체 무슨 소리지?"

그는 놀란 듯 입을 다물지 못했다.

딘스미드 부인은 훌쩍거리며 숄을 끌어올려 몸을 감쌌다. 맥달란은 상기된 얼굴로 몸을 앞으로 숙이며 아버지에게 말했다.

"기적이 일어났어요. 아버지가 가셔서 누가 왔든 들어오게 하는 게 좋겠어요."

II

 20분 전, 모티머 클리블랜드는 휘몰아치는 빗줄기와 짙은 안개 속에서 자신의 자동차를 살펴보고 있었다. 정말 지독한 불운의 연속이었다. 10분 사이에 타이어가 2개나 펑크가 난 데다가, 밤은 다가오는데 집 한 채 보이지 않는 마을에서 멀리 떨어진 이 텅 빈 윌트셔(잉글랜드 남부의 주—옮긴이) 한복판에서 오도 가도 못하는 신세가 된 것이었다. 지름길로 가려다가 제대로 골탕을 먹고 있었다. 그냥 큰길로 갔어야 했는데! 지금 그는 짐마차 길로 보이는 곳에서 길을 잃고서, 근처에 마을이 있는지조차도 알 수 없는 상황이었다.
 그는 당황한 눈길로 주위를 살폈다. 그의 눈에 위쪽 산허리에서 어슴푸레 빛나는 불빛이 들어왔다. 순식간에 안개에 다시 가려지긴 했지만 참을성 있게 기다리자 이윽고 두 번째로 어스레한 빛이 나타났다. 잠시 생각한 뒤에 그는 차를 놔두고 산허리를 뛰어 올라갔다.
 잠시 뒤 안개를 벗어나자 그는 그 빛이 작은 산장의 창문에서 새어 나오는 불빛이라는 것을 알게 됐다. 아무튼 비바람을 피할 수는 있을 것이다. 모티머 클리블랜드는 그를 쫓아 버리려는 듯 사납게 몰아치는 비바람에 고개를 숙인 채 걸음을 재촉했다.
 클리블랜드는 자신의 분야에서 상당한 명성을 가진 사람이었지만 대부분의 사람들은 그의 이름이나 업적에 대해 완전히 무지했다. 그는 정신과학 분야의 권위자로 잠재의식에 관한 훌륭한 글을 2권이나 썼다. 또한 그는 심령 연구회의 회원이었으며 자신의 판단과 연구 방향에 영향을 미치는 한도 내에서 신비학을 연구하기도 했다.

그는 천성적으로 분위기에 특별히 민감했는데, 계획적인 훈련을 통해서 자신의 타고난 재능을 발전시켰다. 그가 마침내 산장에 도착해서 문을 두드렸을 때, 그는 자신의 모든 기능이 예민해지는 것처럼 흥분감이 느껴지고 호기심이 솟구치는 것을 깨달았다.

안에서는 중얼대는 목소리들이 분명히 들렸다. 그가 문을 두드리자 순간 말소리가 뚝 끊기더니 의자를 뒤로 미는 소리가 들렸다. 잠시 뒤에 15살쯤 돼 보이는 소년이 문을 거칠게 열었다. 클리블랜드는 소년의 어깨 너머로 집 안의 장면을 응시했다.

순간 어느 네덜란드의 대가가 그린 방 안의 정경이 떠올랐다. 음식이 차려져 있는 둥근 식탁과 둘러앉은 가족들, 깜박거리는 한두 개의 양초 불빛과 온 방을 붉게 물들이는 난로 불빛. 큰 몸집의 아버지는 식탁 한쪽에 앉아 있었고, 자그만 체구의 평범한 여인이 겁먹은 얼굴로 그의 맞은편에 앉아 있었다. 문을 마주하고 앉아서 클리블랜드를 정면으로 바라보고 있는 것은 젊은 아가씨였다. 그녀는 입으로 가져가던 찻잔을 든 손을 정지한 채 놀란 눈으로 클리블랜드의 눈을 똑바로 응시하고 있었다.

클리블랜드는 그녀가 매우 보기 드문 미인이라는 것을 한눈에 알아보았다. 그녀의 황금색 머리카락은 안개처럼 얼굴을 감싸고 있었고, 미간이 넓은 눈은 순수한 잿빛이었다. 그녀의 입매와 턱은 이탈리아 초기의 성모 마리아상과 닮아 있었다.

잠시 죽음과 같은 정적이 흘렀다. 클리블랜드는 집 안으로 들어

가서 자신의 상황을 설명했다. 그가 따분한 얘기를 마치자 또다시 이해하기 힘든 침묵이 이어졌다. 마침내 그 집안의 가장이 마치 많은 노력이 필요한 것처럼 간신히 자리에서 일어났다.

"들어오세요……. 클리블랜드 씨라고 하셨나요?"

"네, 그렇습니다."

모티머는 웃으며 말했다.

"아, 네. 들어오세요, 클리블랜드 씨. 개도 바깥에 두지 못할 날씨 아닙니까? 어서 불가로 오세요. 문을 닫아 주겠니, 조니? 한밤중에 거기 그렇게 서 있지 말고."

클리블랜드는 앞으로 가서 난로 옆에 있는 나무 의자에 걸터앉았다. 조니라는 소년이 문을 닫았다.

"저는 딘스미드라고 합니다. 이쪽은 제 아내고, 그리고 쟤들은 딸 샤를로트와 맥달란입니다."

그는 이제 대단히 친절한 태도를 취했다.

클리블랜드는 처음으로 그를 등지고 앉아 있었던 딸의 얼굴을 보았는데, 완전히 다른 의미에서 그녀가 언니만큼이나 아름답다고 생각했다. 짙은 검은색 머리에 매끄럽고 창백한 얼굴, 살짝 휜 매부리코, 냉정한 입매. 엄숙하고 거의 범접하기 어려운 차가운 아름다움이었다. 아버지의 소개에 그녀는 고개를 숙여 인사를 하고서 그가 어떤 사람인지 살피려는 듯 뚫어지게 쳐다보았다. 마치 그를 저울에 올려놓고는 자신의 미숙한 판단으로 그의 인품을 꿰뚫어 알아내려는 듯이 보였다.

"뭐 마실 것 한 잔 드릴까요, 클리블랜드 씨?"

"감사합니다. 차 한 잔 마시면 좋을 것 같군요."

딘스미드 씨는 잠시 머뭇거리다가 탁자에 있던 찻잔 5개를 하나씩 들어서 차 찌꺼기를 쏟는 그릇에 쏟았다. 그는 무뚝뚝하게 말했다.

"차가 식었네. 차를 다시 좀 끓여 줄래, 여보."

딘스미드 부인은 재빨리 일어나서 찻주전자를 들고 서둘러 나갔다. 모티머는 그녀가 방에서 나가는 것을 기뻐하는 것 같다는 생각이 들었다.

새로 끓인 차가 곧 들어왔고, 그와 함께 뜻밖의 손님은 많은 음식을 대접받았다.

딘스미드 씨는 끊임없이 떠들어 댔다. 그는 활달하고 다정하며 수다스러운 사람이었다. 낯선 사람에게 자신에 대한 온갖 얘기를 들려주었다. 그는 최근에 건축업에서 은퇴했는데, 상당한 돈을 벌었다고 했다. 지금까지 시골에 산 일이 한 번도 없었기 때문에 그와 아내는 시골에서 좀 살아 보고 싶다는 생각을 하게 됐다. 물론 10월과 11월은 집을 구하기에는 적당한 시기는 아니었지만 기다릴 수가 없었다고 했다.

"아시다시피 인생이란 불확실하잖습니까."

그래서 그들은 이 산장을 구입했던 것이다. 어디서나 13킬로미터는 떨어져 있고, 도시라고 부를 수 있는 곳에서는 족히 30킬로미터는 떨어져 있지만 불평하지 않았다고 했다. 두 딸은 아주 따분한 곳이라고 생각했지만 그나 아내는 한적한 생활에 만족하고 있다는 것이었다.

그는 계속 얘기했고, 모티머는 최면이라도 걸린 듯 술술 흘러나오는 그의 말을 무력하게 듣고 있었다. 확실히 이곳에는 평범한 가정생활 외에는 아무것도 없었다. 그러나 처음 실내를 보았을 때, 그는 누구인지는 모르겠지만 저 다섯 사람 중 한 사람에게서 발산되는 불안감과 긴장감을 감지했었다. 순전히 바보 같은 느낌이야. 내가 완전히 신경이상인가 보군! 그들은 갑작스런 방문자 때문에 깜짝 놀랐을 뿐인 것을.

그는 하룻밤 숙박을 청했다. 말을 꺼내기가 무섭게 대답이 돌아왔다.

"저희 집에서 머무르셔야지요, 클리블랜드 씨. 주변 수 킬로미터 내에 아무것도 없으니까요. 침실을 하나 내 드리지요. 그리고 제 잠옷이 좀 크기는 하겠지만, 뭐 없는 것보다야 낫지 않겠습니까. 옷은 내일 아침이면 다 마를 겁니다."

"정말 친절하시군요."

남자는 기분 좋게 대답했다.

"별말씀을. 제가 말씀드렸듯이 이런 밤에는 개도 쫓아 버릴 수 없지요. 맥달란, 샤를로트, 올라가서 방을 준비하도록 해라."

두 딸이 방을 나갔다. 곧 그들이 머리 위에서 걸어 다니는 소리가 모티머에게 들렸다. 클리블랜드가 말했다.

"따님들처럼 매력적인 젊은 아가씨들이 이곳을 따분하다고 여기는 건 충분히 이해가 가는군요."

딘스미드 씨는 아버지답게 자랑스러워하며 말했다.

"예쁜 아이들이지요? 지들 엄마나 나를 많이 닮지 않았어요. 우리야 못난이 한 쌍이지만 서로 많이 사랑하고 아낀답니다. 뭐 그렇단 말입니다, 클리블랜드 씨. 어, 매기, 그렇지 않아?"

딘스미드 부인은 새치름하게 웃더니 다시 뜨개질을 하기 시작했다. 바늘들이 부지런히 움직였다. 그녀는 손놀림이 아주 빨랐다.

이윽고 방이 준비됐다는 얘기를 듣고서 모티머는 다시 한번 감사를 표하고 그만 자러 가야겠다고 말했다.

"침대에 탕파(더운물을 넣어서 허리와 다리를 덥게 하는, 쇠나 자기로 만든 그릇 — 옮긴이)를 넣었니?"

딘스미드 부인은 별안간 집안의 자랑거리라도 생각난 것처럼 물었다.

"네, 엄마. 2개 넣었어요."

"잘 했구나. 애들아, 손님과 함께 올라가서 필요한 게 있으신지 살펴 드리도록 해라."

딘스미드 씨가 말했다.

맥달란은 창문으로 가서 걸쇠가 잘 잠겨 있는지 확인했다. 샤를로트는 세면대 비품을 마지막으로 훑어보았다. 그러고 나서 그들은 나가지 않고 문 앞에서 꾸물거렸다.

"안녕히 주무세요, 클리블랜드 씨. 정말 더 필요한 것 없으세요?"

"네, 없어요. 고마워요, 맥달란 양. 두 사람에게 너무 폐를 끼쳐서 미안하군요. 잘 자요."

"안녕히 주무세요."

그들은 방을 나간 뒤 문을 닫았다. 모티머 클리블랜드는 혼자 남았다. 그는 생각에 잠겨서 천천히 옷을 벗었다. 그러고는 딘스미드 씨의 분홍색 잠옷을 입고서 자신의 젖은 옷을 모아서 안주인이 말한 대로 문밖에 내놓았다. 아래층에서 딘스미드 씨가 시끄럽게 떠드는 소리가 들렸다.

정말 말이 많은 사람이군! 성격이 아주 별나다니까. 그런데 사실 가족 모두에게 어딘지 기묘한 데가 있어. 아니면 내 상상일 뿐일까?

그는 느릿느릿 방으로 들어가서 문을 닫았다. 그러고는 생각에 잠긴 채 침대 옆에 서 있었다. 그때 그는 깜짝 놀라 움찔했다.

침대 옆 마호가니 탁자는 먼지로 덮여 있었다. 그런데 그 먼지 속에 분명히 SOS로 보이는 세 글자가 씌어 있었던 것이다.

모티머는 자신의 눈을 믿을 수 없다는 듯이 뚫어지게 바라보았다. 그것은 그의 막연한 추측과 예감을 모두 뒷받침하는 증거였다. 그렇다면 그가 옳았던 것이다. 이 집에는 뭔가 문제가 있었다.

SOS. 도움을 요청하는 신호. 하지만 먼지 속에 이것을 쓴 건 누구의 손가락일까? 맥달란일까, 아니면 샤를로트일까? 그의 기억으로는 그들 둘 다 방을 나가기 전에 잠깐 동안 그곳에 서 있었다. 누가 몰래 탁자에 손을 내리고서 저 세 글자를 썼을까?

두 딸의 얼굴이 그의 눈앞에 떠올랐다. 모호하고 냉담한 표정을 짓고 있던 맥달란의 얼굴과 그가 처음 보았을 때 깜짝 놀란 표정으로 설명할 수 없는 뭔가가 담긴 눈을 동그랗게 뜨고 있던 샤를로트의 얼굴을…….

그는 다시 문으로 가서 열어 보았다. 딘스미드 씨의 목소리는 더 이상 들리지 않았다. 집 안은 고요했다.

그는 혼잣말을 중얼거렸다.

"오늘 밤에는 아무것도 할 수 없어. 그래, 내일까지 기다려야지. 그러면 뭔가 알게 되겠지."

III

클리블랜드는 아침 일찍 일어났다. 그는 아래층 거실을 지나 뜰로 나갔다. 비가 내린 뒤라 아침 공기가 맑고 산뜻했다. 누군가 일찍 일어난 사람이 있었다. 뜰 안쪽에서 샤를로트가 담장에 기대서 언덕을 바라보고 있었다. 그녀에게 다가갈 때 그의 맥박이 조금 빨라졌다. 그는 처음부터 그 메시지를 쓴 건 샤를로트일 거라고 혼자 확신하고 있었기 때문이었다. 그가 가까이 가자 그녀가 고개를 돌리며 "안녕히 주무셨어요."라고 인사했다. 솔직하고 순수한 그녀의 눈길에는 어떤 비밀인지 유추해 낼 만한 힌트가 담겨 있지 않았다. 모티머는 웃으면서 말했다.

"좋은 아침이지요. 오늘 아침 날씨는 지난밤과는 아주 딴판이네요."

"정말 그래요."

모티머는 바로 옆에 있는 나무의 잔가지 하나를 꺾었다. 그러고는 발치께 매끈한 모래 바닥에다 나뭇가지로 느릿느릿 뭔가를 쓰기 시작했다. S를 쓰고, 다음에 O를, 그리고 S를 썼다. 그렇게 하면서 모티머는 그녀를 주의 깊게 살폈다. 하지만 또다시 아무것도 간파하지 못했다. 그는 불쑥 물었다.

"이 글자들이 무엇을 의미하는지 알아요?"

샤를로트는 얼굴을 좀 찡그리더니 되물었다.

"배들이, 정기선들이 조난당했을 때 보내는 신호 아닌가요?"

모티머는 고개를 끄덕였다. 그리고 침착하게 말했다.

"지난밤에 누군가 내 침대 옆 탁자에다 이것을 써 놓았더군요. 난 당신이 그렇게 했을 거라고 생각했는데요."

그녀는 놀라서 눈을 동그랗게 뜨고 그를 쳐다보았다.

"제가요? 아니에요."

그럼 자신이 틀린 것이다. 극심한 실망감으로 인한 고통이 온몸에 번졌다. 그렇게, 그렇게 확신을 했는데. 그의 직관이 틀리는 것은 좀처럼 드문 일이었다. 그는 다시 물었다.

"틀림없어요?"

"네, 틀림없어요."

그들은 돌아서서 함께 천천히 집으로 향했다. 샤를로트는 다른 생각에 빠져 있는 듯했다. 그가 자신의 의견을 말하는데도 건성으로 대꾸했다. 그러다 갑자기 나직한 목소리로 허둥지둥 말했다.

"손, 손님이 그 SOS라는 글자에 대해 물으시니까 이상한 생각이 들어서요. 물론 저는 쓰지 않았지만, 아마 저라도 그렇게 했을 거예요."

그는 걸음을 멈추고 그녀를 바라보았다. 그녀는 재빨리 이어 말했다.

"바보 같은 소리로 들릴 거라는 건 알아요. 하지만 저는 정말 무서웠어요, 정말 지독히 무서웠어요. 어젯밤에 손님이 오셨을 때, 마치 무언가에 대한 응답처럼 생각됐거든요."

"뭐가 무서운 거죠?"

그가 즉시 물었다.

"모르겠어요."

"모른다고요?"

"아무래도 이 집 때문인 거 같아요. 이곳에 온 이후로 그런 느낌이 점점 강해지고 있어요. 어쩐지 모두가 다르게 보여요. 아버지, 어머니, 맥달란, 모두 딴 사람이 된 것 같이 느껴져요."

모티머는 곧바로 말하지 않았다. 그리고 그가 말을 꺼내기도 전에 샤를로트가 다시 말을 이었다.

"이 집에 유령이 나올지도 모른다는 거 아세요?"

"뭐라고요?"

그는 호기심이 솟구쳤다.

"사실이에요, 몇 년 전에 어떤 남자가 이 집에서 자기 부인을 죽였대요. 우리는 이곳으로 이사 온 뒤에 알게 됐어요. 아버지는 유령 같은 건 모두 실없는 소리라고 말씀하시지만, 저는…… 모르겠어요."

모티머는 빠르게 머리를 굴렸다. 그는 사무적인 어조로 물었다.

"말해 봐요, 그 살인 사건이 지난밤 내가 묵은 그 방에서 일어났었나요?"

"그 사건에 대해선 아무것도 아는 게 없어요."

"그래, 그럴지도 모르지."

모티머는 혼잣말처럼 말했다.

샤를로트는 이해할 수 없다는 눈길로 그를 쳐다보았다.

모티머는 다정하게 말했다.

"딘스미드 양. 자신이 영매일 거라고 생각한 적은 없었나요?"

샤를로트는 그를 빤히 바라보았다. 그는 침착하게 말했다.

"내 생각에는 당신 자신이 지난밤에 SOS를 썼다는 걸 알고 있을 것 같은데. 아, 물론 완전히 무의식 상태에서 말이지요. 말하자면 그 방은 범죄의 분위기에 젖어 있는 거예요. 당신 같이 예민한 정신의 소유자라면 그런 분위기에 영향을 받을 수 있을 겁니다. 그래서 당신이 희생자의 생각과 느낌을 재현하게 된 거지요. 아마 수년 전에 살해당한 그 부인이 탁자 위에 SOS라는 글자를 썼을 거예요. 그래서 당신이 어젯밤에 무의식적으로 그녀의 행동을 재현하게 된 거죠."

샤를로트의 얼굴이 환해졌다.

"알겠어요. 그것이 이유라고 생각하시는 거죠?"

집 쪽에서 그녀를 부르는 목소리가 들렸다. 그녀가 집 안으로 들어간 뒤에 모티머는 홀로 남아서 정원의 보도를 왔다 갔다 했다. 내 자신의 해석에 나는 만족하고 있는 건가? 내가 알게 된 사실이 그것과 관련이 있는 걸까? 지난밤에 집 안에 들어섰을 때 느꼈던 그 긴장감을 그것으로 설명할 수 있을까?

아마 그럴 것이다. 하지만 여전히 자신의 갑작스런 출연이 뭔가 두려움을 불러일으켰다는 묘한 생각이 들었다.

"심리학적 해석에 빠져서는 안 돼. 샤를로트의 경우에는 설명이 가능했지만 다른 가족들은 그렇지 않으니까. 내 출현이 조니를 제외한 가족 모두를 몹시 당황하게 만들었어. 그 문제가 무엇이든지 조니와는 관계가 없는 거야."

그것만은 확신했다. 그렇게 확신이 든다니 이상한 일이긴 하지만 사실이 그랬다.

바로 그때 조니가 집에서 나와 그에게 다가왔다. 그는 어색해하며 말했다.

"아침이 준비됐다고 들어오시래요."

모티머는 소년의 손가락이 몹시 더러운 것에 주목했다. 조니는 그의 눈길을 느끼고 부끄러운 듯 웃으며 변명했다.

"전 늘 화학 약품을 만지작거려서 손이 더러워요. 그래서 아버지가 이따금 엄청 화를 내세요. 아버지는 제가 건축업자가 되길 원하지만, 저는 화학자가 되고 싶어요."

딘스미드 씨가 앞쪽 창문에 나타나서 만면에 유쾌한 웃음을 띠고 있었다. 그 모습을 보자 모티머는 의혹과 반감이 다시 되살아났다. 딘스미드 부인은 이미 탁자에 앉아 있었다. 그녀는 분명치 않은 목소리로 아침 인사를 건넸다. 웬일인지 그는 딘스미드 부인이 자신을 두려워하고 있다는 느낌이 다시 들었다.

맥달란이 마지막으로 들어왔다. 그녀는 모티머에게 고개를 까딱하고는 그의 맞은편 자리에 앉더니 무뚝뚝하게 물었다.

"안녕히 주무셨어요? 침대는 편하셨나요?"

그러고는 아주 진지한 눈길로 그를 쳐다보았다. 그가 편안했다고 공손히 대답하자 얼굴에 실망감 같은 것이 살짝 스치는 것이 보였다. 그녀는 내게서 어떤 대답을 원했던 걸까?

그는 주인에게 고개를 돌리고 유쾌하게 말했다.

"아드님이 화학에 관심이 있는 것 같더군요?"

갑자기 요란한 소리가 났다. 딘스미드 부인이 찻잔을 떨어뜨렸던 것이다.

"여보, 매기. 여보."

그녀의 남편이 말했다.

모티머는 그의 목소리에 경고와 비난이 담겨 있는 것처럼 생각됐다. 그는 손님에게 시선을 돌리고 건축업의 이점과 청소년들이 자만해서는 안 된다는 등의 얘기를 줄줄 늘어놓았다.

아침 식사 뒤에 그는 혼자 마당에 나가서 담배를 피웠다. 이제 곧 이 집을 떠나야 할 시간이었다. 하룻밤이야 묵을 수 있었지만, 이유 없이 하루 더 묵는 것은 어려울 테다. 그런데 어떤 그럴싸한 변명을 내놓을 수 있을까? 그래도 이상하게 떠날 마음이 들지 않았다.

머릿속으로 그 문제를 곰곰이 생각하면서 걷다가 무심코 그는 집의 뒤쪽으로 이르는 길로 들어섰다. 그의 신발 바닥은 생고무창이어서 소리가 거의 나지 않았다. 부엌 창문을 지나고 있을 때, 안쪽에서 딘스미드 씨의 말소리가 들렸다. 그 말이 바로 주의를 끌었다.

"상당히 많은 돈이잖아."

그 말에 딘스미드 부인이 대꾸하는 소리가 들렸다. 하지만 너무 가냘픈 목소리라서 모티머는 그녀의 말을 듣지 못했다. 하지만 딘스미드 씨의 대답을 들을 수는 있었다.

"변호사 말이 거의 6만 파운드나 된대."

모티머는 엿들을 의도는 없었으므로 골똘히 생각에 잠겨 왔던 길을 되돌아갔다. 돈에 대한 언급이 상황을 구체적으로 만들었다. 어딘가 6만 파운드의 기회가 있었다. 그것이 문제를 더 분명하게도, 그리고 더 추악하게도 만들었다.

맥달란이 집 밖으로 나왔지만, 그와 동시에 그녀의 아버지가 딸을 부르는 바람에 다시 집으로 들어갔다. 얼마쯤 뒤에 딘스미드 씨가 손님에게 다가와 상냥하게 말했다.

"보기 드물게 좋은 날씨네요. 손님 차가 아무 문제도 없어야 할 텐데 말이죠."

'내가 언제 떠날지 알고 싶은 거군.'

모티머는 큰 소리로 딘스미드 씨에게 때맞춰 베풀어 준 친절에 감사하다는 인사를 다시 한번 전했다.

"천만에요, 천만의 말씀입니다."

그때 맥달란과 샤를로트가 함께 집에서 나와서 팔짱을 끼고 조금 떨어진 곳에 있는 통나무 의자로 느릿느릿 걸어갔다. 검은 머리와 금빛 머리가 멋진 대조를 이뤘다. 모티머는 충동적으로 말을 꺼냈다.

"따님들이 전혀 닮지 않았네요, 딘스미드 씨."

막 파이프에 불을 붙이려던 상대는 손목에 경련을 일으키고서 성냥을 떨어뜨렸다.

"그렇게 생각하십니까? 예, 그게 제 생각에도 그렇네요."

순간적으로 직감 하나가 떠오른 그는 조용히 말했다.

"물론 두 따님이 다 친딸은 아닐 테지요."

그가 보기에 딘스미드 씨는 자신을 쳐다보며 잠시 망설이다가 뭔가 결심한 듯했다.

"눈치가 참 빠르시네요. 예, 맞습니다. 한 아이는 버려진 아이였어요. 애기 때 데려다가 우리 자식으로 키웠지요. 그 아이도 이 사실을 전혀 모른답니다. 하지만 곧 알게 될 거예요."

그는 한숨을 쉬었다.

"유산 문제인가요?"

모티머는 차분하게 물었다.

딘스미드 씨는 의심스런 눈초리로 그를 흘끗 보았다. 그러더니 솔직하게 말하는 것이 최선이라고 생각한 모양이었다. 그는 대단히 솔직한 태도로 말했다.

"그런 말씀을 하시다니 뜻밖이네요."

"뭐 텔레파시 같은 거죠."

모티머는 미소를 지으며 말했다.

"사정은 이렇습니다. 우리는 아이 엄마의 부탁으로 보수를 받고서 아이를 맡았지요. 막 건축업을 시작한 때였거든요. 그런데 몇 달

전에 신문에 난 광고를 봤는데, 문제의 그 아이가 우리 맥달란이 분명하다는 생각이 들었지요. 그래서 변호사를 찾아가 만나서 이런저런 이야기를 많이 나눴습니다. 그들은 의심스러워하더군요. 당연한 일이긴 하지만요. 하지만 이제 모두 마무리가 됐습니다. 딸애를 다음 주에 런던으로 데려갈 겁니다. 아직 그 애는 아무것도 모르고 있어요. 그 애 아버지는 부유한 유태인이었던 모양이더군요. 죽기 몇 달 전에야 아이의 존재를 알게 됐나 봅니다. 대리인을 시켜서 아이를 찾도록 하고, 아이를 찾게 되면 전 재산을 물려주라고 했답니다."

모티머는 잔뜩 귀를 기울이고 있었다. 딘스미드 씨의 이야기에는 조금도 의심스러운 구석이 없었다. 맥달란의 아름다운 검은 머리나 그녀의 냉담한 태도도 이유가 분명해진 것 같았다. 하지만 그 이야기가 사실이라고 하더라도 뭔가 비밀이 남아 있는 것처럼 생각됐다.

그렇지만 모티머는 상대방의 의혹을 살 생각은 없었다. 대신에 그는 그들의 불안을 가라앉히려고 노력했다.

"아주 흥미로운 이야기군요, 딘스미드 씨. 맥달란 양에게 축하를 해야겠네요. 상속녀에다 미인이니 앞날이 탄탄대로겠어요."

"그런 셈이지요. 게다가 아주 착한 아이랍니다, 클리블랜드 씨."

그녀의 아버지는 열심히 맞장구쳤다. 그의 태도에는 마음에서 우러난 사랑이 느껴졌다.

"그런데 저는 이제 그만 가 봐야 할 것 같군요. 때맞춰 베풀어 주신 환대에 다시 한번 감사드립니다, 딘스미드 씨."

그는 주인을 따라서 딘스미드 부인에게 작별 인사를 고하러 집

안으로 들어갔다. 그녀는 등을 돌리고 창문 옆에 서 있어서 그들이 들어가는 소리를 듣지 못했다. "클리블랜드 씨가 작별 인사를 하신다는데."라는 남편의 기운찬 목소리에 그녀는 흠칫 놀라서 돌아서다가 손에 들고 있던 물건을 떨어뜨렸다. 모티머가 주워서 그녀에게 건넸다. 그것은 25년 전쯤 유행했을 옷을 입은 샤를로트의 초상화였다. 모티머는 그녀의 남편에게 이미 표한 감사의 인사를 되풀이했다. 그는 그녀가 두려운 표정을 지은 채 눈을 내리깔고 자신을 몰래 살피는 시선을 다시금 눈치챘다.

두 딸들은 보이지 않았다. 하지만 그들을 만나고 싶어 하는 것처럼 보이는 건 모티머의 계획이 아니었다. 그는 나름의 생각을 가지고 있었는데, 그것이 옳았다는 것이 곧 드러났다.

전날 밤에 차를 세워 둔 곳으로 내려가는 길에 집에서 한 800미터쯤 떨어진 지점에서 길가의 수풀을 헤치고 맥달란이 그의 앞에 나타났던 것이다.

"손님을 꼭 만나고 싶었어요."

"나도 기다리고 있었어요. 어젯밤에 내 방 탁자 위에 SOS를 쓴 사람이 당신이었지요?"

맥달란은 고개를 주억거렸다.

"왜 그랬나요?"

모티머는 차분한 어조로 물었다.

그녀는 고개를 돌려 외면하고는 나뭇잎을 잡아 뜯기 시작했다.

"모르겠어요. 정말로 모르겠어요."

"자, 말해 봐요."

모티머가 재촉했다.

맥달란은 숨을 한 번 깊이 들이쉬고는 말했다.

"저는 실제적인 사람이에요. 불합리한 공포를 상상하거나 공상하는 사람이 아니에요. 손님이 유령이나 영혼을 믿으신다는 건 알아요. 하지만 전 아니에요."

그녀는 언덕 위를 가리키며 말했다.

"그래서 제가 저 집에 뭔가 대단히 악한 기운이 있다고 말한다면 그건 뭔가 악한 것이 실재한다는 의미인 거예요. 단지 과거의 흔적 때문이 아니에요. 우리가 이곳에 온 이후로 그것이 시작됐어요. 그런데 날마다 더 심해지고 있어요. 아빠도 달라지고, 엄마도, 샤를로트도 다 달라졌어요."

모티머가 끼어들며 물었다.

"조니도 달라졌나요?"

맥달란은 무언가를 깨달은 듯한 눈길로 그를 쳐다보았다.

"아니요. 이제 생각해 보니 조니는 달라지지 않았어요. 우리 중에서 달라지지 않은 건 그 애뿐이에요. 그 애는 지난밤에 차를 마실 때에도 아무렇지 않았거든요."

"그럼 당신은요?"

"저는 두려웠어요, 정말 두려웠어요. 아이처럼요. 제가 뭘 두려워하는지도 모르면서요. 그리고 아빠가 이상해요. 이상하다는 말 외에는 달리 표현할 수가 없네요. 아빠는 기적에 대해 말하고 기도를 하셨어요. 그때 저는 정말로 기적이 일어나기를 기도했지요. 그리고 손님이 문을 두드리신 거예요."

그녀는 갑자기 말을 멈추고는 그를 빤히 바라보았다. 그녀는 도전적으로 말했다.

"제가 미쳤다고 생각하시겠지요."

"아니요, 도리어 지극히 정상으로 보이는데요. 이성적인 사람들은 위험이 다가오면 어떤 예감을 갖게 되는 겁니다."

"이해를 못하시는군요. 저는 제 자신을 걱정하고 있는 게 아니에요."

"그럼 누구를?"

그러나 맥달란은 당혹스러워하며 다시 고개를 저었다.

"모르겠어요."

그녀가 이어 말했다.

"저는 충동적으로 SOS를 썼어요. 물론 얼빠진 짓이라고 생각했지요. 가족들은 제가 손님에게 말하지 못하게 했을 거예요. 그러니까 가족이 아닌 사람에게요. 손님께 뭘 부탁하려고 했던 건지는 모르겠어요. 지금도 모르기는 마찬가지고요."

"괜찮아요. 내가 알아내도록 하죠."

"어떻게 하실 건데요?"

모티머는 살짝 미소를 지으며 말했다.

"생각을 하는 거죠."

그녀는 못미더운 듯이 그를 쳐다보았다.

"예, 당신이 생각하는 것보다 더 많은 일들이 그런 방법으로 해결

될 수 있답니다. 말해 봐요. 어제 저녁 식사 전에 혹시 어떤 말이나 혹은 누구의 말투가 당신의 관심을 끈 게 있었나요?"

맥달란은 얼굴을 찡그리며 말했다.

"없는 것 같아요. 아빠가 엄마에게 뭔가 말하는 것을 들었어요. 샤를로트가 엄마를 꼭 닮았다고 하시고는 아주 묘하게 웃으셨지요. 하지만 그건 이상할 게 아무것도 없잖아요?"

"그렇죠. 샤를로트 양이 어머니를 닮지 않았다는 것만 빼고는요." 모티머는 천천히 대꾸했다.

그는 잠시 생각에 빠져 있다가 자신을 의아한 눈길로 주시하고 있는 맥달란을 쳐다보며 말했다.

"집으로 돌아가요. 아무 걱정하지 말고. 내가 다 알아서 할 테니."

그녀는 순순히 집으로 향하는 오솔길로 올라갔다. 모티머는 좀 더 어슬렁거리며 거닐다가 푸른 잔디밭에 벌렁 드러누웠다. 그러고는 눈을 감고서 의식적인 사고와 노력에서 벗어나서 마음 내키는 대로 일련의 상황을 머릿속에 떠올려 보았다.

조니! 그의 생각은 언제나 조니에게로 돌아왔다. 조니는 더할 나위 없이 천진난만하고 복잡하게 얽힌 모든 의혹과 음모 속에서 완전히 자유로웠지만, 그런데도 모든 것이 그 아이를 중심으로 돌아가고 있었다. 그는 그날 아침 식사 시간에 딘스미드 부인이 받침 접시에 찻잔을 떨어뜨린 일을 생각해 보았다. 무엇이 그녀를 동요하게 만들었을까? 혹시 소년이 화학을 좋아한다고 언급한 것 때문일까? 그 순간에는 딘스미드 씨를 의식하지 못했지만, 이제 그가 찻잔을 입으로 가져가다가 그대로 멈춘 채 앉아 있던 모습이 뚜렷하게 떠올랐다.

그것은 지난밤에 문이 열렸을 때 그가 보았던 샤를로트를 생각나게 했다. 그때 그녀는 찻잔 가장자리 너머로 그를 응시하며 앉아 있었다. 순식간에 또 다른 기억이 떠올랐다. 딘스미드 씨는 "차가 식었네."라고 말하면서 찻잔들을 하나씩 비웠다.

김이 피어오르던 것이 기억났다. 그렇다면 그 차는 그렇게 차갑지 않은 게 아니었을까?

머릿속에서 뭔가 꿈틀대기 시작했다. 그리 오래전이 아닌, 아마 한 달도 채 안된 때에 뭔가 읽은 기억이 났다. 한 소년의 부주의로 일가족 모두가 중독됐다는 이야기였다. 식료품실에 놓아둔 비소 봉지에서 비소 가루가 아래쪽에 있던 빵에 떨어진 사건이었다. 그는 신문에서 그 기사를 읽었다. 십중팔구 딘스미드 씨도 그 기사를 읽었을 것이다.

상황이 명료해지기 시작했다…….

30분 뒤에 모티머 클리블랜드는 힘차게 일어섰다.

IV

산장에 다시 저녁 식사 시간이 돌아왔다. 오늘 밤 메뉴는 수란과 삶아서 소금에 절인 돼지고기 통조림이었다. 이윽고 딘스미드 부인이 커다란 찻주전자를 가지고서 부엌에서 들어왔다. 가족들은 모두 식탁에 둘러앉았다.

"간밤의 날씨와는 사뭇 다르네요."

딘스미드 부인이 창문을 힐끗 보면서 말했다.

"그러게, 오늘 밤에는 바늘 떨어지는 소리도 들릴 만큼 조용하군. 여보, 어서 차를 따르도록 해요."

딘스미드 씨가 말했다.

딘스미드 부인은 잔을 가득 채워서 식탁에 둘러앉은 가족들에게 차례로 돌렸다. 그리고 나서 찻주전자를 내려놓다가 갑자기 짧은 외마디 비명을 지르며 손으로 가슴을 눌렀다. 딘스미드 씨는 의자에서 몸을 돌리고 그녀의 겁에 질린 시선을 쫓았다. 모티머 클리블랜드가 문간에 서 있었다.

그가 집 안으로 들어오며 유쾌한 태도로 사과의 말을 했다.

"저 때문에 놀라셨군요. 어떤 일 때문에 꼭 돌아와야 해서요."

"어떤 일 때문에 돌아오셨는데요. 뭣 때문에 돌아오신 건가요?"

딘스미드 씨가 큰 소리로 물었다. 그의 얼굴은 핏줄이 불거질 정도로 시뻘게졌다.

"차 때문에요."

모티머는 재빠른 동작으로 주머니에서 뭔가를 꺼냈다. 그러고는 탁자에서 찻잔 하나를 집어서 왼손에 들고 있는 작은 시험관에 그 내용물을 쏟았다.

"뭐, 뭐 하시는 겁니까?"

딘스미드 씨가 헐떡이며 물었다. 마술이라도 부린 듯 그의 얼굴에서는 핏대가 사라졌고, 이제는 백지장같이 하얗게 질려 있었다. 딘스미드 부인은 겁에 질려서 가냘프고 날카로운 비명을 질렀다.

"신문을 읽으시겠지요? 그러실 거라고 믿습니다만. 이따금 일가족이 중독됐다가 그들 중에서 몇 명은 회복되고, 몇 명은 회복하지 못했다는 기사를 읽게 되지요. 이번 경우에는 1명이 회복하지 못하겠지만요. 가능성이 높은 설명은 당신들이 먹고 있는 돼지고기 통조림이 되겠지만, 의사가 의심 많은 사람이라면 통조림 중독설에 쉽사리 속지 않겠지요? 그런데 당신네 식료품실에는 비소 봉지가 있어요. 그 선반 밑에는 차 봉지가 있고요. 마침 꼭대기 선반에 구멍이 나 있어서 아주 우연히 밑에 있던 차에 비소가 들어갔을 거라는 것이 더 자연스러운 설명이지 않겠습니까? 조니가 부주의한 탓으로 책망을 받기는 하겠지만, 더 이상의 문제는 없을 테니까요."

"난, 난 당신이 무슨 말을 하는지 모르겠어요."

딘스미드 씨는 헐떡이며 말했다.

"아실 텐데요."

모티머는 또 하나의 찻잔을 집어서 다른 시험관에 쏟았다. 그러고는 한쪽에는 붉은색 꼬리표를, 다른 한쪽에는 파란색 꼬리표를 달았다.

"붉은색 꼬리표를 단 쪽은 샤를로트 양의 찻잔에서 따른 차가 들어 있고, 다른 쪽은 맥달란 양의 찻잔에서 따른 차가 들어 있습니다. 맹세컨대 첫 번째 것에 후자보다 네다섯 배는 더 많은 비소가 함유

되어 있을 겁니다."

"당신은 미쳤어."

딘스미드 씨가 소리쳤다.

"이런, 천만에요. 당치도 않습니다. 오늘 당신이 제게 맥달란 양이 친딸이라는 것을 알려 주었잖습니까. 당신이 입양한 아이는 샤를로트 양이었어요. 어머니를 너무나 쏙 빼닮아서 오늘 그녀의 어머니의 초상화를 집어 들었을 때, 샤를로트 양의 초상화로 착각했을 정도였죠. 당신 친딸이 재산을 상속받기로 결정은 됐지만, 당신 딸로 알고 있는 샤를로트 양을 사람들 눈에 띄지 않게 가둬 놓을 수도 없는 노릇이고, 혹시 그 어머니를 알고 있는 누군가가 두 사람이 닮았다는 사실을 깨닫게 될 수도 있기 때문에 당신은 이런 결정을 내린 겁니다. 찻잔 바닥에 하얀 비소 가루를 조금 집어넣기로 말입니다."

별안간 딘스미드 부인이 히스테리 상태에서 몸을 마구 흔들며 귀에 거슬리는 날카로운 소리로 떠들었다.

"차예요. 남편이 그렇게 말했어요. 레모네이드는 안 돼. 차로 해야 돼."

"잠자코 있지 못해?"

그녀의 남편은 몹시 성난 얼굴로 고함쳤다.

모티머는 탁자 너머로 샤를로트가 눈을 크게 뜨고 호기심 어린 시선으로 자신을 쳐다보고 있는 것을 깨달았다. 그때 그의 팔을 붙잡는 손이 느껴졌다. 맥달란은 말소리가 들리지 않는 곳으로 그를 끌고 갔다.

그녀는 작은 유리병을 가리켰다.

"아버지가 저것들을……. 그럼 손님은……."

모티머는 그녀의 어깨에 손을 올리고 말했다.

"맥달란 양, 당신은 과거를 믿지 않지요. 하지만 나는 믿어요. 나는 이 집의 분위기를 믿습니다. 당신 아버지가 이곳으로 이사 오지 않았다면, 어쩌면, 어쩌면 그가 꾸민 계획을 생각해 내지 못했을 수도 있어요. 나는 앞으로 샤를로트 양의 안전을 위해서 이 2개의 시험관을 보관해 둘 겁니다. 그건 그렇다 치고 SOS를 쓴 손에 감사하는 뜻으로 그 이상의 행동은 하지 않을 생각입니다."

폴렌사 만의 사건

I

바르셀로나에서 마요르카(지중해 서부 발레아레스 제도 중에서 가장 큰 섬 — 옮긴이)를 오가는 증기선이 그날 아침 일찍이 팔마(마요르카 섬 서남쪽 기슭에 있는 항구 도시 — 옮긴이)에 도착했다. 배에서 내리자마자 파커 파인은 환멸을 느꼈다. 호텔은 어딜 가나 만원이었다! 그나마 그가 묵을 수 있는 곳은 시내 중심에 위치한 한 호텔의 안뜰이 내려다보이는, 바람도 통하지 않는 벽장 같은 방이었다. 그러나 파커 파인은 그런 곳에 묵으리라고는 꿈에도 생각하지 않았다. 호텔 주인은 그의 실망감 같은 것은 안중에도 없었다. 그는 어깨를 으쓱하며 물었다.

"어떠세요?"

이젠 팔마도 인기가 좋군! 환율이 유리해서겠지! 영국인, 미국인 할 것 없이 겨울에는 모두 마요르카로 몰려들었다. 섬 어디를 가나 사람들로 북적댔다. 어디든 영국 신사가 묵을 만한 곳이 있을지 의심스러웠다. 포르멘토르에라도 간다면 모르지만 거긴 숙박료가 터무니없이 비싸서 관광객이라도 엄두를 내지 못하는 곳이었다.

파커 파인은 커피와 롤빵으로 식사를 하고서 대성당을 보러 나갔지만 아름다운 건축 양식을 감상할 마음이 나지 않았다.

그래서 그는 서툰 불어에 모국어인 스페인어를 섞어 가며 이야기하는 친절한 택시 기사와 의논을 했다. 그들은 소예르와 알쿠디아, 폴렌사, 포르멘토르의 장점과 숙박 가능성에 대해 이야기했다. 그곳은 일류 호텔들이 있긴 하지만 숙박료가 아주 비싼 장소였다.

파커 파인은 은근슬쩍 얼마나 비싼지 물었다.

택시 기사는 그들이 터무니없을 정도로 허황된 금액을 청구하는데, 영국인들이 이곳에 오는 이유가 숙박비가 비싸지 않고 적당하기 때문이라는 건 잘 알려진 사실 아니냐고 반문했다.

파커 파인은 그렇다고 맞장구치고서 아무래도 상관없지만 포르멘토르에서는 숙박료를 얼마나 받느냐고 물었다.

"상상도 할 수 없는 금액이죠!"

"물론 그렇겠죠, 그런데 정확히 얼마라는 겁니까?"

그제야 택시 기사는 액수를 말해 주었다.

예루살렘과 이집트의 호텔에서 바가지를 쓴 기억이 생생한지라 파커 파인은 그 액수를 듣고도 크게 놀라지는 않았다.

합의가 이루어지자 기사는 파커 파인의 여행 가방을 택시에 마구 실었다. 그러고 나서 그들은 최종 목적지인 포르멘토르로 가는 도중에 섬 주위를 돌며 더 싼 호텔을 찾아보려고 길을 떠났다.

하지만 그들은 부호들의 체류지인 최종 목적지까지 가지 않아도 됐다. 폴렌사의 좁은 거리를 빠져나와 굽이진 해안길을 따라가다가 '피노 드오로'라는 호텔에 도착했기 때문이다. 그곳은 아침 안개 속에서 바라보이는 은은하고 모호한 경치가 마치 한 폭의 동양화를 연상시키는 바닷가 가장자리에 서 있는 자그마한 호텔이었다. 파커 파인은 첫눈에 자신이 찾고 있던 장소가 그곳, 오직 그곳뿐이라고 생각했다. 그는 택시를 세우고 빈 객실이 있기를 바라면서 색채가 선명한 문으로 들어갔다.

호텔 주인인 노부부는 영어도 불어도 하지 못했다. 그렇지만 일 처리 하나는 만족스러웠다. 파커 파인은 바다가 내다보이는 객실을 배정받았다. 택시 기사는 여행 가방을 내리고 승객에게 '이런 신식 호텔'에서 터무니없는 숙박료를 요구하지 않는 것을 축하해 주고는 요금을 받고서 스페인식으로 떠들썩하게 인사를 한 뒤 떠났다.

파커 파인은 손목시계를 흘긋 보고 아직 9시 45분이라는 것을 알고는 눈부신 아침 햇살이 내리쬐는 작은 테라스로 나가서 그날 아침 두 번째로 커피와 롤빵을 주문했다.

테라스에는 탁자가 4개 있었다. 자신이 앉아 있는 것과 탁자를 치우고 있는 것, 그리고 손님들이 앉아 있는 탁자 2개였다. 그의 자리에서 가장 가까운 탁자에는 아버지와 어머니, 중년이 지난 두 딸로 이루어진 독일인 가족이 앉아 있었다. 그들 너머 테라스의 구석 자리에는 영국인이 분명한 모자가 앉아 있었다.

어머니는 55세쯤 돼 보였다. 멋진 은발에 눈에 띨 정도로 유행에 뒤진 트위드 코트와 스커트 차림이었지만, 많은 해외여행에 익숙한 영국 여성다운 편안한 침착성을 지니고 있었다.

그녀 맞은편에 앉아 있는 청년은 25세쯤 되어 보였는데, 그 역시 계층과 나이에 맞는 전형적인 젊은이였다. 잘생기지도 못생기지도 않았고, 키가 크지도 작지도 않았다. 모자 사이는 아주 가까워 보였다. 두 사람은 시시한 농담을 주고받았고, 아들은 끊임없이 어머니에게 음식을 건네고 있었다.

모자가 이야기를 나누던 중에 어머니의 시선이 파커 파인과 마주쳤다. 점잖은 태도로 태연히 시선을 돌렸지만 그는 그녀가 이미 자신을 관찰하고 점수를 매겼다는 것을 알았다.

그가 영국인이라는 것을 알아보았으니, 아마 조만간 자신에게 점잖게 애매모호한 말을 걸어올 것이다.

파커 파인은 그런 것에 특별히 이론은 없었다. 외국에서 만나는 동포는 남자든 여자든 자신을 좀 곤란하게 만드는 경향이 있었지만, 그는 기꺼이 그 시간을 기분 좋게 보냈다. 조그만 호텔에서 그렇게 하지 않는다면 거북해질 수도 있었다. 그리고 아무튼 이 특별한 여인이 훌륭한 '호텔 예절'을 갖추고 있다는 확신도 들었다.

영국 청년이 의자에서 일어나서 뭐라고 농담을 한마디 하고는 호텔 안으로 들어갔다. 그러자 여인은 우편물과 핸드백을 챙겨들고 바다 쪽으로 향한 의자에 가서 앉았다. 그러고는《콘티넨탈 데일리 메일》을 펼쳐 들었다. 이제 그녀는 파커 파인에게 등을 돌리고 앉아 있었다.

마지막 커피 한 모금을 마시고 나서 파커 파인은 그녀 쪽을 흘긋 보았다가 그대로 몸이 굳어졌다. 불안했다. 평온하게 휴가를 보낼 수 있을지 겁이 났다! 그녀의 등은 예사롭지 않은 감정을 나타내고 있었다. 지금까지 그는 저런 수많은 등을 분류해 왔다. 부자연스럽게 경직된 자세만으로도 그녀의 얼굴을 보지 않아도 눈에 고인 눈물이 반짝이고 있으며 안간힘을 써서 자신을 억누르고 있다는 것을 충분히 짐작할 수 있었다.

사냥꾼에게 많이 쫓겨 본 짐승처럼 파커 파인은 조심스럽게 움직여 호텔 안으로 들어갔다. 30분쯤 전에 그는 프런트에 있는 숙박부에 서명을 했다. 'C. 파커 파인, 런던'이라는 깔끔한 서명이 보였다.

두세 줄 위에서 파커 파인은 다음과 같은 기록을 보았다.

'R. 체스터 부인, 바질 체스터, 데번주 홀름 파크'.

파커 파인은 펜을 들고서 재빨리 서명을 고쳐 썼다. 간신히 '크리스토퍼 파인'으로 고쳐 적을 수 있었다.

이제 R. 체스터 부인이 폴렌사 만에서 아무리 행복하지 않다고 해도 파커 파인에게 상담을 하러 올 걱정은 없을 것이다.

이전에 파커 파인은 외국에서 우연히 만나는 많은 동포들이 당연히 자신의 이름을 알고 있으며, 또 자신의 광고를 본 적이 있다는 것을 알고서 언제나 그 이유를 궁금해했다. 영국에서는 수많은 사람들이 매일 《타임스》를 읽지만, 그들에게 묻는다면 솔직히 말해서 평생 파커 파인이라는 이름을 한 번도 들어 본 적이 없다고 대답할 텐데 말이었다. 곰곰이 생각해 본 결과, 외국에만 나오면 사람들이 신문을 더 꼼꼼히 읽는 것이 그 원인이었다. 기사는 물론이고 심지어 광고란까지도 빼놓지 않고 읽다 보니 주의를 끌 수밖에 없었던 것이다.

지금까지 그는 몇 번이나 휴가를 망친 경험이 있었다. 살인 사건에서 공갈 미수에 이르기까지 온갖 사건을 처리해야 했던 것이다. 그래서 마요르카 섬에서는 절대 방해받지 않으리라 마음먹었다. 한데 슬픔에 빠진 어머니가 그런 평화를 깨뜨릴 수도 있다는 것을 그는 본능적으로 직감했다.

파커 파인은 피노 드오로에 짐을 풀어서 아주 다행이라고 생각했다. 그리 멀지 않은 곳에 '마리포사'라는 더 큰 호텔이 있었는데, 그곳에는 꽤 많은 영국인들이 묵고 있었다. 주변에는 사실상 예술인 마을도 있었다. 해변을 따라서 어촌까지 걸어가면 사람들을 만날 수 있는 칵테일 바도 하나 있었고, 상점도 몇 군데 있었다. 아주 평화롭고 유쾌한 곳이었다. 아가씨들은 바지 차림에 화려한 색상의 스카프를 어깨에 두르고 한가로이 어슬렁거렸다. 다소 긴 머리에 베레모를 쓴 청년들은 '맥의 술집'에 모여 앉아서 조형적 가치나 추상주의와 같은 주제를 놓고 장황하게 떠들었다.

파커 파인이 도착한 다음 날, 체스터 부인은 그와 그곳에서 바라보이는 경치와 날씨가 계속 좋을 것 같다는 등의 상투적인 대화를 나눴다. 그다음에 독일 부인과 뜨개질에 대한 잡담을 좀 나눈 뒤에, 새벽같이 일어나서 11시간 동안 산책을 하며 보내는 두 덴마크 신사들과 적절치 못한 정치적 상황에 대해 쾌활하게 몇 마디 나눴다.

파커 파인이 보기에 바질 체스터는 상당히 호감이 가는 젊은이였다. 그는 파커 파인을 부를 때면 꼭 경칭을 붙였고, 또 나이 든 사람이 하는 말은 무엇이나 공손하게 귀를 기울였다. 이따금 이 3명의 영국인은 저녁 식사 뒤에 함께 커피를 마셨다. 세 번째 날 저녁 식사 뒤에 함께 차를 마시기 시작하고 한 10분쯤 지났을 때 바질이 자리를 뜨는 바람에 파커 파인은 체스터 부인과 단둘이 남겨지게 됐다.

두 사람은 꽃과 화초 재배에서부터 영국 파운드화의 한심스런 급락으로 프랑스 상품이 어찌나 비싸졌는지 이제 질 좋은 차를 구입하기도 어렵겠다는 둥 이런저런 이야기를 나눴다.

매일 저녁 아들이 자리를 뜨고 나면 파커 파인은 곧바로 부인의 입술이 살며시 떨리는 것을 목격했다. 하지만 부인은 이내 평정을 되찾고 언제 그랬냐는 듯 언급한 주제에 대해 즐겁게 이야기했다.

그러나 조금씩 그녀는 바질에 대한 이야기를 꺼내기 시작했다. "학교 성적이 얼마나 좋았는지 몰라요.", "참, 크리켓 팀에서도 활동했어요.", "모두가 그를 얼마나 좋아했는지 모른답니다.", "아버지가 살아 계셨다면 아들을 얼마나 자랑스러워했을까요.", "바질이 '방종' 하지 않아서 얼마나 감사하게 생각하는지 모르겠어요……." 등등.

"물론 아들한테 늘 젊은 친구들과 좀 어울리라고 권하긴 하는데, 사실 그 애는 저와 있는 게 더 좋은 모양이에요."

그녀는 적당히 겸손한 태도로 그런 사실에 만족감을 표하며 말했다.

파커 파인은 여느 때처럼 귀가 솔깃할 만큼 재치 있게 맞장구를 치지 않았다. 대신에 그는 이렇게 말했다.

"아, 이곳에는 젊은 사람들이 아주 많이 있는 것 같더군요. 이 호텔이 아니라 이 부근에 말입니다."

그 말이 끝나기가 무섭게 체스터 부인의 표정이 굳어지는 것이 그의 눈에 들어왔다. 그녀는 이런 주장을 펼쳤다. 물론 이곳에 예술가들이 많이 있다. 자신의 사고방식이 구식이어서 당연히 진정한 예술에 대한 관점이 다르긴 할 테지만, 많은 젊은이들이 그저 아무것도 하지 않고 빈둥거릴 구실로 예술가 어쩌고 하는 것 같다. 게다가 젊은 여자들은 술을 너무 많이 마신다.

다음 날 아침에 바질이 파커 파인에게 말을 꺼냈다.

"선생님이 여기 계셔서 정말 다행이에요. 특히 저희 어머니를 위해서요. 어머니는 저녁마다 선생님과 대화 나누는 걸 좋아하세요."

"여기 와서 처음에는 뭘 했습니까?"

"실은 어머니와 둘이서 피켓(두 사람이 32매의 패를 가지고 하는 카드놀이 ― 옮긴이)을 했어요."

"알 만하군요."

"피켓은 이제 지긋지긋해요. 실은 이곳에서 친구를 몇 명 사귀었어요. 굉장히 유쾌한 친구들이에요. 하지만 어머니가 친구들을 인정하실 것 같지 않아서……."

그러고는 그게 재미있는 일이라는 듯이 웃었다.

"어머니는 아주 구식이라서……. 바지를 입은 아가씨만 봐도 기겁을 하시죠!"

"그러시겠지요."

파커 파인이 맞장구쳤다.

"저는 어머니한테 말씀드려요. 시대의 변화에 발을 맞춰야 한다고요……. 고향에 있는 아가씨들은 너무 고리타분하다고요……."

"알 것 같군요."

이 모든 사실에 파커 파인은 꽤 흥미를 느꼈다. 하지만 그는 한 편의 소규모 연극을 구경하는 관객의 입장이었지 그것에 직접 등장하고 싶은 마음은 없었다.

그런데 파커 파인의 입장에서 최악의 사태가 발생했다. 그와 안면이 있는 수다스러운 한 부인이 마리포사에 머물게 된 것이다. 두 사람은 다방에서, 그것도 체스터 부인의 면전에서 딱 부딪쳤다.

그 부인이 소리쳤다.

"어머, 파커 파인 씨 아니세요? 그 유명한 파커 파인 씨! 아니, 애덜라 체스터도! 서로 아는 사이세요? 아, 그런 거예요? 같은 호텔에 묵고 있나요? 이분은 최고의 독창적인 마술사 같은 분이세요, 애덜라. 세기의 귀재라고나 할까요. 즉석에서 모든 걱정거리가 말끔하게 해결되죠! 모르셨어요? 틀림없이 들어 봤을 텐데? 이분의 광고를 읽은 적이 없어요? '고민이 있으십니까? 그럼 파커 파인과 상담하세요.' 이분이 해결 못하는 일은 정말이지 하나도 없답니다. 죽기 살기로 싸우는 부부도 이분만 나서면 순식간에 화해가 이루어지고,

사는 게 재미없는 사람이라면 스릴 만점의 모험을 경험하게 되죠. 아까 말한 대로 이분은 정말 마술사 같은 분이세요!"

칭찬은 끝도 없이 이어졌다. 파커 파인은 중간중간 끼어들어서 그녀의 과찬을 적당히 부인했다. 그는 체스터 부인이 흥미로운 얼굴로 자신을 바라보는 것이 마음에 들지 않았다. 그녀가 수다스러운 자신의 예찬자와 친근하게 잡담을 나누며 해변을 따라 호텔로 돌아가는 모습을 목격했을 때는 더욱 마음이 편치 않았다.

극단적인 상황은 예상보다 더 빨리 다가왔다. 그날 저녁 커피를 마신 뒤에 체스터 부인이 불쑥 말을 꺼냈다.

"작은 응접실로 오시겠어요, 파인 씨? 드릴 말씀이 좀 있어서요."

그는 부인의 말을 따를 수밖에 없었다.

쾅 하는 소리와 함께 작은 응접실 문이 그들 뒤에서 닫히자 체스터 부인의 자제심도 무너졌다. 그녀는 의자에 무너지듯 주저앉아서 울음을 터뜨렸다.

"제 아들을……. 파커 파인 씨, 제 아들을 구해 주세요. 우리가 나서서 꼭 구해 내야 돼요. 그 생각만 하면 가슴이 미어져요."

"부인, 저는 그저 제3자로서……."

"니나 위철리가 제게 말하더군요. 당신은 못하는 일이 없다고요. 그러니 당신을 완전히 신뢰해야 한다고. 당신한테 모든 것을 털어놓으면 당신이 다 알아서 바로잡아 준다고요."

마음속으로 파커 파인은 주제넘은 위철리 부인을 저주했다. 하지만 체념하고 대화를 시작했다.

"그럼 어디 문제를 논의해 볼까요. 여자 문제겠지요?"

"아들애가 그 아가씨 얘기를 하던가요?"

"간접적으로요."

체스터 부인의 입에서 이야기가 봇물 터지듯 쏟아져 나왔다.

"아주 형편없는 아가씨예요. 술을 마시고 입도 사나운 데다 옷차림새는 더 말할 것도 없어요. 언니가 결혼해서 이곳에 살고 있다더군요. 네덜란드 화가랑요. 어울리는 친구들도 탐탁치 않아요. 그들 태반이 결혼도 하지 않고 함께 산대요. 바질은 완전히 변했어요. 늘 조용하고, 진지한 문제에 관심을 쏟던 아이였지요. 한때는 고고학 연구를 하겠다고 할 정도였는데……."

"허허, 자연은 복수를 하기 마련이지요."

"무슨 말씀이세요?"

"젊은이가 진지한 문제에만 관심을 갖는 건 유익하지 않다는 뜻이지요. 이 여자 저 여자 꽁무니를 따라다니는 바보짓도 해야 하는 겁니다."

"진지하게 생각해 주세요, 파인 씨."

"전 더할 나위 없이 진지한데요. 혹시 그 젊은 숙녀가 어제 부인과 함께 차를 마시던 그 아가씨인가요?"

그는 잿빛 플란넬 바지를 입고 진홍색 스카프를 가슴께에 느슨하게 매고서 분홍빛 립스틱을 바른 한 아가씨가 차가 아니라 칵테일을 선택했다는 사실에 관심을 가졌다.

"보셨어요? 형편없죠! 바질이 지금까지 사모하던 아가씨들과 전혀 달라요."

"아드님에게 여자를 사귈 기회를 별로 안 주셨죠?"

"제가요?

"지금까지 아드님은 부인하고만 너무 가깝게 지냈어요! 바람직하지 않은 일이죠! 하지만 아드님은 이번 일을 잘 극복할 겁니다. 부인이 문제 해결을 재촉하시지만 않는다면요."

"이해를 못 하시는군요. 그 애는 이 베티 그레그라는 아가씨와 결혼을 하려고 한단 말이에요. 둘이 약혼까지 했어요."

"일이 그렇게까지 진행됐나요?"

"네. 파커 파인 씨, 어떻게든 손을 써야 해요. 제 아들이 이 끔찍한 결혼을 그만둘 수 있게 해주세요! 결혼하면 그 애의 인생을 망치고 말 거예요."

"자신이 그럴 마음이 없다면 누구의 인생도 망가지지 않습니다."

"바질은 지금 그럴 작정이에요."

체스터 부인은 단호히 말했다.

"전 아드님은 걱정이 되지 않습니다."

"그 아가씨가 걱정된다는 말은 아니시겠지요?"

"천만에요, 저는 부인이 걱정이에요. 부인은 타고난 권리를 놓치고 계시니까요."

체스터 부인은 좀 어리둥절한 표정으로 그를 응시했다.

"20세에서 40세까지는 어떤 시기일까요? 감정적인 대인 관계에 얽매어 있는 기간이죠. 어쩔 수 없이 그렇게 살아야 하는 시기이지요. 그게 인생이니까요. 하지만 그 뒤에는 새로운 시기가 찾아옵니다. 삶을 돌아보고 음미하며 다른 사람들의 가치와 자기 자신의 본성을 깨닫게 되지요. 또 삶이 진실되고 의미도 갖게 되고요. 삶을 전체적으로 바라보게 되는 겁니다. 자신이 배우로서 연기하고 있는 그 장면만이 아니라 말입니다. 사실 남자든 여자든 45세까지는 자기 자신이 없어요. 45세 이후부터 개성을 얻게 되는 거지요."

"저는 바질밖에 안중에 없었어요. 그 애가 제 전부였지요."

"글쎄, 아들을 전부라고 생각한 것이 잘못이었다니까요. 그래서 지금 부인이 그 대가를 톡톡히 치르고 있는 겁니다. 얼마든지 아들을 사랑하세요. 하지만 부인은 애덜라 체스터고, 한 인간이라는 것을 결코 잊지 마세요. 단지 바질의 어머니만이 아니라요."

"바질의 인생이 엉망이 돼 버린다면 저는 가슴이 찢어질 거예요."

바질의 어머니가 말했다.

그는 부인의 섬세한 얼굴선과 시름에 잠긴 듯 처진 입꼬리를 바라보았다. 그런대로 매력이 있는 여자였다.

"그럼 어떻게든 해 보지요."

바질 체스터는 기꺼이 대화에 응했다. 그는 자신의 입장을 털어놓고 싶어 했다.

"이건 정말 지옥 같아요. 어머니는 전혀 가망이 없으세요. 편견도 심하고 마음도 넓지 못하시고. 한쪽으로 치우치지 말고 너그러운 마음으로 보시기만 하면 베티가 얼마나 멋진 여자인지 아실 수 있을 텐데."

"그럼 베티 양은?"

"베티도 막무가내로 고집만 부리죠! 조금만 제 말을 따라 주면, 그러니까 하루만 립스틱을 바르지 않는다면 사정이 전연 달라질 거예요. 그녀는 어머니 곁에 있을 때는 일부러, 음, 더 현대적인 척한다니까요."

파커 파인은 미소를 지었다.

"베티와 어머니는 제게는 이 세상에서 가장 소중한 사람들이라서 두 사람이 서로 실과 바늘처럼 늘 붙어 다니는 아주 가까운 사이가 됐으면 했는데."

"당신은 모르는 게 너무 많군요."

"저와 함께 가셔서 베티에게 알아듣게 얘기 좀 해 주셨으면 해요."

파커 파인은 그 제안을 기꺼이 받아들였다.

베티와 그녀의 언니 부부는 바닷가에서 좀 떨어진 곳에 있는 자그마한 낡은 주택에 살고 있었다. 그들의 살림살이는 조촐하고 간소했다. 의자 3개와 탁자 1개, 침대가 가구의 전부였다. 벽에 붙어 있는 찬장에도 꼭 필요한 정도의 컵과 접시만이 놓여 있었다. 형부 한스는 부스스하게 흐트러진 금발 머리를 한 젊은이로 쉽게 흥분하는 성격이었다. 그는 아주 기묘한 억양의 영어로 재빠르게 말을 쏟아내면서 계속 방 안을 왔다 갔다 했다. 아내인 스텔라는 작은 체구에 금발이었다. 베티 그레그는 붉은 머리에 주근깨, 그리고 장난기 가득한 눈을 갖고 있었다. 전날 피노 드오로에 왔을 때와 달리 거의 화장기 없는 수수한 얼굴이었다.

그녀는 파인에게 칵테일을 건네고 눈을 반짝이며 물었다.

"어머니와 아들 싸움 때문에 오신 건가요?"

파커 파인은 고개를 끄덕였다.

"그럼 당신은 어느 편이세요? 젊은 연인들, 아니면 반대하는 부인?"

"질문 하나 해도 될까요?"

"그럼요."

"당신은 이 문제를 현명하게 풀어 보려고 노력해 봤나요?"

그레그 양은 솔직히 말했다.

"전혀요. 하지만 그 늙은 고양이가 절 화나게 하잖아요."

그녀는 바질에게 말소리가 들리지 않는지 확인하려고 주위를 흘긋 보았다.

"그분은 정말 절 미치게 한다니까요. 지금껏 바질을 치마폭에만 감싸려고 하시잖아요. 그런 식이라면 어떤 남자도 바보처럼 보일 거예요. 하지만 바질은 정말 바보가 아니에요. 게다가 그분은 지독한 '퍼커 사입(힌디어에서 나온 속어로 '진짜 신사'를 의미. 식민지 시대에 인도인이 영국인에게 쓴 존칭 — 옮긴이)'이죠."

"사실 그게 그렇게 나쁜 것만은 아니죠. 다만 현대에서 '시대에 좀 뒤떨어진 것'뿐이지."

베티 그레그의 눈이 갑자기 빛났다.

"그럼 빅토리아 시대에 치펜데일풍의 의자를 다락방에 넣어 두는 것과 마찬가지란 말씀인가요? 나중에 그것들을 다시 꺼내서 '멋지지 않아?'라고 말하는 것과 같은 거네요."

"뭐 그런 셈이죠."

베티 그레그는 곰곰이 생각한 뒤 말했다.

"당신 말이 맞을지도 몰라요. 솔직히 말하면 저를 화나게 만드는 건 바질이에요. 내가 자기 어머니한테 어떤 인상을 주는지 온통 그 걱정만 하지요. 그래서 제가 더 극단적으로 행동하는 거예요. 그이는 지금이라도 자기 어머니가 아주 엄하게 대하면 저를 포기할 사람이에요."

"부인이 적절한 방법을 사용한다면 그럴 수도 있겠죠."

"그 방법을 부인에게 알려 주실 생각인가요? 부인 스스로는 절대 생각해 내지 못할 거예요. 그저 덮어놓고 반대나 하시지 뜻을 이루지는 못할 테죠. 하지만 당신이 그 방법을 가르쳐 주신다면……."

그녀는 입술을 깨물며 그 푸른색 눈으로 그의 눈을 쳐다보았다.

"당신에 관해서 들었어요, 파커 파인 씨. 당신은 인간의 본성에 대해 잘 알고 계시다고요. 바질과 제가 잘될 거라고 생각하시나요, 아니면 그 반대인가요?"

"먼저 세 가지 질문에 대답을 해 줬으면 좋겠는데요."

"적성 테스트인가요? 좋아요, 해 보세요."

"잘 때 창문을 열어 놓나요, 아니면 닫아 놓나요?"

"열어 놔요. 공기가 신선한 게 좋아서요."

"당신과 바질은 같은 음식을 즐기나요?"

"네."

"일찍 자는 것을 좋아합니까, 아니면 늦게 자는 것을 좋아합니까?"

"사실 비밀인데, 일찍 자는 거요. 10시 30분이면 벌써 하품이 쏟아져요. 그리고 이것도 비밀인데 아침에는 식욕이 왕성해지죠. 물론 이런 건 솔직하게 말하지 않을 거예요."

"당신들은 서로 천생연분이네요."

"테스트가 좀 엉성하네요."

"천만에요. 남편은 자정까지 자지 않는 것을 좋아하고, 반대로 아내는 9시 30분만 되면 곯아떨어지는 것 때문에 결혼생활이 완전히 박살 난 부부를 저는 적어도 7쌍은 알고 있어요."

"모두가 행복할 수 없다는 것이 안타까워요. 바질과 저, 그리고 저희를 비난하는 그의 어머니도."

파커 파인은 헛기침을 했다.

"어쩌면 잘 해결될 수도 있을 것 같은데."

그녀는 의심스러운 표정으로 그를 쳐다보다 물었다.

"그런데 당신이 저를 배신하지 않을까요?"

파커 파인의 얼굴에는 아무런 감정도 드러나지 않았다.

그는 체스터 부인에게도 안심하라는 말을 건네고 막연한 말만을 늘어놓았다. 약혼을 했다고 해서 다 결혼을 하는 것은 아니다. 자신은 소예르에 일주일 동안 갔다 올 작정이다. 그러니 그동안에 부인은 의향을 드러내지 말고 묵인하는 것처럼 행동하라는 식이었다.

그는 소예르에서 즐거운 한 주를 보냈다.

돌아와 보니 전혀 예기치 않은 사태가 벌어져 있었다.

피노 드오로에 들어서자마자 그는 우선 먼저 체스터 부인과 베티

그레그가 함께 차를 마시고 있는 것을 보았다. 바질은 거기 없었다. 체스터 부인은 초췌해 보였다. 베티도 안색이 좋지 않았다. 화장기 없는 얼굴이었고 울고 있었는지 눈꺼풀이 퉁퉁 부어 있었다.

두 여자는 그에게 반갑게 인사를 건넸지만, 어느 쪽도 바질 얘기를 꺼내지 않았다.

갑자기 그의 옆에 있던 아가씨가 뭔가 불쾌한 것이라도 본 것처럼 날카롭게 숨을 들이켰다. 파커 파인은 고개를 돌렸다.

바질 체스터가 바닷가 쪽으로 난 계단을 올라오고 있었다. 숨을 멈추게 할 만큼 이국적인 미모의 아가씨와 함께였다. 그녀는 가무잡잡한 피부에 멋진 몸매를 자랑했다. 누구라도 그 사실을 알 수 있었다. 그녀가 몸에 걸친 거라고는 달랑 하늘색 크레이프천 하나뿐이었기 때문이다. 그녀는 황토색 파우더와 오렌지빛 립스틱으로 두껍게 화장을 했지만, 오히려 그것이 놀라운 미모를 한층 더 돋보이게 했다. 바질로 말할 것 같으면, 그녀의 얼굴에서 눈을 떼지 못했다.

"늦었구나, 바질. 베티를 '맥의 술집'에 데려가기로 했잖니."

그의 어머니가 말했다.

"저 때문이에요. 좀 어슬렁거렸죠."

미모의 여인이 느릿한 말투로 말한 뒤에 바질을 바라보았다.

"자기, 뭐 톡 쏘는 음료 한잔 갖다 줘요."

그러고 나서 신발을 벗어 던지고 손톱에 맞춰 에메랄드 그린색 매니큐어를 칠한 발을 쭉 뻗었다.

그녀는 두 여자에게는 눈길도 주지 않고는 파커 파인에게 몸을 좀 기대며 말을 걸었다.

"형편없는 섬이죠. 바질을 만나기 전에는 전 정말 지루해서 죽을 뻔했어요. 저이는 아주 멋진 남자예요!"

"파커 파인 씨, 라모나 양이에요."

체스터 부인이 소개하자 그녀는 나른한 미소로 응했다.

"그냥 파커라고 부를게요. 제 이름은 돌로레스예요."

그녀가 나직하게 말했다.

바질이 마실 것을 가지고 돌아왔다. 라모나 양은 바질과 파커 파인하고만 대화를 나눴다. 그 대화라는 것도 대부분 눈짓으로 하는 것이었지만 말이다. 아무튼 그녀는 두 여자에게는 일체 신경을 쓰지 않았다. 베티는 한두 번 대화에 끼어 보려고 했지만, 다른 아가씨는 그저 빤히 쳐다보다가 하품만 할 뿐이었다.

돌로레스가 갑자기 벌떡 일어섰다.

"이제 그만 가 봐야겠어요. 전 다른 호텔에 묵거든요. 누가 절 호텔까지 바래다주시겠어요?"

바질이 벌떡 일어섰다.

"내가 바래다주지."

"바질, 얘야……."

체스터 부인이 말했다.

"곧 돌아올게요, 어머니."

"이 사람 마마보이 아닌가요? 당신, 엄마 치마꼬리나 붙잡고 칭얼대는 마마보이예요?"

라모나 양은 모두에게 물었다.

바질은 얼굴을 붉히며 난처한 표정을 지었다. 라모나 양은 체스터 부인 쪽으로 고개를 까딱 끄덕여 인사하고 파커 파인에게는 눈부신 미소를 날리고서 바질과 함께 자리를 떠났다.

그들이 자리를 뜨고 나자 어색한 침묵이 내려앉았다. 파커 파인은 굳이 먼저 이야기를 꺼내고 싶지는 않았다. 베티 그레그는 손가락을 비틀면서 바다 쪽을 바라보고 있었다. 체스터 부인은 노여움으로 얼굴이 새빨개진 상태였다.

베티가 입을 열었다.

"폴렌사만에서 새로 얻은 친구를 어떻게 생각하세요?"

파커 파인은 신중하게 대답했다.

"조금…… 에…… 이국적이네요."

"이국적이라고요?"

베티는 짧게 쓴웃음을 웃었다.

"그 아가씨는 끔찍해요, 끔찍해. 바질은 완전히 미친 게 틀림없어요."

체스터 부인이 말했다.

"바질은 아무 문제없어요."

베티가 날카로운 어조로 말했다.

"그 발톱하고는."

체스터 부인은 혐오감에 몸서리를 쳤다.

베티가 벌떡 일어섰다.

"체스터 부인, 저는 역시 저녁 식사 때까지 있지 않고 돌아가야 할 것 같아요."

"어머, 그럼 바질이 실망할 텐데."

"그럴까요?"

베티는 짧게 웃으며 반문했다.

"아무튼 가야겠어요. 머리도 좀 아파서요."

그녀는 두 사람에게 미소를 지어 보이고 자리를 떴다. 체스터 부인이 파커 파인을 돌아보았다.

"이런 곳엔 절대 오지 말았어야 했는데. 절대!"

파커 파인은 언짢은 얼굴로 고개를 저었다.

"당신이 여행을 가지 말았어야 했어요. 당신이 여기 있었다면 이런 일은 벌어지지 않았을 거예요."

파커 파인은 부인의 말에 반박했다.

"부인, 젊고 아름다운 여성이 문제라면 정말 저도 아드님의 마음을 움직일 수 없었을 겁니다. 아드님은…… 에…… 쉽게 사랑에 빠지는 성격인 것 같군요."

"전엔 그러지 않았어요."

체스터 부인은 울음 섞인 목소리로 말했다.

파커 파인은 분위기를 띄우려고 애쓰며 말했다.

"그건 그렇고 이 매력적인 아가씨 덕분에 아드님이 그레그 양에게 열중하던 문제에서는 벗어났잖습니까. 부인 입장에서는 소원 성취 하신 셈이지요."

"무슨 말씀인지 모르겠네요. 베티는 귀여운 아가씨고 바질에게도 헌신적이에요. 이런 일을 겪으면서도 정말 의연하게 대처하고 있고요. 제 아들놈이 제정신이 아닌 게 틀림없어요."

파커 파인은 놀라지 않고 이런 뜻밖의 상황 변화를 받아들였다. 전에도 여자들의 모순된 모습을 경험한 적이 있었던 것이다. 그는 상냥하게 말했다.

"엄밀히 말해서 미친 건 아니지요, 단지 홀린 것뿐입니다."

"그 아가씨는 스페인 사람이에요. 그 아가씨는 절대 안 돼요."

"하지만 대단한 미인이던데요."

체스터 부인은 코웃음을 쳤다.

바질이 바다로 향한 계단을 뛰어 올라왔다.

"다녀왔어요, 어머니. 베티는 어디 있어요?"

"베티는 머리가 아파서 집에 갔다. 무리도 아니지."

"화가 났단 말이군요."

"바질, 너 베티에게 너무 고약하게 구는 것 아니니."

"어머니, 제발 설교 좀 그만두세요. 제가 다른 여자랑 얘기할 때마다 베티가 이런 법석을 떤다면, 우리가 앞으로 함께 살아갈 인생이 어디 즐겁겠어요."

"너희는 약혼했어."

"그래요, 저희는 확실히 약혼했어요. 그렇다고 해서 개인적으로 친구를 사귈 수도 없다는 의미는 아니잖아요. 요즘 사람들은 자신만의 생활이 있어요. 그럴 때에는 질투 같은 건 하지 말아야죠."

그는 한숨 돌리고 말을 이었다.

"어쨌든 뭐 베티가 함께 저녁 식사를 하지 않을 거라면 저는 마리포사로 다시 가야겠어요. 그렇지 않아도 친구들이 함께 식사를 하자고 했는데……."

"잠깐, 바질……."

청년은 성난 눈으로 어머니를 쳐다보고는 계단을 달려 내려갔다. 체스터 부인은 의미 있는 눈길로 파커 파인을 바라보며 말했다.

"아시겠지요."

그는 알 수 있었다.

이삼 일 뒤에 사태가 극도로 악화되는 일이 벌어졌다. 베티와 바질은 도시락을 준비해서 소풍을 갈 예정이었다. 베티가 피노 드 오로에 도착해보니 바질은 그 계획을 잊어버리고서 돌로레스 라모나 일행과 함께 당일로 포르멘토르에 가고 난 뒤였다.

그녀는 입을 꽉 다무는 것 외에는 아무런 태도도 취하지 않았다. 하지만 얼마 안 있어 자리에서 일어나서 체스터 부인 앞에 섰다. 테라스에는 두 여자밖에 없었다. 베티가 말했다.

"괜찮아요, 상관없어요. 하지만 그래도 역시 지금까지 일은 모두 없었던 걸로 하는 게 낫겠어요."

그러고는 바질에게서 받은 도장이 새겨진 반지를 손가락에서 빼냈다. 그는 나중에 진짜 약혼반지를 사 주기로 했던 것이다.

"이걸 바질에게 돌려주시겠어요, 체스터 부인? 그리고 저는 괜찮다고 말해 주세요. 걱정하지 말라고요……."

"베티, 이러면 안 돼! 그 애는 베티를 정말 사랑해. 진심으로 말이야."

베티는 짧게 웃으며 말했다.

"그렇게 보이나요? 아니, 저도 자존심이 있어요. 바질에게 다 잘 된 일이라고, 그리고 행운을 빈다고 전해 주세요."

바질이 해 질 녘에 돌아와 보니 난처한 일이 그를 기다리고 있었다. 반지를 보자 그는 얼굴이 시뻘겋게 달아올랐다.

"베티 생각이 그렇단 말이죠? 그럼 그게 최선이겠지요."

"바질!"

"어머니, 솔직히 말해서 저희는 최근에 사이가 좋지 않았어요."

"그게 누구 잘못인데?"

"특히 제 잘못이라고는 생각되지 않네요. 질투는 지긋지긋해요. 왜 어머니가 이 결혼을 부추기시는지 저는 정말 이해가 안 되네요. 어머니는 제가 베티와 결혼하지 않기를 간절히 바라셨던 분이잖아요."

"그건 그 애에 대해서 알기 전이었지. 바질, 애야, 다른 아가씨랑 결혼하려는 건 아니겠지?"

바질 체스터는 냉정하게 대답했다.

"그녀가 절 선택한다면 저는 기꺼이 결혼하겠어요. 하지만 그녀가 그러지 않을 것 같아 걱정이네요."

체스터 부인은 등골이 오싹해졌다. 그녀는 그 길로 달려 나가서 한쪽 구석에서 조용히 책을 읽고 있는 파커 파인을 찾아냈다.

"당신이 어떻게든 해야 돼요! 어떻게든 손을 써야 한다고요! 제 아들이 인생을 망치게 생겼어요."

파커 파인은 바질 체스터가 인생을 망치게 될 거라는 소리를 넌 더러가 날 만큼 들었다.

"제가 뭘 도와 드릴까요?"

"가서 그 끔찍한 아가씨를 만나 주세요. 필요하다면 돈을 쥐서라도 떼어 내 주세요."

"비용이 많이 들지도 모르는데요."

"상관없어요."

"아까운 생각이 드는군요. 혹시 다른 방법이 있을지도 모르는데."

그녀는 묻는 듯한 표정이었다. 그는 고개를 설레설레 흔들었다.

"약속을 드릴 수는 없지만 어떻게든 해 보겠습니다. 전에도 이런 일을 처리해 본 적이 있었지요. 그런데 바질에게는 아무 말도 하지 마세요. 그러면 끝장입니다."

"알겠어요."

한밤중에야 파커 파인은 마리포사에서 돌아왔다. 체스터 부인은 그때까지 자지 않고 그를 기다리고 있었다.

"어떻게 됐나요?"

그녀는 숨을 죽이고 대답을 기다렸다.

그의 눈이 반짝였다.

"세뇨리타 돌로레스 라모나는 내일 아침에 폴렌사를 출발해서 내일 밤이면 이 섬을 떠나고 없을 겁니다."

"어머나, 파커 파인 씨! 어떻게 하신 거예요?"

"게다가 비용도 한 푼 들지 않을 겁니다. 그 여자가 제 말을 잘 따를 거 같은 생각이 들었는데, 제가 옳았지 뭡니까."

파커 파인이 말했다. 다시 그의 눈이 반짝였다.

"정말 훌륭하세요. 니나 위철리 말이 맞았어요. 제게 알려 주셔야죠……. 저어…… 수수료요."

파커 파인은 잘 다듬은 손을 들어올렸다.

"한 푼도 받지 않을 생각입니다. 제게도 즐거운 일이었는걸요. 모든 일이 다 잘됐으면 좋겠군요. 물론 아드님의 경우에는 그 아가씨가 연락처도 남기지 않고 사라진 것을 알게 되면 처음엔 몹시 당황하겠지만요. 서두르지 말고 한두 주 동안 그대로 두고 보세요."

"베티만 바질을 용서한다면……."

"그녀는 아드님을 분명히 용서할 겁니다. 두 사람은 뜻이 잘 맞는 한 쌍이니까요. 그런데 저도 내일 떠난답니다."

"어머, 파커 파인 씨, 섭섭하네요."

"가능하면 아드님이 세 번째 아가씨에게 빠지기 전에 떠나는 게 좋을 것 같아서요."

II

파커 파인은 증기선의 난간에 기대서 팔마의 불빛을 바라보았다. 그의 곁에 돌로레스 라모나가 서 있었다. 그는 감사의 말을 전했다.

"아주 잘했어, 마들렌. 자네를 이곳으로 오라고 전보를 친 건 잘한 일이었어. 자네가 이렇게 얌전하고 정숙한 아가씨일 때면 적응이 안 된다니까."

"만족하시니 다행이에요, 파커 파인 씨. 저도 기분 전환이 됐어요. 저는 이제 선실로 내려가서 배가 출발하기 전에 자야겠어요. 뱃멀미를 지독히 하거든요."

일명 돌로레스 라모나이자 매기 세이어스인 마들렌 드 사라가 꾸밈없이 말했다.(『파커 파인 사건집』의 등장인물로, 본명은 매기 세이어스로 마들렌이라는 이름으로 파커 파인의 사무실에서 일하고 있다 — 옮긴이)

잠시 뒤에 누군가 파커 파인의 어깨에 손을 올려놓았다. 돌아보니 바질 체스터였다.

"배웅하러 나왔어요, 파커 파인 씨. 베티가 인사 전해 달라고 하더군요. 그리고 베티와 저는 진심으로 감사드려요. 정말 근사하게 해결하셨어요. 베티와 어머니도 사이가 좋아졌고요. 어머니를 속인 건 죄송스런 일이지만 워낙 까다로우셨잖아요. 아무튼 이제는 다 해결됐어요. 눈치채지 못하게 제가 이삼 일 더 괴로워하는 척만 하면 끝이죠. 진심으로 감사드려요. 베티도 저도."

"당신들 모두 행복하길 빌게요."

"감사합니다."

그러고는 잠시 머뭇대다가 바질은 짐짓 무심하게 말을 꺼냈다.

"저, 드 사라 양은 어디 있나요? 감사하다는 말을 하고 싶은데."

파커 파인은 날카로운 눈초리로 그를 힐긋 보았다.

"미안하지만 드 사라 양은 자고 있어요."

"아, 아쉽네요. 그래도 런던에서 이따금 만날 수 있겠지요."
"실은 내 일 때문에 드 사라 양은 곧장 미국으로 갈 거라서."
"그렇군요. 그럼, 전 그만 가 봐야겠네요……."

바질은 멍한 어조로 말했다. 파커 파인은 미소 지었다. 선실로 가는 길에 그는 마들렌의 선실 문을 두드렸다.

"기분은 어때? 괜찮은 거야? 우리의 젊은 친구가 다녀갔어. 예외 없이 가벼운 마들렌 병에 걸렸더군. 그 친구는 하루 이틀이면 회복할 게야. 자네는 정말 사람의 마음을 빼앗는 재주가 있단 말이야."

레가타 미스터리

I

아이작 포인츠 씨는 입에서 시가를 떼어 내고 몹시 만족스런 어조로 말했다.

"꽤 작은 곳이군."

다트머스 항구에 정박 승인을 받고 나서 그는 다시 시거를 입에 물고 주위를 둘러보았다. 그의 모습에서는 자신의 외모나 환경, 그리고 인생 전반에 대하여 만족하는 사람의 분위기가 풍겼다.

그중에서 먼저 외모에 대해 말하자면, 아이작 포인츠 씨는 58세로 약간 다갈색이 감도는 피부에 건강미 넘치는 남자였다. 엄밀히 말해 뚱뚱하지는 않고 넉넉해 보이는 체격이었지만, 그가 지금 입고 있는 요트복은 비만기가 있는 중년 남자에게 그리 어울리는 차림새가 아니었다. 포인츠 씨는 칼날같이 주름을 세우고 단추도 꽉 채워서 단정하게 차려입고 있었다. 요트 모자의 챙 아래로 보이는 그의 가무잡잡하고 약간 동양적인 얼굴에서는 미소가 빛났다. 그의 주변 환경에 대해서 말하자면, 여기서는 그의 일행들을 의미하는데, 동료인 레오 스타인, 조지 경과 레이디 매로웨이, 안면이 있는 미국인 사업가 사무엘 레던과 그의 어린 딸 이브, 그리고 러스팅턴 부인과 에반 루웰린이 그들이었다.

일행은 포인츠 씨의 요트 '메리메이드호'에서 막 내렸다. 오전에 요트 경주를 구경한 뒤에 잠시 축제에 참가해서 코코넛 떨어뜨리기, 뚱보 아가씨, 인간 거미, 회전목마 등의 놀이를 즐기려고 상륙한 참이었다. 이런 놀이에 가장 즐거워한 사람은 두말할 필요도 없이 아직 학생인 이브 레던이었다. 마침내 포인츠 씨가 로열 조지에 저녁 식사를 하러 갈 시간이라고 말을 꺼냈을 때 그녀만이 결사반대를 하고 나섰다.

"안 돼요, 포인츠 아저씨. 전 집시 포장마차에서 진짜 집시한테 제 운수를 정말 보고 싶었단 말이에요."

포인츠 씨는 그 집시의 순수성에 의심이 갔지만 관대하게 그녀의 말을 받아들였다.

"이브가 축제에 푹 빠져 있는 모양이에요. 하지만 지금 가야 하는 거라면 너무 신경 쓰지 마세요."

그녀의 아버지가 미안해하며 말했다.

"시간은 충분합니다. 꼬마 아가씨가 마음껏 즐기게 해 줍시다. 우리는 화살던지기나 하러 가세, 레오."

포인츠 씨는 상냥하게 말했다.

"25점 이상이면 상품을 받습니다."

화살던지기 코너를 담당하는 남자가 콧소리가 섞인 높은 소리로 되풀이 말했다.

"지는 사람이 이기는 사람한테 5파운드를 주는 걸로 하세."

포인츠가 제안했다.

"그거 좋지."

스타인이 즉시 동의했다.

두 남자는 곧 내기 게임에 진지하게 몰두했다.

레이디 매로웨이는 에반 루웰린에게 낮은 목소리로 말했다.

"이브가 저래도 파티에서는 애 같지 않더군요."

루웰린은 동의한다는 듯 미소를 지었지만 어딘지 좀 멍해 보였다. 그날 하루 종일 그는 그렇게 넋이 나간 상태였다. 한두 번 동문서답을 하는 경우도 있었다.

파멜라 매로웨이는 그에게서 몸을 돌려 남편에게 가서 말했다.

"저 청년은 머릿속에 걱정거리가 있나 봐요."

조지 경이 나직하게 말했다.

"아니면 어떤 사람이 있든가."

그러고는 그의 시선이 재빨리 재닛 러스팅턴에게 옮겨갔다.

레이디 매로웨이는 얼굴을 살짝 찡그렸다. 그녀는 키가 큰 여인으로 우아한 차림새를 하고 있었다. 손톱에 바른 진홍색 매니큐어와 검붉은 산호색 귀걸이가 아주 잘 어울렸다. 눈은 검은색이었고 눈초리가 경계하는 듯했다. 조지 경은 무심한 표정에 '친절한 영국 신사'인 체 행동했지만 그의 반짝이는 푸른 눈은 아내와 마찬가지로 방심하지 않았다.

아이작 포인츠와 레오 스타인은 해튼 가든(보석상들이 몰려 있는 거리 — 옮긴이)의 다이아몬드 상인이었다. 하지만 조지 경과 레이디 매로웨이는 다른 세계에서 온 사람들이었다. 앙티브 주앙 레 뺑(프랑스 코트다쥐르 지방의 휴양지 — 옮긴이)으로 가서 휴가를 즐기고, 생장드뤼즈(프랑스 남서부의 도시 — 옮긴이)에서 골프를 치며, 겨울에는 마데이라(아프리카 서북 해상의 제도 및 그 주도 — 옮긴이)에서 해수욕을 즐기는 상류 사회의 사람들이었던 것이다.

겉보기에 그들은 힘써 일할 필요도 없고, 녹초가 될 때까지 일하지 않아도 되는 온실 속의 백합 같았다. 하지만 사실이 아닐 수도 있었다. 힘써 일하고, 또 녹초가 될 때까지 일하는 데에는 다양한 방식이 있는 법이니까.

"저 애가 돌아오네요."

에반 루웰린이 러스팅턴 부인에게 말했다.

그는 거무스름한 피부의 청년이었다. 그의 굶주린 이리의 눈빛을 연상시키는 눈은 많은 여자들이 매력을 느낄 만한 것이었다.

하지만 러스팅턴 부인이 그에게 매력을 느꼈는지는 확실치 않았다. 그녀는 자신의 감정을 노골적으로 드러내지 않는 여자였다. 그녀는 어린 나이에 결혼을 했으나 채 1년도 안 돼서 그 결혼 생활은 실패로 끝나 버렸다. 그때 이후로 재닛 러스팅턴이 사람이나 사물에 대해 어떤 생각을 하는지 아는 것은 불가능한 일이 되었다. 그녀의 태도는 언제나 한결 같았다. 매력적이긴 하지만 냉담 그 자체였다.

이브 레던이 길고 부드러운 금빛 머리칼을 휘날리며 그들에게 춤을 추듯 달려왔다. 그녀는 15살이었고 고집이 세기는 했지만 생기 발랄한 아이였다.

그녀가 숨을 헐떡이며 말했다.

"저는 17살에 결혼할 거래요. 아주 부자랑 결혼하고, 아이는 6명을 낳는대요. 화요일과 목요일이 행운의 날이고, 초록색이나 파란색 옷을 항상 입어야 하고, 그리고 에메랄드가 제 행운석이래요. 또……."

"에, 우리 귀염둥이, 우리는 지금 가야 할 것 같구나."

그녀의 아버지 레던은 큰 키에 금발이었고 약간 슬픔에 잠긴 듯한 우울한 얼굴을 하고 있었다.

포인츠 씨와 스타인 씨도 화살던지기 코너에서 돌아오고 있었다. 포인츠 씨는 연신 싱글거리고 있었지만 스타인 씨는 다소 불만스러운 얼굴이었다.

"모든 게 다 운에 달린 거야."

포인츠 씨는 기분 좋게 자신의 호주머니를 툭툭 두드렸다.

"자네한테 받은 5파운드 지폐는 여기 잘 있네. 그리고 이 친구야, 기술이야, 기술 때문이라고. 우리 아버지는 뛰어난 화살던지기 선수셨어. 그건 그렇고, 여러분, 이제 가도록 하죠. 네 운수를 점쳐 봤니,

이브? 피부가 검은 남자를 조심하라고 말하던?"

"피부가 검은 여자래요."

이브가 바로잡았다.

"눈이 사팔뜨기인 여자인데 기회만 있으면 저를 못살게 군대요. 그리고 전 17살에 결혼할 거래요······."

일행이 로열 조지로 가는 동안 그녀는 쉬지 않고 신이 나서 떠들어 댔다.

포인츠 씨가 사려 깊게 저녁 식사를 미리 주문해 놓은 터라 그들이 들어서자 웨이터가 인사를 하고 바로 그들을 안내해 2층에 있는 독실로 갔다. 방에는 세팅된 둥근 탁자가 놓여 있었다. 항구 앞 광장이 내다보이는 활 모양의 커다란 내닫이창이 열려 있었다. 그래서 축제의 소음이 그들에게까지 들렸다. 각기 다른 음악을 쾅쾅 울리면서 회전목마 3개가 돌아가며 끼익 거리는 소리가 귀에 거슬렸다.

"차분히 대화를 나누려면 창문을 닫는 게 좋겠군."

포인츠 씨는 냉담하게 말하고 바로 창문을 닫았다.

사람들이 원형 탁자에 자리를 잡고 앉자 포인츠 씨는 만면에 미소를 띠고 다정한 눈길로 손님들을 바라보았다. 자신이 그들을 잘 대접하고 있다는 생각이 들었다. 그는 사람들을 잘 대접하는 것을 좋아했다. 그의 눈길이 사람들에게 차례로 멈췄다. 레이디 매로웨이, 우아한 여자이지만, 물론 그리 훌륭한 가문 사람은 아니다. 그는 자신이 평생토록 '사교계의 꽃'이라고 생각해 온 것이 매로웨이가와는 관계가 없다는 것을 잘 알고 있었다. 그러나 또 한편으로는

'사교계의 꽃'은 자신의 존재를 전혀 알지 못했다. 어쨌든 레이디 매로웨이는 몹시 세련돼 보이는 여인이었다. 그녀가 브리지 게임에서 자신을 속인다고 해도 개의치 않을 생각이었다. 하지만 조지 경이 그런 짓을 한다면 참지 못할 것 같았다. 저 친구 눈은 흐릿한 게 꼭 생선 눈 같군. 뻔뻔스러울 정도로 제 이익에만 급급하고. 하지만 이 아이작 포인츠 앞에서는 그렇게 행동할 수 없을걸. 조심해야 한다는 걸 자기도 잘 알 테니까.

레던은 그리 나쁜 친구는 아니었다. 물론 장광설을 늘어놓는 대부분의 미국인들처럼 끝도 없이 이야기를 길게 늘어놓는 나쁜 버릇이 있기는 했지만. 게다가 그는 정확한 정보를 요구해서 사람들을 당황하게 하는 버릇도 있었다. '다트머스의 인구가 얼마나 되나요?', '해군사관학교는 몇 년에 세워졌나요?' 등등. 나를 뭐 걸어 다니는 여행 안내서쯤으로 생각하는 건가. 이브는 유쾌하고 명랑한 아이였다. 그는 이브를 놀려먹는 게 재미있었다. 목소리가 좀 서걱거리기는 했지만 재치가 있었다. 영리한 아이야.

루웰린은 좀 내성적인 것 같았다. 뭔가 걱정거리라도 있는 듯 보였다. 십중팔구 돈이 궁할 테지. 작가들이란 보통 그런 법이니까. 재닛 러스팅턴에게 마음이 있는 모양이야. 멋진 여자지. 매력적인 데다 똑똑하기도 하고. 하지만 그녀는 자신의 글을 사람들에게 강요하려고 하지 말아야 돼. 지식인입네 하고 허튼소리나 늘어놓으니 누가 그 말에 귀를 기울이고 싶은 마음이 생기겠어. 그리고 레오! 이젠 더 젊어질 수도 더 날씬해질 수도 없겠지. 그런데 다행히도 그는 자신의 동료가 지금 이 순간 바로 그런 생각을 하고 있다는 것을 전혀 눈치채지 못했다. 포인츠 씨는 정어리가 콘월이 아니라 데번과 관계가 있다고 레던 씨의 말을 정정한 뒤에 저녁 식사를 즐길 준비를 했다.

"포인츠 아저씨."

뜨거운 고등어 요리가 앞에 차려지고 웨이터들이 방을 나가자 이브가 말을 꺼냈다.

"말씀하시죠, 아가씨."

"그 커다란 다이아몬드를 지금도 갖고 계세요? 어젯밤에 우리한테 보여 주시면서 언제나 몸에 지니고 다닌다고 하셨잖아요?"

포인츠 씨는 싱긋 웃었다.

"맞다. 그게 내 마스코트거든. 그래 항상 몸에 지니고 있단다."

"그건 너무 위험한 것 같아요. 축제장같이 사람들이 많은 곳에서 누군가 훔쳐갈 수도 있잖아요."

"그런 일은 없을 게다. 내가 잘 간수하고 있으니까."

"하지만 그럴 수도 있잖아요. 우리 나라처럼 영국에도 갱이 있잖아요?"

이브가 주장을 굽히지 않았다.

"갱이라도 '모닝 스타'를 훔치지는 못할 게다. 우선 그건 특별히 만들어진 안주머니에 들어 있거든. 그리고 아무튼 이 포인츠 아저씨는 어떻게 대처해야 하는지 잘 알고 있단다. 그러니 아무도 모닝 스타를 훔칠 수는 없어."

이브가 웃음을 터뜨렸다.

"우우……. 전 틀림없이 훔칠 수 있어요!"

"절대 훔칠 수 없을 게다."

포인츠 씨는 그녀를 보고 눈을 끔벅였다.

"글쎄, 틀림없이 훔칠 수 있다니까요. 지난밤에 침대에 누워서 곰곰이 생각해 봤어요. 아저씨가 그걸 우리 모두에게 돌려 가며 보게 해 주시면 정말 멋진 방법으로 훔쳐 낼 수 있을 거라고요."

"그게 어떤 방법인데?"

이브가 고개를 한쪽으로 기울이자 그녀의 금발이 경쾌하게 흔들렸다.

"알려 드릴 수 없어요, 지금은. 제가 훔칠 수 없다는데 뭘 거실래요?"

포인츠 씨는 어린 시절의 기억이 떠올랐다.

"장갑 6켤레를 주마."

"장갑이라고요? 에엑, 누가 장갑을 껴요?"

이브는 불만스런 얼굴로 소리쳤다.

"그럼, 나일론 스타킹은 신니?"

"그럼요. 오늘 아침에 제가 제일 아끼는 스타킹에 올이 풀렸어요."

"그럼 아주 잘됐구나. 고급 나일론 스타킹 6켤레를 주마."

"와아아. 그럼 제가 훔치지 못하면요?"

이브는 좋아서 어쩔 줄 몰라 하며 소리쳤다.

"음, 나는 새 담뱃주머니가 필요하구나."

"좋아요. 그렇게 해요. 아저씨는 담뱃주머니를 절대 받지 못하실 걸요. 이제 아저씨가 어떻게 하셔야 할지 알려 드릴게요. 지난밤처럼 그것을 차례로 돌려 보여 주셔야…….”

웨이터 2명이 접시를 치우러 들어오자 그녀는 갑자기 하던 말을 중단했다. 그들이 다음 코스로 닭고기 요리를 들여오기 시작할 때 포인츠 씨가 말을 꺼냈다.

“이건 잊지 말거라, 꼬마 아가씨. 만약에 이게 진짜 도둑질로 드러난다면 나는 경찰을 불러서 널 조사하게 할 거란다.”

“전 아무래도 상관없어요. 어차피 아저씨가 경찰을 불러들일 일은 없을 테니까요. 하지만 아저씨만 좋다면 레이디 매로웨이나 러스팅턴 부인이 제 몸수색을 하셔도 돼요.”

“그럼 다 됐구나. 넌 무엇인 척을 할 거냐? 최고의 보석 절도범?”

“그걸 직업으로 삼을지도 모르죠. 정말 돈을 벌 수만 있다면요.”

“네가 모닝 스타를 훔쳐 낼 수만 있다면 돈을 벌 수 있지. 그 보석을 다시 깎아 다듬는다고 해도 3만 파운드 이상의 값어치가 있을 테니.”

“어머나! 그럼 달러로 얼마인 거죠?”

이브가 흥분하여 소리쳤다.

레이디 매로웨이가 탄성을 내뱉더니 비난조로 말했다.

“그런데 당신은 그런 보석을 몸에 지니고 다닌단 말인가요? 3만 파운드짜리를…….”

그녀의 검은 속눈썹이 파르르 떨렸다.

“엄청난 값어치네요……. 게다가 보석 자체가 매혹석이기도 하고……. 아름다운 보석이잖아요."

러스팅턴 부인은 조용히 말했다.

"그건 그저 탄소 덩어리에 불과합니다."

에반 루웰린이 말했다.

"보석 절도가 좀처럼 어려운 건 '방어물' 때문이라고 나는 늘 생각해 왔소. 그러니 이 경우 포인츠 씨 본인이 가장 훌륭한 방어물이지요. 에, 안 그렇소?"

조지 경이 말했다.

"빨리빨리요! 이제 시작해요. 보석을 꺼내서 어젯밤에 아저씨가 하신 대로 그대로 말씀하세요."

이브가 흥분한 어조로 말했다.

레던은 침울한 목소리로 나직이 말했다.

"제 자식을 용서해 주십시오. 이 아이가 흥분을 좀 했나 봅니다."

"이제 그만하세요, 아빠. 자아, 포인츠 아저씨……."

이브가 말했다.

싱긋 웃으며 포인츠 씨는 안주머니를 손으로 더듬었다. 그러고는 뭔가를 꺼냈다. 그의 손바닥 위에 놓여 있는 것이 불빛을 받아 반짝였다.

"이 다이아몬드는……."

다소 딱딱한 태도로 포인츠 씨는 가능한 기억을 되살려 전날 밤에 '메리메이드호'에서 한 말을 그대로 되풀이했다.

"아마 신사 숙녀 여러분들은 이것을 보고 싶으실 테지요? 이건 대단히 아름다운 보석입니다. 저는 모닝 스타라는 이름을 붙이고 마스코트로 삼아서 어디를 가든 제 몸에 지니고 다닌답니다. 한번 보시겠어요?"

 그는 레이디 매로웨이에게 그것을 건넸다. 그녀는 보석을 받아들고 아름다움에 감탄하고서 레던에게 넘겨주었다. 그는 좀 부자연스런 태도로 "아주 훌륭해요, 네, 아주 훌륭해."라고 말했다. 이번에는 루웰린에게 넘길 차례였다.

 그때 웨이터가 들어오는 바람에 보석을 돌리는 일이 잠시 중단됐다. 그들이 다시 나가자 모닝 스타를 받아든 루웰린이 "정말 멋진 보석이에요."라고 말하고는 레오 스타인에게 넘겨주었다. 그는 애써 찬사를 늘어놓으려 하지 않고 곧바로 이브에게 건네주었다.

 "정말 예뻐요."

 이브가 꾸민 듯한 높은 목소리로 소리쳤다.

 "어머! 보석을 떨어뜨렸어요."

 보석이 손에서 미끄러져 떨어지자 그녀는 소스라치게 놀라며 소리쳤다.

 그녀는 의자를 뒤로 밀고서 탁자 아래로 몸을 구부려 손으로 더듬었다. 그녀의 오른쪽에 있던 조지 경도 몸을 굽혔다. 혼란 속에서 유리잔 1개가 식탁에서 떨어졌다. 스타인과 루웰린 그리고 러스팅턴 부인도 모두 보석을 찾는 일을 거들었다. 마침내 레이디 매로웨이도 그 일에 동참했다.

 오로지 포인츠 씨만이 보석 찾기에 참여하지 않았다. 그는 자리에 앉아서 와인을 음미하며 냉소적인 미소를 짓고 있었다.

"맙소사! 이게 뭐람! 도대체 어디로 굴러간 거지? 아무데서도 찾을 수가 없네."

여전히 꾸민 듯한 말투로 이브가 말했다.

보석을 찾는 일을 거들던 사람들이 한 사람씩 일어섰다. 조지 경이 싱글거리며 말했다.

"정말 사라져 버렸네, 포인츠."

포인츠 씨는 인정한다는 듯 고개를 끄덕이며 말했다.

"아주 훌륭한 솜씨구나. 연기력이 정말 뛰어난데, 이브. 이제 문제는 네가 보석을 어딘가에 감춰 놓았는지, 아니면 네 몸에 지니고 있는지 하는 거겠지?"

"전 몰라요."

이브가 연극적으로 말했다. 포인츠 씨의 시선이 방 한구석에 놓여 있는 커다란 칸막이로 향했다. 그는 그것을 향해 고개를 끄덕이고서 레이디 매로웨이와 러스팅턴 부인을 바라보았다.

"아무쪼록 두 숙녀분께서……."

"아, 그러죠."

미소를 지으며 레이디 매로웨이가 말했다.

두 여자가 자리에서 일어났다. 레이디 매로웨이가 말했다.

"걱정하지 말아요, 포인츠 씨. 우리가 이브를 철저히 조사해 볼 테니."

세 사람은 칸막이 뒤로 갔다.

방 안이 더웠다. 에반 루웰린은 창문을 열어젖혔다. 마침 신문팔이가 지나가고 있었다. 루웰린이 동전 하나를 던져 주자 그 남자는 신문 1부를 집어던졌다.

　루웰린은 신문을 펴들며 말했다.

"헝가리의 상황이 좋아지지 않네요."

"그거 지역 신문이오? 내가 관심을 갖고 있는 말이 오늘 햅돈에서 출전하기로 되어 있는데, 내티 보이라고."

　조지 경이 물었다.

"레오, 문을 잠그게. 이 일이 끝날 때까지 성가신 웨이터들이 멋대로 들락거리지 못하게 말일세."

　포인츠가 말했다.

"내티 보이는 승산이 3:1인데요."

　루웰린이 대답했다.

"형편없군."

　조지 경이 말했다.

"대부분 레가타(보트·요트 등의 경기 — 옮긴이)에 대한 기사네요."

　신문을 대충 훑어본 루웰린이 말했다.

　세 여자가 칸막이 뒤에서 나왔다.

"보석을 감춘 흔적이 없어요."

　재닛 러스팅턴이 말했다.

"내 말은 믿어도 좋아요, 이 아이의 몸엔 보석이 없어요."

　레이디 매로웨이도 말했다.

　포인츠 씨는 기꺼이 그녀의 말을 받아들일 수 있었다. 그녀의 말투는 단호했고, 그로 미루어 몸수색이 철저히 이루어졌다는 건 의심의 여지가 없었다.

레던이 걱정스러운 얼굴로 물었다.

"잠깐, 이브, 너 보석을 삼킨 건 아니지? 혹시 그랬다면 네 몸에 좋지 않기 때문에 그러는 거란다."

"그렇게 했다면 내가 봤을 거요. 나는 저 애를 계속 지켜보고 있었지요. 하지만 저 애는 입에 아무것도 넣지 않았소."

레오 스타인이 조용히 말했다.

"저는 그렇게 끝이 뾰족하고 커다란 것을 삼키지 못해요."

이브는 엉덩이에 손을 올린 채 포인츠 씨를 바라보며 물었다.

"그럼 보석은 어떻게 됐을까요, 아저씨?"

"지금 서 있는 곳에서 움직이지 말고 그대로 있어라."

포인츠 씨가 말했다.

방에 있는 사람들 중에서 남자들이 식탁에 있는 것들을 모두 치우고 그것을 뒤집어엎었다. 포인츠 씨는 탁자를 구석구석 철저하게 조사했다. 그다음에는 이브가 앉았던 의자와 그 양쪽에 있는 의자로 주의를 돌렸다.

모든 것을 철저히 조사했지만 티끌 하나 나오지 않았다. 다른 4명의 남자들도 함께 수색에 참여했고, 여자들도 나서서 도왔다. 이브 레던은 칸막이 근처 벽 옆에 서 있다가 그런 모습을 보고는 몹시 즐거워하며 웃음을 터뜨렸다.

5분 뒤에 포인츠 씨가 희미한 신음 소리를 내며 일어나 힘없이 바지에 묻은 먼지를 털었다. 처음의 그 활기차던 모습은 눈에 띄게 사라져 버리고 없었다.

"이브, 나는 네게 경의를 표하마. 너는 지금까지 내가 만난 도둑 중에서 최고의 보석 도둑이다. 보석 훔치기에서는 네가 나를 이겼어. 내 생각에는 네 몸에 보석이 없다면 그건 틀림없이 방 안에 있어야 하는데. 내가 졌다."

"그럼 스타킹은 이제 제 것이죠?"

"그렇습니다, 아가씨."

"이브, 그걸 어디에 감춰 놓은 거니?"

러스팅턴 부인이 호기심을 가지고 물었다.

이브는 의기양양하게 앞으로 나왔다.

"가르쳐 드릴게요. 여러분 모두 자신이 바보 같다고 생각하실 걸요."

그녀는 정찬용 식탁에서 옮긴 물건들을 대충 쌓아 놓은 옆 탁자로 갔다. 그곳에서 작은 검은색 이브닝 백을 집어 들었다.

"바로 눈앞에 나타납니다. 바로……."

의기양양하여 한껏 들떠 있던 그녀의 목소리가 돌연 서서히 사라졌다.

"어……. 어…….''

"무슨 일이니, 얘야?"

그녀의 아버지가 물었다.

이브가 작은 소리로 말했다.

"사라졌어요……. 그게 사라졌어요……."

"대체 무슨 일이냐?"

앞으로 나서며 포인츠 씨가 물었다.

이브는 급히 그를 향해 몸을 돌렸다.

"일이 이렇게 된 거예요. 제 포셰트(어깨에서 비스듬히 메는, 끈이 비교적 긴 조그만 핸드백 ― 옮긴이)에는 걸쇠 중앙에 커다란 모조 보석이 있어요. 그게 어젯밤에 떨어졌거든요. 아저씨가 다이아몬드를 돌려가며 보여 주실 때, 저는 그것이 제 모조 보석과 크기가 비슷하다는 것을 알았어요. 그날 밤에 저는 세공용 점토로 아저씨의 다이아몬드를 제 핸드백의 걸쇠 중앙에 붙이면 정말 감쪽같이 훔쳐 낼 수 있을 거라고 생각했어요. 아무도 보석이 그곳에 붙어 있다고는 생각지 못할 거라고 확신했지요. 그건 전날 밤에 미리 준비해 놓은 거니까요. 그래서 전 먼저 보석을 떨어뜨렸어요. 그러고는 손에 핸드백을 들고 엎드린 거예요. 손에 들고 있던 약간의 세공용 점토로 걸쇠 중앙에 보석을 붙이고 나서 핸드백을 식탁 위에 놓고 계속 다이아몬드를 찾는 척을 했지요. 「도둑맞은 편지(에드거 앨런 포의 작품으로 파리 황실 귀부인의 중요한 편지를 눈앞에서 비슷한 편지와 바꿔치기한 장관은 그것을 누구의 눈에나 쉽게 띌 수 있는 곳에 방치한다. 가장 교묘하게 무엇인가를 감추는 방법은 감추지 않고 그냥 노출시켜 둔다는 사고의 기발함이 돋보이는 작품이다 ― 옮긴이)」와 같은 거라고 생각했어요. 여러분의 코앞에, 바로 다 보이는 곳에 놓여 있었잖아요. 단지 조잡한 모조 다이아몬드처럼 보였을 뿐이죠. 정말 감쪽같은 계획이었는데. 아무도 전혀 눈치채지 못했잖아요."

"이상하군."

스타인이 중얼거렸다.

"뭐라고 하셨죠?"

포인츠 씨는 핸드백을 받아서 세공용 점토 조각이 여전히 남아 있는 빈 구멍을 살피며 천천히 말했다.

"아마 빠져나갔을 겁니다. 다시 찾아보는 편이 낫겠어요."

다시 보석을 찾는 일이 반복됐으나 이번에는 이상하리만치 조용한 가운데 이루어졌다. 방 안은 긴장감으로 가득 찼다.

마침내 사람들이 차례로 보석 찾기를 포기하고 몸을 일으켰다. 그들은 서로의 얼굴만을 쳐다보며 서 있었다.

"이 방 안에는 없어요."

스타인이 선언했다.

"그럼 아무도 방을 떠나서는 안 되겠군."

조지 경이 의미심장한 표정으로 말했다.

순간 방 안에는 침묵이 흘렀다. 이브가 와락 울음을 터뜨렸다.

그녀의 아버지가 딸의 어깨를 다독였다.

"그래, 그래."

그는 난처한 얼굴로 말했다.

조지 경은 스타인에게 몸을 돌리고 말했다.

"스타인 씨, 조금 전에 작은 소리로 뭐라고 중얼거리셨잖소. 내가 뭐라고 했냐고 물었을 때, 당신은 아무것도 아니라고 대답했소. 하지만 실은 난 당신이 한 말을 들었소. 이브 양이 우리들 중 누구도 자신이 다이아몬드를 숨겨 놓은 곳을 눈치채지 못했다고 말했소. 그때 당신은 '이상하군.'이라고 중얼거렸소. 여기서 우리가 직시해야 하는 점은 어떤 한 사람은 알고 있을 가능성이 있다는 것이오. 그 사람은 지금 이 방 안에 있소. 그러므로 공정하면서도 명예를 손상치 않을 한 가지 방법은 현재 이 자리에 있는 모든 사람들이 몸수색을 받아들이는 것뿐이라고 제안하겠소. 다이아몬드가 제 발로 이 방에서 걸어 나갔을 리는 없을 테니 말이오."

조지 경은 누구도 흉내 낼 수 없을 만큼 사려 깊은 영국 신사의 역할을 잘 해냈다. 그의 목소리는 진지함과 위엄을 담은 채 울려 퍼졌다.

"기분이 좀 좋지 않군. 이런 모든 일들이 말이야."

포인츠 씨는 한심스러운 듯이 말했다.

"다 제 잘못이에요. 이러려고 한 게 아니었는데……."

이브가 흐느끼며 말했다.

"기운을 내거라, 애야. 아무도 너를 비난하지 않는단다."

스타인이 다정하게 말했다.

레던은 현학적인 태도로 느릿하게 말했다.

"좋습니다. 우리 모두가 조지 경의 제안을 전적으로 받아들여야 한다고 생각합니다. 저는 찬성입니다."

"저도 찬성합니다."

에반 루웰린이 말했다.

러스팅턴 부인은 찬성의 뜻으로 고개를 까딱하는 레이디 매로웨이를 바라보았다. 두 여자는 칸막이 뒤로 갔고, 이브도 흐느껴 울면서 그들을 따라갔다.

웨이터가 문을 두드렸지만 그는 물러가라는 말만을 들었다.

5분 뒤에 8명의 사람들은 믿기지 않는 얼굴로 서로를 쳐다보고 서 있었다.

모닝 스타는 허공으로 사라져 버렸다…….

II

파커 파인은 맞은편에 흥분한 표정으로 앉아 있는 가무잡잡한 얼굴의 젊은이를 생각에 잠겨 바라보았다.

"물론 당신은 웨일스 사람이겠지요, 루웰린 씨."

"그게 이 일과 무슨 관계가 있나요?"

파커 파인은 잘 손질된 큼지막한 손을 흔들었다.

"아무 관계가 없다는 건 인정합니다. 제가 특정한 민족이 나타내는 감정적 반응을 분류하는 일에 관심이 좀 있어서요. 그뿐입니다. 그럼 당신이 특별히 직면한 문제를 살펴보도록 할까요."

"왜 당신을 찾아왔는지 저도 정말 모르겠어요."

에반 루웰린의 손이 불안한 듯 떨렸고 검은 얼굴은 수척해 보였다. 그는 파커 파인을 쳐다보지 않았다. 뚫어지게 쳐다보는 신사의 시선이 거북하게 느껴졌던 것이다. 그는 되풀이해 말했다.

"왜 당신을 찾아왔는지 저도 정말 모르겠어요. 하지만 대관절 제가 어디를 찾아가야 할까요? 그리고 도대체 제가 뭘 해야 하나요? 제가 화가 나는 건 아무것도 할 수 없다는 이 무력감입니다……. 당신의 광고를 봤을 때 예전에 한 친구가 당신에 대해 얘기한 준 게 기억이 났어요. 그 친구가 당신이 무슨 일이든 해결할 수 있다고 했죠……. 그래서 여기 온 겁니다! 하지만 제가 바보짓을 한 것 같군요. 이건 누구라도 어떻게 할 수 있는 상황이 아니니까요."

"천만에요. 적임자를 찾아오신 겁니다. 저는 불행을 해결하는 전문가랍니다. 이 일로 상당한 고통을 겪고 있는 게 분명하군요. 그 사건의 진상이 당신이 내게 말한 그대로인 게 틀림없습니까?"

"빠뜨린 얘기는 없는 것 같은데요. 포인츠가 다이아몬드를 가져와서 사람들에게 돌려보게 했지요. 그때 그 가엾은 미국 아이가 우스꽝스러운 자기 핸드백에 그것을 붙여 놓은 거예요. 그런데 우리가 핸드백을 살펴보러 갔을 때에는 다이아몬드는 사라지고 없었죠. 그리고 어느 누구의 몸에서도 보석이 나오지 않았어요. 심지어 포인츠 본인도 몸수색을 받았어요. 본인이 자청을 했지요. 그 방 안 어디에도 보석이 없었다는 걸 저는 맹세할 수 있어요! 그런데 아무도 그 방을 떠나지 않았단 말이지요."

"가령 웨이터들 짓은 아닐까요?"

파커 파인이 넌지시 물었다. 루웰린은 고개를 설레설레 흔들었다.

"그들은 아이가 다이아몬드에 손대기 전에 들어왔다 나갔어요. 그리고 일이 벌어진 다음에는 포인츠가 그들이 드나들지 못하게 문을 잠그라고 했고요. 아니에요, 우리 중 누군가 갖고 있는 겁니다."

"틀림없이 그런 것 같군요."

파커 파인은 생각에 잠겨 맞장구쳤다.

"다 그놈의 저녁 신문 때문이에요. 사람들이 그게 유일한 방법이라고 생각할 줄 알았어요."

에반 루웰린은 쓸쓸한 어조로 말했다.

"정확히 무슨 일이 일어났는지 다시 좀 말씀해 주시겠습니까."

"별일도 없었어요. 저는 창문을 열고서 휘파람으로 신문팔이를 불렀습니다. 그리고 전 동전 1개를 밖으로 던졌고 그는 제게 신문을 던져 줬어요. 아시다시피 그게 다이아몬드가 그 방을 떠날 수 있는 유일한 방법이잖아요. 제가 길 아래서 기다리고 있던 공범자한테 던져 주었다는 거지요."

"그게 유일한 방법은 아니지요."

파커 파인이 반박했다.

"그럼 어떤 다른 방법이 있는데요?"

"당신이 그것을 던지지 않았다면 틀림없이 다른 방법이 있겠지요."

"아, 그렇군요. 그보다는 뭔가 좀 더 명확한 것을 말씀하시는 거였으면 했는데. 제가 말씀드릴 수 있는 건 저는 그것을 던지지 않았다는 겁니다. 당신이 제 말을 믿어 주실 거라고는 기대하지 않아요. 뭐 다른 누군들 믿겠습니까."

"원, 천만에요. 저는 당신을 믿는데요."

"정말입니까? 그런데 왜죠?"

"당신은 범죄형이 아니니까요. 다시 말해 보석 절도범 특유의 범죄형이 아니란 말이지요. 물론 당신이 저지를 수 있는 범죄가 있긴 하죠. 하지만 그 문제를 파고들 필요는 없겠지요. 어쨌든 나는 당신이 모닝 스타의 절도범이라고는 생각되지 않는군요."

"하지만 다른 사람들은 다 그렇게 생각하는걸요."

루웰린은 씁쓸한 어조로 말했다.

"그렇겠지요."

파커 파인이 인정했다.

"사람들은 그 자리에서 저를 의심쩍은 눈초리로 바라봤어요. 매로웨이는 신문을 집어 들고 창문을 흘긋거리더군요. 아무 말도 하지 않고요. 하지만 포인츠는 그 의미를 단번에 이해했지요! 그들이 무슨 생각을 하는지 알고 있어요. 대놓고 제게 죄를 추궁하지는 않았지만 그게 더 미칠 지경이에요."

파커 파인은 공감한다는 듯 고개를 끄덕였다.

"그보다 더 괴로운 일은 없지요."

"맞아요. 단지 의심일 뿐이지만요. 어떤 사람이 와서는 제게 이것저것 묻더군요. 평범한 질문이라면서요. 하지만 새 와이셔츠를 차려입은 많은 경찰 중 하나인 것 같더군요. 아주 교묘해서 전혀 그걸 내비치지는 않았지만요. 그저 제가 돈에 쪼들리다가 갑자기 좀 호기롭게 돈을 쓰는 사실에만 관심을 가졌어요."

"그런데 그게 사실입니까?"

"예, 말 한두 마리에서 행운이 따랐어요. 공교롭게도 제가 건 말들이 우승을 했거든요. 하지만 그렇게 돈이 들어왔다는 것을 보여 줄 수가 없잖아요. 물론 그들이 그 사실을 반박할 수야 없겠지만, 사실 그게 돈의 출처를 밝히고 싶지 않은 경우에 사람들이 흔히 꾸며 대는 거짓말이기도 하니까요."

"그렇지요. 그들은 당신이 범인이라는 것을 증명하려고 더욱 안간힘을 쓸 겁니다."

"뭐, 사실 체포돼서 절도 혐의를 받는 건 두렵지 않습니다. 어떤 점에서 그게 더 부담이 되지 않아요. 제가 어떤 처지에 있는지는 알고 있으니까요. 하지만 모든 사람들이 제가 보석을 훔쳤다고 믿는다는 건 정말 끔찍합니다."

"특히 어느 한 사람이 맘에 걸리시나요?"

"무슨 말씀이십니까?"

"추측이지요. 그뿐입니다."

파커 파인은 깔끔해 보이는 손을 다시 흔들며 말했다.

"특히 마음에 걸리는 사람이 있는 게 아닌가요? 러스팅턴 부인에 대해 얘기해 볼까요?"

루웰린의 검은 얼굴이 확 붉어졌다.

"왜 하필 그녀인가요?"

"당신은 누군가의 평가를 몹시 중요하게 생각하고 있어요. 십중팔구 숙녀일 테지요. 그 자리에 어떤 숙녀분들이 있었지요? 그 미국 꼬마 아가씨? 레이디 매로웨이? 하지만 설사 당신이 그런 일을 저질렀다고 하더라도 아마 레이디 매로웨이의 평가 따위엔 신경 쓰지 않았을 거예요. 저도 그 부인에 대해서는 좀 알고 있어요. 그러니 러스팅턴 부인밖에 더 있나요.”

루웰린은 거의 안간힘을 쓰며 말했다.

“그녀는, 그녀는 꽤 불행한 일을 겪었어요. 그녀의 전남편은 날건달이었지요. 그 때문에 그녀는 누구도 믿으려고 하지 않아요. 그런데 그녀가, 만약에 그녀가 그렇게 생각한다면……”

그는 더 이상 말을 잇지 못했다.

“그래요, 저도 그 문제가 중요하다는 것을 알고 있습니다. 그러니 명백히 해결돼야겠지요.”

루웰린은 짧게 웃었다.

“말로야 쉽지요.”

“그리고 해결하기도 쉽고요.”

“그렇게 생각하세요?”

“그럼요, 문제의 윤곽이 아주 뚜렷하잖습니까. 그러니 많은 가능성들을 제외할 수 있어요. 해답도 틀림없이 극히 단순할 겁니다. 사실 저는 이미 어렴풋이 감이 오는데요.”

루웰린은 의심스런 얼굴로 그를 빤히 바라보았다.

파커 파인은 메모철을 끌어당기고 펜을 집어 들었다.

“그곳에 있던 사람들에 대해서 간략하게 설명해 주실 수 있겠지요?”

“이미 그렇게 했잖습니까?”

“그들의 인상착의를 말해 달라는 겁니다. 이를테면 머리 색깔이나 뭐 그런 것 말이에요.”

"하지만, 파커 파인 씨, 그런 게 무슨 상관이 있나요?"

"상관이 있습니다, 상관이 있어요. 분류적인 면이나 여러 면에서 말이지요."

다소 회의적인 얼굴로 루웰린은 요트 파티에 참석한 사람들의 인상착의를 설명했다.

파커 파인은 한두 가지 메모를 하고 나서 메모철을 밀쳐 두고 말했다.

"좋아요. 그런데 와인 잔이 깨졌다고 했지요?"

루웰린은 다시 빤히 바라보았다.

"네, 식탁에서 떨어지는 바람에 산산조각이 났습니다."

"위험한 건데, 유리 조각 말이에요. 그런데 누구 와인 잔이었나요?"

"그 아이, 이브의 잔이었던 것 같아요."

"아, 그럼 와인 잔이 있던 쪽으로 그 아이 옆자리에는 누가 앉아 있었나요?"

"조지 매로웨이 경이었어요."

"당신은 와인 잔이 식탁에서 떨어지는 것을 보지 못했나요?"

"보지 못했는데요. 그게 중요한 문제인가요?"

"꼭 그런 건 아니에요. 아닙니다. 불필요한 질문이었어요."

그러고는 자리에서 일어서며 말했다.

"아주 좋은 아침이군요, 루웰린 씨. 사흘 뒤에 다시 방문해 주시겠습니까? 그때까지는 모든 일이 만족스럽게 해결이 될 겁니다."

"지금 농담하시는 건가요, 파커 파인 씨?"

"저는 직업적인 문제에서 결코 농담을 하지 않습니다, 루웰린 씨. 그러면 고객들이 저를 불신하게 될 테니까요. 금요일 11시 30분에 뵙도록 할까요? 감사합니다."

III

금요일 아침에 루웰린은 상당히 불안한 심정으로 파커 파인의 사무실에 들어섰다. 마음속에서 기대와 회의가 서로 다투고 있었다.

파커 파인은 만면에 웃음을 띠고 자리에서 일어나 그를 맞았다.

"어서 오세요, 루웰린 씨. 앉으세요. 담배 피우시겠습니까?"

루웰린은 그가 내민 상자를 거절하고 말했다.

"저어?"

"아주 잘 해결됐습니다. 어젯밤에 경찰이 그 일당을 체포했지요."

"그 일당이라니요? 무슨 일당을요?"

"아말피 일당 말이에요. 당신 말을 듣는 순간 저는 그들이 떠올랐답니다. 그들의 수법이라는 것을 알았지요. 그리고 당신이 참석자들을 묘사하는 말을 들었을 때 그나마 마음속에 있던 의혹도 완전히 사라졌죠."

"아말피 일당이 누군데요?"

"아버지, 아들, 그리고 며느리로 이뤄진 일당이에요. 피에트로와 마리아가 정말로 결혼을 했다면 말이지만요. 그게 좀 불확실해서."

"무슨 말씀인지 도통 모르겠군요."

"아주 간단해요. 이름은 이탈리아식이고, 물론 태생도 이탈리아인이지만 아버지 아말피는 미국에서 태어난 사람이에요. 그의 수법은 늘 똑같지요. 그는 진짜 사업가인 체 행동하면서 자신을 유럽의 몇몇 나라에서 보석 사업을 하고 있는 거물처럼 소개한 뒤에 속임수를 쓰는 거예요. 이번 경우에 그는 신중히 모닝 스타를 추적했어요. 포인츠의 기행은 동업자들 사이에서도 잘 알려져 있었지요. 마리아 아말피는 그의 딸 역할을 했고요. 적어도 27살은 된 여자인데 거의 매번 16살짜리 역할을 하니 놀랄 일이지요."

"이브는 아니에요!"

루웰린이 헐떡이며 말했다.

"아니, 맞습니다. 그 일당의 세 번째 멤버가 로열 조지에서 임시 웨이터로 일하고 있었어요. 휴일에는 임시 웨이터들이 필요한 경우가 있지요. 어쩌면 그가 정식 웨이터를 매수해서 쉬게 하고 자기가 그 자리를 대신했을지도 모르죠. 그렇게 무대가 준비된 겁니다. 이제 이브가 포인츠에게 도전장을 던지고 내기를 거는 거예요. 그는 전날 밤에 했던 대로 다이아몬드를 돌립니다. 웨이터들이 방에 들어오자 레던은 그들이 나갈 때까지 보석을 그대로 들고 있어요. 하지만 웨이터들이 나갈 때, 다이아몬드도 함께 사라진 거예요. 피에트로가 들고 나간 접시 밑바닥에 약간의 껌으로 교묘하게 붙여서 말이에요. 그처럼 간단한 겁니다!"

"하지만 그다음에 제가 보석을 봤는걸요."

"아니, 아니에요. 당신은 얼핏 보면 속을 만한 모조품을 본 거지요. 당신 말대로 스타인은 그것을 제대로 보지 않았어요. 이브는 그것을 떨어뜨리고서 유리잔도 떨어뜨린 뒤에 보석과 유리잔을 함께 힘껏 밟아서 깨뜨려 버린 겁니다. 그렇게 해서 기적적으로 다이아몬드가 사라져 버린 거지요. 이제 이브와 레던은 누구라도 만족할 만큼 보석을 찾아볼 수 있게 된 겁니다."

"저어……. 저는……."

루웰린은 말문이 막히는지 고개만 설레설레 흔들었다.

"제가 말씀드린 인상착의 설명에서 그 일당을 짐작하셨다고 하셨지요. 그들이 전에도 이런 속임수를 쓴 일이 있었나요?"

"똑같지는 않지만 이게 그들의 수법이에요. 당연히 저는 이브라는 아이에게 즉시 관심을 돌리게 됐지요."

"왜요? 저는 그 아이를 눈곱만큼도 의심하지 않았어요. 아니 아무도 의심하지 않았을 거예요. 그녀는 그저, 그저 어린애였으니까요."

"그게 마리아 아말피의 특수한 재능이에요. 그녀는 어떤 아이들보다도 더 아이처럼 보이게 행동할 수 있지요! 그다음에는 세공용 점토였어요! 이 내기는 상당히 즉흥적으로 시작된 거였지요. 하지만 그 꼬마 숙녀는 세공용 점토를 곧 쓸 수 있도록 갖고 있었어요. 그것은 이번 사건이 미리 계획됐다는 것을 나타내는 거지요. 그래서 저는 즉시 그녀를 의심하게 된 겁니다."

루웰린이 자리에서 일어섰다.

"파커 파인 씨, 정말로 감사드립니다."

"분류 덕분이에요. 범죄자의 유형 분류 말이에요. 그것에 흥미가 있어서요."

파커 파인은 중얼거렸다.

"저어……. 수수료를 얼마나 드려야 할지……."

"수수료는 아주 적당한 금액이 될 겁니다. 에…… 경마로 번 돈에 너무 큰 구멍이 나지 않게 말입니다. 그렇지만 루웰린 씨, 제 생각에는 앞으로는 경마를 끊어야 할 겁니다. 말이란 믿을 수 없는 동물이거든요."

"잘 알겠습니다."

루웰린은 파커 파인과 악수를 나누고서 성큼성큼 사무실을 떠났다. 그는 택시를 불러 타고 재닛 러스팅턴의 아파트 주소를 알려 주었다.

지금 그는 무엇이든 성공 못 할 일이 없을 것 같은 기분이었다.

할리퀸 티세트

새터스웨이트는 화가 나서 혀를 끌끌 찼다. 자신의 추측이 맞든 맞지 않든 간에, 요즘 자동차들이 예전 자동차들보다 고장이 훨씬 잦다는 확신이 더욱 강해졌다. 그가 신뢰하는 자동차들은 오랜 시련을 견뎌 낸 옛 동반자들뿐이었다. 개성이라고는 눈곱만큼도 없었지만 요구가 빗발치기 전에 그들의 바람을 충족시키고 돌봐 줄 수 있을 만큼 훤히 알고 있었다. 하지만 최신형 자동차들은 어떤가! 꽉 들어찬 낯선 장치들, 각양각색의 창문들, 별도로 새로이 장착된 계기판, 반짝이는 목재 장식이 매력적으로 보이긴 했지만, 익숙지 않은 탓에 고장 원인을 더듬어 찾는 손은 불안하게 안개등이며 와이퍼, 초크 등을 맴돌고 있었다. 이 모든 것을 작동하는 스위치는 한곳에 달려 있었는데, 이런 것들은 사람들이 요구한 장치가 아니었다. 게다가 번쩍이는 새 구입품은 성능 면에서도 낙제였다. 시골 마을의 차량 정비소 직원은 부아를 돋우는 말을 내뱉었다.

"신차의 초기 문제지요. 이런 슈퍼보스 같은 무개차(지붕이 없는 차—옮긴이)는 정말 멋지죠, 선생님. 액세서리도 최신식이고. 하지만 아시다시피 초기 문제가 있기 마련이지요. 하하하, 하하하."

자동차가 마치 갓난쟁이와 같다는 말이었다.

하지만 이제 노년에 이른 새터스웨이트는 모름지기 새 차란 완전히 성숙한 성인과 같아야 한다는 강한 소신을 갖고 있었다. 성능 테스트와 점검을 거쳤으니 신차의 초기 문제는 구매자의 손에 들어오기 전에 이미 처리됐어야 할 사안이라는 생각이었다.

새터스웨이트는 주말 동안 시골에 있는 친구 가족을 방문하러 가는 길이었다. 그의 새 자동차는 런던에서 오는 길에 이미 불안한 조짐을 보이다가 이제 정비소에 멈춰 서서 고장 원인이 밝혀지기를 기다리는 처량한 신세가 된 것이다. 얼마나 시간이 흘러야 다시 목적지를 향해 길을 떠날 수 있을까. 그의 운전사는 정비사와 얘기 중이었다. 새터스웨이트는 인내심이 바닥나는 것을 느끼며 앉아 있었다. 자신을 초대한 친구는 어젯밤 통화 중에 분명히 차를 마시기에 적당한 시간에 와 달라고 부탁했다. 그리고 자신은 4시 전에 도버톤 킹스본에 도착할 거라고 장담했다.

그는 속이 타서 다시금 혀를 끌끌 차고는 뭔가 유쾌한 쪽으로 생각을 돌리려고 노력했다. 격앙된 상태로 여기 앉아서 손목시계나 뻔질나게 들여다보고 되풀이해서 혀를 찬들 아무 소용이 없었다. 암탉이 1개의 알을 낳는 것에 만족하는 것처럼 그가 지금 깨달아야 하는 것은 만족할 줄 알면 즐거울 수 있다는 교훈이었다.

그래. 뭔가 즐거운 것을 생각하자. 아, 한데 생각나는 것이 아무것도 없었다. 차로 달려오는 동안 뭔가 자신의 주의를 끈 것이 있기는 했는데. 그리 오래전도 아니다. 차창을 통해서 본 어떤 것 때문에 기쁘기도 하고 흥분도 됐었다. 하지만 그것에 대해 생각할 겨를을 갖기도 전에 자동차에 문제가 있다는 것이 분명해지는 바람에 부득이 가까운 정비소를 부랴부랴 찾을 수밖에 없었다.

내가 본 게 무엇이었더라? 왼쪽에서였나, 아니 오른쪽이었어. 맞아, 마을길을 천천히 지나가고 있을 때 오른쪽에서 보았지. 우체국 옆에서. 그래, 그건 의문의 여지가 없었다. 우체국 옆이 분명했다. 우체국을 보다가 그는 애디슨 가족에게 조금 늦게 도착할 것 같다는 난처한 소식을 전화로 알려야겠다는 생각을 떠올렸었다. 우체국이었다. 마을 우체국. 그리고 그 옆에, 그래, 틀림없이 그 옆이었어. 옆이거나, 혹시 옆이 아니라면 그 옆에 옆이었을 거야. 뭔가 옛 기억을 환기시키는 것이 있었다. 그래서 그는 그것이 무엇인지 궁금했다. 내가 알고 싶었던 게 정확히 어떤 것일까? 어이! 문득 어떤 생각이 떠올랐다. 색깔이 섞여 있었어. 여러 가지 색깔들이. 맞아, 한 가지 색이거나 아니면 여러 가지 색이었지. 또 단어가 하나 있었는데. 생생하고 강렬했던 어떤 것에 의해 기억과 사고와 쾌감을 자극하여 흥분시키는 명확한 단어가 있었다. 뭔가 자신이 구경만 한 것이 아니라 소견을 말하기도 한 것이었다. 아니, 그는 더 많은 것을 했었다. 직접 관여하기도 했었다. 그런데 무엇을, 왜, 어디에서 관여했던 걸까? 온갖 장소에서. 그 대답은 곧바로 마지막 생각으로 이어졌다. 온갖 장소에서.

섬에서? 코르시카(지중해의 프랑스령 섬 ― 옮긴이)에서? 룰렛 휠을 돌리는 쿠르피에(딜러)를 바라보던 몬테카를로에서? 시골의 저택에서? 온갖 장소에서. 자신은 그곳에 있었고, 그리고 다른 사람도 있었다. 그래, 다른 사람이 있었지. 모든 건 그 사람과 관련이 있었다. 마침내 그는 기억에 다가가고 있었다. 내가 기억해 낼 수만 있다면……. 그 순간 운전사와 그의 뒤를 따라 정비사가 창문으로 다가오는 바람에 생각이 뚝 끊겼다.

"오래 걸리지 않을 겁니다, 주인님. 10분쯤이면 된다네요. 그 이상은 걸리지 않을 겁니다."

운전사는 쾌활한 어조로 새터스웨이트에게 말했다.

"심각한 고장은 없네요. 말씀드린 대로 초기 문제에요."

정비사는 사투리가 섞인 쉰 목소리로 낮게 말했다.

새터스웨이트는 이번에는 혀를 끌끌 차지 않았다. 대신 이를 갈았다. 책에서 종종 읽은 글귀에서처럼 나이가 들면서 위쪽 틀니가 좀 헐거워진 때문인지 그는 이를 가는 버릇이 생겼다. 정말로 초기의 문제란 말인가! 치통. 절치. 틀니. 사람의 일생이 치아를 중심으로 전개된다는 생각이 들 정도였다(초기의 문제를 나타내는 "teething troubles"는 젖니가 나올 때의 불쾌감을 의미하기도 함 ― 옮긴이).

"도버튼 킹스본까지는 고작 이삼 킬로미터밖에 남지 않았습니다. 택시가 있다고 하니 주인님은 택시를 타고 먼저 가시면 제가 차가 수리되는 대로 뒤따라가겠습니다."

운전사가 말했다.

"아닐세!"

새터스웨이트가 대꾸했다.

갑작스레 그 말이 터져 나오는 바람에 운전사와 정비사 모두 깜짝 놀란 눈치였다. 새터스웨이트의 눈빛이 번득였다. 그의 목소리는 단호하고 명확했다. 기억이 떠올랐던 것이다.

"나는 우리가 방금 지나온 길을 따라 되돌아가겠네. 차 수리가 끝나면 그리로 날 태우러 오게. 그곳 이름이 할리퀸 카페인 것 같네."

"거긴 그다지 훌륭한 곳이 못되는데요, 선생님."

정비사가 충고했다.

"내가 갈 곳이 거기네."

절대 권력을 가진 왕 같은 말투로 새터스웨이트가 대꾸했다.

그러고는 기운차게 걸어갔다. 두 남자는 그의 뒷모습을 응시했다. 운전사가 중얼거렸다.

"무슨 생각을 하시는 건지 도통 모르겠군. 지금껏 저런 모습을 뵌 적이 없는데."

킹스본 뒤시 마을은 이름에서 풍기는 고풍스런 품위와는 걸맞지 않는 곳이었다. 거리 하나로 이루어진 아주 작은 마을이었다. 집도 몇 채 없었다. 상점들이 다소 불규칙적으로 흩어져 있는 것으로 미루어보건대 간혹 가정집을 개조한 상점들이거나, 혹은 한때는 상점이었지만 이제는 장사할 의도가 없이 가정집으로만 존재하는 것임을 알 수 있었다.

특별히 고풍스럽다거나 빼어나게 돋보이는 곳은 아니었다. 그저 소박하고 상당히 수수한 마을이었다. 아마 그 때문에 약간의 선명한 색상도 자신의 눈에 띈 모양이라고 새터스웨이트는 생각했다. 그는 우체국 앞에 와 있었다. 우체국은 옥외 우체통과 신문과 우편엽서가 진열돼 있는 간단한 기능만을 담당하는 곳이었는데, 그 옆쪽에 정말로 할리퀸 카페라는 간판이 걸려 있었다. 할리퀸 카페. 새터스웨이트는 갑자기 현기증을 느꼈다. 확실히 그는 늙어 가고 있었다. 어째서 저 단어가 내 마음을 흔드는 걸까?

'할리퀸 카페.'

차량 정비소에 있던 그 정비사 말이 옳았다. 그곳은 식사를 하고 싶은 마음이 드는 그런 장소가 아니었다. 가벼운 식사라면 모를까. 아니면 모닝커피 정도. 그런데 이유가 뭘까? 그는 문득 그 이유를 깨달았다. 사람들이 그 조용한 카페를 상점으로 간주하는 것은 카페가 두 부분으로 나누어져 있었기 때문이다. 한쪽에는 작은 탁자들과 그 주위로 의자들이 가지런히 놓인 채 이곳에 식사를 하러 오는 손님들을 맞을 준비가 돼 있었다. 하지만 다른 쪽은 상점이었다. 도자기를 파는 가게였다. 골동품 가게는 아니었다. 유리 꽃병이나 머그컵 같은 것이 진열된 선반도 없었다. 현대적인 물품을 파는 상점으로, 거리로 향한 쇼윈도에는 무지개빛 같은 온갖 색상의 물건이 진열돼 있었다. 파랑, 빨강, 노랑, 초록, 분홍, 보라. 새터스웨이트는 정말 화려한 색의 향연이라고 생각했다. 앞을 보며 정비소나 주

유소의 표지를 찾느라 자동차가 인도 옆으로 천천히 지나갈 때, 그것이 그의 시선을 확 잡아끈 것도 당연한 일이었다. 그것에는 커다란 카드에 '할리퀸 티세트'라는 이름이 적혀 있었다.

새터스웨이트의 마음에 확고하게 남아 있는 것은 물론 '할리퀸'이라는 단어였다. 비록 마음 저편에 있어서 생각해 내기가 어려웠지만 말이다. 화려한 색상. 할리퀸 색상. 그는 터무니없긴 하지만 흥미진진한 생각을 하고 있었다. 혹시 이곳에서 자신을 부른 것은 아닐까. 특별히 자신을 말이다. 어쩌면 이곳에서 식사를 하고 찻잔이나 받침 접시를 사는 사람이 자신의 오랜 친구 할리퀸일 수도 있었다. 마지막으로 퀸을 본 이후로 얼마나 지났지? 수많은 세월이 흘렀다. 퀸이 '연인들의 길'이라고 불리는 오솔길을 따라 멀어져 가는 모습을 바라본 바로 그날이었지? 그는 늘 퀸을 다시 만날 수 있을 거라 생각했었다. 적어도 1년에 1번이라도. 가능하다면 1년에 2번이라도. 하지만 바람뿐이었다. 그런 일은 일어나지 않았다.

그런데 오늘 그는 여기 킹스본 뒤시 마을에서 다시 한번 할리퀸을 우연히 만날지도 모른다는 황당무계하고 어처구니없는 생각을 하고 있었다.

"바보 같군, 정말 바보 같아. 그래 나이를 먹은 사람이나 할 법한 생각이지!"

새터스웨이트는 중얼거렸다.

그는 퀸을 그리워하고 있었다. 그의 말년에 가장 흥미로운 일 중 하나가 무언가를 그리워하게 된 것이었다. 어느 곳에나 나타날 수 있고, 또 그가 나타나면 뭔가 일이 일어나리라는 것을 항상 예고하는 어떤 사람을 말이다. 뭔가 그에게 일이 일어났다. 아니, 그건 옳은 말이 아니다. 그에게가 아니라 그를 통해서이다. 그것이 흥미진진한 부분이었다. 퀸이 언급하는 바로 그 이야기에서. 그래, 이야기였다. 그가 제시하는 것에서 새터스웨이트는 생각을 떠올렸다. 그러고는 사태를 살피고 추측해서 사건의 전모를 밝혀냈다. 그는 처리돼야 할 일들을 해결해 냈다. 그러면 그의 맞은편에 앉아 있던 퀸은 동의한다는 뜻으로 빙그레 미소를 짓곤 했다. 퀸이 얘기하는 것은 생각의 원천이 되었고, 실제적으로 행동하는 것은 그 자신이었다. 바로 이 새터스웨이트. 수많은 친구들을 가진 남자. 친구들 중에 공작부인이나 임시 주교와 같은 중요한 사람들이 있는 남자. 그는 특히 사교계에서 중요한 위치에 있는 사람들을 환영했다. 요컨대 새터스웨이트는 언제나 속물이었다. 그는 공작 부인을 좋아했고, 또 몇 세대 동안 영국의 지주 계급을 대표하는 유서 깊은 가문과 알고 지내는 것을 즐겼다. 게다가 젊은이들에게도 관심이 있었다. 꼭 사교계에서 유력한 젊은이라야 할 필요는 없었다. 곤경에 빠지거나 사랑에 빠지거나 불행하거나 도움이 필요한 젊은이들에게 흥미가 있었다. 퀸 덕분에 새터스웨이트는 그들에게 도움을 베풀 수 있었다.

그런데 지금 그는 얼간이처럼 호감이 가지 않는 마을 카페와, 현대적인 도자기, 티세트, 아마도 캐서롤(요리한 채 식탁에 놓는 냄비 — 옮긴이)인 듯한 것이 진열돼 있는 상점이나 들여다보고 있었다.

"그래도 역시 들어가 봐야겠어. 이제 여기서 충분히 서성거리며 시간을 허비했으니까. 들어가야 돼. 그래, 만약을 위해서라도. 그 사람들이 말한 것보다 차를 고치는 일이 더 오래 걸릴지도 모르고. 아무래도 10분 이상은 걸릴 거야. 안에 뭐 흥미로운 것이 있을 수도 있잖아."

새터스웨이트는 혼잣말을 했다.

그는 도자기가 가득한 쇼윈도를 한 번 더 쳐다보았다. 문득 훌륭한 도자기라는 생각이 들었다. 잘 만들어진 도자기. 고급스런 현대적 제품. 그는 과거를 되돌아보며 기억을 떠올렸다. 리스(스코틀랜드 동남부의 항구. 현재는 에든버러의 일부 — 옮긴이)의 공작부인이 떠올랐다. 정말 멋진 노부인이었지. 코르시카섬으로 가는 거친 바다 여행 중에도 하녀에게 얼마나 다정하게 대했는지. 그녀는 구원의 천사처럼 하녀를 따뜻하게 보살피더니 바로 그다음 날 아침에 약자를 괴롭히는 독재자 같은 행동을 다시 시작했다. 하지만 그 당시 하인들이라면 아무런 저항 없이 쉽게 견딜 수 있을 만한 태도였다.

마리아. 그래, 공작부인의 이름이 마리아였지. 내 친구 마리아 리스. 아, 한데 수년 전에 세상을 떠났어. 그녀가 할리퀸 브렉퍼스트 세트를 가지고 있었던 게 생각이 났다. 맞아. 다양한 색상의 커다란 둥근 찻잔들이었지. 검정, 노랑, 빨강, 그리고 대단히 멋진 색조의 암적색 찻잔이 있었어. 암적색은 틀림없이 그녀가 가장 좋아하는 색깔이었다. 그의 기억으로는 그녀가 가지고 있던 로킹햄 티세트는 금장이 장식된 암적색이 주를 이루었다.

새터스웨이트는 한숨을 쉬었다.

"아아. 그 시절이 좋았지. 그건 그렇고 안으로 들어가 보는 게 좋겠어. 커피든 뭐든 주문하지 뭐. 우유가 듬뿍 들어 있겠지, 어쩌면 미리 설탕을 넣었을지도 모르고. 하지만 그래도 시간을 보내야 하니까."

그는 안으로 들어갔다. 카페 쪽은 비어 있는 거나 다름없었다. 아직 사람들이 차를 마시기에는 이른 시간이라는 생각이 들었다. 아무튼 요즘에는 차를 마시는 사람도 거의 없었다. 이를테면 이따금 자기 집에서 차를 마시는 노인들 말고는 말이다. 창문에서 먼 쪽에 두 여자가 있었는데, 뒷벽에 기댄 탁자에서 수다를 떨고 있었다.

그중의 한 여자가 얘기하고 있었다.

"내가 그녀에게 말했어. 그런 일을 해서는 안 된다고 말이야. 난 그런 일을 결코 참을 수 없다고 말이지. 헨리에게도 똑같이 말했더니 그는 내 말에 순순히 동의하더라고."

그 말을 듣는 순간 틀림없이 헨리는 고달픈 삶을 살고 있을 터이고, 필시 어떤 제안을 받든 동의하는 것이 현명하다는 것을 알고 있는 사람일 거라는 생각이 새터스웨이트의 뇌리를 스쳤다. 대단히 매력 없는 친구를 둔 대단히 매력 없는 여자로군. 그는 가게의 다른 쪽으로 주의를 돌리고서 나직하게 물었다.

"좀 구경해도 될까요?"

가게를 맡고 있는 여자는 굉장히 상냥했다.

"아, 그럼요. 지금 아주 좋은 물건들이 많이 있답니다."

새터스웨이트는 색깔 있는 찻잔들을 한두 개 들어서 살펴보고 우유 주전자를 자세히 본 뒤에 얼룩말무늬 도자기를 집어 들어 면밀히 살폈다. 그러고 나서 상당히 유쾌한 무늬가 있는 재떨이 몇 개를 눈여겨보았다. 의자를 뒤로 미는 소리에 고개를 돌려 보니 중년의 두 여자가 아까부터 얘기하고 있던 불만을 계속 쏟아내면서 계산을 하고는 이제 가게를 떠나고 있었다. 그들이 문을 나간 후 짙은 색 양복을 입은 키 큰 남자가 들어왔다. 그는 여자들이 방금 떠난 그 탁자에 가서 앉았다. 등을 돌리고 앉아 있는 남자를 보면서 새터스웨이트는 그 뒷모습이 매력적이라고 생각했다. 여윈 듯 강한 근육질이었는데 어딘지 음울하고 불길해 보였다. 가게 안에 빛이 거의 없어서 그런 것 같았다. 새터스웨이트는 고개를 돌려 다시 재떨이들을 보았다.

'가게 주인을 실망시키지 않도록 재떨이를 하나 사는 것도 좋겠군.'

그가 그런 생각을 하고 있을 때, 갑자기 태양이 모습을 드러냈다.

이제껏 그는 가게 안이 어둑해 보였던 것이 햇빛이 없었기 때문이라는 것을 전혀 깨닫지 못했다. 태양이 한동안 구름에 가려 있었던 게 틀림없었다. 정비소에 도착했을 무렵에 하늘이 온통 흐려졌던 것이 떠올랐다. 그런데 이제 갑자기 햇빛이 들어오고 있었다. 햇빛이 다양한 색깔의 도자기를 감싸고, 진짜 빅토리아풍 저택에나 있을 법한 다소 종교적인 도안의 색유리창을 통해 쏟아져 들어왔다. 햇빛이 창문을 통해 들어오자 음침한 카페 안이 환히 밝아졌다. 기묘하게도 그 빛이 방금 그 자리에 앉은 남자의 등을 비추었다. 시커먼 실루엣 대신에 꽃줄 장식처럼 알록달록한 모습이 나타났다.

빨강, 파랑, 노랑……. 불현듯 새터스웨이트는 자신이 지금 우연히 만나기를 바랐던 바로 그 사람을 바라보고 있다는 것을 깨달았다. 그의 직감은 틀린 적이 없었다. 그 남자의 얼굴을 볼 때까지 기다릴 필요도 없다는 건 분명했다. 그는 도자기 가게에서 나와 카페 쪽으로 가서는 원형 탁자를 돌아서 막 들어온 남자의 맞은편에 앉았다.

"퀸 씨? 당신인 줄 알았습니다."

퀸은 미소를 지었다.

"당신은 늘 많은 것을 알고 계시는군요."

"지난번에 만난 후로 오랜 시간이 지났네요."

"시간이 중요한가요?"

"아마 아닐 테지요. 당신이 옳을 겁니다. 아마 중요하지 않을 겁니다."

"간단한 식사는 어떻습니까?"

새터스웨이트는 미심쩍은 얼굴로 반문했다.

"식사를 할 수 있습니까? 틀림없이 그 때문에 오셨나 보군요."

"누구든 다른 사람의 목적을 확신할 수 없는 거 아닙니까?"

"다시 만나 뵙게 돼서 정말 반갑습니다. 하마터면 잊을 뻔했지 뭡니까. 당신의 말투나 영감을 주는 말을 잊을 뻔했다는 말씀이에요. 제가 생각하고, 또 행동하도록 부추기신 것도요."

"제가 당신을 행동하게 부추긴다고요? 그건 당신이 틀렸습니다. 당신은 언제나 스스로 알고 있었습니다. 자신이 정확히 무엇을 하고 싶은지, 왜 그것을 하길 원하는지, 그리고 왜 그것을 해야 하는지 잘 알고 있었어요."

"당신이 여기 오신 것을 보니 바로 그런 예감이 드는군요."

"아니, 천만에요. 전혀 상관이 없습니다. 말씀드린 대로 저는 그저 지나가던 길이었습니다. 그뿐입니다."

퀸은 쾌활하게 말했다.

"지금 킹스본 뒤시를 지나가는 중이시라고요."

"그런데 당신은 지나가는 길이 아니지요. 특정한 장소에 가는 중이시죠. 제 말이 맞습니까?"

"아주 오랜 친구를 만나러 가는 길입니다. 상당히 오랫동안 만나지 못한 친구를요. 이제 노인이 다 됐지요. 다리도 절게 됐고. 뇌졸중으로 한차례 쓰러진 적이 있어서 말입니다. 건강을 회복하기는 했지만 사람 일이야 알 수 없지 않습니까."

"그는 혼자 살고 있나요?"

"다행히도 지금은 그렇지 않답니다. 그의 가족이, 그러니까 남아 있는 가족이 해외에서 돌아와 있지요. 이제 함께 산 지 몇 달 됐습니다. 그들 모두를 다시 만날 수 있다니 그저 기쁘답니다. 정확히 말하면 전에 만난 적이 있는 사람들과 만난 적이 없는 사람들을 말이지요."

"자녀들을 말씀하시는 겁니까?"

"자식들과 손자들요."

새터스웨이트는 한숨을 쉬었다. 잠깐 동안 자신이 자식도 손자도 증손자도 없다는 사실에 마음이 아프도록 몹시 슬펐다. 평소에 그는 그런 것을 그렇게 애석하게 생각하지 않는 사람이었다.

"이곳에 특별한 터키 커피(미세한 가루 커피를 오래 끓인 후 단맛을 첨가한 것 — 옮긴이)가 있답니다. 정말 맛이 일품이에요. 짐작하시는 대로 다른 것들은 맛이 좀 없어요. 하지만 누구나 언제든 터키 커피야 마실 수 있지 않습니까? 우리 한 잔씩 마시도록 하지요. 당신은 곧 여행을, 그게 무엇이든 그러한 것을 떠나야 할 테니까요."

출입구에서 작은 검정개 한 마리가 다가왔다. 그것은 탁자 옆으로 와서 자리를 잡고 앉아 퀸을 올려다보았다.

"당신 개인가요?"

"네. 헤르메스(신들의 사자(使者)로 과학과 상업의 변론의 신 — 옮긴이)를 소개하겠습니다."

그는 검정개의 머리를 쓰다듬으며 말했다.

"알리에게 커피라고 전해 다오."

검정개는 탁자를 떠나서 가게 뒤쪽에 문으로 들어갔다. 그들은 개가 짧고 날카롭게 한 번 짖는 소리를 들었다. 곧이어 헤르메스는 선명한 진녹색 풀오버를 입은 몹시 거무스름한 얼굴빛의 젊은 청년을 데리고 다시 나타났다.

"커피를 주게, 알리. 2잔."

퀸이 말했다.

"터키 커피 맞지요, 선생님?"

그는 미소를 짓고 사라졌다.

개는 다시 탁자 옆에 앉았다.

"자, 말씀해 주세요. 어디를 다니셨는지, 무엇을 하셨는지, 그리고 오랫동안 왜 당신을 만날 수 없었는지 말입니다."

"좀 전에 시간은 아무런 의미도 없다고 말씀드리지 않았습니까. 우리가 마지막 만난 때가 제 마음속에 뚜렷하게 남아 있고, 그리고 당신 마음속에도 그렇지 않습니까."

"아주 비극적인 때였지요. 그때에 대해서는 정말 생각하고 싶지도 않습니다."

"죽음 때문에요? 하지만 죽음이 항상 비극적인 것만은 아니지요. 전에 말씀드린 적이 있을 겁니다."

"네, 아마 그 죽음은, 우리 두 사람이 생각하고 있는 그 죽음은 비극적이지 않았습니다만. 하지만 그래도 역시……."

"하지만 그래도 역시 정말로 중요한 것은 삶이겠지요. 물론 당신 말이 맞습니다. 당신 말이 옳아요. 중요한 것은 삶입니다. 우리는 누군가 젊은 사람이, 행복한 누군가가, 혹은 행복할 수 있는 누군가가 죽는 것을 원치 않습니다. 우리 둘 다 그것을 원하지 않지요. 그래서 우리는 명령이 오면 항상 생명을 구해야 하는 겁니다."

"당신이 제게 명령을 내리신 건가요?"

할리퀸의 침울하고 슬픈 얼굴이 묘하게 매력적인 미소로 환해졌다.

"제가 당신에게 명령을요? 당신에게 명령을 한 적이 없습니다, 새터스웨이트 씨. 단 한 번도 명령을 한 적이 없었어요. 당신 스스로 사태를 알고 형세를 살펴서 어떻게 해야 할지 알아내고, 또 그렇게 한 거지요. 저와는 전혀 상관이 없었습니다."

"아니, 그러셨어요. 그 점에 있어서는 아무리 당신이라도 제 마음을 바꿀 수 없을 겁니다. 어쨌든 말씀해 주세요. 너무 짧아서 시간이라고 부를 수도 없는 그 기간 동안 어디에 계셨나요?"

"뭐 여기저기 있었습니다. 다른 나라와 다른 기후에서 다른 모험을 하면서요. 하지만 대개는 여느 때처럼 그냥 지나가기만 했습니다. 제 생각에는 당신이 제게 얘기해 주실 게 더 많을 것 같은데요. 그동안 뭘 하고 계셨는지뿐만 아니라 이제 뭘 하실 건지까지 말입니다. 그리고 어디로 가는 중인지, 누구를 만나러 가는 중인지, 또 당신의 친구들은 어떤 사람들인지도요."

"물론 말씀드리겠습니다. 기꺼이 말씀드리지요. 그렇지 않아도 이제 만나러 갈 친구들에 대해서 생각하고 있었거든요. 오랫동안 만나지 못했다면, 수년간 그들과 가깝게 연락하고 지내지 못했다면, 우정과 인연을 다시 시작하려고 할 때는 긴장이 되게 마련이잖습니까."

"그렇지요."

터키 커피가 동양적 무늬의 작은 찻잔에 담겨 나왔다. 알리는 미소 띤 얼굴로 그것들을 내려놓고 자리를 떴다. 새터스웨이트는 맛을 음미하며 홀짝였다.

"사랑처럼 달콤하고 밤처럼 검으며 지옥처럼 뜨겁다. 이게 옛 아랍의 경구 아닙니까?"

할리퀸은 어깨 너머로 미소를 지으며 고개를 끄덕였다.

새터스웨이트는 입을 열었다.

"그럼, 제가 가는 곳에 대해 말씀드리죠. 제가 하려는 일이 중요한 것이 아니지만요. 저는 오랜 우정을 새롭게 하고 젊은 세대들과 교제를 맺기 위해서 가는 길입니다. 말씀드린 대로 톰 애디슨은 저의 아주 오랜 친구입니다. 젊었을 때에 저희는 함께 많은 것을 했습니다. 그런데 흔히 그렇듯이 삶은 저희를 갈라놓았지요. 그는 외교관이 돼서 몇몇 외국 근무지를 차례로 돌게 됐습니다. 이따금 제가 그에게 가서 머물기도 했고, 또 그가 영국에 돌아오면 그를 만나러 갈 때도 있었습니다. 그의 초기 근무지 중 한 곳이 스페인이었지요. 그 친구는 그곳에서 까무잡잡한 피부의 아주 아름다운 필라르라는 스페인 아가씨를 만나서 결혼을 했어요. 그는 그녀를 정말 많이 사랑했습니다."

"두 사람은 자녀가 있었나요?"

"딸이 둘 있었어요. 아버지와 같은 금발의 릴리와 스페인 사람인 어머니를 쏙 빼닮은 둘째 딸 마리아, 이렇게 둘이었지요. 저는 릴리의 대부였답니다. 물론 저는 두 아이들 다 자주 만나지 못했죠. 일 년에 두세 번 정도 릴리를 위해 파티를 열어 주거나 학교로 그녀를 만나러 가는 게 고작이었어요. 그녀는 예쁘고 사랑스런 아이였습니다. 아버지에 대한 애정이 깊었고, 또 톰도 딸에게 아주 헌신적이었지요. 하지만 틈틈이 이런 만남으로 친목을 다지던 저희는 어려운 시기를 겪어야 했습니다. 그것에 대해서는 당신도 잘 아실 테지요. 저를 포함해 당시의 사람들은 몇 년간 전쟁을 겪느라 사람을 만나고 그럴 여력이 없었습니다. 릴리는 공군 조종사와 결혼을 했습니다. 전투기 조종사였지요. 며칠 전에야 그의 이름이 생각났지 뭡니까. 사이먼 길리어트. 공군 소령 길리어트입니다."

"그가 전사했습니까?"

"아니요, 아닙니다. 무사히 살아남았지요. 종전 뒤에 그는 공군에서 퇴역하고서 많은 사람들이 그런 것처럼 릴리와 함께 케냐로 떠났습니다. 그들은 그곳에 정착해서 아주 화목하게 살았어요. 아들을 하나 얻었는데, 아이 이름이 롤런드입니다. 나중에 그 애가 영국에서 학교를 다닐 때 한두 번 만날 수 있었지요. 제 기억으로는 그 아이가 12살 때 본 게 마지막이었던 것 같네요. 착한 소년이었어요. 자기 아버지와 같은 붉은 머리였지요. 그 이후로 그 애를 만나지 못해서 오늘 만남이 몹시 기다려진답니다. 이제 스물서너 살쯤 됐을 거예요. 시간이 그렇게 흘러갔네요."

"그 청년은 결혼을 했습니까?"

"아니요. 글쎄, 아직 안 했을 겁니다."

"그럼 결혼했을 가능성은?"

"글쎄요, 톰이 편지에서 말한 내용 중에 이상한 점이 있긴 하지만. 롤런드에게 여자 사촌이 하나 있어요. 톰의 막내딸 마리아는 마을 의사와 결혼을 했지요. 사실 저는 그 애를 잘 모른답니다. 애석한 일이지요. 그런데 그녀는 아이를 낳다가 죽고 말았어요. 그녀가 낳은 아기는 스페인 외할머니가 선택한 이름을 붙여서 아이네즈라고 불렀습니다. 아쉽게도 저는 아이네즈가 자라는 동안 딱 한 번밖에 보지 못했네요. 외할머니처럼 까무잡잡한 피부에 영락없는 스페인계처럼 보였지요. 그런데 이런 얘기로 당신을 지루하게 하는 건 아닌지 모르겠습니다."

"천만에요. 이야기를 듣고 싶습니다. 아주 흥미가 있는걸요."

"이유가 뭔지 궁금하네요. 이 가족에 대해서 모두 알고 싶으시다는 말씀이지요. 맞습니까?"

새터스웨이트는 때때로 떠오르는 막연한 의혹을 가지고 퀸을 쳐다보았다.

"그 가족을 마음속에 그려 보기 위해서지요."

"제가 가는 이 저택은 도버톤 킹스본이라는 곳입니다. 상당히 아름다운 고택이지요. 그렇다고 관광객들을 끌거나, 혹은 특별한 날에 관광객들에게 개방할 정도로 볼만한 곳은 아닙니다. 그저 나라를 위해 일한 뒤에 은퇴를 맞게 되자 느긋한 생활을 즐기려고 돌아온 한 영국 남자가 살고 있는 조용한 저택일 뿐이지요. 톰은 언제나 시골 생활을 좋아했어요. 낚시가 취미였지요. 사격도 잘했고요. 그의 소년 시절의 단란한 가정에서 저와 그 친구는 아주 행복한 날들을 보냈습니다. 어렸을 적에 저는 도버톤 킹스본에서 휴일을 많이 보냈지요. 그래서 평생 동안 저는 그 모습을 마음속에 간직하고 있답니다. 도버톤 킹스본 같은 곳은 없어요. 다른 어떤 저택도 그것과는 비교할 수 없습니다. 그 근처를 지나가게 될 때면 우회를 해서 그저 지나가면서 집 앞에 길게 늘어선 나무들 틈으로 그 모습을 보곤 했지요. 우리가 예전에 고기를 잡던 강가와 바로 그 저택을 흘끔거리면서 말입니다. 톰과 제가 함께한 모든 것을 기억하고 있습니다. 그는 활동가였지요. 적극적으로 활동하는 친구였어요. 그런데 저는, 저는 그저 나이 든 독신남일 뿐이었지요."

"당신은 그 이상이었습니다. 친구를 쉽게 사귀고, 많은 친구가 있고, 또 친구에게 친절히 대하는 사람이었지요."

"뭐 그렇게 생각할 수도 있지만. 너무 좋게만 말씀해 주시는군요."

"천만에요. 게다가 당신은 친하게 지내면 참 재미있는 사람입니다. 당신이 본 것들, 방문한 장소들에 대한 이야기를 들려줄 수도 있잖습니까. 당신이 일생 동안 겪은 흥미로운 사건들에 대해서 말입니다. 아마 그것들을 다 모아서 책을 1권 쓸 수도 있을 걸요."

"만약에 그렇게 한다면 당신을 꼭 주인공으로 삼겠습니다."

"아니에요, 그러지 마세요. 저는 그저 지나가는 사람인 걸요. 그뿐입니다. 그럼 이야기를 계속하시죠. 더 자세히 말씀해 주십시오."

"음, 이것은 그저 한 가족의 역사라는 걸 말씀드리겠습니다. 아까 말씀드린 대로 그들을 만나지 못한 채 오랜 기간이, 그러니까 수년의 세월이 흘렀어요. 하지만 그들은 언제나 제 오랜 벗들이었죠. 톰과 필라르를 만난 건 필라르가 세상을 떠나기 전까지였지요. 안타깝게도 필라르는 젊은 나이에 세상을 떠났습니다. 그리고 제 대녀 릴리와 홀아버지와 함께 그 마을에 살고 있는 조용한 의사의 딸 아이네즈도 그때 이후로 보지 못했습니다……"

"그 딸은 몇 살인가요?"

"아이네즈는 19살이나 20살쯤 됐을 거예요. 그 애와 만나면 기꺼이 친구가 될 생각입니다."

"그럼 대체로 행복한 가족사인가요?"

"꼭 그렇지만은 않습니다. 남편과 함께 케냐로 갔던 제 대녀 릴리는 그곳에서 교통사고로 죽고 말았지요. 그녀는 즉사했는데 당시 막 돌이 된 롤런드를 남겼습니다. 그 일로 그녀의 남편 사이먼은 비탄에 잠겼지요. 그들은 아주 어울리는 1쌍이었어요. 그런데 그에게 아주 좋은 일이 일어났습니다. 그는 자신과 같은 공군 소령 친구의 부인이었던 젊은 과부와 재혼을 하게 된 겁니다. 그 친구 부부에게도 롤런드와 같은 나이의 아이가 있었어요. 티머시와 롤런드는 단지 두서너 달밖에는 차이가 나지 않았습니다. 사이먼은 상당히 행복한 결혼 생활을 한 것 같습니다. 그들을 만나 보지는 못했지만요. 계속 케냐에 살았으니 당연한 일이지요. 두 아이들은 친형제처럼 자랐어요. 그들은 영국에서 같이 학교를 다녔고, 보통 케냐에서 방학을 보냈습니다. 당연히 지난 수년간 그들을 만나지 못했지요. 그런데 케냐에서 어떤 일이 일어났는지는 아시지요. 그 이후로 그곳에 계속 머무르는 사람들도 있고. 또 웨스턴오스트레일리아(오스트레일리아 서부의 한 주—옮긴이)로 가서 그곳에 자리를 잡고 가족들과 다시 행복하게 사는 사람들도 있었지요. 제 친구들의 경우도 그랬습니다. 고국의 고향으로 다시 돌아온 사람들도 있었고요.

사이먼 길리어트와 그의 아내는 두 아들과 케냐를 떠났습니다. 그들에게는 상황이 예전만 같지 않았던 거죠. 그래서 그들은 고향으로 돌아와서 톰 애디슨이 매년 되풀이해서 제안한 초대를 받아들였던 겁니다. 톰의 사위와 사위의 후처, 그리고 두 아이들, 이제 소년이라기보다는 청년들로 성장한 아들들과 함께 말입니다. 그들은 한 가족으로 그곳에 살게 되었고, 행복하게 지내고 있습니다. 말씀드렸던 것처럼 톰의 다른 손녀딸 아이네즈 호튼도 의사 아버지와 함께 그 마을에 살고 있습니다. 아마 도버튼 킹스본에서 많은 시간을 보낼 겁니다. 손녀딸에게 애정이 깊은 외할아버지 톰 애디슨 곁에서요. 그곳에서 그들은 모두 행복하게 살고 있다고 하더군요. 톰은 제게 여러 번 그곳에 다녀가라고 권했습니다. 와서 그들 모두를 다시 만나 보라고요. 그래서 이렇게 초대에 응한 겁니다. 주말 동안에요. 톰을 다시 만나는 건 여러 가지 점에서 슬픈 일이 될 겁니다. 그 친구가 다리를 절게 된 데다 어쩌면 살날이 그리 오래 남지 않았을지도 모르는 일이니까요. 제가 아는 한 그는 여전히 쾌활하고 유쾌한 사람인데 말입니다. 그리고 그 고택을 다시 보는 것도 그렇습니다. 도버튼 킹스본 말입니다. 제 소년 시절의 추억이 고스란히 담겨 있는 곳이지요. 아주 극적인 삶을 살지 않았다고 하더라도, 개인적으로 아무런 일도 일어나지 않았다고 하더라도, 제게는 헛된 것이 아닙니다. 기억 속에 남아 있는 건 동무들과 고향집, 그리고 어린 시절이나 소년 시절, 청년 시절에 했던 많은 일들이 아니겠습니까. 그런데 걱정되는 게 한 가지 있습니다."

"걱정해서는 안 됩니다. 그런데 뭣 때문에 걱정하는 겁니까?"

"실망하게 될지도 몰라서요. 사람들의 기억 속에 있는 집, 꿈에 그리던 집을 다시 보게 될 때 그것은 기억 속이나 꿈에 그리던 모습과는 같지 않을 겁니다. 새로운 부속 건물이 증축됐을 테고, 정원의 모양도 바뀌었을 테니까요. 온갖 변화가 다 일어났을 겁니다. 제가 그곳에 가 본 후로 오랜 세월이 흘렀으니 말입니다."

"제 생각에는 당신의 기억대로일 것 같습니다. 저는 당신이 그곳에 가서 기쁩니다."

"아, 좋은 방법이 있습니다. 당신이 저와 함께 가시는 겁니다. 저와 함께 방문하러 가시는 거예요. 환영받지 못할 걱정 같은 건 하지 않으셔도 됩니다. 톰 애디슨은 이 세상에서 가장 손님 접대를 잘하는 친구랍니다. 제 친구면 누구든 곧 그의 친구가 될 수 있어요. 저와 함께 가세요. 꼭 가셔야 합니다."

감정에 끌려 손짓을 하며 얘기하다가 새터스웨이트는 커피잔을 탁자에서 거의 떨어뜨릴 뻔했다. 그는 간신히 그것을 잡을 수 있었다.

그때 가게 문이 활짝 열렸고, 그와 동시에 문에 매달린 고풍스런 종이 딸랑거렸다. 중년의 여성이 안으로 들어왔다. 그녀는 숨을 약간 몰아쉬고 있었는데 다소 흥분한 것처럼 보였다. 여기저기 흰 머리가 보이는 적갈색 머리카락을 가진 여전히 고운 얼굴의 여인이었다. 붉은 머리칼과 푸른 눈과 잘 어울리는 투명한 상아빛 피부를 갖고 있었고 날씬한 체형이었다. 그 여인은 재빨리 카페를 휙 둘러보고 나서 도자기 가게로 곧 들어갔다.

"아! 아직 할리퀸 찻잔이 있을까요?"

그녀는 큰 소리로 물었다.

"그럼요, 길리어트 부인. 어제 새 상품이 들어왔답니다."

"어머, 정말 다행이네요. 사실 걱정을 참 많이 했거든요. 그래서 서둘러 이리 온 거예요. 아들이 모터바이크 하나를 타고 왔어요. 아이들이 어딘가 나갔는데 둘 다 찾을 수가 없지 뭐예요. 하지만 저라도 뭔가를 해야만 했지요. 오늘 아침에 찻잔 몇 개에 불운한 사고가 있었거든요. 그런데 오늘 오후에 손님들이 티파티에 오실 거라서요. 그래서 말인데 파란색과 초록색이 있으면 주세요, 그리고 만일을 생각하여 빨간색도 하나 가져가는 게 좋겠네요. 이런 여러 가지 색상의 찻잔에서는 이런 게 제일 곤란한 문제 아니에요?"

"네, 손님들이 그게 불편하다고 말씀하세요. 손님이 원하는 특정한 색상을 항상 구하실 수 있는 건 아니니까요."

이제 새터스웨이트는 어깨 너머로 고개를 돌리고서 무슨 일인지 흥미를 가지고 바라보았다. 여점원이 길리어트 부인이라고 말하는 소리를 들었기 때문이다. 아, 그렇지. 그는 이제 깨달았다. 틀림없이……. 그는 자리에서 일어나서 주춤거리다가 상점으로 몇 걸음 다가갔다.

"실례합니다만 혹시, 혹시 도버톤 킹스본의 길리어트 부인이십니까?"

"네, 그런데요. 제가 베릴 길리어트예요. 당신은…… 그……?"

그녀는 이마에 주름을 잡고 그를 쳐다보았다. 매력적인 여인이라고 새터스웨이트는 생각했다. 다소 날카롭지만, 대체로 인상적인 얼굴이었다. 이 사람은 사이먼 길리어트의 두 번째 아내였다. 그녀는 릴리처럼 미인은 아니었지만 매력적이고 상냥하며 유능한 여인이

할리퀸 티세트 **389**

었다. 갑자기 길리어트 부인의 얼굴에서 미소가 떠올랐다.

"제 생각에는…… 아, 그래요. 제 아버님께서 선생님의 사진을 갖고 계세요. 틀림없이 저희가 오늘 오후에 기다리고 있는 그 손님이실 거예요. 새터스웨이트 씨가 틀림없으시죠."

"그렇습니다. 그게 바로 접니다. 그런데 사과의 말씀을 드려야겠네요. 말씀드린 것보다 도착 시간이 많이 늦어질 것 같습니다. 유감스럽게도 제 차가 고장이 났지 뭡니까. 지금 정비소에 있답니다."

"어머나, 정말 운이 나쁘셨네요. 유감이에요. 하지만 아직 티타임을 시작하지 않았답니다. 그러니 걱정하지 마세요. 어차피 시간을 좀 미뤄야 했어요. 아마 들으셨겠지만 공교롭게도 오늘 아침에 식탁에서 떨어지는 바람에 깨진 찻잔 몇 개를 제가 이렇게 바꾸러 달려와야 해서요. 점심 식사나 티타임이나 뭐 저녁 식사 때마다 그런 일이 늘 일어나잖아요."

"여기 있어요, 길리어트 부인. 여기서 포장해 드릴게요. 이것들을 상자에 넣어 드릴까요?"

여점원이 물었다.

"아니요, 그냥 그릇 둘레에 종이를 좀 넣어 주시면 제 쇼핑백에 담아 가면 괜찮을 거예요."

"도버톤 킹스본으로 돌아가시는 거라면 제 차로 태워다 드리죠. 곧 정비소에서 도착할 테니까요."

"대단히 감사합니다. 저도 그랬으면 좋겠지만. 하지만 제가 모터바이크로 되돌아가야 해서요. 그게 없으면 아이들이 딱하게 될 거예요. 오늘 저녁에 어딘가 간다고 했거든요."

"그런데 부인, 소개할 사람이 있습니다."

새터스웨이트는 퀸 쪽으로 몸을 돌렸다. 퀸은 벌써 자리에서 일어나서 이제 가까이 다가와 서 있었다.

"이쪽은 제 오랜 친구 할리퀸 씨입니다. 좀 전에 여기서 우연히 만났지요. 마침 도버톤 킹스본에 함께 가자고 설득하고 있던 참이었습니다. 그런데 톰이 오늘 밤 다른 손님에게도 묵어 가라고 할 것 같습니까?"

"그럼요, 틀림없이 그러실 거예요. 아버님은 선생님의 친구를 만나게 돼서 기뻐하실 거예요. 아마 아버님의 친구이시기도 할 테지요."

"아닙니다. 제 친구 새터스웨이트 씨에게 그분에 대한 얘기를 여러 번 듣기는 했지만 애디슨 씨를 뵌 적은 없습니다."

퀸이 말했다.

"그렇더라도 새터스웨이트 씨와 함께 오세요. 저희로서는 그저 아주 기쁠 거예요."

"정말 죄송합니다. 유감스럽게도 다른 약속이 있어서요. 실은……."

퀸은 자신의 손목시계를 들여다보았다.

"지금 즉시 출발해야겠는데요. 이미 늦어 버렸네요, 오랜 친구를 만나는 바람에."

"여기요, 길리어트 부인. 부인 쇼핑백에 넣어도 괜찮을 거예요."

여점원이 말했다.

베릴 길리어트는 그녀가 가져온 꾸러미를 조심스럽게 쇼핑백에 넣고 나서 새터스웨이트에게 말했다.

"그럼 곧 뵐게요. 차는 5시 15분이나 돼야 준비될 테니 걱정하지 마세요. 마침내 선생님을 만나 뵙게 돼서 정말 기뻐요. 사이먼과 아버님한테서 항상 선생님에 대한 말씀을 많이 들었거든요."

그녀는 퀸에게 서둘러 작별 인사를 하고 상점을 떠났다.

"좀 서두르는 것 같죠? 하지만 늘 저러신답니다. 하루 종일 일이 많다 보니 그렇단 말씀이에요."

여점원이 말했다.

바깥에서 모터바이크 시동 거는 소리가 들렸다.

"성격이 좀 별난 것 같지요?"

새터스웨이트가 말했다.

"그런 것 같군요."

퀸이 동의했다.

"그런데 정말 가실 수 없는 겁니까?"

"전 그냥 지나가던 길입니다."

"그럼 언제 다시 뵐 수 있을까요? 지금 알 수 있을까요."

"아, 곧 만나게 될 겁니다. 당신이 정말 절 생각한다면 저를 알아볼 수 있을 겁니다."

"더 이상, 더 이상 제게 하실 말이 없으신가요? 더 이상 설명해 주실 말이 없으세요?"

"무슨 설명 말씀입니까?"

"제가 이곳에서 당신을 만난 이유 말입니다."

"당신은 상당한 지식을 가진 분입니다. 한마디면 당신에게 어떤 의미가 있을 겁니다. 그게 쓸모가 있을 거예요, 아니 쓸모가 있을지도 모르겠군요."

"어떤 말인가요?"

"돌터니즘(적록색맹. 색맹연구자의 선구자인 영국의 과학자 돌턴을 기리기 위해 그의 이름을 따서 부름 — 옮긴이)입니다."

퀸은 미소를 지었다.

"제 생각으로는……"

새터스웨이트는 잠시 동안 미간을 찌푸렸다.

"네. 네, 지금 당장은 그저 생각나는 것이 없다는 것만 알겠습니다만……"

"이제 그만 가 보셔야겠습니다. 당신 차가 왔군요."

그 순간 자동차가 정말로 우체국 문 앞에 멈춰 섰다. 새터스웨이트는 자동차로 나갔다. 더 이상 시간을 낭비하고 싶지도 않았고, 또 자신을 초대한 사람들을 필요 이상으로 기다리게 하고 싶지도 않았다. 하지만 친구와 이별을 고하는 일은 언제나 마음이 아팠다. 거의 슬픔에 잠긴 어조로 그가 물었다.

"제가 도와 드릴 일이 아무것도 없을까요?"

"저를 도와주실 일은 없습니다."

"그럼 누군가 다른 사람을?"

"그런 것 같습니다. 아마 그럴 겁니다."

"무슨 의미인지 알면 좋을 텐데요."

"저는 당신을 전적으로 신뢰합니다. 당신은 언제나 사태를 잘 파악하시잖습니까. 그 단어의 의미를 곧 깨닫고 이해하시게 될 겁니다. 틀림없이 당신은 변하지 않았으니까요."

그는 잠시 동안 새터스웨이트의 어깨에 손을 올려놓은 뒤에 도버톤 킹스본과 반대 방향의 마을길로 힘차게 걸어갔다. 새터스웨이트는 차에 올라탔다.

"더 이상의 고장은 없어야 할 텐데."

세터스웨이트의 말에 그의 운전사가 안심시키려는 듯 말했다.

"여기서 그리 멀지 않습니다, 주인님. 기껏해야 오륙 킬로미터밖에 안 되는데, 이제 이 녀석이 아주 멋지게 달린답니다."

그는 길을 따라 자동차를 조금 달리다가 그가 방금 온 길로 되돌아가기 위해서 도로가 넓어지는 지점에서 방향을 틀었다. 그가 다시 말했다.

"고작 오륙 킬로미터랍니다."

새터스웨이트는 '돌터니즘'이라는 말을 되뇌었다. 여전히 그에게 아무런 의미도 없었지만 어떤 느낌은 있었다. 그것은 전에 들어본 적이 있는 익숙한 말이었다.

"도버톤 킹스본."

새터스웨이트는 작은 소리로 조심스럽게 혼잣말을 했다. 두 단어는 여전히 그에게 의미가 있었다. 반가운 재회의 장소, 아무리 서둘러 가더라도 지나치지 않는 곳. 즐거운 시간을 보내게 될 곳. 비록 자신이 알고 있는 사람들 중 많은 이들이 더 이상 그곳에 없을 테지만 말이다. 하지만 톰은 그곳에 있었다. 그의 오랜 친구 톰은……. 그는 잔디밭과 호수와 강가, 그리고 어린 시절에 그와 둘이 함께 했던 일들을 되씹어 보았다.

차는 잔디밭에 차려져 있었다. 응접실에서 프랑스식 창(발코니로 통하는 좌우 여닫이 유리창 ― 옮긴이)을 통해 밖으로 나와서 한쪽에 커다란 너도밤나무 한 그루와 반대쪽에 레바논 삼나무 한 그루가 있는 곳으로 내려오자 그날 오후 시간을 위한 무대가 마련돼 있었다. 그곳에는 조각이 새겨진 하얗게 칠한 탁자 2개와 다양한 정원용 의자들이 놓여 있었다. 색깔 있는 쿠션들이 놓인 직립형 의자와 등을 기대고 발을 쭉 뻗고서, 만약에 그러고 싶다면 잠도 잘 수 있는 레저용 의자도 있었다. 의자들 중에는 햇빛을 가릴 수 있도록 위에 차양이 드리워진 것도 있었다.

아름다운 초저녁이었다. 잔디의 초록빛은 차분한 짙은 색을 띠고 있었다. 너도밤나무와 삼나무를 통과한 황금빛 햇살은 연분홍색으로 물들어 가는 금빛 하늘을 배경으로 아름다움을 발산하고 있었다.

톰 애디슨은 버들가지로 엮어 만든 기다란 의자에 누워서 손님을 기다리고 있었다. 새터스웨이트는 톰과의 많은 만남에서 기억하고 있는 그의 모습에 흥미를 가지고 주목했다. 그는 통풍에 걸려 부은 발에 편안한 침실용 실내화를 신고 있었는데 신발은 짝이 맞지 않았다. 한쪽은 빨간색, 다른 한쪽은 초록색이었다. 반가운 옛 친구 톰! 새터스웨이트는 그가 하나도 변하지 않았다고 생각했다. 옛날과 똑같았다. 그는 계속 생각했다.

'난 정말 바보야. 당연히 그 말이 무슨 의미인지 아는데. 왜 곧바로 그것을 생각하지 못했을까?'

"자네는 한 번도 나타나지 않을 생각이었나, 나쁜 사람 같으니."

톰 애디슨이 말했다.

그는 여전히 매력적인 노인이었다. 잿빛으로 반짝이는 오목한 눈을 가진 넓적한 얼굴과 여전히 떡 벌어져서 박력 있게 보이는 어깨를 갖고 있었다. 그의 얼굴 주름 하나하나가 유쾌한 유머와 애정 어린 환대를 나타내는 것 같았다. '톰은 하나도 변하지 않았어.'라고 새터스웨이트는 다시 생각했다.

"일어나서 자네를 맞을 수 없네. 건장한 남자 둘을 움켜잡고 매달려서 일어나야 하거든. 그런데 자네 우리 가족들은 알고 있지, 아니 모르려나? 사이먼은 물론 알겠지."

톰 애디슨이 말했다.

"당연히 알지. 자네를 만난 이후로 상당히 많은 세월이 흘렀지만 그리 많이 변하지 않았구먼."

공군 소령이었던 사이먼 길리어트는 붉은색 더벅머리를 가진 마른 체격의 잘생긴 남자였다.

"저희가 케냐에 있을 때 한 번도 오시지 못해서 아쉽습니다. 오셨다면 즐거운 시간을 보내셨을 텐데. 보여 드릴 것도 많이 있었고요. 뭐 하는 수 없지요, 미래에 무슨 일이 일어날지는 알 수 없는 법이니까요. 사실 저는 그 나라에 뼈를 묻을 생각이었답니다."

"우리는 이곳에 아주 멋진 교회 부속 묘지를 갖고 있다네. 아무도 우리 교회를 복구해야 할 만큼 못쓰게 만들지 않았지. 게다가 우리는 주위에 새로운 건물을 많이 짓지 않아서 묘지에는 아직 자리가 많이 있어. 끔찍한 증축물 같은 새 묘지도 아직 생기지 않았지."

톰 애디슨이 말했다.

"무슨 그런 우울한 얘기를 하세요."

베릴 길리어트가 웃으며 말했다.

"이쪽은 저희 아들들이에요. 그런데 이미 알고 계시지 않나요, 새터스웨이트 씨?"

그녀가 물었다.

"이젠 안다고 할 수 없을 것 같군요."

새터스웨이트가 대답했다.

실제로 그가 두 아이들을 마지막으로 본 것은 사립 초등학교 학생이었던 그들을 데리고 나와 산책을 한 날이었다. 그들은 부모가 서로 달라서 혈연관계는 전혀 없었지만 친형제처럼 보이기도 했고, 또 흔히 그렇게 여겨졌다. 키도 같았고 둘 다 머리도 붉은색이었다. 아마도 롤런드는 그의 아버지에게서 붉은 머리를 물려받았을 터이고, 티머시는 그의 어머니로부터 물려받았을 것이다. 그들 사이에는 동지 의식 같은 것이 있었다. 하지만 새터스웨이트는 실제로 그들이 전혀 다르다고 생각했다. 이제 그들이 스물둘에서 스물다섯쯤 되다 보니 다른 점이 더 분명해지는 것 같았다. 그런데 눈을 씻고

봐도 롤런드와 그의 할아버지 간에 닮은 점을 찾을 수 없었다. 붉은 머리칼은 차치하고, 그는 자신의 아버지와도 닮은 구석이 없었다.

새터스웨이트는 때때로 아이가 죽은 엄마인 릴리를 쏙 빼닮았을까 생각했다. 하지만 마찬가지로 닮은 데라고는 하나 없었다. 오히려 티머시가 릴리의 아들로 보일 정도로 더 닮은 면이 있었다. 흰 살결과 넓은 이마, 그리고 우아한 골격까지. 그때 바로 가까이에서 저음의 부드러운 목소리가 말했다.

"저는 아이네즈예요. 아마 절 기억하지 못하실 거예요. 꽤 오래전에 할아버지를 뵀으니까요."

새터스웨이트는 첫눈에 아름다운 처녀라고 생각했다. 피부가 가무잡잡했다. 그는 오래전에 톰 애디슨과 필라르의 결혼식에서 신랑 들러리를 했을 당시의 기억을 떠올렸다. 그녀는 머리 모양이나 가무잡잡한 피부의 귀족적인 아름다움에서 스페인 피가 흐르고 있음을 분명히 나타내고 있었다. 그녀의 아버지인 호튼 의사가 뒤에 서 있었다. 마지막으로 그를 만났을 때보다 훨씬 더 나이가 들어 보였다. 그는 상냥하고 다정한 사람이었다. 훌륭한 가정의로 야심은 없지만 믿음직하고 딸에게 헌신적인 사람이라고 새터스웨이트는 생각했다. 분명히 그는 딸을 굉장히 자랑스러워할 것이다.

새터스웨이트는 벅찬 행복감이 온몸에 밀려오는 것을 느꼈다. 비록 이 사람들 중에는 낯선 이들도 있었지만, 이미 알고 지내 온 친구 같은 느낌이 들었다. 까무잡잡한 얼굴의 아름다운 처녀, 붉은 머리칼을 가진 두 청년, 그리고 차 쟁반을 들고 돌아다니며 찻잔과 받침 접시를 준비하는 한편, 하녀를 불러 집에서 케이크와 샌드위치 접시를 내오라고 지시하고 있는 베릴 길리어트까지. 근사한 티파티였다. 탁자에는 의자들이 있어서 편안하게 앉아 원하는 것을 먹을 수 있었다. 두 청년이 자리를 잡고는 자신들 가운데 자리로 새터스웨이트를 청했다.

그는 흐뭇한 마음이 들었다. 그는 이미 마음속으로 작정을 하고 있었다. 먼저 청년들과 이야기를 나누고, 그들을 보면 예전에 톰 애디슨의 모습이 얼마나 떠오를지 확인하고 싶었던 것이다.

'릴리. 릴리가 지금 여기 있을 수 있다면 얼마나 좋을까.'

그는 이곳에 있었다. 어린 시절로 돌아와 있었다. 이곳에 오면 톰의 아버지와 어머니, 그리고 또 아주머니쯤 되는 분이 늘 따뜻하게 맞아 주었다. 종조부와 사촌들도 여럿 있었다. 이제 이 집안에는 그렇게 많은 사람들은 없었지만 한 가족이 있었다. 한쪽에는 붉은색, 다른 쪽에는 초록색 침실용 실내화를 신고 있는 톰은 나이는 들었지만 여전히 유쾌하고 행복에 가득 차 있었다. 그의 주위에 있는 사람들 틈에서 만족하고 있었다. 그리고 이곳은 예전 모습 그대로의, 아니 거의 그대로의 모습을 간직한 도버톤이었다. 간혹 관리가 그리 잘 되지는 못한 부분이 보였지만 그래도 잔디밭은 상태가 좋았다. 그리고 저편에 나무들 사이로 어렴풋이 강물도 보였다. 예전에는 나무가 좀 더 우거졌다. 집 건물에는 페인트칠이 필요한 듯 보였지만 그리 심각한 상태는 아니었다. 어쨌거나 톰 애디슨은 부유한 남자였다. 막대한 토지를 소유한 부자였다. 하지만 자신의 저택을 유지하는 데만 돈을 쓸 정도로 검소한 사람이지 돈을 헤프게 쓰는 사람이 아니었다. 그는 좀처럼 여행도 가지 않았고, 요즘에는 집 밖으로도 나가지 않았으며, 그저 사람들을 초대해 대접하는 일로 소일했다. 성대한 파티는 아니고 단지 친구들을 초대하는 정도였다. 와서 머무르는 친구들은 보통 과거로 거슬러 올라가 관계가 있는 이들이었다. 정다운 집…….

그는 탁자에서 의자를 뒤로 빼고 몸을 약간 틀었다가 저쪽에 펼쳐진 강가의 경치를 더 잘 볼 수 있도록 의자를 옆으로 돌렸다. 그곳에는 물방앗간이 있었고 반대편 너머에는 들판이 펼쳐져 있었다. 그런데 한 들판에서 그는 새들이 밀짚모자 위에 앉아 있는 거무스름한 형체의 허수아비 같은 것을 발견하고 웃었다. 잠깐 동안 그는 그것이 할리퀸처럼 보인다고 생각했다. 어쩌면 그것은 자신의 친구 퀸일지도 몰랐다. 터무니없는 생각이긴 했지만 만약에 누군가 허수아비를 만들어서 퀸처럼 보이게 하려고 했다면, 그것은 일반적으로 보는 허수아비들과는 다른 가냘프고 우아한 멋 같은 것을 가지고 있었을 것이다.

"저희 허수아비를 보시는 건가요? 저희는 허수아비한테 이름을 지어줬어요. 미스터 할리 발리라고요."

티머시가 말했다.

"정말이냐? 이것 참! 그거 아주 흥미롭구나."

새터스웨이트가 말했다.

"그게 왜 흥미로우신 건데요?"

호기심을 가지고 롤리가 물었다.

"어, 저것이 내가 아는 어떤 사람과 좀 닮았는데, 마침 그도 할리거든. 이름이 말이다."

두 청년이 노래를 부르기 시작했다.

"할리 발리가 파수를 서고 있네, 할리 발리는 몹시 신경을 쓰고 있네. 짚가리와 건초를 지키고 있다네, 침입자들이 다가서지 못하게."

"오이 샌드위치를 드시겠어요, 새터스웨이트 씨? 아니면 집에서 만든 파테(짓이긴 고기나 간을 요리한 것 — 옮긴이)를 얹은 샌드위치를 더 좋아하시나요?"

베릴 길리어트가 물었다.

새터스웨이트는 집에서 만든 파테를 선택했다. 그녀는 그의 암갈색 찻잔 옆에 그것을 내려놓았다. 그가 도자기 가게에서 감탄하며 바라본 것과 같은 색깔의 찻잔이었다. 탁자 위에 있는 모든 티세트가 얼마나 화려하게 보이는지. 노랑, 빨강, 파랑, 초록, 기타 등등. 그는 각자 좋아하는 색깔의 찻잔을 갖고 있는 건지 궁금해졌다. 티머시의 찻잔은 빨간색이었고, 롤런드는 노란색이었다. 티머시의 찻잔 옆에는 어떤 물건이 있었는데, 새터스웨이트는 처음에는 곧 알아보지 못했다. 그래서 다시 보니 해포석 파이프였다. 새터스웨이트는 한참 동안 생각에 빠져서 해포석 파이프를 바라보았다. 롤런드는 그가 보고 있다는 것을 눈치채고서 말했다.

"팀(티머시의 애칭 — 옮긴이)이 독일에 갔다 올 때 가져온 거예요. 그 녀석은 입에 파이프 담배를 달고 살아서 아마 암으로 죽고 말걸요."

"넌 담배를 피우지 않니, 롤런드?"

"네. 전 흡연가가 아니에요. 궐련도 마리화나도 피지 않아요."

아이네즈가 탁자로 와서 그의 맞은편에 앉았다. 두 청년 모두 그녀에게 열심히 음식을 권했다. 그들은 함께 즐겁게 대화를 시작했다.

새터스웨이트는 이 젊은이들 사이에서 몹시 행복한 느낌이 들었다. 그들이 본래 공손하기도 했지만, 자신에게 호의적으로 대해 주었기 때문이다. 그는 그들의 이야기를 듣는 것이 즐거웠다. 또 나름대로 그들을 판단해 볼 수 있는 것도 좋았다. 그는 두 젊은이가 아이네즈에게 반해 있는 게 거의 확실하다고 생각했다. 뭐 놀랄 일도 아니었다. 가까이 살다 보면 그런 결과를 가져오기 마련이다. 그들은 외할아버지와 함께 이곳에 살고 있었고 롤런드의 외사촌인 아름다운 처녀는 거의 옆집에 살고 있는 거나 다름없었다. 새터스웨이트는 고개를 돌렸다. 대문 바로 너머 길에서 불쑥 솟아 있는 집이 나무들 사이로 보였다. 그곳이 자신이 칠팔 년 전에 마지막으로 여기 왔을 때, 그 이전부터 호튼 의사가 계속 살고 있던 집이었다.

그는 아이네즈를 바라보았다. 그녀가 두 젊은이 중 어느 쪽을 더 좋아할지, 혹은 그녀가 이미 다른 대상에게 애정을 품고 있을지 호기심이 생겼다. 그녀가 반드시 이 매력적인 두 젊은이 중 한 사람과 사랑에 빠져야만 할 이유는 없을 테니까 말이다.

적당히 원하는 만큼 먹고 난 뒤에 새터스웨이트는 사방을 둘러볼 수 있도록 의자를 뒤로 빼고 방향을 약간 틀었다.

길리어트 부인은 여전히 바삐 움직이고 있었다. 일이 많은 주부였다. 하지만 새터스웨이트는 그녀가 그 일이 꼭 필요해서라기보다는 안절부절못하고 있는 건지도 모른다는 생각이 들었다. 그녀는 계속해서 사람들에게 케이크를 권하고 그들의 찻잔을 가져가서 다시 채워 나누어 주고 있었다. 어쩐지 사람들이 필요한 일을 스스로 알아서 하게 한다면 더 유쾌하고 편안한 티타임이 될 것 같았다. 그는 그녀가 눈 코 뜰 새 없이 바쁜 안주인이 아니었으면 좋겠다고 생각했다.

그다음에 그는 톰 애디슨이 다리를 쭉 뻗고 의자에 누워 있는 곳을 쳐다보았다. 톰 애디슨도 베릴 길리어트를 주시하고 있었다. 새터스웨이트는 속으로 생각했다.

'톰은 그녀를 좋아하지 않는군. 그래, 톰은 그녀를 좋아하지 않아. 뭐, 어쩌면 당연한 건지도 모르지.'

어쨌든 베릴은 사이먼의 첫 번째 아내인 자신의 친딸 릴리를 대신하고 있었으니 말이다.

'내 어여쁜 릴리.'

새터스웨이트는 다시 속으로 생각했다. 그런데 그녀와 마찬가지로 다른 식구들도 만나지 못했다고는 하지만 무슨 이유로 아직도 릴리가 이곳에 있다는 느낌이 드는 건지 의아했다. 그녀는 여기, 이 티파티에 있었다.

"사람이 나이를 먹으면 이런 것을 상상하게 되나 보네. 하지만 릴리가 자기 아들을 보러 여기 와서는 안 되는 이유도 없지 않나."

새터스웨이트는 중얼거렸다.

그는 애정 어린 눈길로 티머시를 바라보다가 불현듯 자신이 릴리의 아들을 보고 있지 않다는 것을 깨달았다. 릴리의 아들은 롤런드였다. 티머시는 베릴의 아들이었던 것이다.

"내가 여기 온 것을 릴리가 알고 있는 것 같아. 그 애는 내게 말을 하고 싶은 거야. 맙소사! 이런 바보 같은 상상을 해서는 안 되지."

새터스웨이트는 입속말을 했다.

어떤 까닭인지 그는 허수아비를 다시 쳐다보았다. 이제 그것은 허수아비처럼 보이지 않았다. 그것은 할리퀸처럼 보였다. 석양이, 저녁노을 빛이 멋진 솜씨로 허수아비를 붉게 물들이고 있었다. 헤르메스와 같은 검정개 1마리가 새들을 쫓고 있는 게 보였다.

"색깔……."

새터스웨이트는 중얼거렸다. 그러고는 다시 탁자와 티세트, 차를 마시고 있는 사람들을 바라보고는 다시 중얼거렸다.

"왜 내가 여기 온 걸까? 왜 내가 여기 있으며, 또 난 무엇을 해야 하는 걸까? 이유가 있을 텐데……."

이제 그는 어떤 위기감이 영향을 미치고 있다는 것을 깨닫고, 또한 느끼고 있었다. 여기 있는 모든 사람들에게 영향을 미치는 걸까, 아니면 이들 중 몇 사람에게만 영향을 미치는 걸까? 베릴 길리어트, 길리어트 부인에게일까? 그녀는 뭔가를 걱정하고 있었다. 초조한 듯 보였다. 톰은? 아니 톰에게는 아무 문제도 없었다. 그는 영향을 받지 않았다. 이렇게 아름다운 곳, 도버톤을 소유하고 있는 데다 그가 죽으면 이 모든 것을 받게 될 롤런드와 같은 손자도 있는 운이 좋은 사람이었다. 이 모든 것은 롤런드의 차지가 될 것이다. 톰은 롤런드가 아이네즈와 결혼하는 것을 바라고 있을까? 아니면 외사촌 간에 결혼하게 되는 것을 두려워하고 있을까? 그러나 역사를 통해 볼 때, 사촌 간의 결혼은 문제가 되지 않았다고 생각하며 새터스웨이트는 중얼거렸다.

"아무 일도 일어나서는 안 돼. 암, 아무 일도 일어나서는 안 돼지. 내가 꼭 막고 말겠어."

사실 그의 생각은 미친 사람이나 할 법한 것이었다. 평화로운 정경. 티세트. 다양한 색상의 할리퀸 찻잔들······. 그는 빨간색 찻잔에 기대져 있는 하얀색 해포석 파이프를 바라보았다. 베릴 길리어트가 티머시에게 뭔가 이야기하고 있었다. 티머시는 고개를 끄덕이더니 자리에서 일어나서 집 쪽으로 갔다. 베릴은 식탁에서 빈 접시들을 치우고 의자 한두 개를 바로잡고 나서 롤런드에게 뭔가 중얼거렸다. 그러자 그는 맞은편으로 가서 호튼 의사에게 설탕을 하얗게 친 케이크를 권했다.

새터스웨이트는 그녀를 주시했다. 그는 그녀를 주시해야만 했다. 그녀가 탁자를 지나갈 때 그녀의 소매 자락이 살짝 스쳤다. 그 바람에 빨간색 찻잔이 탁자에서 떨어졌다. 찻잔은 철제 의자 다리에 부딪쳐 깨지고 말았다. 그녀가 깨진 조각들을 주우면서 짧게 탄성을 지르는 소리가 들렸다. 그녀는 차 쟁반에서 엷은 파란색 찻잔과 받침 접시를 가져와서 탁자에 내려놓았다. 그리고 해포석 파이프를 다시 찻잔에 바투 기대 놓았다. 그다음에는 찻주전자를 가져와 차를 따라 놓고서 자리를 떴다.

탁자는 이제 텅 비어 있었다. 아이네즈도 자리에 없었다. 그녀는 아버지에게 가서 이야기를 하는 중이었다. 새터스웨이트는 중얼거렸다.

"모르겠어. 뭔가 일이 일어날 것 같긴 한데. 도대체 무슨 일이 일어나려는 걸까?"

여러 가지 색깔의 찻잔이 빙 둘러 놓인 탁자 그리고 티머시, 햇빛을 받아 눈부시게 빛나는 그의 붉은 머리칼. 사이먼 길리어트의 머리칼과 똑같은 색깔로 반짝이는 붉은 머리칼, 사이먼 길리어트의 트레이드마크인 매력적인 비스듬한 웨이브를 지닌 반짝이는 붉은 머리칼. 다시 돌아온 티머시는 잠시 동안 서서 좀 당혹스런 눈길로 탁자를 바라보다가 연한 파랑색 찻잔에 해포석 파이프가 기대 놓여 있는 자리로 가 앉았다.

그때 아이네즈가 돌아와 갑자기 웃음을 터뜨리더니 말했다.

"티머시 오빠, 오빠는 엉뚱한 찻잔에 차를 마시고 있잖아. 파란색 찻잔은 내 것이야. 오빠 것은 빨간색이지."

그러자 티머시가 응수했다.

"엉뚱한 소리 하지마, 아이네즈. 틀림없이 내 찻잔이야. 안에 설탕이 들어 있어서 네 입맛에 맞지도 않을걸. 바보같이. 이건 내 찻잔이야. 해포석 파이프도 기대져 있잖아."

그때 새터스웨이트의 머릿속에 어떤 생각이 떠올랐다. 소름이 끼쳤다. 내가 미쳤나? 내가 상상을 하고 있는 건가? 내 생각 중 어느 정도나 사실일까?

그는 자리에서 일어났다. 그러고는 급히 탁자로 다가가서 티머시가 파란색 찻잔을 들어 올려 입에 가져가자 고함을 질렀다.

"그걸 마시면 안 돼! 이봐, 마시면 안 돼."

티머시가 놀란 얼굴로 돌아보았다. 새터스웨이트는 외면했다. 호튼 의사가 아연한 표정으로 자리에서 일어나 다가왔다.

"무슨 일입니까, 새터스웨이트?"

"저 찻잔. 저것에 분명히 뭔가 문제가 있네. 저 애가 저걸 마시지 못하게 해야 돼."

호튼은 그것을 응시했다.

"하지만……."

"내가 무슨 말을 하는지는 알고 있네. 붉은색 찻잔이 그의 것이었는데 그 찻잔이 깨졌네. 그래서 파란색 찻잔으로 바뀐 거네. 그런데 저 애는 붉은색과 파란색을 구별하지 못하지 않나?"

호튼 의사는 어리둥절한 눈치였다.

"그러니까…… 그 말씀은……. 아버님처럼요?"

"톰 애디슨처럼. 그는 색맹이지. 그건 자네도 알고 있지?"

"그럼요, 물론 알고 있죠. 저희 모두 알고 있는걸요. 그 때문에 오늘도 짝이 맞지 않는 신발을 신고 계신 거잖아요. 붉은색과 초록색을 전혀 구별하지 못하시죠."

"저 애도 그렇다네."

"하지만, 설마 그럴라고요. 아무튼 아무런 기미도 보이지 않았어요, 롤런드에게는요."

"하지만 있을지도 모르지 않나? 내가 생각하고 있는 게 옳을 거네. 돌터니즘 말이네. 사람들이 그렇게 부르지 않는가?"

"예전에 그렇게 불렀지요. 네, 그랬어요."

"여성이 유전의 직접적 원인은 아니라도 여성을 통해서 유전될 수는 있지. 릴리는 색맹이 아니었지만 릴리의 아들은 어쩌면 색맹일지도 모르지 않은가."

"하지만 새터스웨이트, 티머시는 릴리의 아들이 아니잖아요. 롤리가 릴리의 아들이지요. 두 아이가 좀 비슷하게 생기기는 했죠. 동갑에다 머리 색깔도 같고. 하지만…… 뭐 기억하지 못하실 수도 있지요."

"그랬지, 난 기억하지 못했네. 하지만 이제는 알겠군. 닮은 점이 보이기도 하지. 하지만 롤런드는 베릴의 아들일세. 사이먼이 재혼했을 당시에 저 애들은 둘 다 갓난아이였지 않나. 한 부인이 애기 둘을 보살피는 건 부담되는 일은 아닐 거네. 특히 두 아이 모두 붉은 머리칼을 가지고 있었다면 말이네. 티머시가 릴리의 아들이고 롤런드는 베릴의 아들이네. 베릴과 크리스토퍼 이든의 아들이란 말이네. 그러니 그가 색맹이어야 할 이유가 없었던 거지. 정말이네. 난 확신하네!"

그는 호튼 의사의 시선이 한쪽에서 다른 쪽으로 옮겨가는 것을 보았다. 티머시는 그들이 한 말을 이해하진 못했지만, 파란색 찻잔을 든 채로 얼떨떨한 표정을 짓고 있었다.

"난 그녀가 저것을 사는 것을 보았네. 여보게, 내 말을 듣게. 내 말을 꼭 들어야 하네. 자네는 수년간 날 알고 지냈잖은가. 내가 단호히 말하는 경우라면 실수할 리 없다는 걸 알고 있을 테지."

"당신 말씀이 맞아요. 당신이 실수하시는 것을 본 적이 없어요."

"저 찻잔을 어서 그에게서 빼앗게. 그것을 자네 의원으로 가져가거나 분석 화학자에게 가져가서 안에 뭐가 들어 있는지 밝혀내게. 그녀가 저 찻잔을 사는 것을 보았네. 마을 상점에서 말일세. 그녀는 그때 자신이 붉은색 찻잔을 깨뜨릴 거라는 것을 알고 있었네. 그것을 대신해서 파란색 찻잔을 샀던 거네. 티머시가 두 가지 색이 서로 다른 것을 구별하지 못한다는 것을 알고 있었던 거지."

"제정신이 아니신 것 같네요, 새터스웨이트. 그래도 당신이 말씀하신 대로 하지요."

호튼은 탁자로 다가가서 파란색 찻잔에 손을 뻗으며 물었다.

"내게 그걸 좀 보여 주겠니?"

"그럼요."

티머시는 좀 놀란 얼굴이었다.

"여기 도자기에 흠이 있는 것 같아서 말이다. 좀 흥미가 있어서."

베릴이 잔디밭을 가로질러 왔다. 그녀는 재빠른 걸음으로 급히 다가왔다.

"뭘 하는 거예요? 무슨 일이죠? 대체 무슨 일이 생긴 거죠?"

"아무것도 아닙니다. 차 한 잔을 가지고 아이들한테 작은 실험을 하나 보여 주고 싶어서요."

호튼은 쾌활하게 말했다. 그는 그녀를 유심히 바라보다가 그녀의 얼굴에 두려움과 공포의 빛이 떠오르는 것을 알아챘다. 새터스웨이트도 그녀의 안색이 완전히 변하는 것을 보았다.

"저와 함께 가시겠어요, 새터스웨이트? 아시다시피 사소한 실험입니다. 자기를 분석하는 거예요. 요즘에는 이 안에 여러 재질들이 들어 있거든요. 최근에 아주 흥미로운 발견이 있었답니다."

이야기를 하면서 그는 잔디밭을 걸어갔다. 새터스웨이트가 그 뒤를 따랐고, 두 젊은이도 서로 이야기를 나누면서 그를 따라갔다.

"의사 선생님이 지금까지 무슨 말씀을 하신 거야, 롤리?"

티머시가 물었다.

"모르겠어. 아마 뭔가 놀라운 아이디어를 갖고 계신 모양이야. 아, 그래, 그 얘기는 나중에 들어도 될 것 같은데. 우린 자전거나 타러 가자."

롤런드가 말했다.

베릴 길리어트가 몸을 홱 돌렸다. 그러고는 허둥지둥 잔디밭을 건너서 도로 집을 향해 갔다. 톰 애디슨이 그녀에게 소리쳤다.

"무슨 문제라도 있는 거냐, 베릴?"

"깜빡한 게 있어서요. 그뿐이에요."

베릴 길리어트가 대답했다.

톰 애디슨은 묻는 듯한 얼굴로 사이먼 길리어트를 바라보았.

"자네 집사람한테 무슨 문제라도 있나?"

"베릴한테요? 아니요, 아무 얘기도 듣지 못했는데요. 뭐 잊고 온

게 있는 모양이네요. 내가 뭐 도와줄 거 없어, 여보?"

그가 소리쳤다.

"아니, 없어요. 곧 돌아올게요."

그녀는 비스듬히 고개를 돌려서 의자에 누워 있는 노인을 바라보았다. 별안간 그녀가 사나운 어조로 말했다.

"바보 같은 짓을 하셨네요. 오늘도 또 신발을 잘못 신으셨어요. 그것들은 한 켤레가 아니에요. 한쪽 신발은 붉은색이고 다른 쪽 신발은 초록색을 신고 있다는 걸 알고 계시긴 한 거예요?"

"아, 내가 또 실수를 했어? 내 눈에는 둘이 똑같은 색으로 보이는데. 이상한 일이지만 내가 그렇다니까."

톰 애디슨이 말했다.

그녀는 재빠른 걸음으로 그를 지나쳤다.

이윽고 새터스웨이트와 호튼 의사는 차도로 향한 대문에 도착했다. 그 순간 그들은 오토바이가 빠르게 달려가는 소리를 들었다.

"가 버렸어요. 서둘러 도망치고 있네요. 그녀를 막았어야 했는데. 그녀가 돌아올 거라고 생각하세요?"

호튼 의사의 물음에 새터스웨이트가 대답했다.

"아니, 그녀는 돌아오지 않을걸세. 어쩌면……."

새터스웨이트는 생각에 잠겨 말했다.

"이렇게 떠나는 게 최선일지도 모르지."

"그 말씀은?"

"이곳은 유서 깊은 저택이잖은가. 그리고 오래된 가문이고. 좋은 집안이지. 집안에 훌륭한 사람들도 많이 있고 말이네. 사람들은 추문으로 남의 입에 오르내리는 것을 원치 않을 걸세. 이런 건 충분히 그런 원인이 될 수 있지 않은가. 그러니 그녀를 놓아주는 게 최선인 것 같네.”

“아버님은 그녀를 좋아하지 않았어요. 한 번도 마음에 들어한 적이 없었죠. 언제나 그녀에게 예의바르고 친절하게 대하셨지만 그녀를 좋아하지는 않았어요.”

“그런데 그 젊은이 문제를 생각해 보아야 하는데.”

“그 젊은이라니요. 그러니까?”

“다른 청년 말이네. 롤런드 말일세. 자기 어머니가 무슨 일을 저지르려고 했는지 이렇게 알 필요는 없을 걸세.”

“그녀는 왜 이런 짓을 했을까요? 도대체 왜 그랬을까요?”

“이제 그녀가 한 일을 의심하지 않는가 보군.”

“네. 이제 의심하지 않습니다. 그녀가 저를 바라보는 그 얼굴을, 새터스웨이트 씨, 저는 봤습니다. 그때 당신 말씀이 사실이라는 것을 알았죠. 하지만 뭣 때문에?”

“탐욕이겠지. 내 생각에 그녀는 자기 소유의 재산이 없었을 거네. 그녀의 전남편 크리스토퍼 이든은 누구든 호인이라고 부를 만한 사람이었겠지만, 재산에 있어서는 무일푼이었을 게야. 하지만 톰 애디슨의 손자라면 많은 돈이 돌아오게 되지. 그것도 거액의 돈이. 여기 사방에 토지 가격이 엄청나게 오르지 않았나. 틀림없이 톰 애디슨은 재산의 태반을 손자에게 남길 걸세. 그녀는 자기 친아들을 위해서 그 재산을 원했던 거네. 물론 친아들을 통해서 자기 자신을 위해서 말일세. 탐욕스러운 여자인 게지."

새터스웨이트가 갑자기 고개를 돌렸다.

"저쪽에서 뭔가 타고 있는 거 아닌가."

"어, 그러네요. 아하, 논바닥에 허수아비가 있군요. 누군가 꼬마 녀석이 그것에 불을 질렀나 보네요. 하지만 염려하지 않으셔도 됩니다. 근처에 짚가리라든가 그런 건 조금도 없으니까요. 허수아비만 타면 곧 꺼질 겁니다."

"그렇군. 그럼 자네는 어서 가 보게. 자네가 검사하는 것을 내가 도울 필요는 없겠지."

"제가 뭘 발견할지 의심하지 않습니다. 그러니까 제 말은 정확한 물질을 말씀드리는 게 아니라 이 파란색 찻잔이 죽음을 담고 있다는 당신의 확신대로 결말이 날 거라는 것을 의심치 않는다는 겁니다."

새터스웨이트는 대문에서 발길을 돌렸다. 이제 그는 허수아비가 불타고 있는 쪽으로 내려갔다. 그 뒤로 해가 넘어가고 있었다. 그날의 저녁노을은 장관이었다. 그 빛깔이 주위의 하늘을 밝게 물들이고 불타는 허수아비에 광채를 더했다.

"당신이 가기로 결정한 길이 그곳이군요."

중얼거리던 새터스웨이트의 얼굴에 놀란 빛이 떠올랐다. 그가 바라보고 있던 붉게 물든 저녁노을 부근에서 큰 키의 가냘픈 몸매의 여인을 보았기 때문이다. 여인은 연한 진주색 옷을 입고 있었다. 그녀는 새터스웨이트 쪽으로 걸어오고 있었다. 그는 얼어붙은 채 바라보았다.

"릴리, 릴리가……."

이제 그는 그녀를 분명히 볼 수 있었다. 자신을 향해 걸어오는 것은 다름 아닌 릴리였다. 너무 멀어서 그녀의 얼굴을 볼 수는 없었지만, 그는 그게 누구인지 알 수 있었다. 잠시 동안 그는 다른 사람들도 그녀를 볼 수 있는 건지, 아니면 오로지 자신의 눈에만 보이는 건지 궁금해졌다. 그는 그다지 크지 않은 소리로 살며시 말했다.

"괜찮아, 릴리. 네 아들은 무사하단다."

그러자 그녀가 멈춰 섰다. 그녀는 한 손을 들어서 입가로 가져갔다. 미소를 보지는 못했지만 그는 그녀가 웃고 있다는 것을 알 수 있었다. 그녀는 손에 입을 맞춰 그에게 흔들어 보이고 돌아섰다. 그러고는 허수아비가 잿더미로 스러져 가는 쪽으로 걸어갔다.

"릴리가 다시 떠나가네. 그와 함께 떠나고 있어. 두 사람이 함께 걸어가는군. 같은 세계에 속한 사람들이니 당연한 일이지. 그들은 그런 사람들에게만 찾아오는 거야. 사랑, 죽음, 아니면 두 가지 모두의 문제를 가진 사람들에게만 말이야."

새터스웨이트는 혼잣말로 중얼댔다.

그는 릴리를 다시는 만나지 못할 거라고 생각했지만, 할리퀸을 언제 다시 만날 수 있을지는 궁금했다. 그는 돌아서서 잔디밭을 가로질러 차 탁자와 할리퀸 티세트, 그리고 탁자 너머에 앉아 있는 자신의 오랜 친구 톰 애디슨을 향해 걸어갔다. 베릴은 돌아오지 않을 것이다. 확신할 수 있었다. 도버톤 킹스본은 다시 안전해졌다.

잔디밭을 가로질러서 작은 검정개가 쏜살같이 달려왔다. 검정개는 새터스웨이트에게 다가와서 숨을 헐떡거리며 꼬리를 흔들어 댔다. 검정개의 목걸이에는 종잇조각이 감겨 있었다. 새터스웨이트는 몸을 구부리고 그것을 떼어 냈다. 종잇조각을 반반하게 펴서 보니 다양한 색깔로 다음과 같은 메시지가 적혀 있었다.

축하합니다! 다음번 만남을 기약하며.

H.Q.

"고맙다, 헤르메스."

새터스웨이트가 말했다. 그는 검정개가 풀밭을 가로질러서, 그곳에 있다는 건 알지만 더 이상 자신이 볼 수 없는 두 사람을 향해서 쏜살같이 달려가는 모습을 지켜보았다.

아서 카마이클 경의 기묘한 사건

(의학 박사이자 저명한 정신분석의인 에드워드 카스테어즈 경의 비망록에서 발췌함.)

I

여기에 기록하는 기이하고 비극적인 사건을 바라보는 시각에는 전혀 다른 두 가지 길이 있다는 것을 나는 잘 알고 있다. 내 소신은 한 번도 흔들린 적이 없었다. 사건의 전말을 자세히 기록하라는 권유도 받았다. 사실 나는 그처럼 기이하고 불가해한 사실이 세상에서 잊히면 안 되는 건 다 과학 때문이라고 생각한다.

맨 처음 나를 그 사건에 끌어들인 것은 친구 세틀 박사에게서 걸려온 한 통의 전화였다. 카마이클이라는 이름 외에는 명확한 설명이 없었지만 나는 그의 말에 따라 패딩턴발 12시 20분 기차를 타고 하트퍼드셔(영국 잉글랜드 동남부의 주―옮긴이)의 올든으로 갔다.

카마이클이라는 이름은 내게 낯설지 않았다. 나는 올든의 고 윌리엄 카마이클 경과는 조금 안면이 있었다. 그러나 그가 죽기 전 마지막 11년 동안은 만나 보지 못했다. 내가 알기로 그에게는 아들이 하나 있었는데, 현재 준남작으로 23살 된 청년이 되어 있을 터였다. 나는 윌리엄 경의 재혼에 대해 어떤 소문이 돌았던 것을 어렴풋이 기억하고 있지만, 두 번째 카마이클 부인에 대한 편파적인 막연한 기억 외에는 명확하게 떠오르는 것이 없었다.

세틀이 정거장에 마중 나와 있었다. 그는 내 손을 꽉 쥐며 말했다.

"와 줘서 고맙네."

"천만에. 뭔가 내 분야와 관련된 일이라고 생각하네만?"

"그렇다네."

나는 어림짐작으로 물었다.

"그럼 정신병인가? 뭐, 이상한 점이라도 있나?"

그때 이미 우리는 내 짐을 찾아서 이륜 마차에 올라타고 역을 떠나 5킬로미터 정도 떨어진 올든을 향해 달리고 있었다. 세틀은 잠시 아무 말도 하지 않았다. 그러더니 갑자기 이야기를 시작했다.

"전부 이해할 수 없는 일뿐이라네! 모든 면에서 완전히 정상인 23살의 젊은이가 있네. 적당한 자부심을 지닌 호감이 가는 상냥한 청년이지. 지적으로 뛰어나지는 않을지 모르지만 보통의 영국 상류 계급 젊은이의 모범적 전형이고. 그런데 어느 날 저녁 평소처럼 건강한 상태로 잠자리에 들었다가 다음 날 아침 반쯤 백치 상태로 마을을 돌아다니는 것이 발견되었어. 가족과 친구도 알아보지 못하는 상태네."

"아! 완전히 기억을 상실한 건가? 그런데 그 일이 일어난 건?"

나는 호기심이 생겼다. 흥미로운 증상이었다.

"어제 아침이었네. 8월 9일."

"그럼 아무 일도, 그러니까 자네가 아는 한에서 이런 상황의 근거가 될 만한 충격적인 일이 전혀 없었나?"

"없었네."

갑자기 나는 의혹에 휩싸였다.

"자네 뭔가 감추고 있는 건가?"

"아, 아닐세."

그의 망설임에 내 의혹이 굳어졌다.

"난 모든 것을 알아야 하네."

"그건 아서와는 아무 관계도 없는 일이네. 그, 그 집과 관계가 있지."

"집과 관계가 있다고."

나는 깜짝 놀라서 되풀이해 말했다.

"자네는 그런 일을 많이 해결해 보지 않았나, 카스테어즈? 소위 귀신 나오는 집들을 조사해 보았지. 그것에 관한 자네의 견해는 무엇인가?"

"열에 아홉의 경우는 가짜네. 하지만 나머지 한 가지 경우에는,

음, 일반적인 유물론의 관점에서 전혀 설명 불가능한 현상을 발견하게 되지. 나는 초자연적인 힘을 믿는 사람이라네."

세틀은 고개를 끄덕였다. 우리는 막 사유지로 들어가고 있었다. 그는 언덕 허리에 있는 나지막한 하얀색 저택을 채찍으로 가리키며 말했다.

"저게 그 집이네. 저 집에는 뭔가 있어. 뭔가 섬뜩하고 소름 끼치는 것이. 우리 모두가 느끼고 있지……. 그렇지만 나는 미신적인 사람은 아니네……."

"그것은 어떤 형태로 나타나는가?"

내가 묻자 그는 내 얼굴을 정면으로 응시했다.

"차라리 자네가 아무것도 모르는 편이 나을 것 같네. 실은 자네가 이곳에 대해 아무 선입견 없이, 전혀 모르는 상태에서 살펴보았으면 하네. 그게……."

"알겠네. 그게 더 좋겠군. 그래도 가족에 대해서는 좀 더 얘기해 주면 좋겠는데."

"윌리엄 경은 2번 결혼했네. 아서는 첫 번째 부인한테서 낳은 아들이지. 윌리엄 경은 9년 전에 재혼을 했는데, 현재의 레이디 카마이클은 어딘지 좀 미스터리한 면이 있어. 절반만 영국인인데, 아시아인의 피가 흐르는 게 아닌가 생각되네."

세틀이 잠시 말을 끊었다.

"세틀, 자네는 레이디 카마이클을 좋아하지 않는가 보군."

그는 솔직히 인정했다.

"맞아, 나는 부인을 좋아하지 않네. 그녀에게는 늘 뭔가 불길한 느낌이 들거든. 그건 그렇고 이야기를 계속하겠네. 두 번째 부인한테서 윌리엄 경은 자식을 하나 더 얻었는데, 역시 아들이네. 지금 8살이 됐지. 윌리엄 경이 3년 전에 죽고서 아서가 그 칭호와 저택을 물려받았네. 의붓어머니와 배다른 동생은 올든에서 그와 함께 계속 살고 있지. 미리 말해 두겠는데 영지가 몹시 피폐한 상태일세. 그래서 아서 경의 수입 대부분은 그것을 유지하는 데 들어가고 있는 실정이네. 윌리엄 경이 아내에게 남긴 건 1년에 수백 파운드뿐이지만, 다행히도 아서는 계모와 잘 지내고 있어서 기꺼이 함께 살고 있어. 그런데……."

"그런데?"

"두 달 전에 아서는 매력적인 필리스 패터슨 양과 약혼을 했네."

그는 목소리를 낮추고 감정을 실어서 덧붙였다.

"두 사람은 다음 달에 결혼할 예정이었지. 그녀는 지금 이곳에 머무르고 있어. 자네도 그녀의 슬픔을 짐작할 수 있겠지."

나는 잠자코 고개를 끄덕였다.

이제 저택에 아주 가까이 다가가고 있었다. 우리 오른쪽에는 초록빛 잔디밭이 완만한 경사를 이루며 펼쳐져 있었다. 그때 나는 대단히 매혹적인 장면을 보게 됐다. 젊은 아가씨가 잔디밭을 가로질러 천천히 집 쪽으로 걸어오고 있었다. 그녀는 모자를 쓰고 있지 않아서 아름다운 금발이 햇빛을 받아 한층 더 반짝이고 있었다. 큰 장미꽃 바구니를 들고 있었는데, 그녀가 걸음을 옮길 때마다 아름다운 회색 페르시아 고양이가 발치에서 사랑스럽게 뛰어다녔다.

나는 묻는 듯한 얼굴로 세틀을 쳐다보았다.

"패터슨 양이네."

"가엾은 사람, 가엾은 사람이야. 장미꽃을 들고 회색 고양이와 있는 모습이 정말 그림 같군."

나는 희미한 소리를 듣고서 재빨리 친구를 돌아보았다. 그는 손에서 고삐를 놓친 채 얼굴이 완전히 하얗게 질려 있었다.

"무슨 일인가?"

나는 소리쳤다.

그는 간신히 냉정을 되찾았다.

우리는 곧 저택에 도착했다. 나는 그를 따라서 초록색으로 꾸며진 응접실로 들어갔다. 그곳에 차가 준비돼 있었다.

우리가 들어가자 중년의 나이임에도 여전히 아름다운 여인이 일어나서 손을 내밀며 다가왔다.

"레이디 카마이클, 이쪽은 제 친구 카스테어즈 박사입니다."

세틀의 추측을 생각나게 하는 음울하고 나른한 태도로 우아하게 움직이는 이 매력적이고 품위 있는 여인이 내민 손을 잡았을 때, 내게 엄습한 본능적인 혐오감을 어떻게 설명해야 할지 모르겠다.

"와 주셔서 정말 감사해요, 카스테어즈 박사님. 저희의 큰 불행이 해결될 수 있도록 도와주세요."

그녀는 감미로운 목소리로 나직이 말했다.

내가 의례적인 대답을 하자 그녀가 차를 건넸다.

이윽고 내가 잔디밭에서 보았던 아가씨가 응접실에 들어왔다. 고양이는 더 이상 함께 있지 않았지만 장미꽃 바구니는 여전히 손에 들고 있었다. 세틀이 나를 소개하자 그녀는 황급히 내게 다가왔다.

"아! 카스테어즈 선생님, 세틀 선생님한테 말씀 많이 들었어요. 저는 박사님이 가엾은 아서를 위해 뭔가 해 주실 수 있을 것 같은 예감이 들어요."

패터슨 양은 정말로 사랑스러운 아가씨였다. 그러나 뺨은 창백했고 진실이 담긴 눈 밑에는 검은 그림자가 드리워져 있었다.

"패터슨 양, 절망해서는 안 됩니다. 이런 기억 상실이나 2차적 성격 같은 증상은 지속 기간이 아주 짧은 경우가 종종 있어요. 지금 당장에라도 환자가 제정신을 차릴지도 모르는 일입니다."

나는 그녀를 안심시키려고 말했지만 그녀는 고개를 절레절레 흔들었다.

"이게 2차적 성격이라는 걸 저는 믿을 수가 없어요. 이건 아서가 절대 아니에요. 아서의 성격이 아니에요. 그가 아니에요. 전……."

"필리스, 차 여기 있어."

레이디 카마이클은 감미로운 목소리로 말했다. 그런데 나와 이야기하는 패터슨 양에게 쏠린 레이디 카마이클의 시선에는 장래의 며느리에 대한 애정이 전혀 담겨 있지 않았다.

패터슨 양은 차를 거절했다. 나는 자연스럽게 대화를 이어 가기 위해서 얼른 이렇게 말했다.

"고양이한테도 우유를 줘야 하지 않을까요?"

그녀는 상당히 의아한 눈길로 나를 쳐다보았다.

"고양이요?"

"네, 좀 전에 정원에서 당신과 함께 있었던……."

쨍그렁하는 소리와 함께 나는 이야기를 중단했다. 레이디 카마이클이 찻주전자를 뒤엎는 바람에 뜨거운 물이 온 바닥에 쏟아져 있었다. 나는 상황을 정리하려고 했다. 필리스 패터슨은 묻는 듯한 눈길로 세틀을 바라보았다. 그가 자리에서 일어섰다.

"지금 환자를 만나 보러 갈 텐가, 카스테어즈?"

나는 지체 없이 그를 따라나섰다. 패터슨 양도 우리와 함께 갔다. 2층으로 올라가자 세틀은 주머니에서 열쇠를 꺼냈다.

"이따금 헤매고 돌아다닐 때가 있어서 말이야. 그래서 내가 집에 없을 때에는 보통 문을 잠가 놓는다네."

그가 설명한 뒤 열쇠로 자물쇠를 열고 안으로 들어갔다.

청년은 서쪽으로 지는 태양의 노란 광선이 환하게 빛나는 창가 쪽 의자에 앉아 있었다. 등을 좀 둥글게 구부리고 모든 근육에서 긴장을 푼 자세로 미동도 않고 있었다. 처음에 나는 그가 우리의 존재를 의식하지 못한다고 생각했다. 그러나 고정된 눈꺼풀 아래로 그가 우리를 세심히 관찰하고 있다는 것을 곧 깨달았다. 나와 시선이 마주치자 그는 눈을 떨구고 깜박거렸다. 하지만 움직이지는 않았다.

"이봐, 아서, 패터슨 양과 내 친구가 자네를 보러 왔네."

세틀은 유쾌한 어조로 말했다. 하지만 창가 의자에 앉아 있는 청년은 눈만 깜박거렸다. 그런데 잠시 뒤 청년이 우리를 다시 몰래 살피는 게 보였다.

"차를 마시겠나?"

세틀은 어린아이와 대화하듯이 큰 소리로 명랑하게 물었다. 그는 탁자 위에 우유 잔을 놓았다. 내가 놀라서 눈썹을 치켜세우자 세틀이 미소를 지으며 말했다.

"기묘한 일이지 않나. 그가 입에 대는 음료는 우유뿐이라네."

잠시 뒤, 아서 경은 서두르는 기색 없이 몸을 움츠린 자세에서 사렸던 몸을 풀어 사지를 쭉 펴고 천천히 탁자 쪽으로 다가왔다. 문득 나는 그가 전혀 소리를 내지 않고 움직인다는 것을 깨달았다. 걸을 때 발소리도 나지 않았다. 탁자 앞에 이르자 그는 한 다리를 앞으로 뻗어서 균형을 잡고, 다른 다리를 뒤로 뻗고서 한껏 기지개를 켰다. 그는 최대한 그 상태를 유지하다가 하품을 했다. 그런 하품은 난생처음 보는 것이었다! 얼굴 전체를 삼켜 버릴 듯이 보였다.

이제 그는 우유로 주의를 돌리고서 입이 우유에 닿을 때까지 탁자 위로 몸을 구부렸다.

세틀은 나의 묻는 듯한 얼굴에 대답했다.

"손을 전혀 사용하지 않는다네. 원시적인 상태로 돌아간 것 같아. 기묘한 일 아닌가?"

필리스 패터슨이 내게 뒷걸음치는 것이 느껴졌다. 그래서 그녀의 팔에 내 손을 얹었다.

마침내 우유가 다 사라지자 아서 카마이클은 다시 한번 기지개를 켜고서 소리 없는 조용한 걸음걸이로 그가 앉아 있던 창가 의자로 돌아가서는 아까와 마찬가지로 등을 둥글게 구부리고 앉아서 우리를 엿보았다.

패터슨 양이 우리를 복도로 잡아끌었다. 그녀는 사시나무 떨듯 덜덜 떨었다. 그녀가 울먹이며 말했다.

"오, 카스테어즈 박사님. 그 사람이 아니에요. 저기 있는 사람은 아서가 아니에요! 전 느껴져요, 전 알 수 있어요."

나는 애처로운 얼굴로 고개를 저었다.

"뇌가 기묘한 속임수를 쓸 수도 있답니다, 패터슨 양."

실은 그 증상에 대해 뭐라고 말해야 할지 나는 당혹스러웠다. 그것은 생소한 특징을 나타내고 있었다. 나는 젊은 카마이클 경을 전에 만난 적이 없었는데도 그 기묘한 걸음걸이와 눈을 깜박거리는 방식에는 기억해 낼 수는 없지만 누군가를, 혹은 무언가를 떠오르게 하는 어떤 것이 있었다.

그날 밤 저녁 식사는 조용한 가운데 이뤄졌는데 레이디 카마이클과 내가 계속 대화를 떠맡았다. 여자들이 나가자 세틀이 내게 안주인에 대한 인상을 물었다.

"실은 아무런 까닭도 없이 정말이지 그녀가 마음에 들지 않네. 그녀에게 동양인의 피가 흐른다는 자네 말이 아주 옳더군. 내 짐작으로는 그녀는 틀림없이 초자연적인 힘을 지니고 있을 걸세. 엄청난 자력을 띤 여자네."

세틀은 뭔가를 말하려고 하다가 스스로 억제하고, 잠시 뒤에 그냥 이렇게만 말했다.

"그녀는 어린 아들에게 정말로 헌신적이라네."

저녁 식사 뒤에 우리는 다시 초록색 응접실에 모였다. 막 커피를 다 마시고 다소 딱딱한 분위기 속에서 그날 일에 대해 이야기를 나누고 있을 때, 고양이가 문밖에서 애처롭게 울어 대기 시작했다. 아무도 신경을 쓰지 않기에 동물을 좋아하는 내가 자리에서 일어섰다.

"가엾은 고양이를 들여놓아도 될까요?"

나는 레이디 카마이클에게 물었다. 그녀의 얼굴이 아주 창백해진 것 같았다. 그녀가 희미하게 고갯짓을 했다. 나는 그것을 승낙의 뜻으로 받아들이고 가서 문을 열었지만 바깥 복도는 텅 비어 있었다.

"이상하네. 분명히 고양이가 우는 소리를 들었는데."

내가 말했다. 자리로 돌아왔을 때, 나는 그들 모두가 오로지 나만 주시하고 있다는 것을 깨달았다. 어쩐지 좀 거북한 느낌이 들었다.

우리는 일찌감치 침실로 물러났다. 세틀이 내 방까지 따라왔다.

"뭐 필요한 건 없나?"

그가 방 안을 둘러보며 물었다.

"없다네, 고맙네."

그는 뭔가 하고 싶은 말이 있는 듯이 나가지 않고 어색한 태도로 꾸물거렸다.

그래서 내가 한마디 했다.

"그런데 자네가 이 집에 뭔가 섬뜩한 게 있다고 말하지 않았나? 아직까지는 아주 정상적으로 보이는군."

"즐거운 집이라는 소린가?"

"상황이 상황이니 그렇게 말할 수야 없겠지. 하지만 비정상적인 영향력이 있는가 하는 점에서는 그렇지 않다는 걸 보증할 수 있네."

"잘 자게. 즐거운 꿈꾸고."

세틀이 불쑥 말했다.

정말 나는 꿈을 꿨다. 패터슨 양의 회색 고양이가 내 뇌리에 강렬하게 남아 있었던 모양이다. 밤새도록 그 가엾은 동물의 꿈을 꾼 것 같았다.

깜짝 놀라서 눈을 떴을 때, 나는 그 고양이가 내 사고 속에 그렇게 강렬하게 각인된 이유를 깨닫게 됐다. 그 녀석이 내 문 밖에서 끊임없이 울어 대고 있었던 것이다. 그런 울음소리를 들으며 잠을 잔다는 건 불가능한 일이었다. 나는 촛불을 밝히고 문으로 갔다. 하지만 복도는 텅 비어 있었다. 야옹거리는 울음소리는 여전히 계속됐다. 그때 새로운 생각이 퍼뜩 떠올랐다. 이 가엾은 동물이 어딘가 갇혀 있는데 그곳에서 나올 수 없는 건 아닐까. 복도 끝 왼쪽은 레이디 카마이클의 방이었다. 그래서 오른쪽으로 돌아서 몇 걸음을 옮기자 갑자기 그 소리가 내 뒤쪽에서 나기 시작했다. 나는 소리가 나는 쪽으로 황급히 몸을 돌렸다. 이번에는 틀림없이 내 오른쪽에서 소리가 났다.

아마 복도에 통풍공이 있을 거라고 생각하면서도 왠지 등골이 오싹해져서 서둘러 방으로 돌아갔다. 이제 사방이 쥐 죽은 듯 고요해졌다. 나는 곧 잠이 들었다가 다음 날 아름다운 여름 아침에 눈을 떴다.

옷을 입고 있을 때 나는 창문 너머로 내 밤잠을 방해한 녀석을 보았다. 회색 고양이는 느릿한 걸음걸이로 살금살금 잔디밭을 가로지르고 있었다. 나는 고양이가 그리 멀지 않은 잔디밭에 앉아서 지저귀며 날개를 다듬고 있는 새 떼를 공격하려는 것이라고 판단했다.

그런데 아주 기묘한 일이 벌어졌다. 고양이는 곧장 다가가서 새들의 한가운데를 지나갔다. 그러면서 고양이의 털이 새들을 스치고 지나갔는데도 새들은 날아가지 않았다. 나는 이해할 수 없었다. 아니 이해하기 어려운 일이었다.

너무나 강렬한 인상을 받은 나는 참지 못하고 아침 식사 중에 그 얘기를 꺼냈다.

"부인 알고 계십니까? 부인 댁에 아주 이상한 고양이가 있다는 것을요?"

나는 레이디 카마이클에게 물었다.

받침 접시에 찻잔 부딪치는 소리가 났다. 필리스 패터슨이 입술을 조금 벌리고 가쁜 숨을 내쉬면서 진지한 얼굴로 나를 응시하고 있었다.

잠시 침묵이 흘렀다. 이윽고 레이디 카마이클이 정말 불쾌하다는 듯이 이렇게 딱 잘라 말했다.

"이 집에는 고양이 같은 건 없어요. 전 고양이를 키워 본 적도 없고요."

어리석게도 내가 말실수를 한 것이 분명했다. 나는 서둘러 주제를 바꿨다.

하지만 나는 머릿속으로 그 문제를 이리저리 생각해 보았다. 레이디 카마이클은 왜 이 집에 고양이가 없다고 말했을까? 혹시 패터슨 양의 것인데, 안주인에게 비밀로 하고 키우는 건가? 레이디 카마이클은 요즘 흔히 볼 수 있는 고양이라면 질색하는 그런 사람일지도 몰랐다. 그럴듯한 설명 같아 보이지는 않았지만, 지금 당장은 그 정도로 만족해야 했다.

환자는 여전히 같은 상태였다. 이번에는 나는 철저히 진찰을 했고, 전날 밤보다 더 가까이서 그를 관찰할 수 있었다. 내 제안으로 환자는 가족과 가능한 많은 시간을 보내게 되었다. 환자가 경계심을 품고 있지 않을 때 관찰할 수 있는 더 좋은 기회를 갖기 위해서뿐만 아니라 평소의 일상적인 일이 번득이는 지성을 불러일으킬지도 모른다는 기대감 때문이었다. 그러나 그의 태도는 바뀌지 않았다. 그는 조용하고 유순하며 멍한 듯 보였지만, 실제로는 상당히 교활하게 잔뜩 경계하고 있었다. 그리고 정말 나를 놀라게 한 것이 한 가지 있었다. 계모에게 표현하는 그의 강렬한 애정이 그것이었다. 그는 패터슨 양을 거들떠보지도 않고 언제나 레이디 카마이클 가까이만 앉으려고 했다. 한번은 그가 무언의 애정 표현이라도 하는 듯이 계모의 어깨에 머리를 비비는 것을 목격했다.

나는 그런 상태가 걱정이 됐다. 지금까지 내가 모든 문제를 풀 수 있는 어떤 실마리를 놓쳐 버렸다고 밖에는 생각할 수 없었다.

"정말 기묘한 증상이네."

나는 세틀에게 말했다.

"그렇지. 대단히…… 암시적이지."

세틀이 대꾸하며 슬쩍 내 눈치를 살피는 것 같았다. 그가 물었다.

"말해 보게. 그를 보면 뭐가 떠오르는 게 있지 않나?"

"뭐가 떠올라야 하는데?"

나는 반문했다.

그는 고개를 흔들고는 중얼거렸다.

"아마 억측일 테지……. 그저 내 추측일 뿐일세."

그러고는 그 문제에 대해서 더 이상 언급하지 않았다.

요컨대 이 상황에는 숨겨진 수수께끼가 있었다. 나는 그 수수께끼를 명료하게 밝힐 수 있는 실마리를 놓쳤다는 당혹감에 사로잡혔다. 게다가 사소한 상황에도 수수께끼가 있었다. 사소한 상황이란 회색 고양이의 존재를 말하는 것이었다. 어떤 까닭인지 그 문제가 내 신경을 자꾸 건드렸다. 나는 고양이 꿈을 꿨고, 끊임없이 고양이 울음소리를 들었다. 이따금 먼 곳에 있는 그 아름다운 동물을 흘끗 보기도 했다. 그런데 그 고양이와 연관된 어떤 수수께끼가 있다는 사실이 견딜 수 없을 정도로 나를 초조하게 만들었다. 어느 날 오후에 나는 갑작스런 충동에 사로잡혀 하인에게 정보를 캐냈다.

"내가 본 고양이에 대해서 무엇이든 말해 주겠나?"

"고양이요?"

그는 놀란 얼굴로 공손히 반문했다.

"고양이를 키운, 아니 고양이를 키우고 있지 않은가?"

"마님이 고양이를 1마리 키우셨지요. 멋진 애완동물이었는데. 하지만 죽었습니다. 정말 애석한 일이지요. 아름다운 동물이었는데."

"회색 고양이였나?"

내가 천천히 물었다.

"네, 맞아요. 페르시아 고양이었지요."

"그런데 그게 죽었단 말이지?"

"네, 그렇습니다."

"고양이가 죽은 게 확실한가?"

"그럼요, 확실합니다. 마님은 고양이를 수의사에게 보내지 않고 직접 처리하셨지요. 채 일주일도 안 됐는걸요. 고양이는 저기 너도밤나무 아래 묻혀 있답니다."

이렇게 말한 뒤에 그는 생각에 빠진 나를 남겨 두고 방에서 나갔다. 레이디 카마이클은 어째서 그토록 단호히 고양이를 키운 적이 없다고 잘라 말했을까?

사소한 고양이 문제가 어떤 식으로든 중요한 의미를 갖고 있다는 직감이 들었다. 나는 세틀을 찾아서 한쪽으로 데려갔다.

"세틀, 자네에게 물어보고 싶은 게 하나 있네. 이 집에서 고양이를 보고 울음소리를 들은 적이 있는가, 아니면 아무것도 보고 듣지 못했나?"

그는 내 질문에 놀란 것처럼 보이지 않았다. 오히려 그는 그 질문을 기다리고 있었던 듯이 보였다.

"소리는 들었지만 보지는 못했네."

"하지만 첫날 패터슨 양과 함께 잔디밭에 있었지 않나!"

내가 소리치듯 말했다. 그는 침착한 얼굴로 나를 쳐다보았다.

"나는 패터슨 양이 잔디밭을 가로질러 오는 것을 보았네. 다른 것은 보지 못했어."

차츰 이해가 갔다. 내가 물었다.

"그럼, 그 고양이는……?"

그는 고개를 끄덕였다.

"자네가 선입견 없이 우리 모두가 들은 소리를 듣는지 확인하고 싶었네……."

"그럼 모두 그 소리를 듣는 건가?"

그는 다시 고개를 끄덕였다.

"이상한 일이군. 고양이 유령이 출몰한다는 집에 대해서는 들어본 적이 없는데."

나는 생각에 잠겨 중얼거렸다. 나는 하인에게 들은 얘기를 그에게 해 주었다. 그는 놀라움을 나타냈다.

"그건 처음 듣는 소린데. 나는 그런 사실을 몰랐네."

"그런데 그게 무엇을 의미할까?"

나는 무기력하게 물었다.

그는 고개를 설레설레 흔들었다.

"신만이 알겠지! 하지만 카스테어즈, 정말 난 두렵네. 그 짐승의 울음소리가 위협적으로 들린단 말이지."

"위협적이라고? 누구에게?"

나는 날카로운 어조로 물었다. 그는 팔을 벌려 보이며 말했다.

"모르겠네."

그날 저녁 식사가 끝나고 나서야 나는 비로소 그가 한 말의 의미를 알게 됐다. 우리는 내가 이곳에 온 첫날 밤처럼 초록색 응접실에 앉아 있었다. 그때 문 밖에서 절박하게 울어 대는 고양이 울음소리가 시끄럽게 들렸다. 그런데 이번에는 울음소리에 분명히 분노가 담겨 있었다. 격렬하게 울부짖는 고양이 울음소리가 길게 위협적으로 이어졌다. 그러고는 울음소리가 멈추고 문 바깥의 놋쇠 장식을 고양이가 앞발로 긁는 것처럼 몹시 귀에 거슬리는 소리가 났다.

세틀은 놀라 벌떡 일어났다.

"맹세코 저건 진짜 고양이야."

그가 소리치더니 문으로 달려가서 홱 열어젖혔다.

그곳에는 아무것도 없었다.

그는 미간을 찌푸리고 돌아왔다. 패터슨 양은 창백한 얼굴을 하고 와들와들 떨고 있었다. 레이디 카마이클도 사색이 돼 있었다. 만족스런 표정으로 어린아이처럼 계모의 무릎에 머리를 기대고 쪼그려 앉아 있는 아서만이 침착하고 차분한 모습이었다.

패터슨 양이 내 팔에 손을 얹었다. 우리는 2층으로 올라갔다. 그녀는 소리치듯 물었다.

"아, 카스테어즈 박사님, 저게 뭐죠? 대체 무슨 의미일까요?"

"아직 모르겠어요, 패터슨 양. 하지만 곧 알아낼 거예요. 아무튼 당신은 두려워하지 않아도 됩니다. 당신에겐 아무런 위험도 없다는 것을 확신하니까요."

그녀는 못미더운 듯이 쳐다보았다.

"그렇게 생각하세요?"

"확신합니다."

나는 단호한 어조로 대답했다. 회색 고양이가 그녀의 발치에서 사랑스럽게 뛰어다니던 모습을 떠올리며 나는 불안감을 떨쳐버렸다. 그것이 위협하려는 대상은 그녀가 아니었다.

꽤 오랜 시간 뒤척인 끝에 나는 불안한 선잠에 빠졌다가 소름끼치는 느낌에 잠에서 깼다. 뭔가 난폭하게 잡아 뜯어 찢는 것처럼 북북 긁는 소리가 들렸다. 나는 침대에서 벌떡 일어나서 복도로 달려나갔다. 바로 그 순간 세틀이 맞은편 방에서 튀어나왔다. 그 소리는 우리 왼쪽에서 나고 있었다.

"들었나, 카스테어즈? 들었어?"

그가 소리쳤다.

우리는 레이디 카마이클의 방 앞으로 허둥지둥 달려갔다. 아무것도 우리 옆을 지나가지 않았는데 그 소리가 더 이상 나지 않았다. 우리가 들고 있던 촛불이 레이디 카마이클의 방문에 덧댄 반들반들한 패널을 희미하게 비췄다. 우리는 서로를 응시했다.

"무슨 소리였는지 알겠나?"

그는 반쯤 속삭이는 소리로 물었다.

나는 고개를 끄덕였다.

"고양이가 발로 뭔가를 잡아 뜯어 찢는 소리였네."

몸이 조금 떨렸다. 순간 나는 신음을 내뱉으며 들고 있던 촛불로 아래쪽을 비췄다.

"여기 좀 보게, 세틀."

벽에 기대져 의자가 하나 놓여 있었는데, 그 의자의 천이 세로로 길게 잡아 찢겨져 있었다…….

우리는 꼼꼼히 살펴보았다. 세틀이 나를 보고 고개를 끄덕였다. 거친 숨을 들이쉬며 그가 말했다.

"고양이 발톱이야. 분명해."

그의 시선이 의자에서 닫힌 문으로 옮겨갔다.

"위협을 받고 있는 건 저 사람이야. 바로 레이디 카마이클!"

나는 그날 밤 더 이상 잠을 이루지 못했다. 어떻게든 손을 써야 할 상황이었다. 내가 아는 한 그 상황을 해결할 열쇠를 쥐고 있는 건 단 한 사람뿐이었다. 아마도 레이디 카마이클은 자신이 말한 것보다 더 많은 사실을 알고 있을 것이다.

다음 날 아침 그녀는 사색이 된 얼굴로 내려왔다. 그녀는 말없이 접시 위의 음식을 뒤적거리기만 했다. 그녀는 강철같이 강한 인내력으로 버티고 있는 게 분명했다. 아침 식사 뒤에 나는 그녀에게 얘기를 좀 나누자고 청했다. 그러고는 단도직입적으로 말을 꺼냈다.

"카마이클 부인, 부인이 중대한 위험에 빠졌다고 믿을 만한 근거가 있습니다."

"그래요?"

그녀는 놀라울 정도로 태연한 반응을 보였다.

나는 계속 말했다.

"이 집에는 부인에게 명백히 적의를 품고 있는 것이, 그러니까 유령이 있습니다."

"참, 별꼴이네! 내가 그런 어리석은 소리를 믿을 것처럼 말하는군요."

그녀는 경멸조로 중얼거렸다.

"간밤에 부인 방문 밖에 있는 의자가 갈기갈기 찢겼습니다."

나는 냉담하게 말했다.

"그래요? 짓궂은 장난인 것 같네요."

그녀는 눈썹을 치켜뜨며 놀란 체 했지만, 나는 그녀가 이미 그 사실을 알고 있었다는 것을 눈치챘다.

나는 다소 감정적으로 반박했다.

"그렇지 않습니다. 부인이 제게 말씀해 주셨으면 합니다, 부인 자신을 위해……."

나는 잠시 말을 끊었다.

"뭘 말인가요?"

"사건의 전모를 밝힐 수 있는 건 뭐든지요."

나는 진지하게 대답했다.

그녀는 깔깔 웃고 나서 말했다.

"난 아무것도 몰라요. 전혀 모르는 일이에요."

위험에 대한 경고로도 그녀가 입을 열게 만들지 못했다. 그럼에도 나는 그녀가 우리보다 더 많은 것을 알고 있고, 또 우리가 전혀 모르는 문제를 풀 수 있는 열쇠를 쥐고 있다고 확신할 수 있었다.

하지만 그녀의 입을 열게 하는 것이 완전히 불가능한 일이라는 것도 알았다.

그러나 그녀가 당면한 실제적 위험에 의해서 위협받고 있다는 것을 내가 확신하는 한 모든 경계를 다 하기로 마음먹었다. 다음 날 밤에 그녀가 방으로 가기 전에 세틀과 내가 미리 방 안을 철저히 조사했다. 우리는 교대로 복도에서 불침번을 서기로 의견을 모았다.

내가 먼저 불침번을 섰는데 아무 일 없이 무사히 지나갔다. 나는 3시에 세틀과 교대했다. 전날 밤 잠을 자지 못한 뒤라 피곤한 탓인지 나는 곧 곯아떨어졌다. 그런데 아주 기묘한 꿈을 꿨다.

꿈속에서 회색 고양이가 내 침대 발치에 앉아서 간청하는 듯한 묘한 눈길로 내 눈을 응시했다. 꿈속에서 나는 그 동물이 자신을 따라오기를 원한다는 것을 쉽게 깨달았다. 내가 따라가자 고양이는 커다란 계단을 내려가서 저택의 맞은편 날개에 있는 분명히 서재 같이 보이는 방으로 나를 데려갔다. 그것은 방 한쪽에서 멈추더니 책장의 아래쪽 부분의 한 곳에 닿을 때까지 앞발을 들어 올렸다. 그러며 다시 한번 감정에 호소하는 듯한 간절한 눈길로 나를 응시했다.

그리고 나서 고양이와 서재가 사라졌고, 눈을 떴을 때는 아침이 되어 있었다.

세틀의 불침번 시간도 아무 일 없이 지나갔다. 그는 내 꿈 얘기를 듣더니 대단히 흥미로워했다. 내 요청으로 그는 나를 데리고 서재로 갔다. 그곳의 모든 것이 내가 꿈에서 본 모습과 일치했다. 심지어 나는 그 동물이 지난밤 슬픈 표정으로 알려 주었던 지점을 정확하게 지적할 수도 있었다.

　우리는 둘 다 당황하여 잠자코 서 있었다. 불현듯 생각 하나가 떠올랐다. 나는 그 정확한 장소에 있는 책의 제목을 보려고 상체를 숙였다. 그 줄에는 빈 곳이 있었다.

"여기서 어떤 책을 꺼냈군."

세틀도 책장 쪽으로 몸을 구부리더니 말했다.

"이보게, 여기 뒤쪽에 못 하나가 나와 있어서 사라진 책의 일부가 찢겨져 있네."

그는 작은 종잇조각을 조심스럽게 떼어냈다. 가로, 세로 3센티미터도 안 되는 종잇조각이었는데, 의미심장한 단어가 적혀 있었다.

"고양이……."

"섬뜩하군. 정말 소름끼칠 정도로 으스스하네."

"여기서 없어진 책이 무엇인지 알 수만 있다면 어떤 것이라도 줄 수 있을 것 같아. 알아낼 방법이 있을까?"

"어딘가 목록이 있겠지. 혹시 레이디 카마이클이……."

나는 고개를 설레설레 저었다.

"레이디 카마이클은 아무것도 말해 주지 않을 걸세."

"그렇게 생각하나?"

"확신하네. 우리는 어둠 속에서 추측하고 생각하고 있지만 레이디 카마이클은 이미 다 알고 있어. 자신만이 알고 있는 이유 때문에 아무 말도 하지 않을걸세. 그녀는 침묵을 깨뜨리기보다는 차라리 끔찍한 위험에 부딪치는 쪽을 택했어."

하루 종일 아무 일없이 지나갔지만, 왠지 나는 폭풍 전의 고요가 연상됐다. 게다가 문제의 해결이 가까워졌다는 이상한 느낌도 들었다. 지금 당장은 어둠 속에서 손으로 더듬고 있는 형국이지만, 이제 곧 알게 될 것이다. 사건의 진실들이 모두 가까이 있으니 그것들을 함께 결합해서 의미를 밝힐 수 있는 번득이는 통찰력이 나타나기를 기다리면 되는 것이다.

그리고 바라던 일이 일어났다! 그것도 가장 기묘한 방식으로!

평소처럼 저녁 식사 뒤에 우리가 초록색 응접실에 모두 모여 앉아 있을 때였다. 모두 아무 말이 없었다. 방 안이 완전한 정적에 싸여 있던 그때 작은 생쥐 1마리가 바닥을 가로질렀고, 그리고 눈 깜짝할 사이에 그 일이 일어났다.

아서 카마이클이 의자에서 한껏 튀어 올랐다가 펄쩍 뛰어내렸다. 그의 떨리는 몸이 화살처럼 순식간에 생쥐의 뒤를 쫓았다. 생쥐가 징두리판벽 뒤로 사라졌지만, 그는 여전히 갈망으로 몸을 떨면서 웅크리고 앉아 경계를 늦추지 않았다.

섬뜩한 광경이었다! 나는 그렇게 온몸을 마비시키는 순간을 본 적이 없었다. 아서 카마이클의 살그머니 걷는 걸음걸이와 경계하는 듯한 눈길이 내게 연상시키는 것에 대해 더 이상 의문의 여지가 없었다. 문득 얼토당토않고 믿기 어려우며 터무니없는 설명 하나가 머리에 떠올랐다. 고려할 가치도 없는 믿기 어려운 설명인지라 나는 애써 무시하려고 했다! 하지만 그 생각을 떨쳐 버릴 수가 없었다.

그다음에 어떤 일이 일어났는지 나는 거의 기억하지 못한다. 모든 상황이 불분명하고 비현실적인 것처럼 생각됐다. 아무튼 우리는 2층으로 올라갔고, 서로의 눈에서 자신의 공포를 확인하게 될까 봐 두려워하면서 간단히 밤 인사를 나눴다.

세틀은 나를 3시에 깨우기로 하고 레이디 카마이클의 방문 밖에 자리를 잡고서 먼저 불침번을 섰다. 레이디 카마이클이 특히 걱정이 되지는 않았다. 나는 터무니없고 불가능한 추측에 너무 빠져 있었다. 그건 불가능하다고 내 자신에게 되뇌었지만, 마음속으로는 또다시 그 생각에 빠져들었다.

그때 별안간 밤의 정적이 깨졌다. 세틀이 큰 소리로 나를 부르고 있었다. 나는 복도로 달려 나갔다.

그는 레이디 카마이클의 방문을 온 힘을 다해 두드리고 있었다. 그가 소리쳤다.

"부인에게 일이 생긴 것 같네! 문이 잠겨 있어!"

"하지만……."

"여보게, 그것이 안에 있네! 부인과 함께! 저 소리가 들리지 않나?"

잠긴 문 뒤에서 길게 늘어지는 고양이의 구슬픈 울음소리가 세차게 났다. 그다음에는 소름끼치는 날카로운 울음소리가 이어졌다. 그리고 또 다른……. 레이디 카마이클의 비명 소리였다.

"문을! 문을 부수고 안으로 들어가야 돼. 꾸물대다간 너무 늦고 말거야."

나는 고함쳤다.

우리는 온 힘을 다해 어깨로 문을 밀쳤다. 요란한 소리를 내며 문이 열렸고, 우리는 거의 안으로 쓰러질 뻔했다.
 레이디 카마이클은 피투성이가 된 채 침대에 누워 있었다. 나는 그보다 더 끔찍한 광경을 보지 못했다. 심장은 아직 뛰고 있었지만 상처가 깊은 상태였다. 목의 살갗이 전부 갈기갈기 찢겨져 있었다……. 벌벌 떨면서 나는 중얼거렸다.
 "발톱으로……."
 미신적 공포감이 내 온몸을 휩쓸었다.
 나는 정성껏 상처를 붕대로 처매고 나서 세틀에게 상처의 정확한 특징을 비밀로 하는 편이 좋겠다고 제안했다. 특히 패터슨 양에게는……. 나는 전신국이 열리는 대로 곧 전보를 보내기 위해서 간호사 앞으로 보내는 전보문을 작성했다.
 창 밖에는 이제 새벽이 밝아 오고 있었다. 나는 아래쪽 잔디밭을 내다보았다.
 나는 세틀에게 불쑥 말했다.
 "옷을 갈아입고 오게. 레이디 카마이클은 이제 괜찮을 걸세."
 그가 곧 준비를 마치자 우리는 함께 정원으로 나갔다.
 "뭘 하려는 건가?"
 나는 짧게 대답했다.
 "고양이 시체를 파내려고. 난 확신하네……."
 공구실에서 삽을 찾아와서 우리는 커다란 너도밤나무 밑을 파기 시작했다. 이윽고 우리는 원하던 것을 얻었지만 그건 기분 좋은 일은 아니었다. 고양이는 죽은 지 일주일이나 지났으니. 하지만 나는 확인하고 싶었던 것을 확인했다.

"그 고양이야. 여기 처음 온 날 보았던 바로 그 고양이네."

세틀은 코를 킁킁거렸다. 아몬드 냄새가 지독하게 났다.

"청산이군."

그가 말했다. 나는 고개를 끄덕였다.

"무슨 생각을 하나?"

그는 호기심을 가지고 물었다.

"자네도 생각하고 있는 것!"

내 추측은 그에게도 생소한 것이 아니었고, 이미 그의 뇌리를 스치고 지나갔다는 것을 나는 알 수 있었다. 그는 중얼거렸다.

"불가능한 일이야. 불가능해! 그건 모든 과학에, 모든 자연의 법칙에 위배되는 일이야······."

와들와들 몸을 떨며 그의 목소리가 점점 작아졌다. 그가 말했다.

"그날 밤 쥐가······. 하지만 아, 그럴 수는 없어!"

"레이디 카마이클은 아주 기이한 여자네. 아마 마력, 즉 최면력을 지니고 있을 걸세. 그녀의 선조들이 동양에서 오지 않았나. 그녀가 유약하고 다정한 성품의 아서 카마이클에게 그런 능력을 사용했을지도 모르지 않는가? 게다가 세틀, 계모에 대한 효성이 지극했던 아서 카마이클이 회복 가망 없는 백치로 남는다면, 사실상 전 재산이 그녀와 그녀의 아들, 그러니까 그녀가 애지중지한다는 그 아들 차지가 된다는 걸 기억하게. 아서는 곧 결혼을 앞두고 있지 않나."

"그러면 우리가 어떻게 해야 하나, 카스테어즈?"

"아무것도 할 수 없네. 그래도 레이디 카마이클을 향한 복수를 막기 위해 최선을 다해 보세."

레이디 카마이클은 서서히 회복되고 있었다. 예상한 대로 상처는 빠르게 나았지만, 아마도 그 끔찍한 공격으로 인한 상처 자국은 평생 그녀에게 남아 있을 것이다.

이렇게 내 자신이 무력하게 느껴진 적은 없었다. 우리를 좌절시킨 그 힘은 무적이고, 아직 자유로운 상태였다. 당분간 침묵한다고 해도 우리는 때를 기다리는 것 말고는 그것을 처리한다는 생각 같은 건 엄두도 내지 못했다. 나는 한 가지 결심을 했다. 레이디 카마이클이 기동할 수 있을 정도만 되면 그녀를 올든에서 떠나게 해야 한다. 그렇게 하면 무서운 유령의 현시가 그녀를 따라가지 못할지도 모른다. 그렇게 몇 날이 흘렀다.

나는 레이디 카마이클이 떠나는 날을 9월 18일로 정해 놓았다. 예기치 않은 사건이 일어난 것은 9월 14일 아침이었다.

내가 서재에서 세틀과 레이디 카마이클의 세부 증상에 대해 얘기 나누고 있을 때 하녀가 당황한 얼굴로 뛰어 들어왔다.

그녀가 큰 소리로 말했다.

"오, 선생님, 어서요! 아서 경이 연못에 빠지셨어요. 너벅선을 타고 나가셨는데 균형을 잃고 그만 물에 빠지셨어요! 제가 창문에서 봤어요."

나는 지체하지 않고 그 길로 방에서 달려 나갔다. 세틀도 뒤따라 나왔다. 마침 문 밖에서 하녀의 이야기를 들은 패터슨 양도 우리와 함께 달렸다. 그녀가 소리쳤다.

"하지만 걱정하지 않아도 돼요. 아서는 수영을 굉장히 잘해요."

그렇지만 왠지 불길한 예감이 느껴져 나는 속도를 더 빨리했다. 연못은 물결 하나 없이 잔잔했다. 빈 너벅선만이 느릿하게 떠다니고 있었다. 아서의 모습은 어디에도 보이지 않았다.

세틀은 코트와 부츠를 벗고 말했다.

"내가 들어가 보지. 자네는 갈고리 장대를 가져와 반대편 호수 속을 찾아보게. 그리 깊지 않으니."

아무 소득 없이 찾고 있는 동안 아주 오랜 시간이 흐른 것 같았다. 시간이 점점 흘러갔다. 그런데 우리가 거의 포기하려던 마지막 순간에 그가 발견되었다. 우리는 죽은 것처럼 보이는 아서 카마이클의 몸을 기슭으로 끌어냈다.

나는 패터슨 양의 비탄에 젖은 절망적인 얼굴을 평생 잊을 수 없을 것이다.

"설마, 설마······."

그녀는 그 무서운 말을 차마 입 밖에 내지 못했다.

"아니, 아니에요, 패터슨 양. 우리가 아서를 살릴 테니 염려하지 말아요."

내가 큰 소리로 말했다. 하지만 나는 마음속으로 거의 희망을 품고 있지 않았다. 그는 꼬박 30분 동안이나 물속에 빠져 있었다. 나는 세틀에게 집에 가서 따뜻한 담요와 다른 필요한 물건들을 가져오라고 하고서 인공호흡을 시작했다.

우리는 1시간 이상 열심히 노력했지만 그에게서는 소생의 기미가 보이지 않았다. 나는 몸짓으로 신호를 해서 세틀과 다시 교대하고 패터슨 양에게 다가갔다.

"유감이지만 소용이 없군요. 아서는 살아날 가망이 없는 것 같습니다."

나는 조용히 말했다.

그녀는 잠시 동안 잠자코 있다가 갑자기 생명을 빼앗긴 몸 위에 자신의 몸을 던졌다.

"아서! 아서! 내게 돌아와요! 아서, 돌아와요, 돌아와 줘요!"

그녀는 절망적으로 울부짖었다. 그녀의 목소리가 메아리치다 사라졌다. 나는 세틀의 팔을 치며 말했다.

"좀 보게!"

아서의 얼굴에 혈색이 돌아오고 있었다. 나는 그의 가슴을 짚어 보았다.

"인공호흡을 계속하게. 의식이 돌아오고 있어!"

내가 소리쳤다. 그리고 나서 그 순간은 쏜살같이 지나갔다. 이윽고 거짓말같이 그가 눈을 떴다. 그때 나는 불현듯 뭔가 다르다는 것을 깨달았다. 그것은 지적인 눈, 인간의 눈이었……. 그 시선이 패터슨 양에게 머물렀다.

"아, 필. 당신이야? 난 당신이 내일이나 올 줄 알았는데."

그는 가냘픈 목소리로 말했다.

그녀는 자신이 어떤 말을 할지 모르겠는지 그저 그를 보고 미소만 지었다. 그는 더욱 어리둥절해하며 주위를 살폈다.

"그런데 내가 지금 어디 있는 거야? 기분이 정말 불쾌해! 내게 무슨 일이 일어난 거야? 아, 세틀 선생님!"

"자넨 거의 익사할 뻔했다네. 그 때문에 그런 거라네."

세틀은 엄숙한 얼굴로 대답했다. 아서 경은 얼굴을 찡그렸다.

"회복될 때 불쾌한 느낌이 든다는 말을 듣긴 했어요! 그런데 어떻게 이런 일이 일어난 거죠? 제가 잠결에 걸어 다녔나요?"

세틀은 고개를 저었다.

"아서 경을 집으로 데려가야지."

내가 앞으로 나서며 말했다. 그가 나를 응시하자 패터슨 양이 내 소개를 했다.

"카스테어즈 선생님이세요. 여기 머물고 계세요."

우리는 그를 부축해서 집 쪽으로 갔다. 갑자기 그가 어떤 생각이 떠오른 듯이 고개를 쳐들었다.

"저어, 선생님, 이런 상태가 12일까지 계속되는 건 아니겠지요, 그렇죠?"

"12일? 8월 12일 말이오?"

나는 천천히 물었다.

"네, 다음 주 금요일 말이에요."

"오늘은 9월 14일이네."

세틀이 불쑥 말했다. 그는 당황하고 있었다.

"하지만, 하지만 저는 8월 8일이라고 생각했는데요? 그럼 제가 아팠던 게 틀림없군요?"

패터슨 양이 재빨리 끼어들어 부드러운 목소리로 말했다.

"맞아요. 당신은 몹시 아팠어요."

그는 얼굴을 찡그렸다.

"이해가 안 돼요. 어젯밤에 잠자리에 들 때만 해도 정말 건강했는데. 물론 지난밤에 정말 괜찮기만 했던 건 아니에요. 저는 꿈을 꿨어요. 기억나요, 꿈에서……."

그는 이마에 잔뜩 주름을 잡으며 기억하려고 애썼다.

"무언가, 그게 뭐였지? 무서운 짓을, 누군가 제게 무서운 짓을 했어요. 그래서 저는 화가 났어요, 지독히……. 그다음에 제가 고양이가 되는 꿈을 꿨어요. 맞아요, 고양이예요! 재미있지 않아요? 하지만 그건 재미있는 꿈이 아니었어요. 오히려 끔찍했죠! 그런데 기억이 나지 않아요. 생각하려고 하면 다 사라져 버려요."

나는 그의 어깨에 손을 얹었다. 나는 진지하게 말했다.

"생각하려고 애쓰지 말아요, 아서 경. 생각이 나지 않는 걸 기뻐하시오."

그는 어리둥절한 표정으로 나를 쳐다보다가 고개를 끄덕였다. 패터슨 양이 안도의 한숨을 쉬었다. 우리는 집에 도착했다.

"그런데 어머니는 어디 계시죠?"

아서 경이 불쑥 물었다.

"어머니는…… 편찮으세요."

패터슨 양은 잠시 머뭇거리다 말했다.

"저런! 가엾은 어머니! 어머니는 지금 어디 계시죠? 방에 계시나요?"

그의 목소리에는 진심에서 우러난 염려가 담겨 있었다.

"그래요, 하지만 방해하지 않는 편이……."

내 말은 입에서 얼어붙고 말았다. 응접실 문이 열리고 실내복을 입은 레이디 카마이클이 복도로 나왔던 것이다.

그녀의 시선이 아서에게 못 박혔다. 죄의식에 사로잡힌 완전한 공포의 표정이라는 것이 있다면 나는 그것을 그때 보았다. 그녀의 얼굴은 가공할 공포로 인해 거의 인간의 모습이 아니었다. 그녀는 손을 목으로 가져갔다.

아서는 소년 같은 애정이 담긴 얼굴로 그녀에게 다가갔다.

"아, 어머니! 어머니도 편찮으시다면서요? 정말 안되셨어요."

그녀는 눈이 커지면서 뒷걸음질 쳤다. 그러고는 느닷없이 운이 다한 듯한 영혼의 비명을 지르고 열린 문으로 쓰러졌다.

나는 달려가서 그녀 위로 몸을 숙였다. 그러고는 세틀에게 고갯짓을 했다.

"쉿, 조용히 그를 2층에 데려다 주고 다시 내려오게. 레이디 카마이클은 죽었네."

그는 곧 돌아왔다.

"어떻게 된 건가? 원인이 뭐야?"

세틀의 물음에 나는 냉정하게 말했다.

"쇼크사야. 아서 카마이클이 다시 살아난 것을 본 쇼크 탓이겠지. 아니면 뭐 신의 심판이든가! 난 그편이 나은 것 같네만."

"자네 말은······."

그는 머뭇거렸다. 나는 세틀의 눈을 응시했고, 그는 내 말의 의미를 이해했다.

"한 생명을 대신해서 한 생명이."

나는 의미심장한 말을 던졌다.

"하지만······."

"그래, 뜻하지 않은 기묘한 사고로 아서 카마이클의 영혼이 육체로 돌아오는 게 가능했지. 하지만 그렇다고 해도 아서 카마이클은 살해된 사람이었어."

그는 반쯤 겁에 질린 얼굴로 나를 쳐다보았다.

"청산으로?"

그는 나직이 물었다.

"그래, 청산으로."

나는 대답했다.

II

세틀과 나는 우리의 생각을 절대 말하지 않았다. 사람들이 받아들일 만한 이야기가 아니었기 때문이다. 전통적인 견해에 따르면 아서 카마이클은 단지 기억 상실을 겪었을 뿐이고, 레이디 카마이클은 일시적 발작으로 자신의 목을 잡아 찢은 것이며, 회색 고양이 환영은 단순한 환상에 불과했다.

하지만 내 생각이 틀림없다는 것을 뒷받침하는 두 가지 사실이 있다. 하나는 복도의 찢어진 의자였다. 또 하나는 훨씬 더 의미심장한 것이다. 서재의 도서 목록을 찾아내서 철저히 조사해 보니, 사라진 책은 인간을 동물로 바꾸는 가능성에 관한 고대의 기묘한 서적이었던 것이다!

한 가지 더, 나는 아서가 아무것도 알지 못하는 것에 감사한다. 패터슨 양은 몇 주일 동안의 비밀을 자신의 가슴속에 깊이 묻어 두었다. 그녀는 틀림없이 그처럼 깊이 사랑하고, 자신이 부르는 소리에 죽음의 경계선에서 돌아온 남편에게 언제까지나 그 비밀을 밝히지 않을 것이다.

〈끝〉

옮긴이 | 양현길

호주 모나쉬 대학을 졸업하고 커먼웰스 은행에서 일했다. 귀국 후 통번역사로 일하고 있으며, 읽기 쉽고 정확한 번역을 위해 노력하고 있다. 옮긴 책으로는 『사막에서의 일주일』(근간)이 있으며, 현재 바른번역 회원으로 활동하고 있다.

애거서 크리스티 전집
검찰 측의 증인

3판 1쇄 찍음 2024년 9월 25일
3판 3쇄 펴냄 2024년 10월 2일

지은이 | 애거서 크리스티
옮긴이 | 양현길
발행인 | 박근섭
편집인 | 김준혁
펴낸곳 | 황금가지

출판등록 | 2009. 10. 8 (제2009-000273호)
주소 | 06027 서울 강남구 도산대로 1길 62 강남출판문화센터 5층
전화 | **영업부** 515-2000 **편집부** 3446-8774 **팩시밀리** 515-2007
홈페이지 | www.goldenbough.co.kr

도서 파본 등의 이유로 반송이 필요할 경우에는 구매처에서 교환하시고
출판사 교환이 필요할 경우에는 아래 주소로 반송 사유를 적어 도서와 함께 보내주세요.
06027 서울 강남구 도산대로 1길 62 강남출판문화센터 6층 민음인 마케팅부

ⓒ ㈜민음인, 2024. Printed in Seoul, Korea
ISBN 978-89-8273-777-0 04840
ISBN 978-89-8273-700-8 04840 (set)

㈜민음인은 민음사 출판 그룹의 자회사입니다.
황금가지는 ㈜민음인의 픽션 전문 출간 브랜드입니다.